किसी एक दिन

किसी एक दिन

गंगाधर शुक्ल

सत्साहित्य प्रकाशन, दिल्ली

प्रकाशक : सत्साहित्य प्रकाशन, २०५-बी चावड़ी बाजार, दिल्ली-११०००६
 / संस्करण : प्रथम, २०१३ / मूल्य : दो सौ पचास रुपए
मुद्रक : भानु प्रिंटर्स, दिल्ली ISBN 978-81-7721-225-9

KISI EK DIN *nobel* by Gangadhar Shukul Rs. 250.00
Published by Satsahitya Prakashan, 205-B Chawri Bazar, Delhi-110006

पितृ-तुल्य चाचा
ललिताप्रसाद शुक्ल को
सविनय समर्पित

अपनी बात

कुछ पात्रों की विश्वसनीयता पर प्रश्न उठना स्वाभाविक है। कल्पित पात्रों के अनेक उदाहरण हैं, जिन्हें समय बीतते जीते जैसे व्यक्तित्व में स्वीकारा गया। टार्जन, फैंटम, सुपरमैन, शरलॉक होम्स, सैक्स्टन ब्लैक जैसे कितने ही और; इनमें से कुछ थे बच्चों के लिए, पर बड़ों ने भी उन्हें हाथो-हाथ लिया।

वैसे भी कथा-कथानक, पात्रों की उपयोगिता व संभव-असंभव आदि का विवेचन पाठक का होता है।

आभार उन सभी मित्रों का, जो बराबर प्रोत्साहित करते रहे। प्रिय मोहन गुप्त का विशेष रूप से।

आज भ्रष्टाचार के नित नए घोटाले और तरह-तरह के अनाचारों की बाढ़ सी आई है। तिस पर शासकीय उदासीनता, इससे जाहिरा तौर पर समाज अत्यधिक आक्रांत है, क्षुब्ध भी। यह देखते कि इनके प्रणेता नियम-क़ानून को धत्ता बताते, अमर बेल की तरह फैलते, निर्भय, निर्द्वंद्व विचरते हैं। समस्या विषम हो गई है। पार पाने के लिए साधारण उपाय नहीं, अपेक्षा असाधारण है, शक्ति-शक्तिवानों की, जो इनसे जमकर मोर्चा ले सके। वास्तविक की प्रतीक्षा में फिलहाल काल्पनिक ही सही।

कृति के पात्र व संबंधित घटनाएँ कल्पित हैं। उद्देश्य मनोरंजन। अंश-मात्र भी बन पड़ा तो वही सही। आगे की राम जानें।

५ अगस्त, २०१३

—गंगाधर शुक्ल

अनुक्रमणिका

बस का सफर

बहुतेरी सड़कें कई शहरों, कस्बों को आपस में जोड़ती हैं। इन पर की यात्रा यादगार कभी-कभी, मगर रोचक अकसर होती हैं। शायद इसीलिए बहुतेरे रेल के सफर पर इसे वरीयता देते हैं। इन सड़कों का नामकरण प्राय: किसी एक प्रमुख शहर से जोड़कर किया जाता है। मिसाल के तौर पर लखनऊ से लगी यह सड़क यूँ तो रायबरेली, प्रतापगढ़, वाराणसी शहरों को जोड़ती है, पर इसका प्रचलित नाम है, लखनऊ रोड। इसी पर एक डीलक्स बस चली जा रही है। सवारियों में रामदयाल शुक्ल भी हैं, जो कुछ वर्ष पहले पुलिस महकमे के उच्च पद से रिटायर हुए और अब लखनऊ में उनका निवास है।

सेवाकाल में वे कर्मठ व तेज-तर्रार अधिकारी रहे और रिटायर होने के बाद भी उन्होंने निष्क्रिय न रहकर एक संस्था 'सुमति' स्थापित की, जिसके उद्देश्यों में प्रमुख था—कैसी भी अस्थिरता के खिलाफ आवाज उठाने के साथ उसका यथासंभव प्रतिकार। उनका अधिक समय इसी में लगता रहा। खैर, अभी तो बात करनी है डीलक्स बस की, जो लखनऊ की ओर चली जा रही है।

रामदयाल अपनी मनपसंद सीट, खिड़की के पासवाली, पर बैठे थे। हाथ में शरत बाबू का उपन्यास खुला हुआ, पर देर से पन्ना पलटा न गया था, क्योंकि कथानक से हट वे जीवन की बीती यादों में जा अटके थे। घटनाएँ, उनसे जुड़े लोग जो संपर्क में आए, सबकुछ चलचित्र की भाँति सामने आ-जा रहे थे, जैसे—अनाज मंडी का बड़ा व्यापारी उमराव। जाना-माना प्रतिष्ठित, पर असली धंधा कुछ और ही था। देश के दूरदराज इलाकों से बहला-फुसला या फिर जोर-जबरदस्ती से लाई गई वयस्क व नाबालिग औरतों-लड़कियों की देश में ही नहीं, विदेशों तक में सप्लाई। प्रशासनिक अधिकारीवर्ग, राजनयिकों और समाज के तथाकथित मठाधीशों से निकट संबंध बना मुट्ठी में रखने में माहिर उमराव कानून की गिरफ्त में आने से एक अरसे तक बचता या बचाया जाता

रहा। इस तरह धंधा दिन दूना रात चौगुना बढ़ता रहा। सच से पुलिस बेखबर रही हो, ऐसा भी नहीं। सहयोग ना भी सही तो नजरअंदाजी, मगर कीमत-अदाई के बाद। कहीं अर्थ से तो कहीं बिना खर्च ऐश से नवाजते। इसी दरमियान रामदयाल का बदली पर वहाँ आना हुआ।

पहले तो उमराव ने उन पर डोरे डालने का भरसक यत्न किया, पर कोई भी युक्ति या चाल कारगर न हो पाई। वह ऐसे कि शुक्ल कर्तव्यपरायण होने के साथ अड़ियल भी कम न थे। धंधे की बात सामने आनी ही थी सो जल्दी ही आई तो बस आनन-फानन काररवाई में जुट गए। एक तरफ उमराव की ओर से आए प्रलोभनों के अंबार, तो साथ ही कई तरफ से तरह-तरह की चेतावनी देती सलाहें कि उनके हक में बेहतर होगा— "काम से काम रखना और 'धंधे' से दूर रहना।" इन सबका मिला-जुला असर उलटा ही हुआ।

प्रलोभन व चेतावनी को दरकिनार करते रेड-पर-रेड होती ही चली गई, साथ ही पुख्ता गवाही जुटाना। कितनी ही शिकायतों, एफ.आई.आर. की बिना पर मामले को कचहरी पहुँचाने में देर न हुई, ना ही उमराव की गिरफ्तारी और सलाखों के पीछे मजबूरन पहुँचाने में। चारों तरफ हड़कंप मचना ही था सो मचा। अरसे से चली आई बदकारी खुलकर सबके सामने आ गई।

अलग-अलग चलाए जा रहे छह अड्डों से सौ से ऊपर लड़कियों को आजादी मिली। इस परिस्थिति में जैसा कि होता है, कितनी ही महिला-उपकारी संस्थाओं के संचालकों ने उनके प्रति सद्भावना प्रकट करते हुए उन्हें अपने यहाँ ले जाना चाहा। इस दौर में भी रामदयाल का दखल रहा, जिन्होंने संस्था तथा उसके परिचालकों की विश्वसनीयता को पूरी तरह जाँचना आवश्यक समझा। लड़कियों को यथासंभव उनके अपने घर पहुँचाया गया और जो बच गईं उनके लिए उचित प्रबंध किया गया। यहीं कहीं रहते विचारधारा टूटी और शुक्ल लौटे बस में। सामने किताब पर नजर गई तो साथ ही दूसरे मुसाफिरों की ओर।

उनकी बगलवाली सीट पर दो लड़कियाँ थीं। एक पच्चीस तो दूसरी बीस के आसपास। कम वयसवाली उनकी परिचिता 'सुमति' की सदस्या सरला थी। असल में ध्यान केंद्रित था दूसरी पर, जो मैरून शर्ट में थी। दोनों आपस में बतिया रही थीं, कुछ इस कोशिश में कि जैसे उनका मिलना अनायास हुआ। शुक्ल को पता था कि ऐसा नहीं बल्कि मिलना योजनाबद्ध था। वैसे ही जैसे उनका उस बस में होना अकारण नहीं, साभिप्राय था। कुछ देर उन्हें देखने के बाद उन्होंने दूसरों पर नजर डाली। यात्रा में दूसरे मुसाफिरों में शामिल रहने के लिए उन्हीं जैसा बनना पड़ता है। सीट पर पासवाले से मुखातिब होते हुए पूछा, "लखनऊ जा रहे हैं?"

"जी हाँ। बस लेट चल रही है?"

"सदाबहार पहुँचने का टाइम है सात का, तो लेट ही है।"

बगलवाली सवारी ने उनके कहे को अनसुना करते कहा, "हैं तो लखीमपुर खीरी के, पर अब हमें लखनऊ में रहते पचीस साल से ऊपर हो गए हैं। नाम है मदनलाल, उम्र पैंतीस पार कर ली है। काम पिता का पुराना आढ़त का, मगर चलाने का ढंग अपना।" कहते वक्त हाथ ऊपर-नीचे लहराते जिसमें उँगलियों की अँगूठियाँ उनको ही नहीं, अगल बगलवालों को भी भली-भाँति दिख सकें। वैसे आढ़त चलाने का नया 'ढंग' भी कुछ-कुछ देखने में आया कि बात शुक्ल से मगर रुख लड़कियों की तरफ। साफ कोशिश कि उनका कहा आसपासवालों तक जरूर पहुँचे। यह समझते कि अब बारी उनकी है, शुक्लजी ने कहा, "लखनऊ में आ बसे और करना क्या बस रिटायर्ड लाइफ।"

बातों के आगे चलने में आए गतिरोध का कारण एक सज्जन की इंट्री, जो अगली किसी सीट से उन तक आ पहुँचे।

"अरे भाई मदनजी! आप? मैं तो टैगोर की 'गीतांजलि' में डूबा था कि आपकी आवाज कानों में आई। मुड़कर देखा, तो सचमुच ही आप...हें-हें-हें..."

"नमस्कार हरिहरजी। पहले परिचय करा दूँ। यह हैं प्रसिद्ध लोकप्रिय उपन्यासकार व कवि हरिहरजी कपिला।" नमस्कार करते हुए शुक्ल ने कहा, "अहो भाग्य।"

"हर बस स्टैंड व रेलवे बुकस्टॉल पर कपिलजी की कृतियों के अंबार देखने में आएँगे। बताइए भी कि अगला उपन्यास कौन सा और कब प्रकाशित हो रहा है?"

"हें-हें-हें, नाम न पूछें, अभी विचाराधीन है; पर उसके पीछे की सोच को लगता है बताना ही होगा।" यहाँ तक आते वे रुके, आसपास निगाह फेंकी जानने को कि लोग मुखातिब हैं या नहीं, खासकर लड़कियाँ। आश्वस्त होने पर बात आगे बढ़ाई, "नाम लीक से हटकर होगा। पर उस पर न जाएँ मदनजी, कृति विलक्षण होगी, सोच और मन पर सीधे चोट करनेवाली। पाठक हाथों-हाथ लेंगे—गारंटी के साथ, देखिएगा। विषयवस्तु ज्वलंत, पूरे समाज को झकझोरती तथा क्रांति की ओर प्रेरित करती। मदन भाई, इसके पीछे महीनों का अथक प्रयास है। आत्मा की आवाज। खैर, इसे छोड़िए और बताइए कि व्यापार का कैसा-क्या है।" यह सब कहते भले मदन से हैं, पर निगाह बराबर लड़कियों की ओर नहीं प्राय: उन्हीं पर टिकी रही थी।

बिना किसी तरह बीच में आए शुक्ल भी बातों के इस दौर में शामिल रहे। मदनलाल ने कपिल का हाथ पकड़कर कहा, "वैसे आपके नवीनतम प्रकाशित उपन्यास मुट्ठी भर कौड़ियाँ का भी जवाब नहीं।"

कहे को सुनते, मंद-मंद मुसकराते कपिल ने खाकसारी का गहरा पुट देते हुए कहा, "एक छोटा सा प्रयास मानिए। कौड़ियों को जनसमुदाय का प्रतीक माना जाए। देखिए कि किसी एक की बिसात कौड़ी-भर आँकें तो कुछ नहीं, पर जब वे एकजुट

यानी मुट्ठी भर हों तो?'' यहाँ पहुँचकर, इधर-उधर नजर डालते दिखे, मगर लड़कियों पर ज्यादा ही। माहौल से उत्साहित होते वे फूट पड़े, ''हर असंभव का संभव होना निश्चित है। ध्यान देकर समझें कि यह अंतर चेतना को झटके से जगाने का मंत्र नहीं बीजमंत्र है।''

कथन का औरों पर कोई असर हुआ—जान पाना न हो सका, कोई कैसी भी प्रतिक्रिया न हुई। सिवाय इसके कि मैरून शर्टवाली ने बगल में बैठी धानी शर्टवाली की ओर झुकते हुए कुछ कहा। फिर फुसफुसाहट हुई और हलकी हँसी के बाद उत्सुक हो वे कपिल को देखने जरूर लगीं। इसी से कवि-हृदय गद्गद हो उठा। कुरते की जेब टटोलते हाथ बाहर आया तो उसमें थी एक पुड़िया। उसे खोलकर भक्ति-भाव से आगे बढ़ाया, ''घाट के प्रसिद्ध चोगन साँई की सर्वप्रिय रेवड़ियों का प्रसाद। जाने कितने मन रोज बनती हैं, पर पहला धान जाता है बाबा विश्वनाथ की चढ़ौती के लिए। प्रसाद सिर्फ गिने-चुनों को। आप सब इसे ग्रहण करें। बाँटते हुए बोलना भला नहीं, पर यह प्रसाद अद्भुत शक्ति संचरित करनेवाला है। हर मनोकामना पूरी होगी। इसके लिए अपेक्षित है श्रद्धाभाव...''

पुड़िया लड़कियों तक पहुँची तो वे हिचकिचाती हुई एक-दूसरे की ओर देखने लगीं। यहाँ मदनलाल मददगार हुए, ''ले भी लें। प्रसाद है।''

''बाबा विश्वनाथ का विशेष!'' ये थे कपिल के प्रतिध्वनित शब्द। ना-नुकुर करते अंततः प्रसाद पाया गया थैंक्स के साथ। बाबा विश्वनाथ की तो वही जानें, पर सामने खड़े कपिलजी निश्चित ही प्रसन्न दिखे। ऐसे में साहित्य-कविता-रोमांस का प्रकरण अचानक अवरुद्ध हुआ। कुछ आगे की सीट पर बैठे जटाजूटमंडित एक बाबा खड़े होकर ऊँचे स्वर में कुछ बोलने लगे। सुनने-समझने में यही आया कि वे अगल-बगल बैठे अपने चेलों से जानना चाहते थे कि हम कहाँ जा रहे हैं? एक ने समझाते हुए कहा, ''स्वामीजी, बस लखनऊ जा रही है।''

''बस जाए लखनऊ, पर हम कहाँ जा रहे हैं?''

''बताया न लखनऊ।''

''सत्यानाश! संदेश मिला है काशी पहुँचने का।''

चेले बेहद परेशान। करें तो क्या और बाबाजी को समझाएँ कैसे? हर कोशिश बेकार साबित होती दिखी। आसपास की सवारियाँ प्रसंग की नाटकीयता को उत्सुकता से देख रही थीं।

''देखते क्या हो मंदबुद्धियो। ड्राइवर से कहो कि बस रोके अभी-के-अभी।'' कहते हुए अपना डंड-कमंडल टटोलने लगे, जैसे बस रुकी नहीं कि वे कूदकर पैदल ही काशी की ओर चल पड़ेंगे। एक ही पुकार बार-बार कि बस रोको। दूसरी सवारियाँ परेशान कि आगे क्या होगा। आपस में चर्चा प्रखर होती गई। कुछ कहा सुनने में आता

भी रहा, जैसे—"ढोंगी साधू है", "मुझसे पूछो नशा किए है", "बस रोककर नीचे उतार दो।" तभी बाबा ने कहा, "बच्चा, कमंडल दे।"

"कमंडल का क्या करेंगे?" शंकित चेले ने पूछा।

"ड्राइवर को श्राप देकर बस को अभी भस्म करता हूँ। मोड़ेगा नहीं बस तो देखे मजा। अब भी समय है, कहो मोड़ दे बस तुरंत।"

दूसरा चेला जो अब तक चुप था, हाथ जोड़ गुरुजी से मुखातिब हुआ, "परम शक्तिमान स्वामीजी, ड्राइवर अपने केबिन में है। श्राप का ताप उस तक पहुँचे-न-पहुँचे, पर बस की निरपराध सवारियाँ जरूर झुलस जाएँगी। पाहिमाय।"

चेलों की तमाम कोशिश-मिन्नत का कोई असर नहीं। स्वामीजी कमंडल की तलाश में मुब्तिला। बीच-बीच में हुंकार, जैसे भस्म करने की मशीन को स्टार्ट करते हों।

कपिलजी सीटों के बीच से उन तक पहुँचे और मस्तक नवा हाथ बाँध प्रार्थना करते हुए बोले, "हे स्वामी, शांत हों। बस, अब सदाबहार आने में कुछ ही समय है।"

"सदाबहार! अति उत्तम स्थान। परिचित हूँ। पहुँचे! वाह!"

"फिर वहीं अपनी माँग पूरी हुई समझें।"

जैसे आगे की अनसुनी करते साधूबाबा उठ खड़े हुए। दंड उठाया और चलने को तत्पर। इस पर चेले एक साथ बोले, "कहाँ चले गुरुवर?"

"सदाबहार। उसका मालिक डिसूजा मेरा प्रिय भक्त है, चेलो।"

कपिल और चेलों ने उन्हें किसी तरह रोककर सीट पर बिठाया समझाते हुए कि बस लेट चल रही है, सो कुछ देर से पहुँचना होगा। साधूबाबा ने खीसे से एक पुड़िया निकाल ली और उसे मुँह में डाल, कमंडल से जल ग्रहण कर वे फिर से ध्यानस्थ हो गए। चेले भी अगल-बगल बैठ मुँह-माथे का पसीना सुखाने लगे। सवारियों में खुसर-फुसर चलती रही। कुछ सुनी भी गईं, "नशा बोल रहा है", "देखा नहीं नई पुड़िया पूरी-की-पूरी मुँह में झोंकते!" सुननेवालों में चेले भी थे जो शरमाते-खीसें निपोरते दिखे।

बस लेट भले हो, पर तेज रफ्तार से आगे बढ़ी जा रही थी।

लंबे सफर में यात्री एक-दूसरे से परिचय प्राप्त करने में देर नहीं करते, क्योंकि आपसी बातचीत से सफर जल्दी निबटने का एहसास रहता है और वह उबाऊ भी नहीं होता। ऐसी बातचीत में विषय तुका-बेतुका या साधारणतया बेमतलब समझा जानेवाला भी चलता है। यदि इनमें से कुछ प्रत्यक्ष रूप से घटित होते दिखे तो उनका लुत्फ पूरी तौर से उठाया जाना निश्चित है। ऐसे अवसर हमेशा पुरलुफ्त न सही, पर पूरी तरह बेमजा हों ऐसा भी नहीं होता।

शांत हुए वातावरण में शुक्ल हाथ की किताब पर ध्यान देते दिखे, पर कुछ ही देर,

क्योंकि पिछली सीट से किसी स्त्री की गुस्से से भरी आवाज सुनने में आई, "शरम-हया सब बेच खाई है क्या? बेशर्मी से गुटुरगूँ के लिए बस ही मिली?"

सवारियों को जैसे एक और दिलचस्पी का मौका मिला। पूरा मजा लेने के लिए कोई इधर से झुका तो दूसरा उधर से। कुछ और उठकर अधखड़े या फिर पूरी तरह आगे की ओर झुकनेवाले भी थे। सबके निशाने पर सीट से उठकर खड़ी महिला, जो अपनी अगाड़ी सीट की सवारियों को चुनिंदा खरी-खोटी सुनाती, पर साथ ही अन्य सवारियों को भी अपने कहे में शामिल करती हुई। संवाद से मेल खाती भावभंगी...सर की साड़ी को आगे-पीछे करना तो कभी उसे छोड़ किसी खलनायिका से होड़ लेती तर्जनी नचाना और आरोपियों की ओर पिस्तौल की तरह साधना। बात जो भी सही, पर सामने जानदार तमाशा। अगली सीट पर बैठे जवान लड़के-लड़की पर बेतरह बरसे जाना थमने का नाम न लेता।

"हाथों से कान मूँदे, कोई असर नहीं। हर मुमकिन इशारा कर बरजना रहा बेमतलब। दोनों सर पास-पास और प्यार-मोहब्बत के फिल्मी डायलॉग कि हाथों से बंद कानों के परदे थरथराते ही चले गए। थमने का नाम नहीं। ऐसी-ऐसी बातें कि या भगवान्!"

बस के कई कोनों से आवाजें उठीं, "हुआ क्या?"..."कौन हैं ये लोग?"..."जमाना नया है, लोग भी नए, फिर क्या है।" सीन आगे बढ़ा।

महिला के निशाने पर की सीट से लड़का-लड़की मुख सवारियों की तरफ रखते उठ खड़े हुए। दोनों के हाथ में कागज थे। लड़के ने पूछा, "आंटीजी, नाराजी की वजह?"

"तुम लोगों की बेइंतहा बेहयाई।"

"मतलब?"

"ए देखो इसे, मतलब पूछे है। खुलेआम प्रेम-प्यार की बातें करते हो। शरम-लिहाज बेचकर आए हो क्या?"

"आंटीजी, हम ड्रामा-एक्टर हैं। लखनऊ टी.वी. पर नाटक रिकॉर्ड होना है। उसी की प्रैक्टिस कर रहे थे।" हाथ के सँभाले कागज हवा में लहराए भी, "गलत समझा आपने आंटीजी।"

यह सुनते ही सवारियों के कहकहे इधर-उधर हर तरफ से उठे। तुकी-बेतुकी फब्तियाँ खासकर आरोप लगानेवाली महिला पर कुछ देर चलीं, फिर शांति छाती हुई जान पड़ी। इस बीच ड्राइवर ने जो घटनाक्रम से अलग न रहा था, अपनी समझ से उसी के अनुरूप रफी के गाने का कैसेट चालू कर दिया, "बहारों फूल बरसाओ मेरा महबूब आया है।" इस तरह बातों के शोर में कमी आई और फिर पूरी तरह से रुक भी गया। इस दौर की धमाचौकड़ी स्वामीजी पर कोई असर न डाल सकी और वे समाधिस्थ ही बने रहे। कपिल 'नाटक' के पात्रों के पास पहले ही पहुँच गए थे। सीन के अंत में

उनकी पीठ थपकाकर मुड़े, पर अपनी सीट पीछे छोड़ते फिर से मदनलाल के पास लौटे। उन्हीं के बराबर की सीट पर थीं इस वक्त के प्रेमिल स्पंदन की चेतना वे लड़कियाँ। दोनों सीटों के बीच खड़े होकर इस तरह बोला गया कि सुनाई देने में बाधा न आए। दो-एक इधर-उधर की बात करते कुछ गंभीर हुए, उसके बाद कहा, ''सही या गलत, गलतफहमी के वाकये देखने में आते रहते हैं। पिछले रविवार का एक वाकया, जिसका मैं चश्मदीद हूँ...'' अपने औपन्यासिक चातुर्य से श्रोताओं की उत्सुकता बराबर उकसाते रहे। बात आगे बढ़ी, ''ऐसा कुछ हुआ जिसने मुझे गहराई तक सोचने पर मजबूर कर दिया, वह सब बाद में। मैं उस समय टैगोर की कहानी 'क्षुधित पाषाण' में डूबा हुआ था। कितनी ही बार पहले पढ़ी थी, पर मन भरा नहीं था। खैर, हुआ यह कि साथवाली सीट पर बैठी महिला बगल में बैठे मुसाफिर पर बेतरह बिफरती नजर आई। इल्जाम यह कि नींद में ऊँघने का बहाना कर अपना सर उसके शरीर पर यहाँ-वहाँ देर तक टिकाता रहा है। और भी बहुत-कुछ, उसे जाने दीजिए। शक कि वह आदमी नशा किए है। बात खत्म होती न दिखी, बढ़ती रही। आरोपी जेर होता बराबर यही कहता रहा कि रातभर का जगा होने के सबब झपकी आने की मजबूरी से बच न सका।'' इत्यादि।

इतना कहकर कपिल चुप हुए, फिर रहस्यात्मक मुद्रा में इधर-उधर देखा। सभी पूरी बात सुनने के इंतजार में दिखे। आश्वस्त होने पर ही वे आगे बढ़े, ''जो सामने है उसे उपन्यासकार दूसरों से परे हटकर देखने की क्षमता रखता है।''

इस कथन से लड़कियों की उत्सुकता बढ़ी देखने में आई, जिसे कपिल ने संतोषप्रद माना, पर उनके बोलने से पहले कुनमुनाते हुए मदनलाल ने कहा, ''बिला वजह देर कराए बिना खास बात सामने लाना, यह बात उपन्यासकार पर भी लागू होती है। उपन्यासकार पर यानी आप पर।''

कपिल ने इस बीच में जेब से सुपारी या इलायची निकालकर मुँह में डाली, फिर उसे मंद-मंद चबाते, बच रहे रहस्य को बेनकाब करने पर तत्पर हुए, ''माना कि ध्यान किताब पर था, पर आँखें खुली थीं और मैं पूरी तौर पर सजग। हाँ, तो वह आरोपी पहले से ही सीट पर बैठा था। स्त्री बाद में आई और दो-एक अन्य खाली सीटों की अनदेखी करते जाकर बैठी, कहाँ? उस आदमी की बगलवाली सीट पर। अब मदनलालजी या कोई और बताए कि इससे क्या जाहिर होता है?''

''अपनी समझ हमें भी समझाइए! हमारे बीच उपन्यासकार एक आप ही हैं।''

कपिल ने दोनों हाथ ताली देनेवाली जैसी हरकत करते कहा, ''दोनों आपस में परिचित थे।''

''तो फिर बावेला क्यों मचा? खास तौर पर स्त्री की तरफ से?''

''गुड क्वेस्चन।'' कहते सभी के चेहरे के भावों को देखते-परखते रहकर बोले,

''पुरुष से अपेक्षानुसार न पाने या फिर कोई त्रुटि बरदाश्त न होने पर सब कहना जरूरी नहीं, आप समझना होगा।''

''सरासर दूर की कौड़ी लगती है कपिलजी।''

''तभी तो। पहले कह चुका हूँ कि उपन्यासकार की नजर आम से अलग दूर-दूर तक रहती है। हें-हें-हें।''

शुक्ल सामने के उपन्यासकार को देखते रहे, फिर उनसे उचटते हाथ में लिये शरत के उपन्यास को। सोच में चाहे जो रहा हो, बोले मदनलाल ही अनुरोध करते कि उपन्यासकार कपिल ने घटनाक्रम का आकलन क्या किया।

कपिल ऐसे प्रश्न का इंतजार ही कर रहे थे, इसलिए बोलने में कुछ देर न की, ''तो सुनें, पर संक्षेप में। दोनों ही सुपरिचित और एक-दूसरे से कुछ अपेक्षा करते थे। परस्पर आकर्षण में पूरी तरह बँधे लेन-देन के बीच अनचाहे दर्शक के बतौर तीसरा आया। ऐसे में औरत घबड़ा गई और वह कर बैठी जो सबने देखा।'' कहते हुए वे विजय-दर्पित हँसी हँसे कि और भी शामिल हो सकें। हुए भी, दबी हुई लड़कियाँ भी।

तभी एक महिला-यात्री ने कंडक्टर से पूछा, ''बस का लखनऊ से पहले कोई स्टॉप है?''

''जी हाँ, सदाबहार। आधे घंटे का स्टॉप है?''

बहुतेरे यात्री सदाबहार से परिचित थे, पर वह महिला नहीं। मौके का फायदा उठाते कपिल जानकारी देने आगे आए, ''काफी तक अरसे तक ढाबा रहे को होटल बनाने के पीछे हाथ रहा उसके मालिक टाइनी डिसूजा का। बात पुरानी है। टाइनी के दादा का गोवा में अपना होटल था, जिसे वे अपने लड़के अर्थात् टाइनी के पिता के साथ मिलकर चलाते थे। गोवा का भारत में विलय हुआ तो टाइनी के दादा स्वर्गवासी हुए और पिता के साथ टाइनी का भारत आना हुआ। पुश्तैनी धंधा रहा, इसलिए उसे ही यहाँ चालू रखते हुए उत्तर प्रदेश में एक ढाबा शुरू किया। उत्तर प्रदेश में इसलिए कि टाइनी की माँ इसी प्रदेश की हैं। देखते-ही-देखते ढाबा चल निकला और दिन दूनी रात चौगुनी बढ़त के साथ उसे छोटे होटल में तब्दील होते ज्यादा समय न लगा। दूर-दूर शोहरत इसके खाने की जो लाजवाब, फिर रखरखाव और सफाई, बेहतरीन खातिर, कामगर चुने हुए, सद्व्यवहार में निपुण। इस तरह टाइनी डिसूजा के नाम का जादू दूर-दूर तक पहुँचता-फैलता गया। जो एक बार आया, वह बार-बार आया। आने को मजबूर हुआ।''

यहाँ आकर वे कुछ रुके तो मदनलाल ने चर्चा आगे बढ़ाई, ''डिसूजा ने ईसाई होकर भी ईसाई धर्म को अपने पर हावी न होने दिया। उनके बोलचाल और व्यवहार से यह भाँपना मुश्किल है कि वे यहाँ के निवासी नहीं हैं—एक तरफ लखनऊ का नफासत भरा लहजा तो दूसरी तरफ फर्राटेदार अवधी। ठेठ इसी प्रदेश के निवासी हों जैसे। वैसे भी उनकी पत्नी यहाँ की हैं।''

बात खत्म करते हुए उन्होंने शुक्ल की तरफ अपने कहे की ताईद कराने की नजर से देखा यह कहकर, "कुछ गलत तो नहीं कहा? सदाबहार से तो परिचित होंगे?"

"जो कुछ कहा, सही कहा। अकसर जाना हुआ है।"

"तो फिर डिसूजा से जरूर मिले होंगे?"

"जी हाँ। मिला जरूर हूँ, पर सरसरी तौर पर।"

'सदाबहार' के टाइनी डिसूजा का यशोगान चला किया। मदनलाल और कपिल के बीच होड़ ही लगी रही। दर्शक-श्रोताओं में शुक्ल भी शरीक थे। किसी और को ही नहीं, इन दोनों को भी पता न था कि जो कहा-सुना जा रहा है, उनके लिए नया नहीं है। डिसूजा को एक अरसे से जाना। आमने-सामने से कहीं ज्यादा टेलीफोन पर अकसर बात होती ही रहती है। डिसूजा भी 'सुमति' के विशेष सदस्यों में से एक है। कुछ देर पहले किसी बस स्टॉप से बात हुई थी यह बताने के लिए कि मदनलाल इसी बस से आ रहे हैं। दो स्त्रियाँ भी हैं। एक 'सुमति' की सदस्या और साथवाली मदनलाल के अतिरिक्त धंधे से जुड़ी। उसकी जिम्मेदारी है पुलिस ऑफिसर के पास वादे के अनुसार पैसा पहुँचाना। सदाबहार से लेने के लिए कोई आएगा। 'सुमति' की सदस्या का नाम सरला है। सबकुछ योजना के अनुरूप है, केवल निगाह रखनी है कि एक नहीं दोनों गईं। सूचना 'कश्यप' को पहुँचानी है।

डिसूजा ने सुना। बात करनेवाले का परिचय आवश्यक न था। अंदाजा यही कि हाईकमान का कोई सदस्य होगा। जैसा पहले कहा गया, डिसूजा 'सुमति' का भरोसेमंद सक्रिय सदस्य था।

'सुमति' का विस्तार से परिचय आगे हो सकेगा, अभी तो बस-यात्रा जो चल रही है।

'सदाबहार' की चर्चा कुछ और चलती यदि बीच में गतिरोध न होता। ज्यादातर बस-यात्री आपस में हँसना-बोलना सफर का जरूरी अंग मानते हैं, मगर यदा-कदा कुछ ऐसे भी होते हैं जो एकाकी बने रहकर बात तो क्या, कैसे भी संपर्क से दूर रहने को उचित समझते हैं। बस में एक ऐसे ही सज्जन थे जो सबसे पीछेवाली खिड़की के पास की सीट पर नमूदार थे। शार्कस्किन का सफारी लकदक। आँखों पर सुनहरी चश्मा और चेहरा निराकार। संपर्क तो दूर, सिर्फ नाक की सीध में नजर गड़ाए ध्यानमग्न दिखे क्या बराबर दिखते रहे। गतिरोध का माध्यम वही थे। सीट से उठ खड़े होते कुछ ऊँची आवाज में कह रहे थे, "अरे नहीं, साथ था। लाया था। गया कहाँ?"

जो देख पाए देखा उनके हाथ में एक स्टील का डिब्बा या कटोरदान। बेहद परेशानी से घिरे इधर-उधर झुककर कुछ तलाशते और बराबर एक ही रट : "लाया था साथ। कहाँ गया?"

जो ठीक से देख नहीं पा रहे थे उन यात्रियों के सुनने में मिली जुली-बातें आईं।

"खोया क्या?"

"कीमती सामान होगा।"

"मनीबैग गया।"

"जेबकतरे भरे पड़े हैं।"

"साफ बात बताएँ भी"…आदि।

जवाब जो सबने सुना वह था, "मनीबैग नहीं, अचार!"

"अचार!! कैसा? कहाँ था?"

"कहाँ क्या, साथ में था, यहीं। कागज में लपेटा हुआ।"

"हाथ में जो डिब्बा है उसी में होगा।"

"नहीं भाईजी, डिब्बे में कचौड़ियाँ-बतासे हैं। अचार की अलग पुड़िया थी।" यह उसी सीट पर बैठी दूसरी सवारी ने बताया।

इस पर किसी और ने कहा, "जो हो, महक जोर मारता है। आम का लगता है।"

"महक रहा है तो यहीं कहीं होगा। ठीक से देखो।"

डिब्बेवाले के साथ बैठे मुसाफिर ने कहा, "भाई साहेब, जरा उठिएगा!"

वे उठे। खड़े होते के साथ घटनाक्रम में जैसे विस्फोट हुआ, "जमे बैठे हैं खुद इस पर और तलाश इधर-उधर हर तरफ।"

जो देख पाए उन्होंने देखा कि 'खोई' अचार की पुड़िया पर अब तक वे खुद जमे बैठे थे।

हादसे की तहरीर चस्पा उनकी साफ झक्क पैंट के पुष्ट पर। उनकी चीख- पुकार नजारे को जीवंत बनाए हुए।

बगलवाले की तरफ तर्जनी बर्छी सी हिलाते हुए कहा, "नाश करा दी मेरी पैंट?"

"मैंने? बैठने से पहले जरा देख लिया होता तो क्यों होती अचार की खराबी। अब देखो—उलटा चोर…" दरखास्त का रुख अन्य सवारियों की ओर था, "सुनिए आप सब। ये कहते हैं मैंने जानबूझकर पैंट की खराबी कराई।"

"और नहीं तो क्या? फिर कहूँगा।"

"कि मैंने जबरन आपको अचार पर बिठा दिया?"

मुसाफिरों में कोई अचारवाले को लक्ष्य कर बोला, "जगह-जगह लिखा है कि बैठने से पहले सीट के नीचे देखा जाए।"

दूसरा बोला, "देखा गया। दिखी पुड़िया। अब तक पुड़िया में बंद 'बम' का जिक्र सुनने में नहीं आया था।"

इस पर कई हँसे भी। पैंटवाला भी चुप न रहा—

"नीचे देखा क्योंकि पहले से बैठे थे। ऊपर नहीं जहाँ पुड़िया गिरी पड़ी थी। सीट से हट मुझे उस पर बैठा दिया। सरासर साजिश।"

इस पर तेज-तर्रार तू-तू-मैं-मैं बढ़ती चली गई कई डेसीबल ऊपर। कमी आई कुछ देर से। दर्शक स्थिति का भरपूर आनंद लेते दो भागों में बँटे दिखे। इनमें से एक ने सलाह पेश की, "पूड़ी नहीं कचौड़ी है, बिना अचार खाई जा सकती है।"

दूसरे ने कहा, "सदाबहार आने को है, वहाँ अचार मिल सकता है।"

इस पर पैंटवाले का कहना था, "बाजारू अचार मेरे काम का नहीं। अचार क्या, बाहर का कुछ भी नहीं खाता। वह भी समय पर, जो निकला जा रहा है।"

ले-देकर सिचुएशन जटिल।

पैंट की खराबीवाले के किसी और पक्षधर की सलाह हुई, "खराब हुई तो उसे बदल लें।"

"कैसे? दूसरी है नहीं।"

"तो फिर जिसकी वजह से पैंट खराब हुई, वह पैंट दे।"

इस पर भी असहमति, "मुमकिन नहीं। नाप है अलग-अलग। इनकी पैंट में बमुश्किल मेरी एक टाँग आ सकेगी।"

"तो ठीक है। सदाबहार पहुँचने पर पैंट को साफ किया जा सकेगा। वैसे अंडरवियर तो है?"

"है, पर वह भी बचा नहीं रहा।"

"कैसे पता?"

"कैसे क्या, मालूम हो रहा है।" कुछ रुआँसे होते कहा।

बातों का ताँता रुका नहीं। सब न सही, कुछ जो सुना गया वह था—

"जो हो अचार बढ़िया है, दूर तक लपटें मारता है।"

"पुराना लगता है।"

"पैंट फर्स्टक्लास बढ़िया नाश हुई। कैसे साफ होगी?"

"सदाबहार में हो सकती है। ड्राईक्लीन भी।"

और दूसरों के लिए प्रसंग पीछे छूटा लगा। खामोशी भी, जो रह-रहकर घटना से निकट संपर्क रखते दोनों पात्रों की रुक-रुककर कहा-सुनी से ही भंग होती।

ड्राइवर ने इस बार हार्न ज्यादा जोर से बजाया। अपेक्षाकृत तेज कई स्वरवाला। इससे लगा कि स्टॉप आने को है। हार्न की आवाज से बाबा का ध्यान भंग हुआ और उन्होंने लगभग चीखते हुए जिज्ञासा प्रकट की, "कहाँ हैं? बाबा बिस्वनाथ धाम पहुँचे?"

दोनों चेले अगल-बगल से उन्हें सँभालने लगे, "स्वामीजी! विश्वनाथ नहीं, सदाबहार।"

"पहुँचे?"

"बस पहुँचते ही हैं।"

कहे को अनसुना करते हुए वे झटके से उठ खड़े हुए। पास से अनायास दंड

सँभालते कंधे उचकाते आगे बढ़ लिये। चेले उन्हें रोकने के प्रयास में बराबर कहते रहे, ''अभी नहीं, अभी नहीं!'' मगर बाबा उनकी बात को नकारते आगे बढ़ने से रुके नहीं। कुछ भी हो सकता था यदि वास्तव में पड़ाव आ न गया होता। बस सदाबहार के ऐन सामने जाकर रुकी। होटल के आगे लगे लाउडस्पीकर का गाना साफ सुनाई देने लगा, ''जरूर कोई बात है'' वगैरह।

आगे आते-न-आते सभी को ठेलते-ढकेलते विचित्र योद्धा सबको पीछे छोड़ दरवाजे से छलाँग लगा बस से उतरे। चेलों ने कोशिश साथ रहने की भरसक की, मगर बीच में फँसे रहकर बाबा से बिछड़ ही गए। नीचे पहुँचे बाबाजी को कुछ ही दूर पर खड़े डिसूजा दिखे तो हर्षनाद करते बोले, ''वत्स डिसूजा, हम आ गए।''

डिसूजा ने भक्तिपूर्वक अभिनंदन करते हुए कहा, ''स्वामीजी, आपने बहुत दिनों बाद दर्शन दिए। परंतु अकेले?''

''नहीं तो। अगम-निगम हैं।'' कहते इधर-उधर देखा और उन्हें न पाकर क्रोधित होना ही था सो हुए, ''लंठ अभी तक बस नहीं छोड़ पाए!'' फिर बस की तरफ मुड़कर जोर से पुकारा, ''दुर्मति मूर्खो, कहाँ हो?''

''भीड़ में फँसकर नीचे उतरने में देर हुई,'' कहते यथाशीघ्र गुरुवर के पास पहुँच नतमस्तक उनके दाएँ-बाएँ खड़े हुए।

दोनों लड़कियाँ साथ आती दिखीं—छोटी कुछ आगे और बड़ी मैरून शर्टवाली कुछ पीछे रहते। उनके पीछे मदनलाल आगे बढ़ते पीछेवाली लड़की के पास ठिठके, लगा कुछ कहा और फिर आगे बढ़े। बड़ी छोटी के पास जा साथ हो ली। कपिल अधिकतर मदनलाल के साथ रहे। इस समय मुख्य द्वार के पास पहुँच गए, लगा जैसे सबकी अगवानी करने को तत्पर। इन सबके बीच उनके अंदर का उपन्यासकार पूरी तरह जाग्रत् रहते लड़कियों की गतिविधि भी आँकता-परखता रहा।

सबसे बाद में रामदयाल ही बस से नीचे आए और इस तरह अन्य सवारियों से पीछे रहते होटल की तरफ अग्रसर थे, पर उनकी दृष्टि सब पर थी, जैसे—मदनलाल का बड़ी लड़की के पास रुकना आदि। किनारे की, औरों से कुछ दूर की, एकाकी टेबुल अपने लिए चुनी। वहाँ से बस से उतरती या उतर आई सभी सवारियों को देखा जा सकता था। उतर चुके मुसाफिरों में अचार-सनी पैंटवाले भी थे। अखबार लपेटे या लिपटे पास खड़े बैरे से बातों में उलझे दिखे। कभी हाँ तो कभी ना की मुद्रा में सर हिलाते। शुक्ल ने देखा, पर सुनने में न आए संवाद का आशय स्पष्ट था।

लड़कियों ने अपने लिए दूसरों से हटकर मेज चुनी थी। स्वामीजी मय-चेलों बैठे नहीं, पर जुगाड़ में थे। एकाएक रुके, फिर झपटते हुए लड़कियों की मेज की तरफ बढ़े। मंतव्य भाँपते चेलों ने आपत्ति जताई, पर स्वामी पर उसका कोई असर नहीं हुआ। चेले ने फिर कहा, ''उहाँ कहाँ गुरुजी, जनाना है।''

''जनाना-मर्दाना का भेद संन्यासी को? मूर्ख, सब एक-जैसे, बराबर।'' कहते, कुलाँचते पहुँचकर विराज लिये। आसपासवालों ने दृश्य देखा, आपस में कुछ कहा-सुना भी अवश्य होगा, पर उसका पता नहीं। अलबत्ता लड़कियाँ जरूर हतप्रभ दिखीं। लाचार हो एक चेला पास से कुरसी उठाकर उसे पाँचवीं सीट बना बैठा।

स्वामीजी के नेत्र अधिक देर तक की समाधि या अन्य कारणवश रक्तिम थे। दाढ़ी पर हाथ फिराते दृष्टि दूरस्थ केंद्रित करते दिखे, पर देर तक नहीं। बोले जैसे सहसा नींद टूटी हो। लड़कियों से रससिक्त वाणी में पूछा, ''कन्याओ, किस भोज्य की इच्छा है? निस्संकोच बताओ।'' फिर चेलों को आदेशित करते कहा, ''तुरंत उचित व्यवस्था हो।'' अपने लिए गोरस और शुद्ध मावे की कलाकंद। यह भी कहना न भूले कि डिसूजा को सब पता है। इसके बाद वही क्रम जारी—दाढ़ी पर हाथ फेरना, इस बार कुछ और भी मंद-मंद मुसकान। आगे बढ़ने से पहले ही सीन कटा और पटाक्षेप हो गया। दोनों लड़कियाँ उठीं और अबकी बार बहुत दूर की मेज पर जा बैठीं। यह संयोग ही था कि मदनलाल की मेज बगल की थी।

पूरे दृश्य के अनेकानेक दर्शक थे, जो बड़े ध्यान से पूरे दृश्य का अवलोकन कर रहे थे। ताली न बजाई, पर हँसी के ठहाके कुछ देर तक सुनने में आए। प्रतिक्रिया में जो कहा गया, समझना आसान न था। खैर।

शुक्ल मोबाइल पर बात कर रहे थे, ''बस लेट चल रही है। अभी सदाबहार पहुँचे हैं। मदनलाल हैं। हम दोनों साथ बैठे आए। वैसे सब ठीक है। डिसूजा को पूरी जानकारी है कि कैसे क्या होना है। ऑफिसर को चाहिए सिर्फ एक ठोस सबूत, जिसके बाद आगे की काररवाई होगी। तो सबूत उसे मिलेगा।''

''और बिट्टू?''

''इंतजाम है। इस बार रिकॉर्डिंग होगी। जी हाँ, डिसूजा ही। अच्छा तो फिर मिलते हैं। आदाब बेग साहेब।''

चम्मच से आगे की प्लेट में के दही-बड़े को तोड़कर मुँह में डाला, तो फिर दिखे अचारिया पैंटवाले, जो आकर पास ही बैठे थे। इस वक्त साथ में कोई अन्य मुसाफिर भी था। लगा यही कि उनकी समस्या का किसी हद तक समाधान हुआ भी, क्योंकि कमर से तहमद और हाथ में अखबार-लपेटा पैकेट। यकीनन पैंट-अंडरवियर होगा। स्टील का डिब्बा भी था। कचौड़ी खाई या फिर वैसे ही डिब्बा बंद। बतियाना हो रहा था। सुना भी जा सकता था। कह रहे थे, ''इंटरव्यू चौपट हुई। सरासर साजिश। सफरी बेहतरीन सूट देखते आँखों में झलक मारती ईर्ष्या मुझसे छुपी न रही थी। है भी तो इंपोर्टेड माल।''

इस बीच लखनऊ की तरफ से एक मोटरगाड़ी आकर रुकी। उससे उतरा एक आदमी होटल के अंदर दाखिल हुआ, जहाँ बसवाली सवारियाँ खाने-पीने में लगी थीं।

चारों ओर देखते मदनलाल पर नजर टिकी और उनकी मेज तक पहुँचा। खड़े होकर मदनलाल ने कुछ बात की, फिर अपनी सीट पर बैठ गए। आदमी लड़कियों के पास पहुँचा, तो मैरून शर्ट वाली बड़ी छोटी (सरला) से कुछ कहते उसे साथ लेकर उठी। देखने से लगा जैसे आए आदमी के साथ जाने को कहा हो। आपस में कुछ बात करते जब सरला ने बीच-बीच में कई बार नकारते हुए सर हिलाया, तो बड़ी परेशानी में पड़ी दिखी। फिर जैसे कहा मानते मेज पर से अपना मनीबैग उठा साथ हो ली। दोनों जाकर साथ-साथ कार में सवार हुईं। कार बैक कर लखनऊ की तरफ मुड़ी और तेज रफ्तार से आगे बढ़ गई। लगभग उसी वक्त एक मोटरसाइकिल स्टार्ट होकर कार के पीछे हो ली।

जो भी हुआ उसके एक दर्शक डिसूजा थे, जो गौर से घटनाक्रम देख रहे थे। देर न करते मोबाइल पर नंबर मिलाया और संक्षिप्त बात की ''कार वापसी पर है। हमारे आदमी भी। दोनों लड़कियाँ गई हैं। टाइम सात चालीस। बस।''

'सदाबहार' चौबीसों घंटे खुला रहता है, केवल कामगरों के शिफ्ट हर आठ घंटे बाद बदलते रहते हैं। ग्राहकों का जमावड़ा हर समय रहता है, पर शाम से देर रात गए तक ज्यादा भीड़ रहती है। ग्राहकों में इस समय कुछ दूर-दूर से आए भी होते हैं, जिनमें लखनऊवालों की आमद कुछ ज्यादा ही होती है। यहाँ के कबाब, बिरयानी, शाही टुकड़े आदि खास अंदाज रखते हैं। उन्हीं के लिए लोग अपने को मजबूर पाते बराबर आते रहते हैं। शनिवार, इतवार या फिर छुट्टी पर अपेक्षाकृत और अधिक जमावड़ा होता है। अमूमन हर शाम से लेकर देर रात गए तक टाइनी का खुद मौजूद रहना भी लगभग निश्चित समझा जाए। ऐसे में हर कोई उन्हें स्वागत करते पाकर खुश होता, तो उधर डिसूजा की नजर तले रहने से बचा कुछ न रहता।

शुक्ल-मदनलाल वाली बस जाने के करीब डेढ़-दो घंटे बाद एक पीले रंग की मारुती वैन तेज रफ्तार से आकर होटल के आगे रुकी। सवारियाँ गाड़ी पार्क कर अंदर की ओर बढ़ीं। उनमें से एक कुछ आगे रहते, चाल-ढाल से एलान करता सा कि अगुवा वही है। चारों तरफ नजर मार किनारेवाली मेज पसंद करते पास पहुँचा। सदर कुछ देर बालों में हाथ फेरते जायजा लेता दिखा। जेब से पैकेट निकाल सिगरेट सुलगाते पासवाले बैरे को इशारे से बुलाते हुए ही कुरसी सँभाली, मगर उसे कुछ आड़ा करने के बाद ही बैठा अकड़कर। इन सबमें यकीनन कोशिश यही कि आस-पास वालों पर उनकी न सही, पर उसकी अपनी अहमियत असरीली हो। कोशिश आगे बढ़ाते, फिल्माना अंदाज में पैर फँसा एक कुरसी अपनी ओर खिसकाकर उस पर पैर फैलाए। इसके बाद ही एक-एक कर साथ आए भी बैठे। अब तक बैरा पास आ चुका था और अदब से खड़ा उससे मुखातिब था। आँखों से उतारा चश्मा मेज पर रखकर सिगरेटवाले हाथ से बैरे को और पास आने के लिए कहने से पहले डिसूजा, जो पूरे घटनाक्रम के चश्मदीद थे, आगे बढ़े और दूसरे बैरे को बुलाकर सदर की तरफ बढ़ाते बोले, ''करीम, तुम साहब को कायदे से सर्व करो।

खातिर पूरी, कोई कसर न रहे।'' इशारा समझते करीम ने पहले तो एक फूलदान, बढ़िया फूलोंवाला मेज पर सजाया और फिर दस्तबस्ता सामने हाजिर हुआ। सदर खुश हुआ। एक बार फिर से हर तरफ गर्व से देखते बैरे की ओर मुखातिब हुआ जो हुक्म की फौरन तामीली करनेवाली मुद्रा में झुका खड़ा था।

''ऑर्डर करें हुजूर।''

''पीने को?''

''चाय-कॉफी-ठंडा।''

''समझे।'' फिर पूछा, ''पीने को क्या?''

''समझ गया। हुजूर ऑर्डर करें।''

जवाब देने से पहले उसे और पास आने का इशारा करते, फुसफुसा कर कुछ कहते पाँचों उँगलियाँ हवा में लहरा दीं। फिर सिगरेट का सूटा खींचने में मुब्तिला हो गए। बैरा ने जाते हुए मुड़कर पूछा, ''पानी?''

''नो। कोल्ड ड्रिंक।''

मुस्तैदी से चलता डिसूजा के पास से गुजरा तो उनका कहा कान में आया, ''स्पेशल ट्रीट।'' वह खामोश रहते बढ़ता चला गया। वापसी में गिलासों के साथ एक और बेहतरीन गुलाबदान। खूबसूरत महकते गुलाबों से अटा। इसे सदर के ऐन सामने सजाया। पहलेवाला वापसी में साथ ले गया।

पहला दौर खत्म होते जरा देर न लगी। बैरे की तरफ फिर उँगलियाँ उठीं। सभी सिगरेट पी रहे थे, पर सदर का रंग ही कुछ और था। सिगरेट मुट्ठी में ऊपर उठी हुई। कश लेते तो पूरी मुट्ठी मुँह छेंक लेती। छोड़ते तो साथ चुटकी बजा राख झाड़ते हुए। इस पर भी कुरसी तिरछी कर मेज से दूरी बनाते बैठने का भी मतलब साफ कि वे औरों से अलग अहमियत रखते हैं। वे हँसे। साथियों की ओर घूरते डायलॉग उछाला, ''स्साली का बाप! धमकाने आया। मुझे!'' रुककर गिलास उठाया। मुँह लगा खाली करके ही वापस मेज पर रखा। फिट सूटा। धुआँ कुछ मुँह से, कुछ नाक से निकालते बची सिगरेट एश-ट्रे में रखी नहीं, कसकर रगड़ी। किसी के सर रगड़ने जैसा अंदाज। एक सिगरेट और मुँह से लगाई, माचिस पर उँगलियों से प्रहार करते सारे साथियों को घूरा। एक-के-बाद-एक। जिस पर नजर रुकी, जमी रखते, जैसे वही हो लड़की का बाप, डायलॉग ठोका, ''बोला न···पुलिस, कचहरी, अदालत—जो मन करे, कर ले। गया स्साला सब कहीं, पर पलटा लटका हुआ··· हा-हा-हा। मुट्ठी हिलाते, क्या?'' सबने हर्षध्वनि की, जिस पर नजर गड़ाई थी उसने दूसरों से ज्यादा। उसी ने पीठ भी थपकाई और साथ ही खाली गिलास हवा में उलटाया। सदर ने देखा तो पास ही मौजूद बैरे की तरफ इशारा किया। पास आने पर शाहाना ढंग से पूछा, ''खाने का स्पेशल?''

''चिकेन बहार, सदाबहार की खास मुगलाई कोरमा-बिरियानी।''

हाथ उठा चुप करते ठसक भरे लहजे में कहा, ''ठीक। सबके लिए। उसके पहले चिकन टिक्का। देखते नहीं सबके गिलास? खाली हैं? क्या?''

बैरा मुस्तैदी दिखाता हुक्म की तामीली में लगा। यूँ भी सभी सुरूर से गाफिल हो लिये थे। सदर ने फिर बोलना शुरू किया, ''खुड्डूस किशोर चिकना नहीं, खूँखार-जालिम है।'' विलेन की दाँत-भींची हँसी के बीच आगे का संवाद था, ''लड़की को कहना किसी और की तरफ निगाह डाली तो चेहरे का नक्शा बदल दूँगा। तेजाब से।''

रोमांचक डायलॉग के चलते दूसरे सभी जाम खाली करने की होड़ में थे। बहकना लाजिमी, क्योंकि सदर पूरे जोम पर। पहले उसने ताली बजाकर बैरे को बुलाया। फुसफुसाकर कुछ कहा और उसके जाने के बाद साथियों को पास आने का हाथ का इशारा किया। सभी ने झूमते रहते फौरन हुक्म की तामीली की।

''कभी हलके से न लेना। कहा सो किया। चेहरा तेजाब से बिगाड़ने को बोला। बूढ़ा समझता है। होगा।''

ऑफिस में बैठे डिसूजा रिकॉर्ड होती सारी बातचीत सुन भी रहे थे। खत्म होते ही बटन दबाकर कैसेट निकाल पैकेट तैयार करते देर न लगी। उसे मिनटों बाद एक मोटरसाइकिल-सवार कश्यप तक पहुँचाने के लिए लखनऊ रवाना हो गया।

इसके बाद कल और आनेवाले कुछ दिनों में जो करना था उसकी तफसील के साथ कब कहाँ वारदातों को अंजाम दिया जाना और किसकी किस जगह मौजूदगी होनी चाहिए—मुकम्मिल जानकारी और हुक्म मानने की हिदायत—साथ ही किसी की हुक्मउदूली न बख्शे जाने की चेतावनी। आदि। इस बीच ऑर्डर सर्व हो चुका था। फिर क्या, उस पर सभी टूट पड़े।

डिसूजा 'सुमति' के कामों में एक विशेष जिम्मेदारी निभाते थे, वह थी आवश्यक जानकारी प्राप्त कर उसे संस्था के गुप्तचर विभाग के संचालक कश्यप तक पहुँचाना। अपने कामों और सदस्यों के बीच पारस्परिक संपर्क आदि में भी गोपनीयता आवश्यक मानते हुए इसे नियमबद्ध किया गया था। उदाहरण के लिए डिसूजा से कश्यप का संपर्क सालों काम करने के बाद भी केवल फोन पर ही रहा। मिले कभी नहीं। उन्हें पता भी न था कि वे विभागीय सदस्य हैं या अध्यक्ष। सच तो यह कि 'कश्यप' उनका अपना है ही। 'सुमति' के कार्यों और उससे जुड़े सदस्यों की गोपनीयता के मूल सिद्धांतों के अनुसार उसे वरीयता मिली थी। इसका कड़ाई से पालन करना अनिवार्य भी। खैर, बात हो रही थी बस के सफर की।

प्राय: सभी सवारियाँ 'सदाबहार' छोड़ बस में जा पहुँची थीं। ड्राइवर ने हॉर्न बजा बस छूटने का संकेत दिया। देर थी तो स्वामीजी के वापस काशी पहुँचने की उलझन के कारण। उन्हें भी समझा-बुझाकर मय-चेलों के बस में चढ़ाया गया और बस चल दी।

□

सुमति

'सुमति' की स्थापना के पीछे मुख्यतः रामदयाल शुक्ल थे, पर अकेले नहीं; साथ तीन और भी थे, जो समयांतर से मिले, पास आए और फिर एकजुट हो संस्था को स्थापित कर विकसित करने में सहयोगी बने। सभी अपने-अपने क्षेत्रों के ख्यातिप्राप्त थे। मिर्जा महमूद बेग (फौजी कर्नल); बाँकेबिहारी प्रसिद्ध (पत्रकार), वर्षों जाने-माने समाचार-पत्रों के संपादक रहे; और ओमप्रकाश गुप्ता (नामी फौजदारी वकील), अब भी उसी से जुड़े हुए। जीवन-अनुभव एवं प्रशासनिक क्षमता भरपूर, इसलिए संकल्पित बीड़ा उठाया तो प्रयास कारगर होना निश्चित था। ऐसा ही हुआ। थोड़े समय में ही शीघ्र गति से विस्तार हुआ। 'सुमति' प्रत्यक्ष रूप से दूसरी संस्थाओं जैसी थी, पर परोक्ष में उनसे हटकर, क्योंकि मूलतः इसकी मान्यता और उद्देश्य बिलकुल अलग थे। संक्षेप में, कैसे भी अन्याय का प्रतिकार और उसका यथाशक्ति मुकाबला।

कार्यरत रहते दिनों के कटु अनुभव तो थे ही, पर सेवानिवृत्त होकर सामान्य रूप से जीवन व्यतीत करना आसान न पाया। कदम-कदम पर व्यवधान। अलग-अलग शक्लों में उत्पीड़क तत्त्व जीना मुहाल करते। हर तरफ लूट-खसोट, घूसखोरी का आलम। रहा अधिकारीवर्ग, तो वह भी अलग नहीं। नोचा-खसोटी में बराबर संलिप्त। ऐसे सभी तत्त्व अलग-अलग मुखौटों में दिनोंदिन जनमते-पनपते, आम जनजीवन पर दीमक जैसा चिपटकर उसे खोखला बनाने में लगे हुए मिले। नजात की कोई सूरत नहीं। खास वजह त्रासदी झेलने को, मजबूरन ही सही, आदत बना लेना।

कुछ ने त्रासदी के खिलाफ आवाज बुलंद की और इन मुसीबत के सौदागरों से लोहा भी लिया, पर हुआ कुछ नहीं। ऐसी इक्की-दुक्की कोशिशों का खास असर न हुआ। प्रचलित कहनूत 'अकेला चना भाड़ नहीं फोड़ता' को ही एक और बार चरितार्थ करने जैसा। वास्तव में देखा जाए तो मसले के निपटारे के लिए गहराई में जाकर सोच-

विचार भी नहीं किया गया। देखने में जो आया वह यही कि परिस्थिति का लाभ उठाते विविध जन-संस्थाएँ कुकुरमुत्तों-सरीखी उभरीं और फैलती गईं। ये भी अपने अलग-अलग ढंग से शोषण में ही लगी रहीं, जो कि अधिकतर का मुख्य ध्येय था।

'आवारा बाल समिति', 'नारी निकेतन', 'रोजी रोटी रोजगार समिति', 'कुकुर गृह', 'वृद्ध जन केंद्र'—जाने कितने और भी। प्रशासन ऐसी संस्थाओं में से अधिकतर को एन.जी.ओ. की पहचान ही नहीं, अनुदान की व्यवस्था भी करता है। होती है वही बंदरबाँट, जिसके चलते घाटे में वही रहते हैं जिनके लिए संस्था बनी या फिर यह कहना कि दुकान सजी।

'सुमति' भी सार्वजनिक तौर पर एक ऐसी संस्था थी जो गरीब घरों से आए बच्चों को शिक्षा दिलाती और बाद में उचित व्यवसायों में लगाती। जरूरतमंद परिवारों को शादी-विवाह के लिए सहायता आदि की व्यवस्था में हाथ बँटाती। ईमानदारी के साथ परोक्ष में उद्‌देश्य कुछ दूसरा ही था। अन्याय और अन्यायी का प्रतिकार और उनके विरुद्ध मोरचा। जनजीवन को उत्पीड़ित करनेवालों को चिह्नित कर उनके किए-धरे की पूरी जानकारी इकट्‌ठा करना। भरसक कोशिश कि वे अपने-आप सही रास्ते पर आ जाएँ। यदि कोशिश नाकामयाब रही तो उस हालत में पहले तो उनकी करतूतों का पर्दाफाश और उसके बाद उन्हें दंडित कराने के लिए व्यवस्थित रूप से आगे की काररवाई। 'सुमति' ने समुचित संसाधन एकत्रित भी किए थे।

इसके अलावा कुछ ऐसे तत्त्व या मसले भी आते थे जो किन्हीं कारणों से पुलिस या अन्य दंड-व्यवस्था की पकड़ में साधारणतया न आ पाते हों, उनसे सीधा आमने-सामने का निपटारा। उदाहरण आगे मिलेंगे।

शीघ्र ही 'सुमति' एक सशक्त संस्था बनी। परिकल्पना, अवधारणा और उसे वास्तविकता में लाते अपने उद्‌देश्य की प्राप्ति की ओर बढ़ते रहना संभव हुआ। सुव्यवस्थित कार्यप्रणाली और नियमों का निष्ठा से पालन—इन सबके पीछे थे चार विशिष्ट चिंतक अनुभवी व्यक्ति, जो पूरी तरह समर्पित रहते हुए कार्यरत थे। कार्यक्रम निश्चित कर आगे बढ़ाने के पीछे गहन चिंतन था।

जनजीवन की परेशानियाँ अधिकतर राजकीय और अराजकीय महकमों से जुड़ी होती हैं। कारण यही कि इनके अधिकारियों द्वारा खास तौर पर उनके द्वारा जो निचले तबके के हैं, अपने अधिकारों का दुरुपयोग। ऐसा करते ठोस आमदनी का जरिया, जिसे उचित भी मान लिया जाता है। जिस काम को करने की नियुक्ति हुई, उसी की कीमत उगाही सरासर अन्याय होते हुए भी पार पाना आम आदमी के लिए आसान नहीं। विरोध भी लेश मात्र। अधिकतर सहते चले जाने की प्रवृत्ति प्रताड़क को शह दिलाना है। ऐसा रच-बस गया सोच अन्याय को पनपाने जैसा ही है। रूप भी अनेक हैं। मसलन, कुछ हैं

जो कभी अकेले तो अकसर गुटों में सरेआम लूट-खसोट, औरतों से छेड़छाड़ जैसे कारनामों को दिन-दहाड़े अंजाम देते आते हैं। आसपास के लोग-बाग मदद पर आते नहीं, सिर्फ तमाशा देखते रहते हैं। पुलिस-कचहरी इन पर काबू पाने में नाकाफी रहती है। उनकी मजबूरी सरकारी काम कायदे से किए जाने के नियमों की पाबंदी। उसके लिए पहले वारदात हो, फिर उसकी एफ.आई.आर. (जिसे दर्ज कराने की मुश्किलें अलग) अगर दर्ज हुई, तभी तफतीस हो सकती है। खैर, तफतीस हुई, तो वारदात के गवाह, जिनका मिलना बहुत मुश्किल। मिला कभी तो न मिलना अकसर। जैसे-तैसे कचहरी तक पहुँच हुई। सोच देखें क्या होगा या होता है। इसके बाद फिर से नई वारदात का इंतजार। 'सुमति' ने इसका उपाय और अंजाम देने का भी इंतजाम किया है। असरदार भी कम नहीं।

हर एक की जिंदगी में न्याय-अन्याय के अवसर कमोबेश आते ही हैं। अन्याय से जुड़ी घटनाएँ त्रासदी की होती हैं। अधिकतर लोग उनसे मुँह फेर गर्द झाड़ रस्ते लगते हैं, वहीं किसी एक के लिए उसकी अनदेखी करना मुमकिन नहीं होता। यही नहीं, उससे प्रेरित हो कुछ कर गुजरने के लिए कृतसंकल्प भी होते हैं। उदाहरण के लिए वह एक घटना जो एक रात दक्षिण अफ्रीका में हुई थी। समय था जब श्वेतों और अश्वेतों के बीच भेदभाव की दीवार थी। रेलगाड़ी में दोनों के लिए अलग डिब्बे होते थे। उस रात एक अश्वेत मय-सामान के एक छोटे स्टेशन पर जबरन उतार दिया गया, क्योंकि वह श्वेतोंवाले डिब्बे में जा बैठा था। घटना नई न थी, होती ही रहती थी। बहुतेरों के साथ हुई होगी जिन्होंने उसे भुला देना ही उचित माना, पर इस अश्वेत ने नहीं। नाम था मो. क. गांधी। उसने घटना के तुरंत बाद आवाज उठाई। जैसे एक चिनगारी फूँक मारने से आग बनती है, वैसे ही वाजिब मकसद से उठाई आवाज आंदोलन का रूप ले सकती है। कुछ वैसा दक्षिण अफ्रीका में हुआ था। संक्षेप में, अन्याय का भरसक प्रतिकार।

इन चारों के साथ सम विचारों की वजह से ऐसा ही कुछ हुआ। अन्याय चाहे जैसा हो, उसे सहन करते जाना रास न आया, इसलिए उससे मुकाबले की तैयारी में लगे। व्यवस्थित रूप से आगे बढ़ाने में अनुभव की कमी न थी, इसलिए संस्था-संचालन सफलता से चला। लोगों में इसके प्रति विश्वास जगा तो बड़ी संख्या में साथ देने आगे आए—हर तबके के, क्योंकि उन्हें उनकी कमजोरी का लाभ उठाते उत्पीड़न और उत्पीड़कों से दो-दो हाथ करने के लिए 'सुमति' में एक सशक्त विकल्प नजर आया। आम लोगों का यही विश्वास 'सुमति' की शक्ति बना और वह दिनों-दिन मजबूत बनती चली गई।

'सुमति' की स्थापना के मुख्य प्रणेताओं को इस ओर प्रेरित करने के पीछे उनके सक्रिय सेवाकाल के कुछ अप्रिय कटु अनुभव भी थे। कितनी ही बार अन्याय-अन्यायी का पक्षधर बन बेगुनाह को बेवजह दंडित करने को मजबूर। ऐसी यादें पीछा न छोड़तीं

नौकरी छोड़ने के बाद भी। वाजिब तौर पर कुछ ऐसा करने की प्रबल इच्छा थी कि पहले के किए की, हजार जबरन कराए गए फिर भी, कुछ तो भरपाई ठोस रूप में की जा सके। जैसा कि कहा, यह भी 'सुमति' की स्थापना के पीछे एक विशेष कारण था।

रामदयाल की कितनी ही यादें थीं, जो लगातार उन्हें पिछुवाती रहीं, जैसे एक साधारण मेहनत-मजदूरी करनेवाले अमरत वघेरा की व्यथा-कथा।

अमरत वघेरा मजदूरी करके अपने परिवार-पत्नी और दो बच्चियों का पालन-पोषण करता था। एक सड़क दुर्घटना में उसकी मृत्यु हो गई। अमरत के किसी तरह पेट काटकर बनवाए दो कोठरियों के मकान में उसकी बेवा बंसी अपनी दोनों बेटियों के साथ जैसे-तैसे गृहस्थी चला रही थी। तभी जैसे परिवार को ग्रहण लग गया। जड़ में थे मृत अमरत के अपने बड़े भाई गिरधारी, जो गिरदू सेठ कहकर जाने जाते थे। धनी-मानी, हर तरह से संपन्न। क्या नहीं था उनके पास। फलों विशेषकर सेब के बड़े आढ़ती। कितनी ही दुकानें। छोटे-बड़े कई मकान, जमीन-जायदाद। तिस पर भी छोटे भाई की मौत हो जाने पर उसका मकान हथियाने में कोई कसर न छोड़ी। हर हथकंडा कि किसी तरह तंग आकर बंसी औने-पौने दाम ले मकान छोड़ दे। हुआ उलटा। बंसी मुकाबले पर डटी रही। शासन के नीचे तबके के कर्मचारियों को मुट्ठी में रखने में गिरदू को महारत हासिल थी, उसमें देर न की। बात बनी नहीं और होते-करते पहुँची उस समय के प्रमुख पुलिस अधिकारी रामदयाल शुक्ल के पास।

मामला साफ था, फिर भी इसकी तह तक जाना ही था, उसमें देर न हुई। रिपोर्ट तैयार आगे बढ़ाने को कि आई बाधा। ऊपर से विपरीत संकेत। स्थानीय नेताओं का भी बढ़ता दबाव। वैसे 'ऊपर' का संकेत एक तरह से निर्देश ही होता है, जिसकी अवहेलना सरकारी दफ्तर में संभव नहीं। नकारना मुसीबत को दावत देने जैसा हुआ करता है। गरज यह कि दूध में गिरी मक्खी अनदेखी करते गले से नीचे उतार लेना। जो करना पड़ा सरासर अन्याय था। एक बेबस मुसीबतजदा बेकसूर को कसूरवार करार देना। बेवा बंसी और उसकी दोनों बच्चियाँ रोती-कलपती बेघर हो गईं। यह अलग बात है कि उनकी चीख-पुकार मौके पर मौजूद रहतों के कानों में न आई हो, पर गैबानी तौर पर असर कई गुना ज्यादा हुआ। ऐसा कि उसकी अनुगूँज कहीं आगे तक बरकरार रही और अब तक है। बेसहारा बेवा और उसकी बेटियाँ कहाँ गईं? उनका क्या हुआ? किसे मालूम। उन्हीं जैसे और कितने ही मासूमों की भीड़ में जा समाई होंगी, पर रामदयाल की यादों में रहीं। जब-तब सामने आ खड़ी होती हैं। शर्मशार रामदयाल का सिर ही नहीं झुकता, गुस्सा भी कम नहीं जो उफनता रहता है। यही घटना नहीं, कितनी ही और थीं। खैर। इस तरह के अनुभव और तीनों के भी थे, जो साथ इकजुट होने का खास कारण बने। देखा जाए तो यह पश्चात्ताप की भावना सम्मिलित प्रयास में लगे रहने को प्रेरित भी करती आई।

अन्याय या हर अन्यायी के खिलाफ लड़ाई और जीत, बेगुनाहों को उनके माध्यम से मिली यातनाओं का किसी हद तक बदला चुकाना जैसा संतोष दिलाता था।

'सुमति' के हर काम और व्यक्ति-परिचय को गोपनीय रखने पर आग्रह ही नहीं, नियमबद्धता थी। आलाकमान में कौन क्या है आदि की जानकारी किसी को न थी। चारों के बारे में बस यही पता था कि साधारण सदस्य हैं, पर प्रतिष्ठाप्राप्त अपने क्षेत्र के अनुभवी, इसलिए सलाह-मशविरे के लिए सहज उपलब्ध। किसी काम को करने के लिए उपयुक्त सदस्य। सदस्यों को जिम्मेदारी आवंटित मिलती, पर संबंधित व्यक्तियों को पारस्परिक जानकारी केवल उतनी ही जितनी आवश्यक हो।

जानकारी (इंटेलिजेंस) पर विशेष ध्यान। इसे सावधानी से इकट्ठा किया जाना अति आवश्यक समझा गया था। निशाने पर का कोई भ्रष्ट अधिकारी, समाजसेवी नेता, उपद्रवी अकेला या गुट में—इन सबकी हर जानकारी कर लेने का प्राथमिक नियम था। इसके लिए व्यापक प्रबंध थे।

हर श्रेणी के सदस्यों को शामिल करते चारों ओर हर जगह फैला विस्तृत जाल। होटल, रेस्तराँ, सड़क, चौराहे पर काम करते या मौजूद रहते सदस्य जैसे टैक्सी व ऑटो-ड्राइवर, खोंचे-रेहड़ीवाले और यहाँ तक कि बहुतेरे भीख माँगते भी शामिल थे। इनके सिवा स्टिंग ऑपरेशन की मदद भी उपलब्ध थी। जिस एकांश पर यह कार्यभार था उसका संचालन करते थे 'कश्यप', जो अपने पूरे नाम रामकुमार के साथ संस्था के कोषाध्यक्ष थे।

'सुमति' की अनवरत चर्चा और उसकी जानकारी दिए जाना शायद उचित न लगे। लेकिन इसे मात्र एक संस्था नहीं बल्कि कथानक का एक पात्र समझ लिया जाए, जिसे जानना-समझना उसी तरह आवश्यक है जिस तरह कि अन्य पात्रों को जानना-समझना। इसलिए भी कि पूरा कथानक इसी पर केंद्रित है। मंदिर में स्थापित की गई मूर्ति प्राणप्रतिष्ठा होने पर श्रद्धालुओं में विश्वास जगाते प्रेरणा-स्रोत बनती है। ठीक वैसे ही इससे आ जुड़े लोगों के मन में यह साधारण संस्था नहीं, विश्वास का एक प्राणवान जीता-जागता प्रतीक ही नहीं, प्रेरणा का अजस्र स्रोत बनी हुई है।

एक दिन ऐन सुबह शुक्ल के निवास पर शहर के संपन्न व्यापारी सतीश वर्मा आए। बातचीत के दौरान जिक्र किया किन्हीं लोगों का, जो परेशान कर रहे हैं। निशाने पर उनकी पुत्री। घर से निकलना, कॉलेज जाना मुश्किल कर दिया गया है। समझ से बाहर कि किया क्या जाए। ये सब शुक्ल सुनते रहे। वर्मा ने बताया, "एक नहीं, पूरा गुट है। उसमें आसपास के लुच्चे-लफंगे होंगे, पर सरगना यहाँ का नहीं, बाहरी जान पड़ता है। बिट्टू के नाम से जाना जाता है।"

शुक्ल ने हुंकारी भरी तो वर्मा ने बात आगे बढ़ाई, "यकीनन चोरी-चपाटी व चेन-

घसीटी वगैरह तो करते ही होंगे, पर मेरी परेशानी है शोहदेपन की।''

''बिट्टू नाम बताया?''

''जी। किशोर भी कहते हैं। लड़की का पीछा करना बंद नहीं होता तो बताइए कॉलेज का क्या हो?''

आगे भी उसी की चर्चा चलती रही—शाम को रेस्तराँ में जमा होते हैं। खाना-पीना कभी मुफ्ती तो कभी दाम चुकाकर। आदि।

''पुलिस?''

''कोशिश की, पर हुआ कुछ नहीं। गौर करें—कहते हैं कि इससे केस नहीं बनता। वारदात हो, फिर उसकी एफ.आई.आर., तब न तफतीस हो सकती है। बस वही कुछ न करने की बकवास।''

कुछ देर और बातें चलीं, फिर वे चले गए। उनके जाने के बाद शुक्ल ने उठकर टेलीफोन पर नंबर मिलाया, ''कश्यप, मैं 'सुमति'।''

''जी?''

''कोई गुट है-किशोर का?''

''उर्फ बंटी।''

''तो?''

''पूरी जानकारी कर ली गई है—बशीर देख रहे हैं कि आगे क्या करना है।''

'' 'सिखावन' ठीक रहेगा। कब तक?

''आज या कल रात।''

''वही करें। अच्छा नमस्कार।''

टेलीफोन रखा ही था कि संगीतकार देशपांडे का आगमन हुआ। उन्हें शुक्ल बैठक में ले गए। पुलिस महकमे में रहे, पर रामदयाल का संगीत से विशेष लगाव रहा। सितार पर महारत, तो उसके साथ गायकी पर पकड़ भी। स्वर ईश्वरीय देन तो लगन के साथ अनवरत रियाज ने उन्हें योग्य गायक बनाया, जो सर्वमान्य था। दूसरे जानकारों में उनके प्रति समुचित आदर था। ऐसों में एक थे देशपांडे, उनके करीबी मित्र।

संगीत-गोष्ठी देर रात तक चली।

□

सिखावन

'सुमति' का 'सिखावन' एकांश एक तरह से डायरेक्ट एक्शन का था। इसके प्रमुख संचालक थे बशीर। समिति व्यापक रूप से फैल चुकी थी और साथ ही सदस्य-संख्या। चुनिंदा सदस्य ही इस एकांश में रखे जाते थे, जिनके परीक्षण की भी व्यवस्था थी। इस समय उनके निशाने पर था बिट्टू गैंग। इनके बारे में पूरी जानकारी की जा चुकी थी—जैसे, काम करने का तरीका, गैंग के प्रायः सभी की पड़ताल आदि। उनसे मुठभेड़ में कितने सदस्यों की जरूरत होगी, इस पर गौर करते पुख्ता प्लान तैयार था, जिस पर पूरी काररवाई की जानेवाली थी। ऐसा ही हुआ।

कमान मनजीत के हाथ, पर बशीर ने खुद भी साथ रहना तय किया। संकलित जानकारी के अनुसार गैंग में बारह-एक लोग शामिल थे। गुट के सरगना बिट्टू के बारे में मुस्तकिल जानकारी पर जोर दिया गया था, इसलिए वह कहाँ रहता और उठता-बैठता है आदि की विस्तृत सूचना थी। पता था कि गुट दो हिस्सों में बँटकर दहशतगर्दी और दूसरी वारदातों को अंजाम देता है। बिट्टू अपने साथ कुछ चुने हुए खास साथी रखता था, जो औरों के देखते ज्यादा शातिर बिगड़ैलों में शुमार थे। एक तरह से अलग ढंग का गैंग, जो खास काम करने में महारत हासिल किए था, मसलन डरा-धमकाकर या फिर सीधे मारपीट, जोर-जबरदस्ती हफ्ता-वसूली करना।

बिट्टू का अंदाज औरों से अलग बंबइया हीरो जैसा और इसी स्टाइल से लड़कियों से पेश आना भी शुमार। शामिल था उन्हें छेड़ना-डराना-धमकाना। यही नहीं, हाथ डालने में भी पीछे नहीं। इन सबके साथ बेहद बड़बोला, जिसमें कोई कमी कभी नहीं, बल्कि अंगूरी की गिरफ्त में कुछ ज्यादा ही। यही वजह रही उसके गुट की पूरी जानकारी 'सिखावन' के पास होने की। एक बार जब वह जोम में आ पूरे प्लान का इजहार कर रहा था तो उसे पता न था कि उसके अदा किए हर एक डायलॉग रिकॉर्ड होकर बशीर

के पास फौरन से पेशतर पहुँच लिये थे।

उस रात एक नहीं तीन जगह 'सिखावन' की घेराबंदी थी। बंटी के अपनेवाले गुट से निपटनेवालों में बशीर खुद शामिल थे। साथ में पाँच और साथी, उनमें एक स्त्री-सदस्य। खोमचे-रेहड़ीवालों से जोर-जबरदस्ती संरक्षण के नाम पर हफ्ता-वसूली और दीगर छुटभैये दुकानदारों को घुड़काते मुँह में सुलगती सिगरेट दबाए दबंग स्टाइल से चलते हुए उस्ताद बंटी पास के लैंपपोस्ट से कंधा अड़ा खड़े होकर दूसरे साथियों की कारगुजारी पर नजर मारते दिखे। इस बीच खड़े और लैंपपोस्ट से अड़े रहते कई पोज लेने में भी कोई कसर न छोड़ी। तभी दिखी बेहद घबड़ाई हुई लड़की, जो उन्हीं की ओर बढ़ती आ रही थी। पास पहुँचते बंटी के किसी साथी ने सीटी मारी तो किसी दूसरे ने फब्ती उछाली, धीरे नहीं काफी जोर से। इस बीच बंटी बालों को उँगलियों से उलझाए उन्हें इधर-उधर करते लड़की को बराबर घूरते रहे।

लड़की तेज चाल से उनके सामने से गुजरती आगेवाली गली के मोड़ पर रुकी, इधर-उधर ताकती जैसे उलझन में फँसी हो कि मुड़े या नहीं। ऐसा भी लगा कि मदद की तलाश में हो। बस लैंपपोस्ट छोड़ बंटी उसी तरफ ऐक्टराना अंदाज में बढ़ चले। पास पहुँच कुछ इस तरह मुखातिब हुए, "रस्ता भूली या पता? नो प्रोब्लम, मैं हूँ न।"

मदद के लिए आ खड़े को देख लड़की कहीं और ज्यादा घबड़ाई दिखी। बंटी कुछ और पास हो लिये। हौसले बुलंद सीटी पाड़ते। फरमाया तो शायराना ढंग, नाटकीयता से लबरेज, "जानम! बंदा हुक्म का गुलाम। बस हुक्म हो, मगर उसके पहले नजर उठा आँख मिले तब न बात बने।"

इस बीच दो-तीन साथी भी आ गए, शायद चल रहे दिलचस्प सीन का पास से आनंद लेने, तो साथ ही गली में मुड़ने का रास्ता छेंकते।

उजलत में आई लड़की लगा गली का मोड़ छेंकने से बेहद डर गई है कि आगे करे तो क्या। मगर एकाएक झपाटे से मुड़ी। अब बारी बंटीजी की, जिन्होंने कहीं और ज्यादा फुरती दिखाते मुड़ गई पीठ की तरफ हाथ बढ़ा कंधे तक पहुँचाते रस-डूबा डायलॉग बोला, "डियर हसीना, ऐसी बेरुखी खादिम से? च-च-च…" आगे कुछ और कहना मुँह में ही अटका रह गया, सुनने में आई एक चीख कहीं ऊपर से लहराती और उसी के साथ दिखे जमीन पर आ गिरे उस्ताद चारों खाने चित। साथी सन्नाटे में अकबकाए, एक-दूसरे का मुँह देखते, मगर कुछ ही लम्हों के लिए, क्योंकि पलक झाँपते सब कुछ अँधेरा हो गया। घुटी आवाज में मदद की गुहार लगाई, मगर आता भी कौन। सभी कंबल-तले थे। यही नहीं, धुनाई भी शुरू हो गई थी। इस नए दृश्य की एकमात्र दर्शिका वह थी जिसे बंटी ने जानम कहकर संबोधित किया था, जो कि 'सिखावन' की उस टोली की ही सदस्या थी। खातिर बंटी की औरों से ज्यादा, क्योंकि

उसकी जिम्मेदारी बशीर ने अपने पर ली थी।

कंबल डालने के दो खास फायदों में एक यह कि भीतरवाला शिनाख्त कर नहीं सकता। दूसरा यह कि धुनाई-पिटाई कितनी ही तबियत से की जाए, पर हड्डी-पसली महफूज रहे। मरम्मत हाथ से ही नहीं, रबड़ के डंडों से भी की जाए तो भी, जैसा किया जा रहा था। 'सिखावन' का काम चलता रहा। बंटी जमीन पर औंधे पड़े थे। उन्हें ऊपर उठाते किसी ने कान में कहा, ''खातिर में कोई कमी? क्या!''

जवाब में कुछ आवाजें कंबल-तले से आईं तो उन्हें अनसुनी करते बशीर ने कहना जारी रखा, ''दस्तूर तो है नाक-कान काट खीसे में रखने का, पर हाँ—आपकी पसंद है तेजाब। हुजूर कहें तो फौरन पेश हो।''

अबकी कंबल के नीचे से कहा गया फिर समझ में न आ सका, पर आवाज थी बेतरह बेबसी से घबड़ाई हुई।

''ठीक है, अबकी न सही, पर अगर अगली मुलाकात का आपने मौका दिया तो वादा रहा कि नाक-कान को तेजाब की भरपूर फोहार से यकीनन नवाजा जाएगा। दूसरे आपके साथियों की खातिरी आप जैसी ही होगी। इत्मीनान रहे।''

कायदे के मुताबिक छोड़ने से पहले आँख-मुँह पर टेप लगाया जाए, पर यहाँ सभी बेदभ हो लिये थे। काररवाई पूरी होने में मुश्किल से पंद्रह-एक मिनट लगे। ठीक ऐसा ही अन्य दो जगहों पर भी हुआ जिसकी सूचना बशीर के पास आई।

देखने में यही आया कि 'सिखावन' से पाई एक खुराक असरदार होती थी। सिफत अचरज से भरपूर क्योंकि मर्ज के साथ मरीज के काफूर होने में देर न होती। वापसी भी कभी नहीं। यानी यकीनन अक्सीर। यही इस गिरोह के साथ भी हुआ। पता लोग-बागों से मिला, जिनमें सतीश वर्मा भी शामिल थे।

इसके कुछ दिनों बाद वर्माजी की शुक्ल से भेंट हुई तो उन्होंने हैरत जताते बंटी और उसके गिरोह के एकायक गायब होने का जिक्र किया। उचित रूप से चकित होते शुक्ल ने सुना और यही कहा कि मदद और नहीं तो भगवान् जरूर करता है। दैवी चमत्कार बताते यह भी कहा कि विनायक मंदिर जाकर मनमाफिक पुजापा पुजारी पं. रामलाल के पास दिया जा सकता है, वे ऐसे मिली धनराशि का सही उपयोग करते हैं।

साल के अंत में अगले के आरंभ होने से पहले वार्षिक लेखा-जोखा करते आँकड़ों के अनुसार 'सुमति' द्वारा सुलझाए गए मसले पिछले तीन वर्षों से कहीं ज्यादा थे। संख्या सैकड़ों को लाँघते हजार वाली पाली में पहुँच गई थी। एक तथ्य भी उजागर हुआ कि अन्यायियों-उपद्रवी तत्त्वों की भीड़ में सीधे-साधों का अभाव नहीं, भले ही उनकी संख्या कम हो। जैसे पुलिस अधीक्षक मि. केसरी सिंह जो मदनलाल की आढ़त की ओट में गैरकानूनी धंधों को लेकर जिनमें औरतों की दलाली-बिक्री भी शामिल थी,

केवल सबूत की तलाश में लगे रहे और 'सुमति' की मदद पा पूरे धंधे का पर्दाफाश कर मुलजिमों को सजा दिलाने में सफल हुए।

यह या इन जैसे अनेक और व्यक्तित्त्व हैं जो प्रकाश-स्तंभों की तरह अपनी जगह जमे रहते कैसे भी अँधेरे को चुनौती दे चीरते दूर-दूर तक असहायों को आशा का संदेश देते आए हैं। मिसाल के तौर पर एक इसी घटना को लें।

रामदयाल शुक्ल का हर शाम घूमने जाना नियमित है। उस शाम भी निकलने को तैयार थे, सिर्फ छड़ी की तलाश थी जो जगह पर न थी। तभी दरवाजे पर घंटी बजी तो दरवाजा खोला। सामने दिखे दीनानाथ मिश्र और मास्टरजी। दोनों पसीने से तरबतर, परेशान। अंदर ले जाकर बैठाया, पंखा खोला, पानी लाने को कहते पास बैठे। फिर प्रश्नवाचक मुद्रा में पूछा, "खैरियत तो है?"

जवाब मास्टरजी ने दिया, "खैरियत पूछते हैं? मुझ पर तो मुसीबत फट पड़ी है।" रुककर माथे का पसीना सुखाते बात बढ़ाई, "जानते हैं कि आज बिटिया का ब्याह है। बात पक्की करते मैंने साफ-साफ बता दिया था कि कमजोर माली हालत होते उनकी हैसियत मुताबिक खर्च बस में नहीं है। कर नहीं सकूँगा। और उन्होंने इत्मीनान दिलाया था कि ऐसा कोई मौका न आएगा। और अब देखिए, बस पूछिए मत।" आगे फूट पड़ने से अपने को भरसक बचाते चुप हो गए। इसे देखते शुक्ल ने प्रश्न किया, "अब कुछ ऐसी-वैसी माँग···?"

मास्टरजी संयत न हो पा रहे थे, इसलिए दीनानाथ ने कहा, "अब जैसा देखने में आ रहा है उससे लगता यही है कि माँग क्या, आगे माँगें आ सकती हैं। क्यों मास्टरजी?"

"ठीक कहा आपने। वैसे यकीन करें, बातचीत करते उन्होंने कई बार पुष्टि की थी कि कोई माँग क्या, ऐसा कुछ नहीं होगा जिससे बोझ आए। लेकिन जो अब हो रहा है, कहे से एकदम उलट।"

अभी तक पूरी बात समझ में न आ रही थी, इसलिए शुक्ल ने सीधा सवाल किया, "आगे आई परेशानी को साफ-साफ बताएँ जिसने आपको उलझन में डाल दिया है।"

"तो सुनिए। बारात की अवाती शाम साढ़े चार की थी। आई या यूँ समझें कि आने की शुरुआत हुई। देखिए, भरोसा दिलाया था कि बाराती मुश्किल से दस-पंद्रह होंगे। अब तक पहुँची दो बसें खचाखच भरी हुईं। आया देख यही सोचा कि कैसे क्या हो कि समधी साहेब ने जो कहा उसे सुनकर होश ही उड़ गए। बोले, 'जरा रुकिए, दो को और आना है।' मतलब यह कि दो बसों के बाराती और हैं। बताइए? धरमशाला बड़ी है इसलिए इस भीड़ को टिकाने का बंदोबस्त हो जाएगा। आगे खाने-पीने-खातिरी का कैसे क्या होगा, भगवान् ही जाने।"

"जो तय किया गया था उसके बरखिलाफ है यह। तो फिर आपने एतराज किया?"

"किया तो, मगर दबी-जबान। अब देखिए न कि मसला लड़की के विवाह का है।"

"तो फिर उन्होंने क्या जवाब दिया?"

"दिया, पर अजब ढंग से कि आगे का काम बाकी रही दोनों गाड़ियों के आ जाने के बाद। यानी नाश्ता-पानी इत्यादि। यह भी कह दिया कि नजदीकी रिश्तेदारी होने को है, फिर चिंता-परेशानी एकतरफा कैसे!"

"लेकिन आपने स्थिति उनके आगे साफ-साफ रखी कि नहीं?"

"कैसे और क्या कहता शुक्लाजी, जब अपने कहे के बाद वे हँसे और पास खड़े संबंधियों से मुखातिब हो लिये। इस तरह हँसने से क्या मतलब निकलता है?"

इस बीच खामोश रहे दीनानाथ बोले क्या बमक पड़े, "मतलब साफ है। पहले की गई सभी बातें बहलाने-फुसलाने की थीं। मुँह में राम-राम तो बगल में छूरी।"

शुक्ल समस्या के बारे में बराबर सोचते-विचारते रहे थे। लगा यही कि वरपक्ष की नीयत में खोट था या फिर आगे चलते आया। अगर ऐसा कुछ है तो उससे सीधे-सीधे निपटना ही उचित होगा। मास्टरजी के कुछ करने का सवाल नहीं। उनके बस का भी नहीं। साथ ही उनके पूरे परिवार से परिचित और उनके प्रशंसक भी रहे थे, इसलिए परेशानी में पूरा साथ देना ही था।

मास्टरजी स्थानीय हाईस्कूल में हिंदी के अध्यापक थे। काम के प्रति समर्पित। प्राइवेट ट्यूशन के लिए हर प्रलोभन को नकारते कभी राजी न हुए, क्योंकि एक शिक्षक के नाते विद्यादान को वे व्यवसाय बनाना निंदनीय मानते रहे। घर-गृहस्थी केवल वेतन के सहारे चलाई। माँ-पत्नी और बेटा-बेटी उनका समग्र परिवार था। दोनों बच्चों को एक जैसी शिक्षा-सुविधा बिना भेदभाव के दी। सौभाग्य से दोनों ही मेधावी अच्छे विद्यार्थियों में से थे।

बेटी शील स्वभाव की मितभाषी होने के साथ सुदर्शना भी थी। दोनों को ही छात्रवृत्ति मिलती थी। लड़की के लिए मास्टरजी को वर तलाशना न पड़ा, बल्कि देखा जाए तो घर बैठे मिला। नरेंद्र अग्निहोत्री, वर के पिता, स्वयं उनके पास अपने लड़के के लिए प्रस्ताव लेकर आए। अग्निहोत्री परिवार संपन्न एवं प्रतिष्ठा प्राप्त था। मास्टरजी की आर्थिक स्थिति से वे परिचित थे। फिर भी कन्या के गुणों के सामने इस कमी को नगण्य मानते बात आगे बढ़ाने के निश्चय पर कायम रहे। इन तथ्यों को ध्यान में रखते अब जो समस्या सामने थी उसे नकारना संभव न था। व्यक्तिगत रूप से उसे मास्टरजी सुलझा सकेंगे, यह भी मुमकिन नहीं। तो फिर मुकाबले पर 'सुमति' का सहारा देना ही शुक्ल को उचित लगा। ज्यादती कैसी भी हो, यदि उसका विरोध व प्रतिकार न किया गया तो उसका बढ़ते जाना निश्चित होता है। इसलिए शुरुआत में ही उससे मुकाबला करना

उचित रहता है। इसी को स्वीकारते शुक्ल 'सुमति' को संचारित करने के लिए अंदर के खास टेलीफोन पर कुछ देर तक बात करते रहे। जब फिर बाहर आए, तभी मास्टरजी का लड़का भागता हुआ पहुँचा।

सूचना यह कि पीछे रह गई दोनों गाड़ियाँ पहुँच गई हैं, जिनसे भी काफी सवारियाँ उतरी हैं। पूछने पर अबकी खेप में आई सवारियों की संख्या न बता सका, उसे गाड़ियों के आ पहुँचने की सूचना तुरंत देने को कहा गया था। हालात देखते यही तय पाया गया कि तुरंत जनवासे पहुँचकर पूरी स्थिति का जायजा लेना ही ठीक होगा।

ऐन पड़ोस की जैन धर्मशाला में बारातियों को ठहराने का मास्टरजी ने प्रबंध किया था। जगह साफ-सुथरी और अच्छे प्रबंधन के लिए प्रसिद्ध थी। सामने के प्रांगण में तीन बड़ी बसें और एक ट्रक जैसे आकार का बड़ा टेंपो लाइनवार पार्क किए दिखे। काफी जमघटा था। लोगबाग इधर-उधर जाँचते-परखते चहल-कदमी कर रहे थे। वर के पिता अग्निहोत्री देखने में कुछ खास बारातियों से बात करते सामने ही खड़े मिले। उधर से आती कुछ आवाजें उसी ओर आते मास्टर जी व शुक्ल आदि ने सुनीं, "आगे लगा बोर्ड देखा? जैन धरमशाला! वैसे जगह ठीक-ठाक है। मगर नरेंद्र?"

"टी.एन., साइनबोर्ड की छोड़ो, जगह देखो। कहते भी हो कि ठीक-ठाक है। निर्मलजी आप?"

"मैंने राउंड लगा लिया। कमरे, हॉल, बाथरूम सभी जगह। साइड का बड़ा रूम—दो पंखों, अटैच्ड बाथरूमवाला, उसी में अपना सामान फिट करा दें टी.एन.?"

"करा दिया है।"

कुछ धीरे चलते शुक्ल-पार्टी पास पहुँची। उन्हें देखते अग्निहोत्री ने गर्मजोशी से परिचय दिया-लिया। इसमें जरा देर न लगाई। औरों से और कुछ बात न करते मास्टरजी के साथ खड़े उनके लड़के को अपने पास बुलाया। आने पर उसकी पीठ पर हाथ रख एक कदम परे हटते कहा, "बेटा, तुम समधीजी के बेटे हो तो मुझसे भी तो वही रिश्ता हुआ। देखो बेटे, तुम्हें मेरा एक काम करना है। काम बड़ी जिम्मेदारी का है। इसे कराना तो अपने लड़के से था, पर मुमकिन नहीं। क्योंकि वह इस वक्त दूसरी अहम जिम्मेदारी सँभालने में लगा है—दूल्हे की! खैर, सुनो बेटा, अभी आई दोनों गाड़ियों में स्वागत-सम्मान का पूरा सामान मय कारिंदों-परोसनेवालों का है। इसे ठीक जगह रखना, जिससे आगे के काम को फौरन चालू किया जा सके। खाने-पीने आदि में देरी न हो, यह तुम्हारा जिम्मा होगा। सिर्फ बताने की जरूरत होगी, बाकी हर काम वे खुद सँभालेंगे। कोई कसर न आने पाए। बोलो, मेरी मदद कर सकोगे?"

जो शुक्ल के साथ थे उन्होंने और जो आ जमा हुए थे उन्होंने अग्निहोत्री का कहा सुना। 'सुमति' मय 'सिखावन' पूरे दम-खम के साथ अब तक पहुँच ली थी। उनमें से

सभी कहे गए को सुनने के बाद एक-दूसरे का मुँह ताकते रह गए। करने को बचा क्या था! प्रमुख अतिथि के छोटे से संवाद ने बाजी ही पलट दी। हर तरफ चुप्पी। अग्निहोत्रीजी और आ गए मेहमानों का परिचय कराने लगे। बीच में रुक, मास्टरजी के पास जा, अभिवादन की मुद्रा में अब तक कहे को आगे बढ़ाते बोले, ''जो कहना है कहते संकोच होता है। यही कि इकलौती संतान का विवाह, संबंधियों की इफरात, बहुत कोशिश के बाद भी बारातियों को संख्या बढ़ती गई। निकट संबंधी ऐसे कि बरजना संभव नहीं। दूसरी तरफ आपको दिया निश्चित आश्वासन मन को असंयत करता सो अलग। इतना तय था कि होनेवाले समधी की किसी हालत में हेठी हो यह मंजूर न था। ऐसी हालत में जो समझ में आया उसे करने का निश्चय करना पड़ा। यह मेरी अपनी मजबूरी थी। इसकी पूर्व सूचना, शायद और भी जरूरी समधीजी की अनुमति, न दे-ले पाने का विनम्र क्षमाप्रार्थी हूँ। आशा करता हूँ कि मेरी मजबूरी समझते जो किया उसे अन्यथा न लेंगे।''

अनदेखी वास्तव में घटित होते देखते और उसे आत्मसात करते लोगों में इक्का-दुक्का छोड़ सभी चुप रहे। इसे तोड़ते शुक्ल का कहा सुनने में आया, ''मास्टरजी, आपके बेटे को समधीजी के दिए आदेश—'खातिर पूरी तौर से हो, कोई कमी न आने पाए' का आदर किया जाना चाहिए। बेटे की मदद के लिए आप भी आगे आएँ। हम भी साथ हैं।''

मास्टरजी के सामने आई मुसीबत के लिए बनी रणनीति धरी रह गई। घटनाक्रम में नाटकीय मोड़ चकित करनेवाला था। प्रायः सभी के अनुभव से अलग। 'सुमति' के सदस्य जो निर्देश पाकर एकत्रित हुए थे, उनकी भूमिका बिलकुल ही बदल गई। सब एकजुट हो विवाह समारोह की सफलता में लगे। इस बीच कई बार नरेंद्र अग्निहोत्री का नाम आता रहा, पर समुचित आदर के साथ।

उदाहरण वैयक्तिक सुहृदयता या उदारता से परे जाते इस सत्य की भी पुष्टि करता है कि आज चारों तरफ अमरबेल जैसी फैली भ्रष्टाचार और तरह-तरह के अनाचारों के प्रणेताओं की भीड़ में उनसे अलग सोचवाले कम सही पर हैं, जो उनसे लोहा लेनेवालों के लिए काम आगे बढ़ाते रहने के प्रेरणास्रोत बनते हैं।

'सुमति' संचालक इस सच्चाई को समझते थे कि उनकी कोशिश एक हद तक ही कारगर हो सकती है। रिश्वत और तरह-तरह के आर्थिक अपराधों की देश में लगातार बढ़ोतरी हुई है और उसकी कोई सीमा नहीं। इसके बरखिलाफ गुनहगार को पकड़ने और दंड देने की शासकीय व्यवस्था दयनीय। सरकारी जाँच एजेंसियाँ चाहने पर भी अपने काम को सही तरह से करने को स्वच्छंद नहीं। रुकावटें भी शासकीय पक्ष कीं। अपराधी पकड़े जाकर भी नियम-कानून को धता बताते निर्द्वंद्व घूमते-फिरते देखे जाते हैं। घर में करोड़ों की नगदी पकड़ी जाने पर कहते सुना गया कि वह उनकी नहीं है,

कोई अनजान रख गया होगा। ढीठता का क्या कोई दूसरा उदाहरण हो सकता है?

साथ लगे देश चीन में ऐसे अपराध की सजा मृत्युदंड है और अपने यहाँ साल-छह महीने की कैद और दो-चार हजार रुपए का जुर्माना। वह भी वर्षों चले मुकदमों के बाद। बाबा-आदम के समय बने कानून बदलने की जरूरत पर विचार करने की भी नौबत आई नहीं दिखी। न्यायिक पक्ष की कमजोरी का भरपूर फायदा उठाते लोग-बाग हर दिन बढ़ते चले जाते हैं। गाँवों में स्कूली बच्चों के खाने व खेलकूद के उपकरण की खरीदी हो, दवाई-दरमत या फिर जनसुविधा को दिए जाते टिशू पेपर की खरीदी हो, सब भ्रष्टाचार के चंगुल में। कुछ भी बचा न रहा। अनाचारों की गिनती कराने को नहीं केवल ध्यान में लाने को कि स्थिति कितनी विकराल और विषम हो गई है।

'सुमति' की समझ में है कि ऐसी बड़ी ताकतों के खिलाफ खड़े होते मुकाबला करने के लिए जिस पैमाने पर संसाधन-उपकरण चाहिए, पास न तो हैं, न शायद आगे हो सकेंगे। फिर भी संकल्प से हटेंगे नहीं, इसमें भी कोई संदेह नहीं। उसकी बड़ी ताकत है आम आदमी का संकल्पित सहयोग। मामूली-से-मामूली आदमी में अन्याय के प्रति विद्रोह की भावना रहती ही है। प्रबल इच्छा कि अन्यायियों को छोड़ा न जाए। व्यक्तिगत स्थिति में कुछ कर पाना संभव नहीं। ऐसी हालत में इस काम के लिए आगे आनेवाले किसी संगठन के साथ जुड़ने का ही विकल्प रह जाता है। ऐसा ही हुआ और आगे होता चला गया।

मुख्य आकर्षण आम जिंदगी जीना मोहाल करनेवालों से मोर्चा लेना तो यह पीड़ितों के घावों पर लगाया जाता मरहम भी प्रत्यक्ष देखते।

कुशल संचालन से संस्था का हर पक्ष, हर एकांश दिनोंदिन मजबूत हुआ। अनुभव के बल पर हर निर्देशित काम या जिम्मेदारी निबाहने पर पूरा भरोसा बढ़ता गया। एक प्रकार से एकांश स्वचालित जैसे बन गए। आदेश का पूर्णतया पालन यंत्रवत होता। फलस्वरूप सफलताएँ।

वर्षभर क्या किया गया, क्या कुछ कमी रही—इसका विवेचन और अगले कार्यक्रम का निर्धारण आदि साल के अंत में होता था। पाँचवें वर्ष की एक ऐसी ही बैठक चल रही थी।

इस साल में जो काम हुआ, उसकी पेश तसवीर संतोषप्रद थी। पिछले वर्षों से कहीं ज्यादा घूसखोरी और दूसरे अनाचारों के कारनामे उजागर किए गए। शामिल थीं ऐसी फैक्टरियाँ भी, जिनमें खाने की चीजों में मिलावट होती थी या नकली घातक खाद्य वस्तुएँ—घी, तेल, दूध, खोआ आदि तैयार किया जाता था। ऐसे घातक धंधे चलानेवालों को प्रकाश में लाना 'सुमति' के ही प्रयत्नों से हो सका। 'सिखावन' पर भी कुछ ज्यादा ही बोझ रहा, पर पुरअसर। यह सब तो ठीक, पर परिस्थिति में तसल्लीवख्श बदलाव

आया, ऐसा समझ लेना मुमकिन न लगा। बातचीत के दौरान महमूद बेग बोले कम, सोच में ज्यादा दिखे, इसलिए शुक्ल ने सीधा सवाल किया, ''आपकी खामोशी यूँ ही नहीं, कुछ मतलब रखती है। कुछ खास बात?''

''खास नहीं, वही जो शायद दूसरों के सोच में भी होगी।''

''हो सकता है, पर बता आप ही दें।''

''यही कि अब तक तमाम कोशिशों से सिर्फ लड़ाइयाँ ही जीती जा सकीं, जंग नहीं।''

''मतलब?''

''साफ और ऐन सामने। गौर करें, हर तरफ ऊपर से नीचे तक के लोग लूट में लगे हैं—खुलेआम, बेखौफ। माना कि उनमें से कुछ के खिलाफ पुरजोर कोशिश से कुछ कर सके, मगर हुआ क्या? मौकापरस्तों की तादाद बराबर बढ़ती जाती है जो कुछ भी कर गुजरने से बाज नहीं आते, न आएँगे। हमारी ताकत नाकाफी है। तो फिर? बाँकेबिहारीजी, है कोई रास्ता?''

''जाहिर यही होता है कि आपने हमारे सोच की सेंधमारी कर ली है। वैसे आपने ठीक कहा कि हम लड़ाइयाँ भले जीते और आगे भी जीतते रहेंगे, पर जरूरत है जंग की। उसे जीतना तो दूर की बात होगी, मुकाबला करने की भी ताकत नहीं है हमारे पास। क्यों गुप्ताजी?''

''अभी तक सफलता मिली सो तो है, पर उसका प्रभाव आज के इस जरूरत से ज्यादा बिगड़े माहौल में क्या हो सका, विचारणीय है। जिन तत्त्वों के खिलाफ हमारी लड़ाई है वे गिनती और ताकत में हमारे मुकाबले कहीं भारी पड़ते हैं। उनसे पार पाने के लिए साधन-सामग्री जुटा पाना हमारे लिए मुश्किल है बाँकेबिहारीजी!''

''जो कह चुका, उसे ही दूसरी तरह से कहता हूँ। स्थिति पर काबू पाना हमारे बस का नहीं, जो कर सकते हैं वह सिर्फ कुछेक से निपटते रहना ही है। भ्रष्टाचार या कदाचरण से मुक्ति सिर्फ शासकीय शक्ति से संभव है, पर उसके लिए सरकार में मनोबल और संकल्प आवश्यक है, जिसकी आशा एकदम धूमिल है।''

शुक्ल, जो इस बीच चुप रहते सबका कहा सुनते रहे थे, बोले, ''आशय यह समझा जाए कि जो भी हम कर रहे हैं, वह काफी नहीं और इसलिए महत्त्वहीन है! मगर बेग साहेब ने तो कहा कि जंग न सही, लड़ाइयाँ बखूबी जीती गई हैं!''

''बेशक यही कहा और बराबर कहूँगा कि यह कोशिश चलती रहे। सोचना यह भी है कि कैसे अपने काम को ज्यादा असरदार बनाया जा सकता है। दूसरे लफ्ज़ों में, किए को धारदार बनाने की सोचना। क्यों गुप्ताजी?''

''नए रास्तों की बाबत हम सभी को सोचना है। तमाम बातचीत का मतलब

नाउम्मीदी बिलकुल नहीं, सिवा इसके कि मौजूदा परिस्थिति पर नजर रखते आगे की सोचना। हर तरफ दहशतफरोशों का जाल फैला है। कुछ पर काबू पाया, तो रक्तबीजों जैसे पनपते दूसरे उनकी जगह लेते दिखाई देते हैं। अपनी मजबूती पर इत्मीनान, पर जिनके खिलाफ मोरचा, वे भी कम नहीं बेग साहेब।''

''मेरे कहे की एक तरह से ताईद। अब यह सोचना है कि हो क्या सकता है। ठोस सुझाव अकसर आर.डी. से मिले हैं, तो फिर क्यों न उनकी राय सामने आए?''

''बेग साहेब लगता है मुझ पर कुछ ज्यादा ही बोझ डाल रहे हैं। सच तो यह कि जिन मुद्दों पर चर्चा हुई, उन पर मैं एक अरसे से सोचता-विचारता रहा, जो आप जैसा ही है। अभी इस वक्त भी। जिनके खिलाफ हमने मोरचा खोला है, वे कम नहीं। ठीक कहा आपने कि रक्तबीजों जैसा पनपते-बढ़ते जाते हैं। उनसे पार पाने के लिए साजो-सामान तो सरकारी स्तर पर ही संभव है। पर उधर देखते सिर्फ मायूसी पल्ले पड़ती है। और है भी। परिस्थितियों का लाभ उठाने में ऊँचे स्तर के या निचले वर्ग के, सब एक जैसे जुटे हुए। ऐसे में किसी तरह की उम्मीद बेमानी है। इसलिए यही ठीक माना कि छोटे पैमाने पर सही, हमें अपने उठाए काम के लिए कृतसंकल्प रहना है। पहले एक जिले से शुरुआत हुई थी, पर बीते वर्षों में दायरा बहुत आगे तक बढ़ा है। इससे अवश्य ही हिम्मतअफजाई होती है और यह भी कि 'सुमति' सही दिशा में है। मैं हालाँकि कुछ ज्यादा ही बोल रहा हूँ, पर यकीन करें कि आगे का कहा बहुत जरूरी है। कार्यक्रम सशक्त करने के विकल्प तलाशने में आम से हटकर भी देखा जाना अनुचित नहीं। देखा जाए। आगे का कहा उसी संदर्भ में है।

''जरूरत है अपने काम को गति देते उसे अधिक व्यापक बनाने की। उपलब्ध साधन और कार्यकर्ता काफी नहीं। ऐसे में कुछ विशेष कार्यक्षमता रखते लोगों की मदद 'सुमति' के लिए अपेक्षित है। यह कैसे हो, इसके लिए अरसे से मैं खोजबीन में लगा। ज्यादातर कोशिशें बेकार रहीं। इससे मैं मायूस हुआ हूँ, पर नाउम्मीद नहीं। आखिरकार कामयाबी मिली—क्या या कैसे, इसे जानकर आप मुश्किल से यकीन करेंगे जो कि स्वाभाविक है। पहले मेरी भी समान प्रतिक्रिया थी, पर पूरी जानकारी होने के बाद बदलाव आया और यकीन हुआ। यदि मुझ पर यकीन है तो बताए को सच मानते स्वीकारने में परेशानी न होगी। प्रस्तावित सुझाव काम में लाया जा सकता है। लाजवाब होने के साथ उसका कामयाब होना भी तय समझा जाए। रक्तबीजों से निपटने के लिए दैवी शक्ति ही काम आई थी।

''वक्ती हालात पर काबू पाने के लिए साधारण तौर-तरीके नाकाफी हैं। मुहिम की कामयाबी की कुछ भी उम्मीद की जा सकती है तो ऐसों की मदद से, जिनके पास असाधारण शक्तियाँ हैं। बेग साहेब का कहा कि जंग मामूली नहीं, उसके लिए खास

साजो-सामान और लड़ाकों की बेहद जरूरत है, एकदम सही है।''

''बजा फरमाया आपने आर.डी., साथ ही इमकान कि आपकी तलाश जरूर रंग लाई है। सुन रहे हैं गौर से, पर जल्दी ही राज अयां करें।''

''असल बात पर आके फिर से हिचक कि सुनकर किस कदर यकीन करेंगे। आपकी जगह होता तो मैं भी अपने-आपको मुश्किल में पड़ा पाता। खैर, मैं उस दौर से गुजर चुका हूँ। मुझे इन लोगों और इनकी शक्तियों पर पूरा यकीन है। परिचय कराने के लिए प्रत्येक के दस्तावेज तैयार हो चुके हैं, जिनकी प्रतियाँ आप सबके लिए उपलब्ध होंगी। ये सभी 'सुमति' के काम में सहयोग की इच्छा जता चुके हैं। उपयोग आदि के बारे में आपकी राय लेना है, इसके लिए एक सप्ताह का समय मैं समझता हूँ पर्याप्त है। एक बात और कि इन महानुभावों की शक्तियाँ अपरिमित नहीं, पर समुचित अवश्य हैं।''

काररवाही समाप्त करने से पहले एक सप्ताह बाद फिर मिलने की बात दोहराते हुए यह भी कि ये सब उस बैठक में भाग लेने की सहमति दे चुके हैं।

दस्तावेज वितरण के साथ मीटिंग समाप्त हुई।

□

मुरली मनोहर स्वरूप-1

त्रियाश्चरित्रं पुरुषस्य भाग्यं
देवो न जानाति कुतो मनुष्यः

स्त्री का चरित्र और पुरुष का भाग्य देवताओं की समझ से भी परे रहा तो फिर आदमी की क्या बिसात। उदाहरण के लिए मुरली मनोहर स्वरूप को ही लें। एक मामूली आदमी। किसी ऑफिस में क्लर्की करते बारह वर्षों तक एड़ियाँ घिसते रहने के बाद तरक्की मिली और हेड क्लर्क बने। क्लर्क रहते आए दिन अपमान, जलालत, प्रताड़ना सहते रहना पड़ा, इस हद तक कि प्रतिरोध की राई-रत्ती भावना अगर रही भी हो तो प्रायः समाप्त हो गई।

सरकारी दफ्तरों में क्लर्कों को आदमी नहीं, सिर्फ जीता-जागता मोहरा समझा जाता है, जिसे इधर से उठा उधर कहीं और फिट करते रहने का नियम बन चुका है, जो बराबर चलता रहता है। आज ट्रांसपोर्ट में तो कल कैशियर और कभी भी डिस्पैचर की सीट सँभलवाने में समय नहीं लगता। इसके पीछे उद्‌देश्य और सीधे-सादे शब्दों में कहें तो साजिश कि इस नामुराद तबके का आत्मबल पनपने न पाए, नहीं तो कौन जाने कब और किस अफसरियत के सामने चुनौती बन खड़ा हो जाए। खैर।

दफ्तर कोई हो, पर उसके आला अफसर की अपनी बातें-घातें होती हैं। उन्हें समझाने से ही समझा जाना मुमकिन है। एक इसी बात को लें कि बारह साल दफ्तरी मार झेलते रहे मुरली बाबू को हेडक्लर्की कैसे मिली। बात गौरतलब है।

हेडक्लर्क की जगह भरने के लिए प्रस्तावित लिस्ट बनी और आला अफसर के आगे पेश की गई। साथ में नत्थी उनकी वार्षिक रिपोर्ट, काम की समझ आदि का ब्योरा। उनमें से कोई पसंद न आया, कारण यह कि वे सब वास्तव में अनुभवी और काम समझनेवाले थे और इसीलिए किसी कदर मुँहफट। साहब की नजर में ऐसी खूबी

निश्चित ही भारी कमी थी। उन्हें चाहिए था कोई ऐसा कि जो, हुक्म भले ही नाजायज और कायदे-कानून से अलग हो, पर उसे आँख बंदकर बजा लाए; बिला हील-हुज्जत तामील करे और कराता रहे। उनकी तुकी-बेतुकी झाड़, ऊँच-नीच कहे को सर झुकाकर सहे, बिला उज्र। ऐसी योग्यतावाले की तलाश करनी पड़ती है।

दूसरी पंक्ति के कुछ अफसरान जिनमें साहब के करीबी बनने में होड़ थी, मदद के लिए आगे आए। मुरली मनोहर की जोरदार सिफारिश हुई यह कहते कि उनके चाहे सारे 'गुणों' से वही युक्त है। बस, भले लिस्ट में नाम न हो, पर चुनाव की वजह बताई गई उनका औरों से अधिक कार्य-अनुभव—बारह साल का। कुरसी उन्हें मिली।

मुरली पर दब्बूपन बेतरह हावी, सोच-विचार ढुलमुल, नीचेवालों पर अनुशासन उनके बस का नहीं था। फलस्वरूप दूसरों की गलतियों का बोझ ढोने की मजबूरी और इस तरह ऊपर से डाँट-फटकार में दिनों-दिन बढ़ोतरी होती गई। मातहत अधिकतर पीठ पीछे तो जो हेडक्लर्की की दौड़ में पीछे ढकेल दिए गए थे, वे मुँह पर सीधे चोट करने में चूकते न थे। मिसाल के तौर पर 'बे-पेंदी का लोटा', 'थाली का बैंगन', 'चापलूस' इत्यादि विशेषणों से अलंकृत कर मन की भड़ाँस निकालते। मुरली बाबू नियमपूर्वक ऊपरी झाड़-फटकार तो नीचेवालों की मनमानी सहते रहने के लिए अपने को अभिशप्त पाते रहे, जाने कब तक। फिर एक समय अंदर कहीं से उठती आवाज सुनी—'कब तक?' परिस्थिति ऐसी बन चुकी थी कि विद्रोह को हवा देती, बीज के अंकुरित होने में पूर्ण रूप से सहायक। मन के रोष में कुछ भी कर गुजरने का संकल्प तो लिया, पर क्या? दफ्तर में आस-पास ऐसा कोई नहीं जिससे मदद पाना तो दूर, इसकी चर्चा भी की जा सके। कौन विश्वास करता कि मुरली बाबू कैसी भी बगावत की सोच भी सकते हैं। सब उन्हें साहब का पिट्ठू, बिना रीढ़, गया-गुजरा इनसान होने का फतवा दे चुके थे। खैर।

मन में सिर्फ इतना ही आया कि कैसे भी ऐसी शक्ति हो जिससे निरंतर अन्याय का मुँहतोड़ जवाब दे सकें। ऐसी शक्तियों की जब-तब चर्चा तो सुनी थी, पर खास अता-पता न था। याद आई कभी के पुराने सहकर्मी संतराम चौरसिया की, जो अपने को चामुंडादेवी का उपासक और उनका कृपापात्र होने की बात करते थे। इसके साथ ही स्वप्रचारित तांत्रिक होने का दावा। गले में बड़े रुद्राक्ष की कंठी। माथे पर लाल टीका। खिचड़ी बालों की झबरी लंबी दाढ़ी, जिसका एक प्रयोजन यह कि ऑफिस में उनके रुद्राक्ष आदि अलंकरण यथासंभव ढके रहें। जब-तब शक्ति-सिद्धि घोषित की, पर प्रकट रूप में कोई चमत्कार देखने में नहीं आया। जो हो, देखने-सुनने में और छवि से तांत्रिक होने का आभास अवश्य होता था, खासकर उनकी कुछ हरकतें पुष्टि करतीं, जैसे काम करते एकाएक जड़वत हो ऊपर टकटकी लगाना; बीच-बीच में हुँकारी, जैसे

किसी से संलाप हो रहा हो, फिर जैसे रुकावट आने पर 'जय सर्वशक्ति जगदंबिके' उचारना, फिर काम में लगना कुछ अधिक उत्साह से। इन सबके लिए आवश्यक होता कम-ज्यादा लोगों की उपस्थिति।

'बड़े बाबू' से बात करते उनके मर्म तक पहुँचने में संतराम को देर न लगी। यह भी बताया कि मातेश्वरी से भी उनकी चर्चा हुई थी। बस अगले कुछ दिनों दफ्तर छूटते ही दोनों पासवाले पार्क में जा पहुँचते और देर तक इस-तिस पर सघन बातचीत चलती। तेजी लाने के लिए मंगल चाटवाले के चटपटे मटर-आलू के दोनों की ओर संतराम का विशेष आग्रह रहता। अंततः तय हुआ आनेवाले शनिवार को संतराम के गुरु आत्माराम तांत्रिक के आश्रम जाने का कार्यक्रम।

पहुँचे समय से, पर आत्मारामजी ध्यान में थे। संतराम के इशारे पर साथ लाए फल-मिठाई-नारियल मुरली ने आगे बढ़ाए, फिर नतमस्तक हो एक ओर सिमटकर बैठ गए। लगभग पाँच मिनट बाद गुरुजी का ध्यान टूटा, नेत्र खुले, ताली बजाई। पास के शिष्य ने तत्परता से लहकती चिलम आगे की। बाबा ने दो-चार हलके और फिर एक जोरदार का खींचा—ऐसा कि चिलम के ऊपर बालिस्त भर ऊँची लौ लपलपाकर उठी। लाल नेत्रों से संतराम की ओर निहारा, फिर चिलम उसकी तरफ बढ़ाई और एक बार फिर से समाधिस्थ होते दिखे। सबकी टकटकी उन्हीं पर लगी हुई थी।

संतराम चिलम में बच रहे प्रसाद को सादर भक्तिभाव से पाते रहे। पूरे सीन में मुरली बाबू अपने को अपवादस्वरूप ही दिखे, पर सिवा चुपचाप बैठने के करते भी क्या। बैठे ताकते रहे। एक बार फिर गुरु का ध्यान टूटा। अब तक उनके नेत्र अंगार बन चुके थे, जिनके निशाने पर था संतराम। उसने तुरंत उठकर पद-वंदना की। गुरु ने ललकारते हुए गर्जना की, "भोलेनाथ की जय, जय हो बाबा गोरखनाथ की, जय मातेश्वरी काल भैरवी कल्याणमयी की।" इन उद्‌घोषों को उपस्थित जनसमुदाय का भी समुचित योगदान मिला, विशेषकर संतराम का, जिनकी आँखें अब श्वेत से रतनार हो चुकी थीं। मुरली बाबू को लगा जैसे उनकी उपस्थिति गुरु ने नहीं स्वीकारी, क्योंकि वे लगातार संतराम पर ही नेत्र जमाए थे। एक बार फिर फूटे, "जय बोल बाबा गोरखनाथ की! कष्टों ने चारों ओर से घेर लिया है बेटा। छुटकारे के लिए केवल एक ही रास्ता है। कुंडलिनी जाग्रत् कर।"

"कष्ट मुझे नहीं, मेरे मित्र मुरली···"

बात काटते बाबा बोले, "मनोहर स्वरूप, उसी की बात कर रहा हूँ। उपाय उसी के लिए, तू तो सिर्फ निमित्त बन।"

संतराम ने फिर आगे बढ़कर एक और बार चरण-रज ली, माथे से लगाई। इशारे पर मुरली बाबू ने भी उनका अनुकरण किया और फिर अपनी जगह लौटकर बैठे।

संतराम ने जो अब तक बराबर हाथ बाँधे रहा था, अरज की, ''कुंडलिनी जगाना बिना गुरु के मार्गदर्शन के! असंभव! आप ही करें।''

''मूढ़, माथा देख इसका। शक्तिचिह्न है। जिसको है वही शक्ति प्राप्त कर सकता है बच्चा। तेरे नहीं, न मेरे कपाल पर। इसे मिलेगी। अवश्य। भवानी का संकेत मिला है मुझे। क्या मिला है? संकेत।''

बोलते रहे, पर नजरें थीं ऊपर आकाश की ओर। एकाएक तर्जनी उठा सिंहनाद करते, पास रखे शंख को उठा ध्वनित करते विस्मयकंपित स्वर से उच्चरित किया, ''देखो, साधूमंडली आकाश-मार्ग से इधर बढ़ी चली आ रही है। अहा! क्या दृश्य है! ध्यान से देखो। आगे-आगे हैं स्वयं मुनि दुर्वासा—दक्षिण हाथ में दंड, बाएँ में कमंडल, केश-दाढ़ी। हवा में लहराता गेरुआ उत्तरीय। देख संतराम! दर्शन पा जीवन सार्थक कर मूर्ख आत्मा।''

अजब हरकतें बाबा की तो संतराम भी कम नहीं। बराबर उनकी नकल उतारता रहा। दोनों की दृष्टि आकाश की ओर। दूसरे लोग भी शायद ऐसे ही व्यस्त। मुरली मनोहर की हर कोशिश बेकार, क्योंकि उन्हें कुछ भी न दिखाई दिया। यही सोचकर मन को तसल्ली दी कि वे इस क्षेत्र में नए-नवाद। भला पहुँचे हुए संत आत्माराम या फिर उनके निकट सहकर्मी शिष्य संतराम से कैसे बराबरी की सोच भी सकते हैं। वे रहे पहुँचे हुए। मुझ जैसे नौसिखुए की दृष्टि होते-होते ही तो पैनी हो सकेगी। ऐसे में प्रणाम-मुद्रा में बने रहना ही उचित जान पड़ा। इतनी सारी अविरल कसरत से गुरु शांत हो गए, इसलिए इस बार बोले क्या बुदबुदाए, ''संते, तू विधि समझा दे और अनुष्ठान आरंभ होकर आगे बढ़े। इसके बाद बस जब माँ शक्ति प्रसन्न हुई कि उनका वरदहस्त भक्त के मस्तक पर होगा। कुंडलिनी जाग्रत् होगी।'' इतना कहकर उनकी परिचित ताली बजी। शिष्य ने लपककर चिलम सामने की। इस बार का लंबा सूटा कुछ अधिक समय तक चला। टूटा तो चिलम एक तरफ गिरी और दूसरी तरफ बाबा आसन पर ही चित हो गए। फिर गिरी चिलम से बच रही प्रसादी संतराम ने खिंचनी चाही, पर असफल रहा। वह तो निश्चित दम तोड़ चुकी थी।

संतराम उठा, गुरु को प्रणाम करता झूमता उनकी ओर बढ़ा जैसे वह भी समाधिस्थ ही हो। रास्ते भर सहारा मुरली को देना पड़ा। कुछ देर बाद कुंडलिनी का विधि-विधान बताने-समझाने में लग गए, ''आरंभ निश्चित समय किया जा सकता है, पर अंत तभी होगा जब माँ भवानी प्रसन्न हों। यह चार दिन, चार महीने, या एक वर्ष निरंतर चल सकता है। घोर तपस्या है मुरली बाबू—समझ गए न?'' इत्यादि। एक बार कहे को बार-बार लगातार दोहराते रहे।

घर पहुँचने पर क्रिया की तफसील वाकायदा बताई, नोट कराई। साधना स्नान के

बाद गीला गमछा पहनकर करने का विधान था। देर से वापसी पर घर के लोग चिंतित थे। लौटकर भी बैठक देर तक चली। वाजिब है परेशानी में इजाफा हुआ। होना भी था, क्योंकि संतराम के संवाद और भंगिमाएँ साधारण तौर पर भी असाधारण प्रभाव डालनेवाली होतीं, जो इस समय गुरु-प्रसादी से चरम पर थीं और निश्चित ही किसी को घबड़वा देने में पूरी तरह सक्षम। ऐसा हुआ भी। सकपकाए घरवालों को मुक्ति तभी मिली जब संतराम भोजन पा लेने के बाद 'जय गोरखनाथ' उचारते विदा हुए। सबने चैन की साँस ली। मुरली के बस में होता तो अनुष्ठान उसी रात शुरू कर देते, पर आवश्यक पूजा-सामग्री, खासकर गमछा आधी रात में जुटा पाना संभव न था, इसलिए शुभारंभ दूसरे दिन तक मुलतवी करना ही पड़ा।

दूसरे दिन से साँझ ढलते साधना-चक्र आरंभ हुआ, जो कि देर रात तक चला किया। यह नित्य का नियम बन गया। आनेवाली कितनी रातें आईं-गईं, जब गीला अँगोछा लपेटे मुरली बाबू साधना में बराबर लगे रहे। शक्ति को टेरते, गुहार लगाते। उनकी आवाज वहाँ पहुँची, इसका तो पता नहीं चला सके, पर भक्ति और लगन पर इसका कोई असर न आने दिया।

महीने-पर-महीना चढ़ता गया, पर कुंडलिनी जागी क्या टस-से-मस होती न दिखी, अलबत्ता घरवालों की नींद अवश्य हराम हुई। मुरली की खुद नींद पूरी न होने से जाहिर है ऑफिस में सीट पर बैठे आ घेरती या फिर जब-तब ऊँघते रहते। ऑफिसवालों को अटकलें लगाने का मौका मिला। किसी ने कहा कि बड़े बाबू ने कोई धंधा अपनाया है जो रात के अँधेरे में चलता है। मनचले कहते कि उमर पर न जाएँ, बड़ा दमखम है, शामें देर रात तक रंगीन हो रही हैं। इश्क दिन के उजाले से ज्यादा रात के अँधेरे में पनपता है, तभी न कोठे रात में ही पूरे शबाब पर होते हैं। बस गुत्थी सुलझ ली। वैसे जो समझदार थे उनकी नजर में था कि इनमें से कोई बात मुरली के बस से कोसों दूर की कौड़ी है। हाँ, अचरज जरूर था। एक दिन तो जैसे बेवक्ती नींद की वजह से मुरली पर मुसीबत फट पड़ी। उन्हें फाइलों के सहारे नींद लेते खुद साहब ने देख लिया। फिर क्या था! बमकते हुए चीख-चीखकर पूरे ऑफिस को सर पर उठा लिया। क्या-क्या न बुरा-भला कहते मुतवातिर उफनते ही चले गए। बेचारे मुरली बाबू दस्तबस्ता लाचार, अपमान के घूँट पीते रहने पर मजबूर। करें भी तो क्या, सिवा इसके कि लक्ष्य-प्राप्ति के लिए दूने उत्साह से जा लगें। सोचते यही कि सफलता मिली तो एक-एक अपमान का बदला मय-ब्याज ले सकेंगे। खासकर सामने के अत्याचारी निरंकुश साहब से। पर कब? इस घटना से प्रेरित हो साधना आगे बढ़ाने का अटल संकल्प लिया।

इस फजीहत के दो सप्ताह बीतने के बाद तीसरे सप्ताह के मंगलवार की रात साधना का स्वरूप कुछ ऐसा बदला कि काफी समय तक वह समाधिस्थ रहे। फलस्वरूप

अंगों में शिथिलता ऐसी कि जैसे कोसों का सफर तय किया हो। क्लांत शरीर आसनवाले तखत पर ही लुढ़क गए और साथ ही निद्रा के पूर्णतया वशीभूत कि उन्हें स्वप्न आया। आश्रम के गुरु आत्माराम का बताया दृश्य सामने था : आत्माराम, संतराम तथा अन्य के साथ मुरली भी। आकाश की ओर देखते सभी जय-जयकार करते। मुरली ने स्वयं देखी साधुओं की मंडली। आगे-आगे आता एक गुस्सैल, क्रोध से बिफरता तेजस्वी साधू, जो लंबे कदम हवा को चीरता बढ़ा चला आता, इतना तेज कि दूरी पलों में पार की और आ रहा आँखों के सामने सबके बीच। तड़पकर बोला क्या चीखा, "मूर्ख, मंदबुद्धि! तुझे कुंडलिनी जाग्रत् करने की विधि किसने बताई?"

सामने अत्यंत घबड़ाए-डरे-सकपकाए मुरली हाथ बाँधे। वे फिर बोले, "किसने बताई?" दंड से संतराम और गुरु आत्माराम की ओर एक-एक कर इंगित करते जानना चाहा, "इसने? या इस लंठ ने?" फिर उत्तर की प्रतीक्षा न कर भयंकर हुंकार के साथ एक पर लात से तो दूसरे के सर पर कमंडल से प्रहार किया। दोनों धराशाई। फिर मुरली की ओर घूरकर देखते विषधर की तरह फुफकारते हुए कहा, "ऐ दुष्ट मुरली! मत समझ कि तुझे छोड़ दूँगा। बोलता क्यों नहीं तू?"

मुरली ने कोशिश की कि कुछ कहें, पर जबान पर जैसे ताला जड़ा था। सिर्फ हाथ जोड़े रहे। चुप्पी महर्षि की क्रोधाग्नि में घी का काम कर गई, सो फट पड़े, "गंदी नाली के कीट। क्षमा नहीं। किसी को नहीं किया, विष्णु को भी नहीं। तेरी कुंडलिनी अभी जाग्रत् करता हूँ, ले।" कहते हुए उन्होंने मुरली के वक्ष पर भरपूर पदाघात किया।

स्वप्न टूटा।

मुरली चीत्कार करते उठने को हुए तो देखा तखत के नीचे जमीन पर औंधे पड़े हैं। घर में सभी लोग भागे-भागे आए और उन्हें जैसे-तैसे उठाकर बिस्तर पर जा लिटाया। यही समझा गया कि देर रात तक चली पूजा, सो थके। नींद की कमी से कमजोरी आनी ही थी। इन्हीं सबका असर सामने था। ऐसे में दूध देना था, पर संभव नहीं; उसे बिल्ली पहले ही साफ कर चुकी थी। खैर, पत्नी ने बड़बड़ाते बिल्ली को कोसते शक्कर के शर्बत से ही काम चलाया। इसके बाद सब फिर सोने चले गए।

मुरली को बहुत कोशिश करने पर भी नींद न आई। स्वप्न भूल न पाए थे। लात-मारी जगह पर लगता जैसे दर्द है। पेट का बुरा हाल जैसे चूहे दौड़ लगा रहे हों। फिर-फिर कर सपना दिल की धड़कन कम न होने दे। ऐसे में नींद आए तो कैसे। दूध से बात बनती, पर उसे···खिड़की पर खटका हुआ सो उधर देखा। बिल्ली दबे-पाँव नीचे उतरती हुई। गुस्सा तो भरा था ही, सो मुँह से निकला, "टाँग टूटे तेरी बिलौटी।" तभी वह नीचे कूदी और जोर से कराही। बाहर आँगन तक जाते बराबर कराहती रही। बिजली की तरह अंदर कहीं कौंधा-कुंडलिनी जागी क्या? दुर्वासा के शाप-वरदान वाली कुंडलिनी!

मन किया कि उठकर नाचें, कूदें और पुकार-पुकारकर शक्ति अर्जित कर लेने का खुला एलान करें। पर ऐसा कुछ किया नहीं। मन-ही-मन माँ शक्ति व बाबा गोरखनाथ के प्रशस्ति-मंत्र उच्चरित करते रहने तक ही अपने को सीमित रखा। सो जाने की तमाम कोशिश कर देखी, कभी इस करवट तो कभी उस करवट, पर सब बेकार साबित हुआ। हाँ, मसविदे बनाते रहे कि किस-किस से कैसे निपटना है। शक्ति जो मिली, जैसा जाना-सुना, असीम थी—सामनेवाले से स्वइच्छित कार्य कराना, मन में आए का फलीभूत होना, चल-अचल को आदेशानुसार कार्यरत रखने की क्षमता इत्यादि। फिलहाल मन प्रफुल्लित, पूरा शरीर अपरिमित उत्साह से भरा हुआ। सबेरा होने की प्रतीक्षा का अंत हुआ और वे उठ बैठे।

धरती पर पैर रखते लगा अनेक बिगुल बज उठे, जैसा स्वाधीनता दिवस पर लाल किले पर देखा-सुना जाता है। जीवन का उदासी भरा पक्ष समाप्त और सामने था आशाओं भरा नवनिमंत्रण, आश्वासन देता कि अब बहुत कुछ बदल जाएगा। नित्य-कर्म निबटा, हर रोज की तरह रसोई में जा नियमित आसन पर बैठे। पत्नी ने थाली में अचार-सब्जी-हरी मिर्च लगा सामने रखी। तवे पर सिंकता परांठा, दूसरा चकले पर बेला हुआ कि तभी दरवाजे पर साँकल बजी। लड़का स्कूल जा चुका था, दूसरा कोई उस वक्त था नहीं, इसलिए पत्नी को ही उठना पड़ा। मुरली ने देखा तवे का परांठा जलने को है, जिसे उनकी थाली में आना चाहिए। विचार आया नहीं कि तवे से हवा में उठ लहराता हुआ उनकी थाली में। चकले की ओर देखा तो वह तवे पर जा पहुँचा। वापसी पर पत्नी ने देखा कि मुरली खा रहे हैं और दूसरा तवे पर। सोचा, उन्होंने किया होगा। मुरली खाते हुए चुपचाप मुसकराते रहे। मन-ही-मन सोचते रहे कि अंतर-निर्देशित आदेश के क्रियान्वयन का यह तात्कालिक अनुभव आनेवाले दिनों में उपयोगी होगा।

ऑफिस जाने की रोज की पोशाक कोट-पैंट आदि बिस्तर पर रखे थे, पर आज उनकी अनदेखी करते बक्से से पाड़वाली धोती और विशेष आयोजनों के लिए सहेजकर धरा रेशमी कुरता निकालकर पहना और दक्षिण भारत का अंगवस्त्रम कंधे पर डालकर कुछ सोचते हुए पूजा में रखे सिंदूर का पहली बार माथे पर टीका सजाया। इसके बाद आइने में देखकर संतुष्टि हुई। कमी रही तो छड़ी की। पिछले साल कोई संबंधी नैनीताल गया था और वहाँ से खरीदकर लाई गई एक फैंसी छड़ी उन्हें उपहार में दे गया था। याद आई, पर जाने किस कबाड़ में दबी पड़ी हो। इधर-उधर देखते पुकार लगाई, "कहाँ हो छड़ी, दिखाई नहीं देती।" कहते ही आलमारी के पीछे पड़ी छड़ी सरकती हुई उनके पास आ गई। खुशी-खुशी उसे उठाया, धूल साफ की, तेल-पानी का हाथ फेरा तो चमक गई। ऊपर-नीचे हवा में हिलाई तो कानों में नागिन की फूत्कार का आभास हुआ। मन-ही-मन नमन करते माँ शक्ति का आह्वान किया।

ऑफिस पहुँचने पर जिसने देखा वही आश्चर्यचकित। विश्वास न होता कि यह वही बड़े बाबू हैं जो कल तक थे! पूरे दफ्तर में खबर फैलते देर न लगी। जिसने सुना, भागा चला आया आँखोदेखी के लिए। हॉल सरीखा वह कमरा जिसमें बड़े बाबू अन्य मातहतों के साथ बैठते थे, खचाखच भरते देर न लगी। खबर बड़े साहब तक पहुँच गई। तभी सबने उन्हें गुस्से से बिफरते उसी ओर आते देखा। जो बैठे थे, कुरसी छोड़ खड़े हो गए। जो मुरली को घेरकर खड़े थे, वे इधर-उधर हो गए ताकि साहेब सीधे मुरली तक पहुँच सकें। भीड़ को चीरते तीर की तरह साहेब बढ़े चले आ रहे थे। पहुँचते हुए दो झटके लगे—एक तो सुने को आँखों के ऐन सामने पाकर और दूसरा आगे आई मेज जिससे और आगे बढ़ना मुमकिन न रहा। चारों ओर एकाएक गहरी खामोशी, जैसी तूफान की अवाती से पहले होती है। अब तक पूरा ऑफिस-स्टाफ वहाँ सिमट आया था। जो घटित होने को था उसका लेशमात्र अंश कोई मिस करना नहीं चाहता था।

जो पीछे थे वे पंजों पर गरदन उचकाते तो बाकी की उत्सुकता चरम सीमा पर। ऐसे में जो सूरत बनी उसमें साहेब अपनी भूमिका निर्वाह करने को हर तरह से मजबूर। आखिर इस अजूबी स्थिति पर काबू करना उनका दायित्व बनता था। लिहाजा यथायोग्य मुद्रा बनाते, नथुने फड़फड़ाते, डपटते-बमकते, हाथ ऊपर-नीचे करते मुरली से मुखातिब हुए, ''नाटक बनाकर खड़ा किया है। दफ्तर में नौटंकी करने की सजा पता है? बोलो, बोलते क्यों नहीं?''

सबकी नजरों के केंद्र मुरली। हैरत कि उन्होंने चारों ओर सरसरी नजर डाली और फिर उपेक्षा से साहेब की तरफ देखकर मुँह घुमा दीवार की ओर रुख कर लिया। एक बात और कि वे कुरसी से उठे नहीं, बैठे रहे। जो सोच रहे थे उसका किसी को क्या पता। यही कि साहब के बच्चे को मालूम नहीं कि अब जो सामने है वह कुछ और, उसकी समझ से दूर, बिलकुल अलग। मौजूद दर्शकों में कुछ की नजर दीवार देखते मुरली पर तो अधिकतर साहेब पर आँखें जमाए, यही जानने को कि वे किसी भी क्षण क्या कहर न बरपा कर दें।

साहेब का अपनी अनदेखी पर, वह भी पूरे स्टाफ की मौजूदगी में, बेतरह तिलमिला उठना वाजिब था। पैंतरा बदलते, अतिरिक्त तीखा रुख इख्तियार करते, आतिशी बम सरीखा फूटे, ''कल माँगी गई फाइलें मेरे पास क्यों नहीं पहुँचीं? हुक्मउदूली, तिस पर बहुरूपिया बने सामने हो!! देखो मिस्टर मुरली, मैं तुम्हें बरबाद कर सकता हूँ। बात समझ आती है? जवाब दो। फौरन।''

मुरली की तरफ से जवाबी काररवाई अजूबा। साहेब की ओर ऐसी नजर कि वे जैसे कोई कीड़ा-मकोड़ा हों। फिर मुसकराए और बोले, ''ऐसा! जवाब चाहिए?''

गौरतलब हो। दफ्तर का सदर, वहाँ वालों का आका गुस्से से उफनता सामने खड़ा कॅरियर-बरबादी की छोड़ें, नौकरी लेने पर आमादा! ऐसे में जो निशाने पर हो उसे क्या करना चाहिए? गिड़गिड़ाना, माफी की अरदास करना, रोना-पीटना भी जायज है, मगर नहीं। सीधे नहीं बल्कि मुसकराते हुए सिर्फ कहना, "ऐसा!"

देखनेवालों के दिल दहल गए। सब की सोच यही कि बड़े बाबू के दिन पूरे हुए और वे गए काम से। लेकिन जो आगे हुआ देखा, बस आश्चर्यजनक। अनहोना, अजूबा।

मुरली बाबू उठे, साहेब के पास पहुँचे और उनके कंधे पर हाथ रख उनका रुख उनके चेंबर की ओर किया। साहेब जैसे अनचाहते उसी तरफ बढ़ते गए। यह दृश्य सबके आगे हूबहू था। सबने देखा। चेंबर में दोनों साथ-साथ प्रविष्ट हुए। मुरली का हाथ बराबर साहब के कंधे पर रहा।

अंदर पहुँचने पर साहब को बाहर हॉल का घटनाक्रम याद आया तो एक बार फिर त्योरियाँ चढ़ीं कि मुरली की आँखों से आँखें मिलीं। लगा जैसे उस ओर से एक शोला उठा और आँखों के जरिए अंदर कहीं पैठ गया। मुरली ने शांत चित्त उनके कोट की तरफ देखते, जो पास के स्टैंड पर था, कहा, "मातहतों के बीच दफ्तर में बिना कोट जाने से रुआब घटता है। पहन लें।"

मुरली बाबू के ऐसा कहते ही हैंगर से अलग हो कोट साहब के कंधे पर आ रहा। "साहेबजी! आपके तो पसीने छूट रहे हैं, पंखा तेज होना चाहिए।" पंखे की तरफ देखा तो रफ्तार तेज हो गई जैसे रिमोट से होती है। "एक अदना क्लर्क, चलिए हेडक्लर्क, के आगे सदर को पसीना आते देख कोई क्या सोचेगा? छिः छिः। जल्दी सुखा लें। तौलिया?"

स्टैंड की ओर देखते ही तौलिया स्टैंड से साहेब तक पहुँच गया। उनकी तो सिट्टी-पिट्टी गुम। किसी तरह बोले, "आखिर, मुरली, चाहते क्या हो? हैं?"

जवाब में बिना बोले मुरली बाबू कुरसी पर बैठ गए। सामने खड़े दफ्तर के आला सदर बेतरह घबड़ाए। "मिस्टर मलहोत्रा," मुरली बोले, पर जैसे अपने-आप से, "एक-एक बात याद है, जैसे दिलो-दिमाग पर नक्श कर दी गई हो। वक्त हमेशा उसी शक्ल में वापस नहीं आता। समझ रहे हैं न मल्होत्रा साहेब।"

"आपने पूछा, चाहते क्या हैं?" मेज पर ताल कायम करती हुई उँगलियों को रोक, नजर फाइल-कैबिनेट पर केंद्रित की। ताला खुला। ऊपर से तीसरी ड्रावर खिसककर आगे हुई और उसमें से एक फाइल हवा में तैरती आकर मल्होत्रा के सामने ठहर गई। मुरली फिर बोले, "सुपरिंटेंडेंट की अस्थायी (एड-हौक) नियुक्ति होनी है। नाम भरना है। भर दें।"

सुनकर लगा जैसे गले में कुछ आ फँसा हो, खीझकर ही बोल फूटा—"बी.पी. टंडन।"

मुरली कुरसी छोड़ साहेब के ऐन सामने जा खड़े हुए। हाथ के बेंत से फाइल पर हलकी चोट की और कहा, "क्यों नहीं, पिछले महीने साठ हजार का नजराना जो दिलवाया, हालाँकि अपना निज का हिस्सा भी कम न रखा। काम का आदमी है। जिधर इशारा है उसके सबूत आपके पास हैं। देखना चाहेंगे?"

साहब की बोलती बंद। बेंत का इशारा मिला तो मेज की निचली दराज का ताला खुला और उसमें से डायरी व कुछ नत्थी कागजों की गड्डी साहेब के सामने आ गई। चेंबर से बाहर जाते हुए चौखट पर रुक मुरली ने मुड़कर कहा, "सिर्फ पंद्रह मिनट का समय है। ऑर्डर मेरे हाथ में न हुआ तो सब सबूतों की फाइल सही जगह पहुँच जाएगी। पैर चौखट के पार रखते ही मीटर चालू समझें। पंद्रह मिनट।"

चेंबर से बाहर आते ही अफवाहों का बाजार तेज हुआ। मुरली चुपचाप अपनी सीट पर लौट आए, पर उस पर बैठे नहीं बल्कि मेज के कोने से टिककर खड़े रहे। कुछ कर्मचारी टोह लेते आसपास मँडराते तो रहे, पर बात करना मुनासिब न समझा कि कौन जाने बड़े साहब के पास चुगली पहुँच जाए कि अमुक भी बड़े बाबू से मिला हुआ है और इस तरह बने कोप का भाजन। डूबते सूरज की कौन करता है वंदना। आम कयास था कि लद गए मुरली बाबू। कयास को बल मिला जब मुरली बाबू ने सबकी अनदेखी करते अपने चपरासी से खास जरूरी सामान समेटने को कहा। बस तय समझा गया कि बिस्तर गोल हुआ। ऐसे में फुसफुसाहट बढ़नी थी सो बढ़ी। चपरासी सामान समेटता रहा।

साहेब की पी.ए. शालिनी दौड़ती-हाँफती मुरली के पास आई, एक हाथ डिलीवरी बुक सामने सही कराने के लिए तो दूसरा हाथ कागज उनके हवाले करता। एक सरसरी निगाह कागज पर डाल शालिनी से बोले, "शालिनीजी, वैसे अभी तीन मिनट बाकी हैं, फिर भी धन्यवाद!" फिर सबने उन्हें हँसते देखा। सभी समझे सस्पेंशन ऑर्डर या फिर सीधे बरखास्तगी का फरमान पा गए हैं। इस बीच चपरासी सामान समेट चुका था, सो पूछा, "बाहर ताँगे पर ले चलें?"

जो लोग इधर-उधर कान लगाए खड़े थे वे सुन सकें, इसलिए मुरली बाबू ने कुछ ऊँची आवाज में कहा, "ताँगे पर? नहीं, मेरे नए ऑफिस में। और हाँ, अब बड़े बाबू की जगह सुपरिंटेंडेंट कहने की आदत डाल।"

ऑफिस के कोने-कोने में खबर हो गई। जितने मुँह उतनी बातें, जैसे सुनामी एकाएक फिर से फूट पड़ी हो।

मुरली मनोहर स्वरूप के असिस्टेंट, पी.ए., टाइपिस्ट और अन्य अधिकारी स्वागत में लाइन बाँधे खड़े मिले। कमरे में घुसते ही बड़ी मेज और घूमनेवाली कुशन-मढ़ी कुरसी। सहज भाव से जाकर बैठे कि चपरासी ने आकर खबर दी, "संतराम मिलना

चाहते हैं।'' सिर के इशारे से अंदर लाने को कहा। संतराम बाअदब आकर रूबरू हुए।

''माँ भवानी की कृपा हुई, इसका मुझे आभास हुआ। मेरे लिए आज्ञा-सेवा?''

''पास ही रहें। लोग आएँगे, रोका जा नहीं सकता; पर सीधे आ धमकने पर संयम-नियम लागू करना होगा।''

''लेकिन मेरी ड्यूटी डिस्पैच पर है सर!''

टेबुल पर पी.ए. का बटन दबाया। आने पर ऑर्डर डिक्टेट किया। फिर संतराम से कहा, ''कल से आप मेरे ऑफिस में काम करेंगे। ऑर्डर थ्रू प्रॉपर चैनेल मिलेगा।'' जाने का इशारा कर कुरसी पर उटंग गए। सोचते यही रहे कि इस मोड़ पर पहुँचने के बाद आगे का कार्यक्रम कैसा व क्या होगा?

□

मुरली मनोहर स्वरूप-२

समाचार-पत्रों और सभी प्रसार-माध्यमों से अपने को दूर रखना मुरली बाबू के लिए ज्यादा समय तक संभव न हुआ, फलस्वरूप ख्याति बढ़ी। फिर क्या था! हर तबके के लोग उन तक पहुँचने को उतावले हो उठे। हर किसी को यही उम्मीद कि कृपा पा लेने पर समस्याओं से निपटा जाना संभव अवश्य होगा। हजार अनचाहते भी ऐसों से अपने को बचा पाना संभव न था। इसका एक विशेष कारण यह भी था कि पहले कभी किसी के उनकी ओर ध्यान देने के इक्के-दुक्के ही अवसर आए थे। ऐसे में अचानक इतने सारे लोगों का उनकी ओर आकर्षित होना निश्चित ही एक सुखद संतोष की उपलब्धि थी, भले ही मिलने पर बराबर यही कहते कि सुनी-सुनाई पर अधिक विश्वास न कर उन जैसा साधारण व्यक्ति केवल देवी का उपासक होने का ही दम भर सकता है। पर लोग मानें तब न! ताँता बढ़ता ही चला गया।

कभी कुछ घटित होता जिसमें उनका हाथ होने की बात छुपाना मुमकिन न होता तो उसे चर्चा का विषय बनते देर न लगती। घटना को बढ़ा-चढ़ाकर आगे बढ़ाने में कोई पीछे न रहना चाहता। इससे मुरली की परेशानी बढ़ना भी लाजिमी था। शक्ति पा जाने के बाद अकसर अपने को अजब लोगों से घिरा पाते। ऐसे-ऐसे लोग कि पीछा छुड़ाना मुश्किल होता। चाहते-अनचाहते वातावरण बहुत कुछ बदल गया। आनेवालों की भीड़ से बचाने के लिए एक संतराम थे ढाल की तरह। निर्धारित ड्यूटी पर मुस्तैदी से जुटे हुए।

संतराम अब पहले जैसे नहीं रह गए थे—कुरता-धोती, आला-माला छोड़ कोट-पैंट ही नहीं, अकसर टाईयुक्त देखे जाते थे। बेतरतीब लंबी दाढ़ी की जगह ले ली थी, जिसे कहते हैं फ्रेंचकट। एक तरह से आती भीड़ को रोक पाने में इनसे सहायता अवश्य मिलती थी। घर में जगह की कमी पड़ोस के सरदार सज्जन सिंह ने पूरी कर

दी थी, जिनका बड़ा मकान था। उसके तीन बड़े कमरे, जो मुरली के मकान की ओर खुलते थे, सरदारजी ने उन्हें दे दिए थे ताकि उनका इस्तेमाल ऑफिस की तरह किया जा सके। यह सब बिना किराए बड़े अनुरोध के साथ किया गया था।

इस उदारता के पीछे कुछ दिन पहले की एक घटना थी। हुआ यह था कि सज्जन सिंह ने मुरली को भोजन के लिए निमंत्रित किया। मौके का फायदा उठाते कुछ और खास लोगों को भी आमंत्रित कर लिया। लगभग पंद्रह-सोलह का जमावड़ा था। और सब तो ठीक, पर ऐन मौके पर पानी-सप्लाई ने धोखा दे दिया, जैसा शहरी जिंदगी में आम होता रहता है। सज्जन सिंह की परेशानी का सहज अंदाजा किया जा सकता है। सारे लोग इकट्ठा होने लगे थे। हजार कोशिश करने पर भी परेशानी छिपी न रही। ऐसे में मुरली का संतराम के साथ आगमन हुआ। सरदारजी ने स्वागत करते उन्हें आदर से बैठाया। मगर उनका घर के भीतर आना-जाना चालू रहा। मुरली ने पास बुलाकर परेशानी का सबब जानना चाहा। न चाहते हुए भी आखिर उन्हें बताना ही पड़ा। सुनकर मुरली मुसकराए और कहा कि उनसे कुछ भूल तो नहीं हुई। सज्जन चकराए और पूछा, "कैसी भूल मुरलीजी?"

"यही कि नल ठीक से खोला, मतलब चालू न किया गया हो।"

सज्जन ने इसका प्रतिवाद किया, "ऐसा कैसे हो सकता है! पानी आ ही नहीं रहा है।"

"फिर भी एक बार चेक कर लें, इसमें क्या बुराई है!"

बात को टालना मुनासिब न समझते सज्जन अंदर गए। नल को चालू करने को हाथ लगाया ही था कि पानी की धार छूटी और पानी आने लगा, अच्छी मिकदार में। एक उसी से नहीं बल्कि दूसरे नल से भी। खैर, समारोह निर्विघ्न संपन्न हुआ। सज्जन सिंह का माथा ठनका। कानों से जो सुना था, आँखों के आगे आया अब। पानी आ जाना मुमकिन हो सकता है, पर सिर्फ उन्हीं के घर में, आस-पड़ोस में नहीं, यह अनहोनी है। बात छुपती नहीं, दम भर में फैल जाती है। अपने-आप में वह भले छोटी हो, पर लोग-बाग उसे तूल देने में देर नहीं करते। सज्जन सिंह के तीन कमरे मुरली को देने के पीछे इस घटना को जोड़कर देखने से बात समझने में आसानी होगी।

तीनों कमरे यूँ तो काफी बड़े थे, पर सामनेवाला अपेक्षाकृत छोटा था, जिसे संतराम ने ऑफिस और स्वागतकक्ष के लिए चुना। एक सहूलियत और कि उससे लगा एक बरामदा भी था। आम लोगों के अलावा समाचार-पत्रों के संवाददाता तथा रेडियो-टेलीविजन के प्रतिनिधि भी कम न थे। संपर्क साधने में एक-दूसरे की होड़ आम दिखाई देती थी। शक्ति-घर्म से सबको मिलाने का दायित्व सँभालने की जिम्मेदारी संतराम की थी, जिसे वे सुव्यवस्थित ढंग से निभाने की कोशिश कर रहे थे।

उस दिन रेडियो-रिकॉर्डिंग चल रही थी। साक्षात्कार के लिए थे एक प्रमुख दैनिक के संपादक शिवहरे स्वयं। इंटरव्यू काफी खिंचा। उसका एक अंश था—

"इस विलक्षण शक्ति का रहस्य क्या है?"

"आप इसे रहस्य मानते हैं तो रहस्य ही रहने दें। प्रकट करने से संज्ञा बदल जाएगी। क्या फायदा।"

"शक्ति के बारे में कुछ विस्तृत जानकारी?"

"आपसे ही मालूम हुआ कि इसके बारे में बहुतेरी बातें व धारणाएँ हैं, पर मेरे जानने में कुछ खास नहीं।"

"शक्ति के प्रयोग की बात की जाए? सुनने में आया है कि आप चमत्कार कर सकते हैं?"

"चमत्कार की ओर मेरा कोई आग्रह नहीं। हाँ, घटित को सामने देखते यदि कोई उसे मनचाही संज्ञा दे तो भला उसे कौन रोक सकता है। जैसे इस समय रिकॉर्डिंग में व्यवधान है। चेक कराकर देखें कहा सही है या कि नहीं।" तुरंत मशीन, माइक आदि की जाँच की गई। कहीं कोई खामी नहीं मिली, मगर रिकॉर्डिंग हो नहीं रही थी। इस पर मुरली ही बोले, "मशीन ही तो है, कभी भी कुछ खराबी आ सकती है। प्रश्न करें, कौन जाने फिर से रिकॉर्डिंग होने लगे।"

ऐसा ही हुआ। आगे का काम पूरा हुआ बिला किसी रुकावट के। खैर।

फुटकर दर्शनाभिलाषियों की संख्या भी कम न हुई। अधिकतर अपनी असाध्य समस्याओं को सुलझवा सकने में तिनके के सहारे की तलाश में होते, तो औरों से हटकर बिरले मनोरथवाले भी। उदाहरण के लिए एक गोविंदी मालवीय को लिया जाए। एलोपैथिक डॉक्टरी इलाज ही नहीं बल्कि हकीमी, बैदकी से लेकर हर तरह के पूजा-पाठ खँगालते झाड़-फूँक, जंतर-मंतर सभी कुछ किया, पर संतान-सुख न मिला। मुरली मनोहर की शक्ति-चर्चा सुनी तो भागी चली आई। संतराम ने उन्हें समझाने की हरचंद कोशिश की, पर उनकी हर बात नकारते बराबर यही रट कि "बस, एक बार उनसे मिला दो।" बमुश्किल एक नहीं कई बार उन्हें वापस भेजा, पर हुआ कुछ नहीं। बराबर लौटकर आती रहीं तो फिर समय देना ही पड़ा।

मुरली के सामने समस्या पेश की अनुनय-विनय के साथ। सारी बात समझने के बाद उन्हें साधारण रूप से बहुतेरा समझाना चाहा, पर उसे नकारते अपनी ही बात बार-बार दोहराती रहीं, "मुझे संतान-सुख दो।" इस पर मुरली को कहना ही पड़ा, "आप बात को समझने की कोशिश क्यों नहीं करतीं? आखिर चाहती क्या हैं?"

"संतान।"

"विधि का विधान बदलना किसी के बस का नहीं। मेरी क्या बिसात।"

''और न सही, पर आप असाधारण हैं। निहित शक्ति से सबकुछ कर सकते हैं आप।''

''संतान-सुख के लिए बेहतर होगा कि आप मालवीयजी को टेरें।''

''क्या नहीं किया। सब किया है, बाकी कुछ रहा नहीं। अब तो बस तन-मन-धन सभी आप पर न्योछावर। फिलहाल यह दस हजार आपको समर्पित हैं। स्वीकार करें।''

''कैसी बात करती हैं आप? इसे लेने का कोई प्रयोजन नहीं।''

''बात समझें गुरुदेव। आप सर्वशक्तिमान हैं। मुझे संतान दो स्वामी!'' कहते हुए आँखें बंद किए हाथ आगे पसारे वे उनकी ओर लपकीं। मुरली के होश फाख्ता। बेतरह घबड़ाए। ''नहीं-नहीं, ये क्या करती हैं।'' कहते मुरली बाबू पीछे, और पीछे हटते हुए, धक्के से दरवाजा खोल किसी तरह संतराम के पास जा पहुँचे। यही नहीं, दरवाजा अंदर से बंद कर लिया, तब जाकर साँस आई। उनके कमरे के बंद दरवाजे पर प्रहार करते गोविंदी का घोर विलाप चलता रहा। इधर मुरली हतप्रभ। संतराम पर नाराजगी जाहिर करते हुए पूछा कि बिना जाने-बूझे, पूरी पड़ताल किए बिना कैसे उस जैसी मुसीबत को उनके कमरे में ठेल दिया गया। वगैरह।

संतराम भी कम परेशान नहीं थे। बार-बार हाथ जोड़कर माफी माँगते रहे कि आगे कभी ऐसा नहीं होगा। किसी तरह समझाने-बुझाने के बाद श्रीमती गोविंदी मालवीय घर वापसी के लिए राजी की जा सकीं। उनके प्रस्थान के बाद ही मुरली अपने कमरे में जा पाए। मन उचाट, पर करें क्या। बी.बी.सी. के लिए निर्धारित समय हुआ चाहता था। उनकी रिकॉर्डिंग टीम पहले ही पहुँच गई थी, पूरे तामझाम के साथ। नियत कमरे में पहुँचते ही तुरंत सभी काम पर लगे और शीघ्र ही व्यवस्था पूरी कर दी गई। इंटरव्यू करने हिंदी सर्विस के वरिष्ठ सदस्य आ चुके थे।

प्रकाश, ध्वनि, कैमरा सभी की नियमित जाँच हुई, ताकि कार्यक्रम सुचारु रूप से हो सके। मेकअपमैन ने अपना काम किया, पर माथे के टीके पर कुछ विशेष, क्योंकि कैमरे के लिए वह आकर्षक केंद्रबिंदु था। आले-हसन ने मुरली को आवश्यक जानकारी दी। बातचीत धीमे स्वर में थी इसलिए औरों को सुनाई नहीं दे रही थी। दोनों के चेहरे के हावभाव जरूर देखने में आए, पर उनसे कुछ समझा जाना मुमकिन न था। आले-हसन निर्दिष्ट स्थान पर बैठे और आरंभ करने का संकेत दिया।

''मुरली मनोहरजी, कहा जाता है कि आपके पास कोई खास पावर है?''

''सुनी-सुनाई को सच माना जाए?''

''मेरे सवाल का जवाब नहीं मिला।''

''मुमकिन नहीं कि जवाब समझा न गया हो?''

''बहरहाल मानते हैं कि खास पावर है आपके पास।''

''सीधे हाँ या ना से काम नहीं चलेगा। बिना समझाए लगेगा भी नहीं।''

''समझानेवाली बात! तो फिर···?

''आले-हसन साहेब, आप देवी-बीजमंत्र की जानकारी रखते हैं?''

''ऐसा दावा नहीं कर सकता।''

''मगर मैं नहीं मानता। आप जानकार हैं।''

कुछ कहने जा रहे आले-हसन के मुँह खोलते ही बीजमंत्र उच्चरित होने लगा। वही नहीं बल्कि कैमरामैन, साउंड रिकॉर्डिस्ट आदि भी समवेत में साथ देते सुनाई दिए। फिर जैसे यह एकाएक शुरू हुआ था वैसे ही बंद भी हो गया। सब एक-दूसरे की ओर अवाक् देखते रहे।

''मेरा सोचना ठीक था। आपका ही नहीं, आपके दूसरे सहयोगियों का पाठ भी सुंदर रहा।'' फिर प्रश्न पर लौटते हुए कहा, ''समझाने का एक रास्ता यह भी था सो काम में लाया गया।'' मुसकराते हुए मुरली ने कहा। आले-हसन को विचलित होना था, पर ऐसा देखने में न आया और अगला प्रश्न स्वाभाविक सा किया, ''यह हुआ कैसे, इस पर कुछ रोशनी डालेंगे?''

''क्या खूब पाठ किया आप लोगों ने, दरअसल चमत्कार तो आपकी ओर से हुआ। इस पर रोशनी डालने का हक भी आपका बनता है। जी?'' और वे हँस दिए।

इंटरव्यू और आगे बढ़ा दिया गया। रोज आने-जाने वालों में मुरली के अपने दफ्तर के भी थे। बड़े साहब भी कभी-कभी सपत्नीक आते। कभी खाली हाथ नहीं, फल-मिठाई या और कुछ लाते ही थे। हाँ, यह कोशिश जरूर होती कि आने की बात दूसरों तक न पहुँचे।

राजनीति में सक्रिय तो वहाँ आते ही थे, मगर उनसे ज्यादा संख्या होती थी भूतपूर्व मंत्रियों, सांसदों, विधायकों की। जाहिर है कि अद्भुत शक्तिसंपन्न के सामीप्य से फायदे की आशा होना स्वाभाविक था और इसीलिए अधिक पास होने की स्पर्धा। हर तरफ से यही माँग—''समय चाहिए''। एक फोन ऑफिस की तरफ से तो दूसरा सज्जन सिंह की ओर से, इसलिए अटेंड करने के लिए अतिरिक्त सहायक भी लगा। रजिस्टर, डायरी। मिलने आए लोगों का नाम-पता-अभिप्राय सब नियमित रूप से टंकित किया जाना अनिवार्य नियम बना। कभी ऐसा भी होता कि कोई वी.आई.पी. सक्रिय या भूतपूर्व अचानक आ धमकता अपना अधिकार समझते, जैसा उस दिन की देर शाम को हुआ।

सबसे आगे आई अंगरक्षकों की गाड़ी, जिसके ठीक पीछे थी काले शीशेवाली कार जो मुख्य दरवाजे के सामने आकर रुकी। उतरे अपदस्थ भूतपूर्व मुख्यमंत्री। संतराम ने उनका स्वागत करते हुए सूचित किया कि श्री जी इस समय सांध्य-वंदना में संलग्न हैं और उसके बाद बिहार शरीफ से आए कुछेक धर्म-गुरुओं से मिलेंगे, जिन्हें पहले से समय दिया जा

चुका है। यह भी कि पूर्व-सूचना से असुविधा से बचा जा सकता था, क्योंकि फिलहाल कुछ इंतजार करना ही होगा। धर्म-गुरुओं को अंदर जाते देख इंतजार के सिवा कोई अन्य विकल्प नजर न आने से वैसा ही करना उचित समझा गया।

कुछ समय बीतने पर धर्म-गुरु बाहर आए, आपस में दबी जबान बतियाते, पर उनके चेहरों पर विस्मय की छाप साफ दिखती थी। इसके तुरंत बाद विशिष्ट अतिथि अंदर दाखिल हुए। आदत से मजबूर सोचा तो था कि उठकर गर्मजोशी से स्वागत किया जाएगा, पर हुआ ऐसा कुछ नहीं। मुरली अपनी जगह बैठे रहे, उनकी ओर देखते हुए गुमसुम। भूतपूर्व मुख्यमंत्री ने सामने की कुरसी पर बैठना चाहा, पर बैठ न पाए, और तो और मुरली की नजर से आँखें हटा लेना भी संभव न हुआ। कुछ ऐसा महसूस हुआ कि जैसे आँखों की राह मुरली उनके अंत:करण में पैठ बना चुके हैं। उनके पास छुपा रखने को कुछ भी न बचा रहा। माथे पर पसीने की बूँदें झलक आईं तो हाथ जेब में पड़े रूमाल की ओर बढ़ा। मुरली का ध्यान अब साथ आई युवती पर था। उसकी ओर देखते हुए कहा, ''इनका परिचय?''

इस बीच संकेत पा अतिथि आसन की ओर अग्रसर थे कि बीच में यह प्रश्न हुआ। उत्तर जरूरी था। कसमसाते हुए बोले, '' श्रीमती सुनीता, जानी-मानी समाज-सेविका, मेरी सहायिका।''

''समाज-सेवा तो ठीक, पर उसे करने के लिए घर छोड़ना कहाँ तक उचित है? वैसे आपके निकट रहते हुए हर सुविधा तो प्राप्त होगी ही। जाने दीजिए, अब बताएँ कि आप जैसे बड़े आदमी का मुझ जैसे साधारण व्यक्ति के पास आने का प्रयोजन?''

''आप और साधारण! मुरलीजी, आप शक्ति के···''

बात बीच में कटी, ''इन बातों को छोड़ सीधी बात करने से आपके बहुमूल्य समय की बचत होगी।''

''अब बताना क्या! पूरा जीवन जनता की सेवा में अर्पित कर दिया—निस्स्वार्थ।''

''सीधी बात का अर्थ असंगत से भी हटकर था।''

''उत्तर के लिए कुछ पीछे जाना असंगत तो नहीं?

''ऐसा है तो और पीछे से आरंभ करें।''

''मैं समझा नहीं?''

''मैं सहायता कर सकता हूँ। गाँव में स्कूल-मास्टर के यहाँ जन्मे?''

''जी।''

''अत्यंत गरीब परिवार, जिसे अब बी.पी.एल. श्रेणी का जाना जाता है?''

भूतपूर्व मुख्यमंत्री कुछ विचलित दिखे। बोले, ''इन सबकी चर्चा क्या समयोचित है?''

''क्यों नहीं! आपके मतानुसार स्थिति समझने के लिए पीछे जाना यानी सही

पर्सपेक्टिव अत्यंत आवश्यक है।''

वे चुप रहे तो मुरली ने बात बढ़ाई, ''ऐसी परिस्थिति में समाज-सेवा में लगना और लगे रहना निस्स्वार्थ? सही माना जाए?''

तत्काल कुछ प्रतिक्रिया न होते देख मुरली ने ही बात जारी रखते हुए कहा, ''सेवारत रहते आधा दर्जन मकान, उससे तीन गुनी दुकानें, दो या तीन शुगर मिलें, अनेक बैंकों में खाते। इत्यादि। क्या कहा जाए सिवा इसके कि आश्चर्यजनक प्रगति। कैसे हो गई?''

''यह भी सत्य है कि इनमें से कुछ भी मेरा नहीं।''

''अबकी महान् आश्चर्य। वास्तव में यही तो खूबी है। सभी के मालिक दूसरे नामों के। मगर हर नाम आपसे जुड़ा हुआ—पत्नी, पुत्र, लड़की, पुत्रवधू, चाचा, चाची, ससुर, सास इत्यादि। देखिए न, मसूरी का बँगला और अलग-अलग बैंकों में कई लाख के खाते इन सुनीताजी के नाम। आपके अपने नहीं, पर आपके निकट अपनों के नाम। ऐसे में आपका कहा बिलकुल दुरुस्त कि आपको मिला कुछ नहीं, बस सेवा निस्स्वार्थ।''

''आपके पास बड़ी आशा लेकर आया हूँ।''

''यह हुई सीधी बात। तो फिर निस्संकोच कहें। पूरी छूट है।''

''आपसे क्या छुपा है, फिर भी इस समय कुछ लोग आड़े आ रहे हैं। उनसे··· उनसे···''

''निपटना है। यही न?''

''मुँह से बात छीन ली।''

''मगर यह संभव कैसे हो?''

''सर्वशक्तिमान, आपके लिए सब संभव है।''

''आप अधिक अनुभवप्राप्त हैं, कुछ संकेत करें।''

''मेरे बीस निकट विधायकों को मदन शर्मा ने बरगलाकर खिलाफ वोटिंग कराने की पहल की है। ऐसा हुआ तो···''

''गए काम से। मुकदमे दायर हैं···कुरसी न मिलने पर जेल भी हो सकती है। मगर सोच देखें कि मैं क्या कर सकता हूँ। और क्यूँ?''

''क्यूँ ऐसे कि मैं पूरी कीमत चुकाऊँगा। सदन की सदस्यता, मुँहमाँगे विभाग का मंत्री और इच्छित धनराशि।''

मुरली पहले हँसे, फिर गंभीर होते हुए कहा, ''धनराशि! उसके लिए कोई क्या न कर उठाए। बयाना भी तो लाए होंगे?''

भूतपूर्व हाथ की अटैची उठाते हुए बोले, ''ये रहे एक लाख, और जो चाहें वापस जाते ही भेज दिए जाएँगे।''

''हूँ। गौरतलब है कि सदन की सदस्यता आपके हाथ नहीं, कि हम जैसों को दे दें, स्वयं मुख्यमंत्री नहीं तो मंत्रीवाली बात भी खारिज समझी जाए। रहा धन, तो वह आपके पास पर्याप्त है।''

''तो फिर आज्ञा करें।''

''उसकी मुझे दरकार नहीं। श्रीमान और आप श्रीमती सुनीताजी अपने आसपास अगल-बगल कृपया गौर करें।''

दोनों ने वैसा ही किया। जिधर जहाँ देखा मेजों, कुरसियों, यहाँ तक कि जमीन पर नोटों की गड्डियाँ सजी क्या बेतरतीब बिखरी हुई दिखीं। अटी पड़ीं। हतप्रभ देखते भर रहे। कोशिश कर भूतपूर्व मुख्यमंत्री फिर बोले, ''मदन शर्मा खास मुखालिफ हैं।''

मुरली का हाँ में सर भर हिला।

''उनकी कमजोरी आपसे छिपी न होगी।''

''इसलिए उपाय भी है। असल मुद्‍दा है आपकी यह समाज-सेविका-निकट सहायिका सुनीताजी। इनसे पल्ला झाड़ इनका रुख मदन शर्मा की तरफ कर दें तो बस फतेह यानी आपके साथ मदन शर्मा का पूरा सहयोग।''

''यह क्या कहते हैं आप। सुनीता मेरी—''

''बेटी, बहन आदि की पुरानी रट भूल जाइए और ठंडे दिमाग से सोचकर देखें। वैसे भी इन कथित रिश्तों से जुड़ी गालियाँ कब तक पचाते रहेंगे? आगे मरजी आपकी।''

भूतपूर्व मुख्यमंत्री उठ खड़े हुए और जाने की आज्ञा माँगी जो तत्परता से सहर्ष मिली। तत्पश्चात् पूरे लवाजमात के साथ प्रस्थान में किंचित अतिरिक्त समय न लगा। मुरली कहते ही रहे, ''जरा देखते भी जाएँ कि उनके यहाँ देखी गई नोटों की गड्डियाँ जहाँ से आई थीं वहाँ फिर से पहुँच गईं या नहीं।''

कहना न होगा कि वापस जानेवालों में ठहरकर कुछ देखने-सुनने की इच्छा कोई बाकी न रही थी, इसलिए मुरली का कहा लाअसर साबित हुआ। जैसे अचानक आए थे, वैसे ही उलटे पाँव आए—गए हुए।

मुरली अपने को अकेला पा राहत की साँस ले, अँगड़ाई लेते हुए सामने की मेज पर पैर पसार सोचने लगे कि कुछ ही दिनों पहले तक उनकी हालत किस हद तक बदतर रही थी, जो अचानक आए बदलाव से किस कदर बदल गई। कहाँ एक दब्बू अवांछित ऑफिस का क्लर्क, हर किसी की लानत-मलामत सहने को मजबूर, जो पलक भाँजते एक नई दुनिया में प्रवेश पा गया। व्यक्तित्व में विलक्षण परिवर्तन। हर कोई उसका मुरीद, उससे वह पाने की होड़ में जिससे वह कभी महरूम रहा। हाल तक वे सभी, जिन्होंने उसका जीना मुहाल करने में कुछ उठा न रखा था, अब उसके कृपापात्र बनने की हर कोशिश में लगे। जो हो, सवाल उसके सामने यही कि क्या इस

बदली हुई परिस्थिति से उसे संतोष मिला? इसका उत्तर ढूँढ़ पाना आसान न था। फिलहाल बदले वातावरण के अनूकूल अपने को ढाल लेने की ही कोशिश थी।

वैसे तो हर तरह के लोगों का अंतहीन सिलसिला चलता ही रहा, जिसकी विस्तृत चर्चा इस वक्त नहीं बल्कि फिर कभी, पर इस समय एक बार फिर मीडिया की ओर रुख करना वाजिब लगता है।

छोटा या बड़ा कोई वाकया कहीं भी हो, तो मीडिया को उसे घेरते देर नहीं लगती। फलस्वरूप प्रमुख टी.वी. व रेडियो प्रसारण सेवाओं ने पहल करते उनके इंटरव्यू लिये और देशीय कमर्शियल सेवाओं ने उनसे संपर्क साधने में देर न की। इसके बाद जाकर राष्ट्रीय प्रसार माध्यम की नींद टूटी। दूरदर्शन की माँग पर रिकॉर्डिंग की व्यवस्था निश्चित हुई। टीम पूरी न सही, लेकिन समय पर पहुँची। छायांकन की देखभाल और व्यवस्था में उचित से कहीं ज्यादा समय लगा, क्योंकि उसके दौरान अड़चनें प्याज के छिलकों की तरह एक के बाद दूसरी उधड़ती गईं। मसलन कैमरे की लीड का तार नदारद। ठीक तरह काम न करने से माइक परेशानी का बाइस। स्पेयर था नहीं, क्योंकि उस पर शासकीय प्रतिबंध था। फलस्वरूप उसे बदलकर दूसरा लाने के लिए किसी को केंद्र भेजा गया। जैसे-तैसे साज-सामान चौकस हुआ तो, पर एक दूसरी अड़चन। जिन महोदया को इंटरव्यू लेना था उनका कोई अता-पता नहीं। कुछ और इंतजार के बाद प्रोड्यूसर ने स्वयं यह जिम्मेदारी लेने का निश्चय किया तो एक दूसरी अड़चन। मेकअपमैन नदारद। गहन पूछताछ में दोषी पाया गया प्रोडक्शन असिस्टेंट। उसने रिक्वीजीशन दी तो सही, पर समय से नहीं। वैसे प्रोड्यूसर को खुद अपने मेकअप को लेकर अधिक परेशानी थी, क्योंकि कैमरे पर छवि बिगड़ने से लोग, खासकर उनके अपने पर्सनेल, क्या सोचेंगे? ऐसे में इंप्रेशन का क्या होगा, बड़ी मुसीबत।

इस गाढ़े समय काम आए संतरामजी, जो मेकअपमैन तो नहीं, पर वैसे वेश-विन्यास के बारे में अनुभवी थे। देखते-ही-देखते मुरली मनोहर के केश-प्रच्छालन के बाद माथे पर टीका उजागर करने में देर न की। अंगवस्त्र की सलवटें सुधारीं। इसके उपरांत प्रोड्यूसर की जरूरतों से अवगत हो भरपूर मदद की। इतना जरूर कि चेहरे पर बेस कुछ अधिक हो गया, वह ऐसे कि उसका प्रयोग संतराम के लिए नया था सो अपनी ओर से कोई कमी न रखते हुए कुछ ज्यादा ही फिरा दिया। फलत: कैमरे पर पूरा-पूरा भूत तो नहीं, अभूतपूर्व दिखना निश्चित लगा। यह तो अच्छा हुआ कि मेकअपमैन भले न आया हो, पर उसका बैग साथ लाया गया था जो भरपूर काम आया।

बहैसियत प्रोड्यूसर सबको समुचित निर्देश देने के बाद वे मुरली की ओर मुखातिब हुए। कुछ इन-फ्रेम एक्शन की बाबत बताया, मसलन जेब से कलम निकाल कुछ देर इधर-उधर डुलाते रहने के बाद सामने मेज पर रखना या वापिस जेब में। बोलने के साथ

हाथ इधर-उधर ऊपर-नीचे करते रहने से कहे जा रहे को बल मिलता है। इत्यादि। यह भी कि हर एक नहीं तो कुछेक प्रश्नों के उत्तर से पहले यह कहना न भूलें कि यह प्रश्न बहुत महत्त्वपूर्ण है। इससे कार्यक्रम की गरिमा बढ़ती है। खैर।

यह कहना उचित होगा कि नई परिस्थिति में मुरली के व्यक्तित्व में खासा परिवर्तन हुआ था। विशेष रूप से अदम्य आत्मविश्वास। विगत से परे हट जो सामने घटित हो रहा है उसे आँकते कार्यशैली निर्धारित करने की क्षमता। इस समय भी वे सबकुछ विनोदमिश्रित उत्सुकता से देखने-सुनने में संलग्न थे।

अपनी सीट सँभालते प्रोड्यूसर महोदय ने मुरली मनोहर से पूछा कि यदि वे रिलैक्स्ड फील करते हों तो कार्यक्रम आरंभ किया जाए। उनके मुसकराते हुए सर हिलाकर हाँ करने पर प्रोड्यूसर आश्वस्त हुए और कुछ अधिक ऊँची आवाज में उद्घोषित किया, ''रोल कैमरा।''

अब अपने-आपको संयत करते उचित मात्रा में मुसकराहट लाते हुए प्रोड्यूसर कुछ कहने को ही थे कि फिर विघ्न। अबकी कैमरा स्विच-ऑन न हुआ। कोशिश में कमी न होने पर भी टस-से-मस नहीं हुआ। मरम्मत चालू जिसमें समय लगना ही था सो लगा। दुबारा चालू होते कोई यांत्रिक अड़चन आई। उसे काबू पा लेने पर जाकर रिकॉर्डिंग आरंभ की जा सकी।

मुरली मनोहर प्रश्न की प्रतीक्षा में, तो उधर प्रोडयूसर महोदय 'पहला प्रश्न है' कहते हाथ के कागजों को उलटते-पलटते पहले पन्ने की तलाश में लगे हुए। पहले की मुसकराहट हारकर नरवसा जाने में विलोप हो गई और उसके साथ ही दूसरी घोषणा, ''कट''।

हुआ यह कि नोट्स का पहला पन्ना खिसककर नीचे जा रहा था। खैर, मिला तो रिकॉर्डिंग फिर चालू की गई।

''कुंडलिनी जगाने की प्रेरणा कहाँ मिली?''

''जिंदगी किसी मुफलिस की कबा जैसी थी जिस पर दर्द के पैबंद लगते रहे। किसी शायर के इस कथन को मैंने अपनी जिंदगी में भरपूर महसूस किया। वहीं कहीं प्रेरणा मिली।''

''उत्तर से संतोष नहीं होता।''

''सच से संतोष नहीं और रहस्यमयता पर आग्रह है तो फिर ऐसा सही—हिमालय भ्रमण करते भेंट हुई तपस्या में लीन एक संत से। वहीं से प्रेरणा मिली।''

''पहले आप अंतरमुखी व मितभाषी रहे, पर अब सबकुछ बदला हुआ क्यूँ?''

''यह प्रश्न महत्त्वपूर्ण है, वैसे उत्तर सीधा-सादा। पहले श्रोताओं की बेहद कमी थी। ऐसे में अधिक बोलने का कोई मतलब नहीं था। अब परिस्थिति बदल गई है।''

"सुनने में आया है कि आप चमत्कार करते हैं?"

"चमत्कार से आपका आशय?"

"स्वाभाविक से अलग।"

"ठीक समझ नहीं पाया।"

"मतलब यही कि चमत्कारिक शक्ति है तो फिर मैं और सभी दर्शक देखना चाहेंगे।"

मुरली गंभीर मुद्रा में उनकी ओर देखते भर रहे। बोले कुछ देर से, "आशय शायद ध्वनि व दृश्य प्रभाव जैसा कुछ करने का। क्षमा कीजिए, ऐसी किसी परीक्षा के लिए मैं असमर्थ हूँ।"

"दर्शक भले ही निराश हों?"

"वैसे जान सकता हूँ कि आपके पास छाता है?"

"चमत्कार से छाते का क्या लेना-देना?"

"छाता समय पर उपयोगी सिद्ध होता है।"

देखते-ही-देखते प्रश्नकर्ता प्रोड्यूसर पर पानी की बौछार पड़ने लगी। वे हाथ के कागजों को बचाते दिखे। मुरली बोले, "असमय की वर्षा, वह भी बंद कमरे में! अजीब बात है न, गुप्ताजी?"

"पूछना यही है कि बरसात सिर्फ मुझ पर और आप बचे हुए?"

"कहीं दूरदर्शी विशेष प्रभाव तो नहीं! खैर। उपनिषद् का कथन है—इद मदि नश्यति। यह भी बीत जाएगा। कुछ भी अंतहीन नहीं।"

"यह चमत्कार ही है।"

"वर्षा समय देखकर नहीं, कभी भी आ जाती है। इसमें चमत्कार जैसा कुछ नहीं। अगला प्रश्न?"

सारे कागज गीले, मेकअप धुला-पुँछा। शक्ल बद सिर्फ उनकी, जबकि सामने बैठे मुरली जस-के-तस मय लंबे लहकते टीके के। रिकॉर्डिंग स्थगित की गई। विश्वास दिलाते कि एडिटिंग से स्थिति सुधार ली जाएगी।

नोट : आगे के पृष्ठों को फिलहाल सीलबंद करना ही उचित होगा। इनमें मुरली से संपर्क साधते विभिन्न तबके के लोगों से मुलाकातों का विवरण है—जैसे, सरकारी व गैर-सरकारी अफसरान, व्यापारी, राजनीति से जुड़े या फिर समाज-सेवा का बीड़ा उठाए लोग, यही नहीं, बल्कि धर्म-गुरुघंटाल से लेकर कौन नहीं यानी चोर-डाकू-गिरहकट सभी। वैसे सब एक ही मतलब से कि कैसे अनोखी शक्ति से उनको या उनके धंधे को आगे बढ़ाया जा सके। इन मुलाकातों के ब्योरे इन सील किए पृष्ठों में हैं। सच में ये बहुत दिलचस्प हैं, मगर उनका अवलोकन आगे ही कभी संभव होगा, अभी नहीं।

रोजनामचे के जो अंश अब तक सामने आए, वे मुरली मनोहर के व्यक्तित्व और शक्ति से परिचित होने के लिए काफी हैं।

शक्ति के उपयोग की कुछ वर्जनाएँ हैं। अपने स्वार्थ के लिए या व्यक्ति विशेष की सीधी सहायता के लिए कुछ विशेष परिस्थितियाँ छोड़कर वर्जित है। यदि परोक्ष रूप से होता है तो संभव है। सामूहिक हित को वरीयता दी गई है। अब तक के अनुभव से मुरली मनोहर इस निष्कर्ष पर पहुँचे हैं कि शक्ति का उपयोग सार्वजनिक होना चाहिए। मतलब यह कि 'सुमति' जैसी जनहित को समर्पित संस्था से जुड़कर काम आगे बढ़ाने में उन्हें कोई आपत्ति नहीं।

□

डॉ. मिर्जा सलीम चिश्ती

मिर्जा सलीम चिश्ती खासे बड़े और नामजद जमींदार घराने से हैं। उनके अलावा थीं दो बहनें, इसलिए घर भर के लाड़ले। वालिदशरीफ, माँ, फूफी, फूफा, दादा, दादी वगैरह सभी उन पर जान छिड़कते। हर एक के दुलारे खासकर इसलिए कि देखने–सुनने में खुशगवार होने के साथ ही जहीन भी कम नहीं। घर की तालीम के बाद बेहतरीन स्कूल में दाखिला हुआ। साल–दर–साल अपनी क्लास में अब्बल आते। स्कूली पढ़ाई खत्म कर कॉलेज पहुँचे। केमिस्ट्री में खास दिलचस्पी शुरू से थी, इसलिए उसी में एम.एस.सी. और उसके बाद डॉक्ट्रेट भी की। कहना न होगा कि इस दौरान हर जगह नए रिकॉर्ड कायम किए और उनकी थीसिस भी जानकारों में चर्चा का विषय बनी।

पढ़ाई खत्म होने पर जमींदारी सँभालने की जगह यूनिवर्सिटी में लेक्चरर होना बेहतर समझते हुए वही किया। होते–करते एक दिन वह भी आया जब वे यूनिवर्सिटी में प्रोफेसर और हेड बने। राष्ट्रीय ही नहीं, अंतरराष्ट्रीय स्तर पर उनकी खोजों को सराहा गया। सलीम चिश्ती अधिकतर प्रो. मिर्जा कहकर जाने जाते थे। अपने समय के विशिष्ट साइंसदां तो थे ही, इस बिरादरी में उन्होंने एक खास पहचान भी बनाई थी, खासकर स्वतंत्र अन्वेषण के क्षेत्र में। उनके तजुर्बे, अन्वेषण, खोजों का सिलसिला औरों से जरा हटकर होता था। विभागीय अध्यक्ष होने के नाते उनके लिए अपनी निजी प्रयोगशाला का प्रावधान किया गया था। मिर्जा साहेब के लिए यह मुँहमाँगी मुराद जैसा था। उनका अधिकतर समय इसी प्रयोगशाला में व्यतीत होता। वैसे भी उन्हें कोई कमी न थी। बड़ा आलीशान बँगला, परिवार, सामाजिक प्रतिष्ठा। इसके साथ सदा घेरे रहनेवालों की भी कमी न थी। यह बात अलग है कि इनमें से कोई भी उनके ऐसे असाधारण व्यक्तित्व वाले को रास न आता। शैक्षिक पाठ्यक्रम के अलावा अधिकांश समय प्रयोगशाला में ही व्यतीत होता। आम लोगों से अपने को बचा रखने के भी उनके अपने नुस्खे थे। एक

यही कि अपना भुल्लकड़पन प्रचारित कराते रहना। यानी इस कमजोरी के चलते कही बात भूलना; चश्मा, छाता, कलम, डायरी आदि यहाँ-वहाँ जानकर छोड़ आना। किसी खास समारोह की दावत गर्मजोशी से कबूल करते बाकायदा डायरी में नोट तारीख, टाइम, जगह पर पहुँचने की तफसील यानी दिखाना कि सबकुछ फिट है, मगर होता कुछ और। वक्त आकर गुजर जाता, पर प्रो. मिर्जा रहते गैरहाजिर। गिला-शिकवा होता तो अपनी भूल जाने की परेशानी पेश करते और इसके साथ यह भी कि डायरी का ही अता-पता नहीं, आज सुबह धोबी ने किसी पैंट की जेब से निकालकर वापस की। वगैरह। होता वही जिसके पीछे रहती खुद की साजिश। हाँ, कहीं और गैरहाजिर रहें एक क्या कई-कई बार, पर प्रयोगशाला से गैरहाजिरी? कभी नहीं।

प्रयोगशाला में दो तरह के काम होते थे। एक सीधे शैक्षिक तंत्र से जुड़े हुए तो कुछ उनके अपने निजी प्रयोग यानी अपनी विशेष रुचि के। एक यही कि मानव-शरीर को सुषुप्तावस्था में कैसे रखा जाए, जैसे कुछ जानवरों की हाइबरनेट करने की स्वाभाविक रूप से क्षमता होती है। इस अवस्था में दिल की धड़कन कम हो जाती है। शरीर का तापमान और शक्ति के लिए आहार से मिलते तत्त्वों को शरीर में ग्रहण करने की प्रक्रिया, दोनों के न्यूनतम होने से एक अरसे तक जीवित रहने की क्षमता बनती है—इसका अध्ययन और साथ ही यह कि कैसे उसे साधारण जीवनक्रम में उतारा जा सकता है।

हाइबरनेशन या उस जैसी स्थिति में रहते होता क्या है? ऑक्सीजन का औसत गिरकर केवल दो प्रतिशत रह जाता है। दिल की धड़कन प्रति मिनट कम होकर दो या तीन गुना कम हो जाती है। मिर्जा की कोशिश थी कि मानव-शरीर में भी ऐसा कुछ हो सके। सफलता मिलने पर अंतरिक्ष-यात्री एवं साधारण जनजीवन में क्रांतिकारी परिवर्तन संभव हो सकते थे। इसमें उन्हें आशातीत सफलता मिली, पर उसे व्यावहारिक रूप देना बाकी रहता था। उसके लिए बहुत कुछ करना था। इसी बीच उनका ध्यान दूसरी ओर गया—समाज में बढ़ती अराजकता तथा झूठे फरेब की बहुलता की ओर, जिसके फलस्वरूप हर स्तर पर धोखाधड़ी का बोलबाला और कैसे भी स्वार्थसिद्ध करने की आम आपाधापी थी। इत्यादि। इनका सोच था कि ऐसों की कमी नहीं जो सच को छुपा झूठ का सहारा लेना हितकर समझते हैं अपना धंधा चलाने में। लगता जैसे एक महामारी की तरह घेरता चला जाता झूठ तरह-तरह का, भले ही मिकदार कम या ज्यादा हो। इस पर काबू न सही, पर लगाम लगा सकने की कोई युक्ति वैज्ञानिक स्तर पर हो सकती है क्या? मिर्जा के सामने यह समस्या चुनौती बनकर आई और वह जुट गए एक ऐसे फॉर्मूले की तलाश में, जिसकी मदद से चारों ओर व्याप्त झूठ से मुकाबला किया जा सके। ऐसा कुछ, जो झूठ पर निर्भर हो, पर सच कहने पर अपने आपको मजबूर पाए। काम अपने में अनोखा, तो उसे खोज निकालना कम मुश्किल न था, फिर भी मिर्जा ने पूरी लगन के साथ काम

करना शुरू कर दिया। काफी अरसा गुजर गया, पर कामयाबी न मिली। फिर भी उनकी आस टूटी नहीं और काम रुका नहीं, चलता रहा।

इस फॉर्मूले को उन्होंने उचित अवसरों पर दूसरे साइंसदानों के सामने उठाया, पर हर बार हर एक ने इसे बेमतलब की खुराफात करार दिया, उनका मजाक भी उड़ाया। एक यह राय कि ऐसा कुछ खोज पाने की कोशिश वक्त खराब करना है, क्योंकि यह सौ फीसदी नामुमकिन है। इस पर भी मिर्जा को पूरा यकीन था कि कितनी ही देर क्यों न लगे, कामयाबी मिलेगी जरूर, सो खोज में बराबर लगे रहे। जाने कितने दिन और कितनी रातें प्रयोगशाला में गुजारीं, पर मिली सिर्फ नाउम्मीदी। एक-एक करते सैकड़ों तजुर्बे नाकाम साबित हुए। एक रात तमाम नाकाम तजुर्बों के छोटे-बड़े नुक्तों को जेहन में रखते, नए सिरे से अगले की रूपरेखा बनाते पूरा हफ्ता लगा, मगर तैयारी पूरी की गई।

पिछले दो दिन वे प्रयोगशाला में ही रहे। घर जाना न हो सका। वहीं एक कोच पर चंद घंटे सो लिये या खाने के नाम पर जो सामने आया उसे किसी कदर गले से उतारा; पर हाँ, चाय का दौर मुतवातिर चलता रहा। यह हुआ उनके पुराने लैब असिस्टेंट सक्सेना की मुस्तैदी से। अकसर आधी से ज्यादा चाय ठंडी होकर बेकार जाती। इस तरह दो दिन बराबर लगे रहते, अगले नए तजुर्बे की तैयारी, देर रात चार बजे तक करीब आठ कंडेंसरों से बूँद-बूँद रिसते अर्क बड़े टेस्टट्यूबों में इकट्ठा हो आइसबॉक्स में निचले टेंप्रेचर में ले जाने के लिए पहुँचाए जाते रहे। उनके ऊपर उठती भाप, लगता यही कि तब्दील होकर धुआँ बनती जा रही हैं।

मिर्जा के हाथ में पकड़े टेस्टट्यूबों में दो तरह के द्रव्य थे, जिन्हें आपस में मिलाना ही तजुर्बे की आखिरी कड़ी बच रही थी। उसके बाद या तो कामयाबी या फिर एक दूसरी हार। मिर्जा ने दोनों हाथ ऊपर उठाए। उस वक्त माथे पर पसीने की बेपनाह बूँदें चमक रही थीं। आँखों की चमक भी कम नहीं। चमक थी उम्मीद की। ऐसे में ठीक सामने आ खड़ा हुआ उनका असिस्टेंट कमलकिशोर सक्सेना।

''सर, इस बार जो एलीमेंट चुने गए हैं उनका एक साथ मिलना खतरनाक साबित हो सकता है और आप इस वक्त वही करने जा रहे हैं। पता नहीं क्या हो जाए। आपने ही यह बताया है। अगर कुछ ऐसा-वैसा हुआ तो निशाने पर खुद आप होंगे। तो फिर…''

उसकी बात सुनी-अनसुनी करते मिर्जा अपने सोच में डूबे नजर आए, जो हाथ में पकड़े टेस्टट्यूबों पर देखते कुछ विचारते खड़े हुए थे।

''सर, जो एलीमेंट काम में लाए गए, वे अगर आपस में मिलाए जाएँगे तो विस्फोट भी हो सकते हैं। सुन रहे हैं आप, जो मैं कह रहा हूँ?''

''मैंने सब बातों पर गौर कर लिया है। ऐसा कुछ नहीं होगा। डर है तो बस-

मिलाने पर अगर छल्लेदार धुआँ देखने में आया तो कामयाबी या फिर···?''

''कामयाबी?

''हाँ, इतने दिनों की जद्दोजहद और पसीना बहाना, जिसका नतीजा बस सेकेंडों दूर। खैर, तुम फायर कंट्रोल सँभालो और इशारे पर आगे काम करना। जल्दी करो, मेरे पास ज्यादा वक्त नहीं है।''

मिर्जा ने एक टेस्टट्यूब का द्रव पास के बीकर में उँडेला, पर बोलना जारी रहा—''अगर तजुर्बा कामयाब हुआ तो फिर नाक से इसकी खुशबू या जिस्म की खाल पर एक बूँद लगने से वह शक्स जो बोलेगा, सच होगा। इस वक्त मेरे अंदर यही एहसास हो रहा है कि शायद कामयाबी होगी।''

असिस्टेंट उनकी ओर देखता, लेकिन कुछ दूर ही खड़ा बोला, ''आप भी इधर आ जाएँ सर। बीकर के भीतर शोले जैसी चमक और उठता हुआ धुआँ है। आपको कुछ हो गया तो फिर मेरा क्या होगा? आपसे अभी बहुत कुछ सीखना बाकी है सर।''

मिर्जा अपने सोच में डूबे, हाथ में बीकर उठा उसे और फिर उसके अंदर के द्रव को देखते रहे; उसके बाद बोले, ''कमल, आकर इसे सूँघकर बताओ कि कोई बू-बास है कि नहीं?''

डरते-झिझकते कमलकिशोर पास गए और साफ अनचाहते बीकर को सूँघा, पहले धीरे और फिर जरा लंबी साँस लेते हुए। उसके बाद जो हुआ, बस अजूबा। लगा जैसे झटका लगा हो और अब तनकर खड़े होते एक अलग ही जुबान इख्तियार किए बमके, ''बड़ा साइंसदां समझते हो खुद को मिर्जा! लानत है आप पर। आपके बेमतलब के अजीबोगरीब तजुर्बों ने नाक में दम कर दिया है मेरे। हर बार जब आप फाइनल मिक्सिंग करते हैं तो मैं भगवान् से हाथ जोड़कर यही विनती करता हूँ कि इस बार फटे—हो धमाका और आप खुदा को प्यारे हो जाएँ। आप जैसे मनहूस से मुझे निजात मिले। तभी मेरे आगे बढ़ने की राह बनेगी। देखो तो, एक से बढ़कर एक जगहों से बुलावे आए, मगर नहीं, जोंक जैसे यहीं चस्पाँ रहेंगे। कब तक?''

मिर्जा बेअंदाज खुशी से मुसकराते हुए उसकी ओर देखते रहे।

''मुसकराना बंद करके रोइए, कुछ और ज्यादा मेरी बदनसीबी पर कि आप जैसे के पास काम करना पड़ा। मुझ पर क्या सितम न ढाए हैं और बदस्तूर ढाए ही चले जाने पर कमर कसे हैं। सच तो यह कि इस नायाब लैब पर आप जैसे बुड्ढे खड्डूस की जगह मेरे जैसे जवान जहीन को होना चाहिए जो रिसर्च को सही जानिब देकर ऊँचे मेयार तक पहुँचा सके।'' इसके बाद लगा जैसे तेज जा रही गाड़ी में ब्रेक फँसने लगे और आगे के कहे को समझने में कुछ रुकावट महसूस होने लगी। फिर साफ लगा कि वे अपने पुराने दौर पर आ गए।

मिर्जा सोच रहे थे कि कामयाबी तो हुई, पर असर बहुत देर नहीं टिकता। इस बीच यह कहते कि खुशबू समझ न आई, एक बार फिर जोर से बीकर में सूँघा। इसके बाद सक्सेना ने पास पड़ा मिर्जा का पाइप उठा मुँह से लगाया और ऐक्टराना लहजा लाते फिर चालू हुए, ''मिस्टर सच ऐंड सच, अब तुम्हें मैं समझाता हूँ एक्सपेरिमेंट के रूह की पकड़ और उसके बाद आगे बढ़ाने की सिलसिलेवार तकनीक। बिना इसको समझे कामयाबी की तरफ तरतीब से कोई बढ़ ही नहीं सकता। मेरी बात ठीक से समझ आ रही है न नामुराद मिर्जा।''

मिर्जा बात समझे खूब अच्छी तरह, क्योंकि बेइख्तियार हँसी रोक न पाए और कुछ देर तक हँसते ही चले गए। कुछ और देर बाद तीसरे दिन घर का रुख करते हुए बहुत खुश नजर आए। साथ थी फॉर्मूले की एक भरी शीशी।

तीन दिनों की गैरहाजिरी कुछ नई बात नहीं, फिर भी बेगम पचा न सकी थीं, इसलिए दबी जुबान में ही सही, कहने-सुनने की रस्मअदायगी हुई। मिर्जा साहेब हमेशा की तरह चुप्पी साधे जिस-तिस काम से लगे रहे। खाना खत्म होने के बाद बिस्तर सँभाला, पर बहुत कोशिश के बाद भी ठीक से सो न सके। रात गुजरी सुबह के इंतजार में, क्योंकि फॉर्मूले की आजमाइश होनी थी। जानना था कि वह किस कदर तसल्लीबख्श था। होते-करते सुबह के अनकरीब वे सो गए, पर बहुत देर तक नहीं। एकाएक नींद टूटी—खाना बनानेवाली दूधवाले से कुछ ऊँची आवाज में शिकायत कर रही थी कि कुछ दिनों से दूध में पानी की मिकदार ज्यादा हो गई है। जवाब में दूधिया जोर-शोर से बचाव में लगा था। पास में बेगम भी खड़ी थीं। उन्हें बीच में लाते दूधिया ने कहा, ''बी फातिमा, आप जरा चुप हों तो मैं बेगम साहिबा से अपनी फरियाद कर सकूँ। बेगम हुजूर बता सकती हैं कि कब से हुजूर को दूध पहुँचाता रहा हूँ? खैर याद न होगा इसलिए मैं ही बताए देता हूँ—आठ साल से ऊपर! इस बड़े घर के साथ धोखाधड़ी! नामुमकिन। आपके यहाँ लाए दूध में पानी मिलाऊँ··· मैं? गलतबयानी है सरासर। हे भगवान्, ऐसे सोच पर मुझे परेशानी नहीं, हैरानी है। जाहिल भी नहीं, दसवीं तक पढ़ा और आप जैसों के करीब रहने की वजह से शायर तो क्या छुटपुट शेर भी—हे राम!''

मिर्जा कुछ दूर खड़े सारी बातें सुन रहे थे। कुछ सोचते हुए उठे और पास की मेज पर रखी शीशी उठा तनातनी के माहौल में जा शरीक हुए। दूधिया तब तक अपने अँगोछे से आँखों को पोंछता कहे जा रहा था, ''बेगम साहिबा! आँखें नहीं, दिल भर आए दर्द से रो पड़ा है। आम आँसू नहीं, अंदर का लहू पानी होकर बाहर आ रहा है।''

बेगम हालात के इस कदर बदले रुख से अपने को मुजरिम करार देते बेहद परेशान नजर आईं। इसीलिए यह समझाने की कोशिश में कि दूधिए के दिल को ठेस लगे, ऐसी कतई मंशा न थी। ऐसे में मिर्जा दूधिए के पास पहुँचे और उसे तस्कीन दिलाते

बोले, ''भाई रामदीन, तुम पुराने आदमी हो। फातिमा की बात से तुम्हें ठेस पहुँची है, इसकी तो तुम्हारी हालत गवाह है। गलत शिकायत को सही मानते मालकिन के रुख से सदमे में इजाफा हुआ। खैर, जाने दो। फातिमा, इन्हें खाने के लिए मलिहाबाद से आए कुछ आम-वाम दो। और रामदीन, इसके पहले तुम इस दवा को जोर से दो-तीन बार सूँघो। बस, फौरन से पेश्तर राहत मिलेगी।''

हाँ-ना करते दूधिया ने वैसा ही किया। एक बार नहीं, दो-तीन बार। इसके बाद अँगोछा सर पे डालकर हँसा तो हँसता ही चला गया, यूँ समझें कि बेहाल। इस हरकत से सभी हैरत में और मिर्जा को छोड़ बाकी सब उसे घेरकर खड़े हो गए, यह जानने के लिए कि आखिर माजरा क्या है। कुछ रुकना पड़ा, क्योंकि बात करने की रामदीन की कोशिश के आड़े आती रही उसकी हँसी। आखिरकार उसका कहा साफ समझ आने लगा, ''बेगम साहिबा, लड़कई से मुझे एक्टिंग पसंद है। रामलीला में विभीषण और महाभारत में शकुनी मैं ही बराबर बनाया जाता। मेरे लिए आँसू निकालना बाएँ हाथ का खेल। जब चाहें जाँच लें। अभी जो नाटक किया, अच्छा था न? खासकर रोना? रहा पानी मिलाना सो आज या कल क्या, बरसों से बराबर मिला रहा हूँ। मिल्क डिपो से लेकर आप तक पहुँचाना ही तो होता है। पानी मिलाना कभी कम तो कभी ज्यादा। नाप-तौल कर नहीं, काम अंदाजे से करने पर एक जैसा तो होगा नहीं। भैंस-गाय के ताजे दूध के गाहक ज्यादा और दूध कम तो क्या किया जाए यानी बस पानी। आप समझते हैं कि हम गाय-भैंस पाले हैं? नाहीं। वो काम तो बड़ी-बड़ी मिलक स्कीमवाले भी नहीं करते, फिर हम क्यों करें? ठीक है न?'' इत्यादि।

सभी उसकी तरफ टकटकी लगाए देखते-सुनते रहे, मगर मिर्जा तब तक कपड़े बदल बाहर जाने की तैयारी कर आखिरकार निकल ही गए।

घर से निकलकर मिर्जा सीधे जा पहुँचे कचहरी जिला मैजिस्ट्रेट के इजलास में। लोगों के देखने में आया अजूबा कि उस दिन मजिस्ट्रेट साहिब सही वक्त पर पहुँचे थे जबकि और दिनों नियमित आमद एक घंटे देर से होने का उनका नियम था। यह अनहोनी कैसे हुई अनुमान किया जाना मुमकिन न था। कारण था बीवी से तीखी कहा-सुनी। खैर। पेश मुकदमा ताल्लुक रखता था शहर के जाने-माने एक नेता से, जो नाम से ही नहीं बल्कि देखने-बोलने-चालने सब में सज्जन क्या अति सज्जन देखे-पाए जाते थे। भव्य व्यक्तित्व। वेश-भूषा सभी असरदार-बुर्राक धोती-कुरता और गले में रुद्राक्ष की माला, चंद्रभाल पर केसर-चंदन का सीधा किंतु चौड़ा टीका, उँगलियों में लहक मारती रत्नजटित अँगूठियाँ और चहेरे पर फैली कभी न कम होनेवाली मुसकान, जैसे किसी फेवीकोल विज्ञापन के सृजनकार की कल्पना को उजागर करती। जुर्म किसी के मकान को बरगलाकर अंततः जबरन कब्जा। उनकी कानूनी पैरवी के लिए नामी वकील

रामभरोसे नाना प्रकार के कागज-पत्तर-फाइलों, कानूनी किताबों आदि के साथ आगे खड़े अकेले। कानूनी सामान साथ के जूनियर्स सँभाले थे। मतलब यह कि चाक-चौबंद। इत्तेफाक से वकील साहेब मिर्जा के नजदीकी जान-पहचान के थे, इसलिए वे तस्लीम करते आगे बढ़कर मिले यह कहते, ''कचहरी में कैसे प्रोफेसर साहेब?''

जवाब में कुछ कहते उनके मुकदमे के बारे में पूछ लिया, तो वकील साहब बोले, ''इतनी जानी-मानी हस्ती व जनप्रिय नेता पर सरासर नाजायज इलजाम और जो मुकदमा दायर किया गया, वह सिरे से बेबुनियाद है। आए हैं तो इल्तिजा है कि जरा देर के लिए यहीं मौजूद रहकर देखें उन नामुरादों की मैं कैसे मिनटों में धज्जियाँ बिखेरता हूँ।'' कहकर वे हँसे तो लगा कि दुर्योधन को मात दी। उन्हें हँसता देख उनके मोवक्किल जनप्रिय नेताजी ने भी खीसें निपोरने में कोताही नहीं की।

मिर्जा हाथ में शीशी लिये इस सोच-विचार में कि उसका प्रयोग किस पर और कैसे किया जाए कि तभी वकील साहब को ताबड़तोड़ तीन जोरदार छींकें आईं। अदालती कमरा जो ठसाठस भरा हुआ था, वकील साहब से मुखातिब होना ही था। मौका ताड़कर मिर्जा उनके पास जा खड़े होते बोले, ''यकीनन जुकाम का आगाज है। इसे काबू में रखना मुनासिब होगा।'' फिर शीशी आगे बढ़ाते ठीक से लंबी साँस लेकर सूँघने की हिदायत की। यही नहीं, एहतियातन कई बूँदें उनकी नाक के इर्द-गिर्द बिखेर भी दीं।

''वकील साहेब, दवा का जादुई असर दिखेगा। ठीक जैसा टी.वी. पर जिस-तिस दवा का असर दिखाए जाने पर नजर आता है··· एक बार और जोर से सूँघें।''

रामभरोसे ने जैसा बताया गया वैसा ही किया और उसके बाद वादी की धज्जियाँ बिखेरने पर आमादा हुए। मजिस्ट्रेट ने उन्हें बचाव पक्ष की तरफ से दलील पेश करने की इजाजत दी तो वे खड़े हुए। लेकिन बोलने से पहले कभी नेता तो कभी प्रतिवादी स्त्री की ओर देखा। लगा जैसे किसी असमंजस में हों। इस पर तेज रुख अपनाते मजिस्ट्रेट ने डाँटते हुए सिर्फ यही कहा, ''स्पीक अप।'' साथ ही कोर्ट के समय की बरबादी की ओर भी झुँझलाहट का इजहार किया। जैसे एक झटका लगा हो, रामभरोसे के मुँह से बोल फूट पड़े, ''लोगों का खयाल है कि वकील सच नहीं बोलता, वह सच का मजाक बनाता है। मैं ऐसा नहीं। इस मुकदमे का मुझे पूरा पता है। आखिर वकील हूँ। पुराना। जनाबे-आला, मेरे मोवक्किल जो आपके सामने मौजूद हैं, निहायत गिरे हुए घटिया इनसान हैं। बेईमान। इस तहरीर पर औरों की जाने दें, देखने में नाम से तो लगता है कि आसमान से सीधे उतरकर अदालत के रूबरू हैं। मगर नहीं, वे जमीन पर और कीड़ों से अलग नहीं, उन्हीं में से एक हैं।''

अदालत में मौजूद वकील, अहलमद, अहलकार, तमाशवीन सभी में खलबली मच गई। मजिस्ट्रेट ने जैसे-तैसे सबको खामोश कराया। फिर रामभरोसे से पूछा, ''आप

कहना क्या चाहते हैं?''

''जो कहना है, कहूँगा। रामकली देवी का दावा दुरुस्त है। इस वेवा ने लड़के की पढ़ाई आगे जारी रखने और दूसरी संतान बेटी की शादी के लिए अपना घर मेरे मोवक्किल के पास गिरवी रखा, लेकिन मेरे मोवक्किल ने गिरवी के कागज की जगह फरेब से मुसम्मात रामकली देवी के दस्तखत बयनामे के कागज पर करा लिये। अदालत गौर करे—राजी-खुशी नहीं, 'फरेब' से। बस उसके बाद दंद-फंद, बाहुबली तरकीबें अंजाम देते मु. रामकली को घर से निकाल मकान अपने कब्जे में किया। यह रहा मुकदमे का तब्सिरा। कहा न, मैं ऐसा वकील नहीं जो सच या फिर कानून का मजाक उड़ाए। अरे भाई, इस बेवा के पास ले-देकर एक यही दो कमरे का मकान है, उधर मेरे हरदिलअजीज नेताजी के मेरी जान में एक-दो नहीं, पाँच मकान तो इसी शहर में हैं। खाते-पीते मालदार रईस की हैसियत जगजाहिर है। मकानों के अलावा एक शुगर मिल, सेबों के बगीचे, अंगूरों की खेती। और भी कितने ही आमदनी के जरिए। फिर भी जोर-जबरदस्ती इस बेचारी बेवा का एक छोटा सा मकान जाने क्यों हथिया लेने पर इस तरह आमादा हैं। और तो और, यह मकान इन्हीं के अपने मौसेरे भाई का है, जिनकी दो-तीन साल पहले लंबी बीमारी के बाद मौत हो गई। इसलिए इन्हें घटिया ही नहीं, कमीना भी कहना गैरमुनासिब न होगा। बस, मुझे और कुछ नहीं कहना है।''

अब तक अदालत में पूरी तरह खामोशी छाई रही थी, जो वकील के चुप होते ही एकबारगी ऐसे टूटी जैसे कोई छोटा-मोटा भूचाल आ गया हो। मजिस्ट्रेट की अपनी हालत भी अजब परेशानी से घिरी हुई। जैसे-तैसे कुछ सवालात नेताजी से किए, पर उनकी तो घिग्घी बँधी हुई थी। बोले तो सिर्फ इतना ही समझ आया कि रिश्वत देकर वकील खरीद लिया गया है। सुनते ही रामभरोसे बिफरते हुए बोले, ''अदालत हुजूर, गौर किया जाए। यह दाने-दाने को मोहताज औरत मेरे जैसे पाएदार वकील को रिश्वत देगी? यह आदमी जो आपके सामने खड़ा है, मक्कार ही नहीं, परले सिरे का झूठा भी है। मुकदमा सरासर झूठा है।''

हुआ यही कि मुकदमा खारिज। भीड़ शोर करती तितर-बितर हुई। अदालत के बाहर एक दूसरा माजरा देखने में आया। नामवर नेताजी पाएदार वकील रामभरोसे पर जी-जान से बरसते तो सामने दस्तबंद वही वकील बेतरह गिड़गिड़ाते, ''नेताजी, आप कह क्या रहे हैं? क्या वाकई मैंने ऐसा कहा? सच मानें, मुझे कुछ याद नहीं आता।''

इस पर नेताजी गुस्सा दबाते खड़बड़ाती आवाज में हँसे, मतलब जैसे म्यूनिसिपल्टी की बनवाई (या बिगाड़ी) सड़क पर पहली बरसात बाद कैसी भी गाड़ी में सवार लोगों की बोल-चाल व हँसी का हश्र। सबकुछ बेतरह खड़बड़ाता हुआ। बहरहाल गुस्से में जो मुँह आया झुँझलाते-बकते रहने के बाद अपनी कार में बैठ वहाँ से चल दिए। मगर

जाते-जाते भी रामभरोसे की कुछ बातें कान तक आई जरूर थीं। रामभरोसे कह रहे थे, "यकीन करें, जरूर कोई भूतलीला थी। सोच देखिए, आपकी शानखिलाफी··· और मैं करूँगा? कैसे? अन्नदाता हैं, इत्ते बड़े नेता हैं आप, देवतास्वरूप।" इत्यादि।

मिर्जा कुछ पहले ही अदालत छोड़ चुके थे। सोच यही रहे थे कि फॉर्मूला तो ठीक-ठाक है, पर तासीर टिकाऊ नहीं। ऐसे में फिर प्रयोगशाला जाने से पहले देखना होगा कि 'खुराक' दोहराकर या फिर कुछ इस तरह करके कि असर लगातार देर तक बना रहे तो फिर क्या सूरत बनती है। ऐसा कुछ कर पाना आसान नजर न आता दिखा, फिर भी कोशिश करनी ही होगी—यही तय कर पाए। सोच में चले जा रहे थे कि फूलमाला बेचते एक लड़के ने उन्हें घेर लिया और एक नहीं, दो-तीन बेचकर ही पीछा छोड़ा। कुछ ही दूर चलने पर बड़कू चौबे मथुरावाले की दुकान पड़ी। यहाँ दूध के अलावा खोया, पनीर, खुड़चन, दही और घी सभी बिकता था, शुद्धता की गारंटी के साथ, जिसका उठते-बैठते चौबेजी एलान करते रहते थे। इस वक्त तैश में आए एक ग्राहक की शिकायत अनसुनी करते उसे खारिज करने पर तुले थे।

"आपके खयाल से इस घी में, जो मेरी दुकान से क्रय किया गया, मिलावट है। कृष्ण-कृष्ण-राधे-राधे! सच्ची कलियुग आ गया दिखता है। श्रीमान् जी, आप यह क्या कह रहे हैं? माना कि जमाना बदल रहा है अति तीव्र गति से। धरती से ऊपर आकाश में नीली छतरीवाले तक झूठ-फरेब की सीढ़ी लग चुकी है। मगर यहाँ बड़कू चौबे मथुरावाले की दुकान पाक-साफ है और रहेगी। कहे को गौर से सुनें आप-झूठ का मुँह काला। इस घी को बनावटी कहते हैं आप? श्रीमान् जी, यह घर में पली गाय-भैंसों के दूध से बनी दही को मथकर निकला माखन, जय श्रीकृष्ण, राधे-राधे, माखन-पका शुद्ध घी है। क्या समझे? घर में चारा-दाना, खली खिलाकर पाली गई गाय-भैंसों से मिला विशुद्ध घी। आप कहते हैं मिलावट। राधे-कृष्ण।"

ग्राहक अपनी बात से टस-से-मस न होता अड़ा रहा। बोला, "असल-नकल के आप चौबेजी पारखी हैं। इस घी को जरा सूँघें, फिर बताएँ कि असली है या मिलावटी।" कहते हुए हाथ का बरतन चौबेजी की ओर बढ़ाया।

"घर उगाए गुलाब को सूँघकर बताऊँ कि असल है या नकल? कसम है मुझे बाँकेबिहारी वृंदाबनबसिया की—देखिए मुँह से ऐसी-वैसी बात न निकल जाए जो आपकी"

"जो मेरी क्या?"

"आपकी खुद आप जानें! मैं तो निश्चित ही रो पड़ूँगा।"

"साफ-साफ कहें न कि मैं झूठा हूँ?"

चौबेजी कुछ कहते कि उनकी निगाह पड़ी पास आ खड़े हुए प्रो. मिर्जा पर। बस

चहकते हुए बोले, ''अहोभाग्य! प्रोफेसर साहेब पाँव चलकर दुकान पर उसे पवित्र करने पधारे हैं! जय राधे, जय श्रीकृष्ण! और हाथों में मालाएँ! आज्ञा करें?''

''कुछ नहीं, पीर के मजार जाना हुआ था। वहीं से वापसी पर इधर से गुजरा। लीजिए एक पीर का क्या कहते हैं आसिरवाद।''

कहते हुए एक माला चौबेजी को और दूसरी ग्राहक को दी नहीं, ढंग से उनके गले में डाली। कहना न होगा कि दोनों फॉर्मूलायुक्त। यह भी कहना न भूले कि माला देर शाम तक गले से उतारी न जाए। क्योंकि ऐसा करने से जियारतखिलाफी होगी। खैर, दोनों ने माला पहनने के बाद हाथ जोड़कर प्रणाम की अदायगी की। बाद में बोलना शुरू किया। चौबेजी ने कहा, ''गाय-भैंस का असली घी! राधे-कृष्ण! अरे, गैयन तो खुद भी असली कहाँ, दोगली हैं। मैं ठहरा व्यापारी! उधर से खरीदा, इधर बेचा और तुरंत आगे बढ़ाया। शहर है, गाँव नहीं। रहने को जगह की तंगी! चाहने पर भी गाय-भैंस कहाँ किस तरह बाँधू-पालूँ। ऐसा असंभव है भैयाजी।''

फिर घी का बरतन उनकी तरफ मोड़कर दिखाते बोले, ''पीला रंग छटा बिखेरता, मगर कैसे—सब साइंस का करिश्मा। और कहीं ना सही, पर साइंस की बेहिसाब तरक्की देश में हुई है। गारंटी के साथ कहता हूँ कि आप पता नहीं लगा सकते कि किस तेलहन का तेल और किस जनावर की चरबी मिलाकर शुद्ध घी तैयार हो आप तक पहुँचा है। इतना ही नहीं, शुद्ध घी की महक भी साइंस की ईजाद है। मिला दें कैसे भी सड़े-गले तेल में और दूर तक फैल जाएगी ताजे माखन से बने घी की खुशबू। दाद दें साइंस के इस करिश्मे की।''

इधर चौबेजी रुकने का नाम न लेते और उधर ग्राहक मौके को तलाशता कि कैसे उसे अपनी बात कहने का मौका मिले। इस बीच चौबे 'नसवार' लेने की हाजत में कुछ रुके कि बस ग्राहक मैदान में उतर लिया, ''बड़के भाई, प्योर घी यहाँ भी किसे लेना है। पता है कि बाजार में उसकी कीमत ढाई सौ से बढ़ते तीन सौ से ऊपर पहुँच गई है। जो हम लेते हैं या ले सकते हैं, जान-बूझकर खुद को धोखा देते डेढ़ सौ रुपए में शुद्ध घी। करें भी क्या! बेहिसाब महँगाई और उसे मात देती और (और हराती) फैमिली में बढ़ोतरी। अब देखिए, कभी-कभार मन समझाने को शिकायत करते हैं तो उसका बुरा न मानें। हाँ, जहाँ से आप थोक खरीदी करते हैं उनसे कह दीजिए कि तेलहन कोई हो, मगर चरबी किसी ऐसे-वैसे जनावर की नहीं, ढंग की हो। यह भी कि चरबी ताजी हो या कम-से-कम ऐसे की नहीं जिसकी मौत इतिहास बन चुकी हो। खैर, बात तो खत्म न होगी, चलती रहेगी। चौबेजी, खास मेहमान समधी बहनोई आए हैं, उनके लिए एक किलो अपना शुद्ध घी तौलें। नगद नहीं, हिसाब में लिखने की कृपा करें।''

''कोई बात नहीं। नगद न सही, उधार क्यों न हो, खपत तो होगी और आप से तो

घरेलू नाता है। मुनाफा जमा होगा। अदा इस महीने न सही तो अगले में करें। ज्यादा रोक नहीं सकते, क्योंकि गाड़ी रुकवानी नहीं, आगे चलानी भी तो है। लीजिए सँभालिए हमारी गारंटीवाली सौगात, जो और न सही पर तौल में चोखी है।''

''धन्यवाद। कहा-सुनी पर अधिक ध्यान न दें।''

''आप भी। एक यही कि कैसी भी चोखी तौल में कुछ इधर-उधर होता ही है। यह किलो का बाँट अंदर से खोखला करके सौ ग्राम कम किया गया है। बाप-दादा से चला आया उसूल कि कम तौल बिना आमदनी में बरक्कत नहीं होती। खानदानी उसूल छोड़े भी तो नहीं जाते। एक बात और, पिछली बार जब आप आए थे तो जाली नोट और दो-एक अदद खोटे सिक्के वापसी में दिए थे, उनका पता चला था? हा-हा-हा।''

''क्यों नहीं! पर उन्हें चंदे और चढ़ावे में डाल आगे बढ़ा दिया। चौबेजी, फिर आऊँगा।''

''सो तो है। कोशिश जारी रहेगी कि कैसे ज्यादा-से-ज्यादा गाहक से माल खिंचूँ। बुरा न मानें, उसूल है तो बस है।''

''उसूल और वह भी पुश्तैनी भला छोड़ने की चीज है! डटे रहिए चौबेजी, नमस्कार।''

''राधे-राधे! माखनचोर श्रीकृष्ण की जय।''

अब जाकर एक बार फिर प्रो. मिर्जा की ओर मुखातिब हुए, ''मिर्जा साहेब, पीर की यह माला बहुत खुशबू मारती है।'' कहते हुए माला सूँघी, एक बार नहीं, कई बार। फिर उनका हाथ पकड़ पास लाते बोले, ''प्रोफेसर साहेब, सामने इधर-उधर लगी पटिया देखते जाने क्यों इस वक्त हँसी नहीं रोक पाता। देखिए तो, खोया, पनीर, दही, खुरचन, घी शुद्ध-ही-शुद्ध, सभी गारंटी के कायल हैं। जिसे देखो, चौबे की दुकान पर लपका चला आता है। घर-घर चर्चा है। क्या छिपाऊँ, चाँदी कट रही है। पहले जनम पुण्य किए होंगे, उसी का असर होगा। इस जनम में तो सलेट साफ है।'' इसके बाद फिर ठठाकर हँसे। हँसना रुका तो फिर कहे को कुछ चुनौती का पुट देते हुए बोले, ''माना कि आपने ऊँचा दिमाग पाया, ढेरों किताबें पढ़ ऊँची सनदें पा प्रोफेसर बने, पर अपनी जगह मैं भी कम नहीं। दिमागी उठा-पटक में कहीं किसी से उन्नीस नहीं। प्रोफेसर साहेब, ऊँचा दिमाग पाया है आपने, पर कर सकेंगे मुझसे मुकाबला? झूठ को सच, नकली को असली मनवाने में कभी नहीं। चुटकी बजाते स्याह को सुफैद कर हर किसी को फँसाना व ठग लेना भी अपने में एक विद्या है, जो स्कूल-कॉलेज में नहीं बल्कि दुनियाई उठा-पटक से जूझते रहने और अंदरूनी शक्ति जगाने से ही किसी-किसी को मिलती है। सामने मिसाल के तौर पर मैं—बड़कू चौबे, आपका मुरीद।'' कहकर निगाह डाली अपने गाहकों की तरफ, जो आपस में धकापेल करते उनके पास आने में लगे थे। उन सभी पर जैसे सनाका

छाया, जैसा तूफान से पहले देखने में आता है।

आगे जो होने को था अवश्य हुआ और होगा, पर उसका चश्मदीद होना मुनासिब न समझते मिर्जा वहाँ से खिसक लिये। सामने ही सवारी मिल गई, पर घर-वापसी के खयाल को मुलतवी करते यूनिवर्सिटी का रुख इख्तियार किया। वहाँ पहुँचकर प्रयोगशाला गए। सामने ही सहायक कमलकिशोर सक्सेना परेशानी में घिरे इंतजार करते दिखे तो पास जा उनकी पीठ पर हाथ रखते मिर्जा ने पूछा, "क्यों कमलकिशोर, खैरियत तो है?"

पूछते ही लगा जैसे दुखती रग पर हाथ रखा गया, क्योंकि जवाब में कहा गया भरे गले से, "क्या पूछते हैं सर! काफी देर से इंतजार में था, पर इतनी देर होने की वजह बेहद परेशानी का बाइस बनी। सोचने में यही आया कि हो-न-हो आपकी तबियत नासाज होगी। और हो भी क्यों नहीं! आखिर तीन दिन चौबीसों घंटे एक करने का असर तो होता ही। सर, काम अपनी जगह, पर सेहत का खयाल रखना भी जरूरी है। बीमार पड़े तो मैं अकेला कैसे सब सँभाल पाऊँगा। आपकी मौजूदगी मेरा सहारा है··· किसी सोच में हैं आप?"

"यही कि फॉर्मूला असरीला साबित हुआ, पर असर मुख्तसर। कुछ करना होगा।"

"हुक्म फरमाएँ, बजा लाने की हर कोशिश करूँगा।"

मिर्जा उसकी जानिब देखते जा रहे थे तो साथ ही अंदर से उठती हँसी को रोकने की मुश्किल। किसी तरह कहा, "मेरा पाइप तो लाना!"

जब वह चला गया तो फिर वे हँसे, पर ज्यादा नहीं।

कुछ ही देर बाद पुराने टाइप की अपनी आरामकुरसी पर, जिसमें पैर आगे फैलाने की सुविधा भी होती है, इत्मीनान से बैठे या एक तरह से कहा जाए कि लेटे तो सुकून मिला, क्योंकि मुँह में था उनका पसंदीदा साथी पाइप। आँखें बंद, सोच में डूबे और झपकियाँ लेते खयालों में खोए रहे।

मिर्जा की आरामकुरसी सँभालने और वाकई आराम करने में कोई दिलचस्पी नहीं थी। आँखें बंदकर लेटे हुए देख किसी को समझ में यही आता कि थके-माँदे नींद ले रहे हैं, जबकि मिर्जा उस वक्त किए गए काम की बारीकी में समीक्षा और खामियों से निपटने के तरीकों की तलाश में लगे थे, जिस पर आगे का कार्यक्रम निर्धारित किया जाता। जैसे इस वक्त सोच में था कामयाब फॉर्मूला, मगर एक हद तक ही, क्योंकि उसका असर टिकाऊ न था। इस उठापटक में जो रास्ते सूझे, वे प्रयोगशाला से जुड़े थे। यह भी कि गुत्थी तुरत-फुरत सुलझ जाने का कोई भरोसा नहीं। ऐसे में असर ज्यादा देर रहे, इसकी ओर तवज्जो देना फिलहाल ठीक रहेगा। तरीकों की आजमाइश के लिए कुछ और तजुर्बे, मगर किन पर? सोचने की उठापटक में जाने कैसे टी.वी. सीरियल

सास–बहू खयालों में उभरा। अपने घर में गुंजाइश नहीं, क्योंकि लड़का दसवीं जमात में था। इस दौर में लाला चेतनस्वरूप की घरवाली और उनकी बहू मालती वाजिब समझ पड़े। उनके किस्से घर में अपनी बेगम से अकसर सुनने में आए थे।

चेतनस्वरूप नामचीन व्यापारी और शहर के जाने–माने रईस हैं। मिर्जा के मुलाकाती और जब–तब मिलना भी होता है। सास और बहू के आए दिन मचे रहते घमासानों की बेगम की मार्फत जानकारी। तजुर्बे के लिए चुनाव में देर न लगी।

मिर्जा ने कुरसी छोड़ी और आस–पास नजर डालने पर कमलकिशोर मेज पर सर टिकाए सोते दिखे, इसलिए बिला किसी रोकटोक वे चल दिए।

पहले से कोई इत्तिला न दी थी, फिर भी चेतनस्वरूप घर पर ही थे। मिर्जा को आया देख गर्मजोशी से इस्तकबाल करते मिले और बैठक में ले जाकर बिठाया। चाय–पानी का इंतजाम किया गया। दीगर बातचीत के दौरान जाने कैसे रुख पलटा और घरेलू मसलों को तरजीह मिली। चेतनस्वरूप को गमजदा देख मिर्जा ने उनकी परेशानी की बाबत जानना चाहा।

''क्या बताऊँ प्रोफेसर साहेब, बावजूद हर ऐशो–आराम के घर के छुटपुट मगर नागवार आपसी मनमुटाव से बड़ी तकलीफ होती है।''

''यह तो सभी घरों में होता रहता है चेतनस्वरूप।'' मिर्जा का हमदर्दी में कहा गया चेतन को तस्कीन देने में नाकाम रहा। अंदर कहीं से कुछ ऊँची आवाज में कहा सुनाई दिया, ''सर दर्द से फटा जा रहा है, तिस पर मायके जाने की जिद। बहू हो या उसकी सास जो महाभारत मचाने पर तुली हो।'' यही नहीं कुछ और भी कहा जाता रहा।

सुना दोनों ने, पर चेतन पर असर ज्यादा दिखा। उन्होंने कुछ कहने की कोशिश की, पर उसे अनदेखी करते मिर्जा ने पूछा, ''घर में किसी के सर में दर्द है?''

''एक नहीं, इस वक्त दो मरीज हैं। दुलारी मेरी पत्नी और सुचिता बहू।''

''सुनिए, हकीम अजमली के बारे में सुना होगा?''

''क्यों नहीं! बड़े हकीमों में एक हैं।''

''उन्हीं के पास से आ रहा हूँ। कैसे भी सरदर्द का नायाब नुस्खा ही नहीं, दवा भी दी है। चाहें तो घर में दोनों आजमा सकती हैं।''

चेतनस्वरूप इजाजत लेकर अंदर गए, पर वापसी हुई पत्नी दुलारी के साथ, जिसने आते ही कहा, ''मिर्जा भाई, दवा की मुझसे कहीं ज्यादा जरूरत मेरी अजीज बहू सुचिता को है, जो सरदर्द से बिलबिलाती मायके जाने को आमादा है।'' दबी जबान 'मक्कार' जैसा भी सुनने में आया। खैर। मिर्जा दवा की शीशी सँभाले समझाने में लग गए। बताया, ''दवा खाने की नहीं, सूँघने की है। हाँ, चंद–एक बूँद माथे और नाक के इर्द–

गिर्द लगाई जाए तो ज्यादा असर होता है। दो डिबिया सेंदुर रखी जानेवाली जैसी चाहिए जिनमें अर्क को रूई के फाहे में रखना होगा। हर पाँच-सात मिनट पर बस अर्क सूँघते रहना है।''

इंतजाम करते देर न लगी। अर्कवाले फाहे कायदे से डिब्बियों में रखे गए। माथे व नाक पर चंद बूँदें, फिर लंबी साँसों से सूँघना खत्म होने पर पहले सुचिता हँसी। उसे देखते बाद में दुलारी की खनखनाती हँसी कमरे की दीवारों से टकराती सुनने में आई और फिर उसके कगार से उछलता सवाल, ''मुझसे पहले हँसी कैसे?''

''इसलिए कि जो आपके सोच में है वह मुझसे छिपा नहीं।''

''क्या है सोच में?''

''मैंने मालपुए बनाए और पापा ने उनकी तारीफ की, तो आपको बुरा लगा। और भी?''

''क्या है और?''

''आपके बेटे ने तारीफ की। साथ ऑफिस भी ले गया। आपको और ज्यादा बुरा लगा।''

''चुप हो जा तू। जानती भी है अच्छे मालपुए बनाना जैसे कि मैं बना सकती हूँ।''

''न सही वैसे, पर आपकी तो वही बात है कि जंगल में मोर नाचा सराहा न गया।''

''पता नहीं क्यों कहने पर मजबूर हूँ कि ठीक कहती है तू।''

''मेरा कहा और उसे ठीक करार दें आप, बस अजूबा ही है।''

''कहा न, मजबूरन कहना पड़ रहा है। आगे सुन। शादी के बाद मैं बहू बनकर आई तो घर भरा था—सास-ससुर, जेठ-जिठानी, ननद यानी कि भीड़ लगी हुई और उनके बीच मैं जैसे बत्तीसी के बीच एक बेचारी जीभ। जो किया, सास ही क्या हर किसी में उसे नाकिस करार देने में रेलमपेल। और की जाने दो, हमसफर ने भी कभी तारीफ का एक लफ्ज उजागर न किया। यह दौर चला, तो धीरे-धीरे सही, पर खत्म भी हुआ और तब बच रहे हम दोनों, बेटे तेजस और तरन। तेजस लाया तुझे। मेरे किए को कभी सराहा न गया, न पहले न अब।''

''अच्छे मालपुए खयाली पुलाव जैसे ही पकाए गए।'' अबकी सुचिता खुलकर हँसती है, पर इससे दुलारी पर कोई असर नहीं। वह शाइस्तगी से ही जवाब में बोलती चली गई, ''घर में क्या कुछ नहीं; सब है, इतना कि जी ऊबता है। मन में आता है कि कुछ तो कमी होने का अहसास होता, जिससे ध्यान बँटता। ऐसी हालत में सिवा तेरे, मेरे लिए बचा ही क्या है! इसे दिल बहलाने से लेकर तंग करना तक कुछ भी जो मन करे, कहा जा सकता है।'' यहाँ दुलारी अर्क के फाहे को भर साँस सूँघती है।

मिर्जा साहेब को बहुत अरसे बाद दिमाग को चैन आता लगा। भला हो हकीम अजमली का।

"तो मैं क्या कह रही थी सुचिता?"

"सास-बहू के बीच तकरार तकरार नहीं, खेल है।"

"वही तो। शतरंज बिछी है, जिसकी हर चाल लड़ाई नहीं, खेल हो रहा है। तू कमजोर खिलाड़ी नहीं है बहू।"

"धन्यवाद। मुझे फख्र है कि आप जैसे तजुर्बेकार मँजे खिलाड़ी के साथ खेलने का मौका मिला।"

"इस बीच जब-तब कहा-सुनी होना खेल की रोचकता बढ़ाने के लिए गैरवाजिबी नहीं।"

"दिन का ज्यादा वक्त तो आपका इस सोसाइटी या उस मीटिंग में गुजरता है। और हाँ, वहाँ भी आपकी तल्खजुबानी की आम चर्चा है।"

"चलो। बदनामी कहो या बदजुबानी, चर्चा होती है यही क्या कम है।"

"अम्माजी, आपको समझ पाना नामुमकिन नहीं तो आसान भी नहीं।"

"सच बताना, क्या तुझे लगता है कि मैं तुझे जरूरत से ज्यादा परेशान करती हूँ?"

"अरे कहाँ अम्मा, आप जानती हैं कि मैं भी कम नहीं। आप जैसी तिकड़मी सास की हर चाल पर एक कदम आगे।"

गले लगाकर आँख पोंछती दुलारी ने बस एक बार यही दोहराया, "हकीम अजमली का अर्क वाकई नियामत है।"

इस दौरान सेठ चेतनस्वरूप पूरी तरह अचंभित ढंग से बैठे सास-बहू के बीच चल रही बातें सुनते रहे, तो मिर्जा के चेहरे पर खिंची थी तस्कीन। बातों का सिलसिला चलता रहा, पर वे चेतनस्वरूप से इजाजत ले उठकर चल दिए। अभी कुछ और काम बाकी रहता था।

वापसी में फूलवाले की दुकान पर ताजे गुलाब नजर आए तो गाड़ी रुकवाई। मिर्जा और उनकी बेगम दोनों की गुलाब की पसंद मेल खाती थी। कुछ फूल खरीदे जो दुकानदार ने खूबसूरती से पैक कर दिए। शाम होने को आई, इसलिए गोमती के पास कुछ देर बैठने का मन किया तो बैठ गए। हाथ में फूल सँभाले लॉननुमा ढलाव के एक किनारे पर जा बैठे। वहाँ से दरिया के ऊपर चंद नावों को आते-जाते देखा जा सकता था, जिनके पीछे डूबते सूरज की रोशनी पानी पर उठती छोटी लहरियों पर गिरकर उन्हें चमकीला बना दे रही थीं। वैसे चारों तरफ खामोशी थी। ऐसे में किसी मर्द और औरत की बातचीत कानों तक आई। आसपास नजर दौड़ाने पर पास की एक झाड़ी की ओट से उनके होने का इमकान हुआ। चाहते-अनचाहते सुना गया कुछ ऐसा था—

''नाम से ही नहीं, वाकई बेनजीर हो।''

''शायर नहीं हो, पर तबियत शायराना पाई है।''

''बेतुकी नजीर।''

''तुम्हें जरूर पता होगा। सच क्या वाकई कड़ुवा होता है?''

''सच यही कि मैं हजार जान—''

''फिर वही। आखिर कितनी दफा कहोगे?''

''जब तक जबान में जुंबिश रहेगी।''

इस पर कुछ कहने से पहले खिलखिलाती हँसी।

''बातें अच्छी बना लेते हो।''

''बनाना क्या, जब बने तभी न बात है।

''आगे बढ़ो।''

''मुझ पर भरोसा नहीं?''

''बात भी भरोसेमंद होनी चाहिए।''

''तो सुनो, मैं तुम्हें बेहद प्यार करता हूँ।''

''हूँ, कैसे··· क्यूँ?''

''ये सुरमई गेसू, अनारदाने से दाँत।''

''रुको। सचमुच का अनार या अनारदाना··· चूरन-सूरन? एक बात और, जो भी कहो दूर से।''

''पास से क्यों नहीं?''

''पास से सूरत साफ नहीं दिखती!'' फिर पहले जैसी हँसी।

मिर्जा जो अब तक सुन रहे थे, हरकत में आए। दो अदद फूल निकाल उन पर अर्क डाला और उठे। पास पहुँचे तो वे दोनों हड़बड़ाकर उठने लगे, मगर मिर्जा का कहा सुनकर उन्हें तस्कीन आई।

''तुम दोनों को पास बैठ बातें करते सुना तो अपने बीते दिनों की याद आ गई। तुम लोग इत्मीनान से बैठो। हाँ, ये फूल तुम दोनों के लिए। खुशबू शायद भली लगे। मेरा ड्राइवर आता ही होगा। खुदा हाफिज।'' कहकर मिर्जा मुड़ गए, मगर रहे आसपास ही।

कुछ देर सन्नाटा रहा, फिर बातों का सिलसिला उभरा। कुछ तल्खी भरा होने से समझना पहले से आसान था। लड़के की आवाज साफ सुनने में आई—

''सब औरतों की फितरत एक जैसी। दो हर्फ तारीफ के सुने तो अंदर गद्गद, पर ऊपरी दिखावे के अजब नुस्खे। भई वाह।''

''कहना क्या चाहते हो?''

''कहना चाहता नहीं, दोटूक कह रहा हूँ। बेनजीर नहीं, दरअसल झूठे फरेब की

जीती-जागती नजीर हो।''

''और तुम परले सिरे के झूठे इनसान।''

''सो कैसे?''

''ऐसे कि अपने को बताते हो लंदन रेस्तराँ के मैनेजर, जबकि हो बिला पगार मामूली वेटर।''

''बकवास।''

''वह भी कि प्यार है।''

''प्यार! तुमसे? लाहौल! तबियत बहलाना है सिर्फ, प्यार-व्यार कुछ नहीं। लंदन हसीनाओं से अटी पड़ी है।''

''कोई एक भी पास न फटकेगी।''

''क्यों?''

''मुँह से आती नकारा बदबू से झुलसने?''

''अपनी ओर भी मुलाहिजा करें। बालों से बू आती है। कभी-कभार धो भी लिया करो बीबी।''

इसी तरह की बातों का सिलसिला कुछ देर तक चला और फिर यकायक खामोशी छा गई। लेकिन मिर्जा इधर ही कान दिए रहे, जब कुछ देर बाद ही पहले जैसी नरम-गरम गुफ्तगू फिर से सुनने में आई।

''तुम वाकई बहुत खूबसूरत हो। सुरमई गेसू, दिल फरेब मुसकराना, क्या नहीं।''

''जावेद, बस भी करो। मान लिया कि शायराना तबियतवाले हो। खुश?''

ध्यान लगाकर बातें सुन रहे मिर्जा लंबी साँसें लेते घर जाने के लिए मुड़ गए। बराबर सोचते रहे कि कैसे कम देर तक का असर रहने से निपटा जाए। यही तय पाया कि घर जाकर खाना-पीना निपटा, पूरी नींद लेने के बाद मसला सुलझाने की ओर नए सिरे से सोचना बेहतर होगा।

घर पहुँचने पर सामने ही खड़ी बेगम नजर आई। उदास-फिक्रमंद चेहरा, सूरत गमजदा, सो मिर्जा ने पूछ ही लिया, ''खैरियत तो है?''

''खुदा की खैर, कुछ पूछने-जानने का वक्त तो आपको मिला।''

''यह क्या कह रही हैं आप?''

''कहना क्या, इल्तिजा समझें। कुछ दिनों से घर को भुला ही दिया है। कई दिन बाद वापसी हुई तो बस गुमसुम, अपने में खोए हुए। आखिर किस गुनाह की सजा दी जा रही है?''

''बात को ठीक नजरिए से समझने की कोशिश करें। लैब में किसी काम की उलझन से ऐसा होता है।''

"क्या? न वक्त पर माकूल खुराक; सोना, आराम करना—सब हराम। भई वाह! काम को अहमियत दी जाए, मगर सेहत की नाखयाली समझ में नहीं आती।"

"कोशिश तो करता हूँ।"

"काफी नहीं। खैर, अब अगर वक्त हो तो खाना लगवाऊँ?"

"कहने ही को था कि तेज भूख लगी है। कुछ खास?"

"वैसे खाने पर तवज्जो आप देते कब हैं! खैर, अभी तो यह कि रेशमी कबाब मैंने खुद पकाए हैं।"

"भई वाह! तो देर काहे की!"

खाना लगा और मिर्जा खाने में मशगूल हो गए, मगर बेगम की कमेंटरी बराबर चलती रही।

"आपके लिए मैं किस कदर परेशान रहती हूँ, इसका अंदाजा आपको नहीं। सोच देखिए कि जाननेवालों में कोई एक भी ऐसा है जो काम की धुन में दीन-दुनिया की खबर से कोई वास्ता न रखे। आप हैं कि घरवालों से नाफिकरे, मेरी फिक्र की तो बात ही कहाँ उठती है। आए दिन इसी सोच में घुलती रहती हूँ। क्यों मियाँ? कुछ कहेंगे?"

मिर्जा बोले, पर जैसे बेगम के कहे की अनदेखी करते, "अरे सुना आपने, एशिया कप जीता गया है। अपनी टीम की लंका पर धमाकेदार फतेह। वाकई कमाल कर दिया।"

यह सुनते बेगम का उनकी ओर हैरानी से ताकते बैठे रह जाना लाजिम था।

फॉर्मूले की बेगम पर आजमाइश का खयाल मिर्जा को कई बार आया तो था, पर कुछ सोचकर उसे गुजर जाने दिया था। मगर वही दिमाग में एक बार फिर आया तो सोचा—क्यों नहीं! नतीजतन चौथे रेशमी कबाब का लुत्फ लेते बोले, "बेगम, पिछले दिनों लैब में एक खास अर्क तैयार किया है, जिसकी कई तासीर हैं। एक यह कि दो-चार बार लंबी साँस लेकर सूँघने से तुरंत दिलो-दिमाग को बेहद सुकून आता है। सारा बदन हलका हो जाता है और अंदरूनी तस्कीन मिलती है सो अलग। आपके लिए बेहद मुफीद। देखते-ही-देखते सारी फिक्र-परेशानियों से निजात मिल जाएगी। वह सामने की मेज पर शीशी रखी है, उसे उठाएँ जरा।"

बेगम ने वैसा ही किया। दो-चार लंबी साँस लेते हुए सूँघने के बाद वाकई अब तक देखा गया परेशानी-लदा चेहरा पलक झपकते बदल गया दिखा। अब वहाँ छाई थी तस्कीन-भरी मुसकान। खास दोस्ताना अंदाज में मिर्जा को अपनी ओर मुखातिब करते बोली, "पूछना यह है कि मुतवातिर कई दिन ही नहीं रातें भी लैब में गुजारने की असली वजह आखिर है क्या? क्या करते रहते हैं वहाँ? नश-वशा या फिर किसी को वहाँ रख छोड़ा है? अम्मी सही कहती थीं कि मर्द जवान हो या बूढ़ा, यकीन के काबिल

नहीं। उम्र माफिक नहीं, पर ओहदा ऐसा कि किसी की नौकरी में तरक्की, किसी के पाए नंबरों में बढ़ोतरी वगैरह कई तरीके हैं जिनसे उन्हें आसानी से पटाया जा सकता है, और फिर पौ-बारह। सब समझती हूँ। कहने को सच बुलवाने का नुस्खा, पर असल में सौ फीसदी तलाश में कि बुढ़ापे पर कैसे जवानी का रिलैप्स कराया जा सके। वैसे शौक से लगे रहें साइंसी काम या दूसरे शुगल से, मुझे किंच बराबर परवाह नहीं।

''समझते हैं कि मैं हर दिन हरवक्त आपकी फिक्र में मशगूल रहती हूँ? खुदा की पनाह। भूल जाइए। तिनके बराबर नहीं। कहा न कि आप अपने में खुश रहें और मैं अपने में। टेलीफोन के जरिए बीते वक्त और लोगों के बीच किसी भी समय जा पहुँचना आसान है। बराबर ऐसा करती रहती हूँ। इस तरह वक्त यूँ ही गुजरता नहीं, मजे में बीतता है। मियाँ! कहीं यह तो नहीं समझते कि आपकी शादी के पैगाम से मैं निहाल हो गई थी? लानत भेजिए। इस वक्त की बुढ़ाई शख्सियत और तब की जवानीवाली में भी ऐसा कुछ न था जो असर डाल सके। सूखे बाँस सा बदन, चश्मा-चढ़ी बेनूर आँखें। भले बेहद जहीन कहे जानेवाले तालिब-इल्म थे या कम उम्र में यूनिवर्सिटी के प्रोफेसर हों। यही नहीं, मालदार पुश्तैनी हैसियत के इकलौते वारिस भी हों, मगर आपमें वैसा कुछ भी नहीं जिस पर लड़कियाँ मर मिटने पर आमादा हो जाती हैं। मियाँ, एक नहीं बहुतेरे और दिलचस्प पैगाम थे—एक-से-एक बढ़कर। औरों की जाने दें, मामूजान के लड़के जाकिर की याद तो होगी। क्या तो गबरू ऊँचा-पूरा खुशशक्ल जवान था। आँखें, मूँछें, बोलना-चालना हर किसी को रिझाता, मजबूर करता। हँसी-मजाक का माहिर ऐसा कि उसके करीब रहने का मतलब बेइख्तियार हँसे चले जाना। हाँ, अच्छी नौकरी न थी और ना ही पुश्तैनी जमा-जायदाद, इसलिए नकारा गया। सच तो यह कि मैं दिल मसोसकर रह गई। फिर क्या, आपके गले मढ़ दी गई। बेहतर यह कहना होगा कि आप मेरे गले आ पड़े। मुबारक हो प्रोफेसर।

''और हाँ, भले पाँच बच्चों का बाप जाकिर गरीबी में पड़ा रहने पर मजबूर हो, मैं उसे भूली नहीं हूँ। न सही आमने-सामने, पर टेलीफोन पर दूरी कम हो जाती है। अकसर बात होती है।''

यहाँ पहुँचकर जैसे बेहोशी से होश में आते हुए बेगम की बातों का सिलसिला पलटा। शीशी बंद कर कब की मेज पर रखी जा चुकी थी, उसे फिर से सूँघना मुमकिन न था।

''अरे देखो, खीर की तो भूल ही गई थी। फातिमा, लाओ तो।''

फिर मिर्जा की तरफ देखते धीरे-धीरे बोली, ''सचमुच कितना काम करते हैं आप! किस कदर जहीन! दूर-दूर तक शोहरत फैली हुई! साइंस की दुनिया से मिली इत्ती सारी इज्जत! दूसरी तरफ मैं, जिसमें तारीफ लायक कुछ भी तो नहीं।''

''ऐसा नहीं है। यह बेइंतहा लजीज रेशमी कबाब, बना सकता है आप जैसा कोई और?''

''नहीं मियाँ! दरअसल आप जैसे के काबिल नहीं हूँ मैं। खुदा कसम।''

''बेगम हुजूर, बस एक अदद पान की और इल्तिजा है।''

हँसी-मुसकराहट वगैरह पर बात चली, फिर रुकी। मिर्जा ने फिर खामोशी इख्तियार की और लौटे उसी सोच में कि असर देर तक टिके, यह कैसे मुमकिन किया जा सकता है। खैर।

अपनी बेगम पर फॉर्मूले की आजमाइश करने के बाद खुद पर क्या असर होगा, इसे जान पाना आसान न था। एक तो स्वभाव से कम बोलने वाले, दूसरे रोजमर्रा के काम जैसे-के-तैसे। अब इसे यह नहीं मान लेना चाहिए कि मिर्जा जानबूझकर कोशिश में थे कि उन पर कुछ नागवार असर हो। अगर हुआ, तो वह उन तक ही रहा। हालाँकि ऐसा समझ लेना कहाँ तक ठीक है, इसका भी कोई पुख्ता सबूत नहीं। बचा आखिरी तरीका यानी उनके अपने नुस्खे की उन पर आजमाइश, तो उसमें मुश्किल यह कि अर्क उन्होंने अपने पास महफूज रखा है। खैर।

दूसरे दिन मिर्जा बेगम के साथ टी.वी. के सामने थे जैसा कि अकसर होता था। बेगम का पसंदीदा सीरियल चल रहा था। बीच में ऐड यानी विज्ञापन जरूरत से ज्यादा, क्योंकि सीरियल का टी.आर.पी. ऊँचे पायदान पर था। मिर्जा सीरियल से ज्यादा विज्ञापनों से मुखातिब थे। पहले भी गौर किया था। ज्यादातर गोरेपन, खूबसूरती या बाल बढ़ाने से ताल्लुक रखते थे। अलग-अलग ढंग से किए दावों की लैब में जाँच-पड़ताल भी की थी और हाथ आई थी नाउम्मीदी। यही सब उस वक्त भी जेहन में था तो सोचा, क्यों न इनसे जुड़ों की आजमाइश हो जाए।

एक जानी-मानी विज्ञापन एजेंसी से संपर्क कर डायरेक्टर से समय माँगा तो वह खिल उठा। मिर्जा सरीखे जाने-माने वैज्ञानिक और यूनिवर्सिटी के वरिष्ठ प्रोफेसर का एजेंसी आना मायने रखता है। इसका भरपूर फायदा भी उठाया जाना दुरुस्त होगा, इसे ध्यान में रखते मीडिया के कुछ खास रिपोर्टरों के मौके पर मौजूद रहने की फौरन पक्की तजवीज भी कर ली गई।

मिर्जा ठीक वक्त पर एजेंसी पहुँचे। साथ थीं लौंग की 'अर्क' बसी मालाएँ। वैसे जरूरत सिर्फ एक की थी, पर एहतियातन दो-एक और भी लेना मुनासिब समझा। एजेंसी के हेड किशोर डाँडेकर और कुछ खास अहलकारों ने गर्मजोशी के साथ इस्तकबाल किया। एजेंसी में चल रहे काम वगैरह के बारे में जानकारी दी। कामगरों को अपने प्रभागों में काम करते दिखाया और इन सबके बाद चाय-पानी का इंतजाम था। पार्टी शुरू होते अनायास कर्मवीर सहगल भी शरीक हुए, जो सौंदर्य प्रसाधन, शैंपू, क्रीम,

बॉडी लोशन आदि के साथ बच्चों के लिए ऐसी असरदार खुराक भी अपनी कई कंपनियों में तैयार कराते थे—इस दावे के साथ कि उसके सेवन से बच्चों की बढ़त दूसरों की अपेक्षा तीनगुनी शर्तिया होती है। वगैरह।

बातों के दौरान मिर्जा ने कहा, ''किशोर साहेब, क्या ऐसा नहीं लगता कि शृंगार साजो-सामान के विज्ञापन खूबियों को बढ़ा-चढ़ाकर पेश करते हैं?''

''बढ़ा-चढ़ाकर नहीं, यूँ कहें कि खूबियों को आम लोगों तक खूबसूरती से पहुँचाते हैं, जो कि हमारी पेशेवर जिम्मेदारी है।''

''इस क्रीम से गोरापन और उस शैंपू से काले घने लंबे बाल महज चंद दिनों में! इस पर आप खुद यकीन करते हैं?''

''माफ कीजिएगा, हमारे पेशे में खुद यकीन करना गैरजरूरी है, तकाजा रहता है आम लोगों को यकीन कराने का।''

''भले ही वह गलत हो?''

''गलत-सही की जिम्मेदारी हमारी नहीं। न हम माल तैयार करते हैं और ना ही तय करते हैं उसकी खूबियाँ।''

इसके बाद कर्मवीर सहगल से बात-चीत का जुज था—

''प्रोफेसर साहेब, अपने लैब टेस्ट में आपने हमारे माल की एलानिया खूबियों को गलत पाया?''

''जी।''

''हमारा भी लैब है जिसमें अच्छे साइंटिस्ट काम करते हैं।''

''होने चाहिए भी! मगर सहगल साहिब, लैब अलग हो सकते हैं, साइंस के उसूल एक ही हैं। सिर्फ नतीजे अलग-अलग।''

''ताज्जुब है।''

''मुझे भी। खैर।''

बातों का सिलसिला आगे खिंचता, मगर इसी बीच मिर्जा ने अर्क-बसी लौंग की मालाएँ यह कहते पेश कीं, ''अभी हाल में मेरे एक शागिर्द ने केरल से मुझे भेजी थीं। सोचा, क्यों न यह छोटा सा तोहफा आपको भी नजर किया जाए!''

माला पहनकर उसकी खूशबू लेते दोनों ही बराबर सूँघते खुश दिखे। चंद लम्हों बाद सहगल बोले, मगर अंदाज बदला हुआ, जिसे बेजारी भी कहा जा सकता है—''प्रोफेसर, आपका कहा दुरुस्त था। खूबियाँ जो इश्तहारों में जाती हैं, उन पर हमारे लैब के नतीजे आपसे अलग नहीं बल्कि मेल रखते हैं। मगर गौर करें कि माल का बिकना अहम है। तिजारत में कमाई भी होनी चाहिए। ठीक है न! यहाँ एक और मजेदार बात भी गौरतलब है कि आम तौर पर इस सच से बहुतेरे वाकिफ हैं, फिर भी उम्मीद छोड़ने

पर राजी नहीं। एक तरह से कहें कि मजबूर-लाचार। गरज ये कि जानते हुए भी भुलावे को मंजूर करने से अपने को रोक नहीं पाते या रोकना नहीं चाहते। यही सोच कि कौन जाने बात बन ही जाए यानी भुलावे को गले लगाने में कोई उज्र नहीं। इस सोच से बकौल आपके उन्हें नुकसान, पर हमें फायदा-ही-फायदा। ऐसे में क्या किया जाए, आप ही बताएँ? जिंदगी के रुख को पलटना हमारे बस का नहीं। ऐसे में उसी रौ के साथ रहने में समझदारी होती है। है न?''

किशोर मौके की तलाश में थे; नजर आया तो देर न करते चालू हो गए, ''मिर्जा साहेब, कुछ देर पहले आपने पूछा था कि हमारे इश्तहार में जो होता है, उस पर हम खुद यकीन करते हैं या नहीं। पहले का कहा भूल जाइए, अब सुनिए गौर से नहीं करते। आगे कहने को कम नहीं, इसलिए एक जीती-जागती मिसाल पेश करता हूँ। मेरे निजी जाननेवालों में हैं आनंद ममतानी। उनके बाल तेजी से झड़ने लगे तो उन्होंने इश्तहारी कई पाएदार शैंपू इस्तेमाल किए। नतीजा? कुछ नहीं। इसके बाद उन्होंने हमारे जोर-शोर से प्रचारित शैंपू को—जिसके अक्सीर होने की गारंटी में कहा गया था कि महज चार हफ्ते के अंदर सर पर बालों की नई फसल लहलहाएगी—ऊँचे दाम होने के बावजूद चुना। चार हफ्ते बाद नई फसल तो क्या, पास जो थी वह भी आधी रह गई। वादे के मुताबिक सब न सही, कुछेक तो उगते, मगर नहीं, ऐसा नहीं हुआ। उन्होंने हर तरफ इसकी शिकायत की, मगर उसका भी वही हश्र। कुछ नहीं। गरज ये कि एक ममतानी ही नहीं, उन जैसे कितने ही और यहाँ-वहाँ भटकते फिर रहे होंगे। यही सच है।''

सहगल लगातार इंतजार करते अपनी बारी की कि मौका मिलते ही कुछ और सच बयाँ करें, सो किशोर से क्यू लेते बोले, ''प्रोफेसर मिर्जा, साइंटिस्ट के नाते आप जानते हैं कि अगर बाल गिरते हैं तो गिरेंगे, कोई शैंपू-लेप-तेल उन्हें रोक नहीं सकते। मालूम है कि सुफैद बाल काले करने में सभी एलानिया पेश किए जाते साधन सिर्फ धोखा है। एक ही जरिया बचता है खिजाब का। हमेशा के लिए न सही, चलिए कुछ दिन तो असर दिखेगा। फिर भी शैंपू-वैंपू बनेंगे, हम आम लोगों तक उनकी नफासत, गारंटी, असर आदि के प्रभावशाली विज्ञापन प्रसारित करेंगे। रहे लोग सो धड़ाधड़ खरीदेंगे।

''काला चेहरा किसी सौंदर्य प्रसाधन से गोरा नहीं बनाया जा सकता। नामुमकिन है। सिर्फ थोड़े समय के लिए पाउडर-पेंट स्याह को सुफैद कर सकते है। त्वचा का रंग 'जींस' से सीधा ताल्लुक रखता है। उसी पर मयस्सर होता है काला-गोरा होना। उसे कैसा भी करामाती साबुन, क्रीम, फेसलोशन या ऐसा ही और कुछ बदल नहीं सकता।

''ऐसा नहीं कि इस सच्चाई को दूसरे नहीं जानते, पर जानते हुए भी मानते नहीं। तो फिर हमारे लिए मैदान साफ। एक-दो नहीं, कितने ही नुस्खे बनाएँगे और इश्तहारी मदद से आम लोगों की कमजोरी का हर तरह से फायदा उठाने की कोशिश से बाज

नहीं आएँगे। कमजोरी को हवा देते-परचाते उसे फायदे में तब्दील करने के लिए हर दाँव-पेच का इस्तेमाल करने में चूकेंगे नहीं। प्रोफेसर, बाजार बंद नहीं करना, बरकरार रखना है। इत्मीनान रखें, यही होगा।'' फिर हँसे, शुरुआत में हीरो शाहरुख जैसी और बाद में विलेन प्रेम चोपड़ा की हँसी से मेल खाती। हँसने का सिलसिला कुछ देर चला।

सहगल के इस सच के इजहार की ताईद होनी थी जो किशोर ने फौरन से पेश्तर भाषणी अंदाज में पेश की, ''दावा किया जाता है कि इस तेल या उस फुलेल में प्राकृतिक तेल (एशेंशल ऑयल) का भरपूर मिश्रण है। ऐसे तेल की कीमत पर गौर किया जाए जो कि है २४०० रुपए प्रति दस मिलीलीटर। एलानिया तेल, जो बाजार में लाया गया, उसकी कीमत तीस-चालीस रुपए के आसपास। प्राकृतिक तेल की हर शीशी में दस-पंद्रह बूँदें तो होनी चाहिए, पर वह एशेंशल ऑयल की अपनी कीमत देखते नामुमकिन है। होता ही नहीं। जगह लेती है कोई और आम खुशबू। वैसे भी ऐसे विशिष्ट तेल (एशेंशल ऑयल) की कोई अपनी खास खुशबू नहीं होती, ना ही कोई तासीर, जिसका डंके की चोट पर दावा किया जाता है। यह मेरा नहीं, एशियन एशेंशल ऑयल कांग्रेस और एशेंशल ऑयल एसोशिएशन ऑफ इंडिया के भूतपूर्व प्रेसीडेंट प्रो. श्यामजी वार्ष्णेय का उजागर किया सत्य है। एक और बात कही गई कि आँवला, सिकाकाई, ब्राह्मी में ऐसा कोई तेल होता ही नहीं। इसलिए इनके मिश्रण से तैयार किसी उत्पाद का प्रचार बेमानी क्या धोखाधड़ी है। प्रोफेसर मिर्जा, हम सब खबर रखते हैं। यह भी कि ऐसी संस्थाएँ अपना काम करें, धंधे में लगें अपने और हम निभाएँ ढोल पीटने का काम, उसके लिए, जो उसकी कीमत चुकाए। बात समझ रहे हैं न?'' फिर गहरी साँस से सूँघते, वह भी कुछ अलग ढंग से, बोले, ''खुशबू गजब की है।'' सहगल दुगने उत्साह से कुछ और सच सामने लाने की कोशिश में, मगर लगा ऐसा कि बीच में रुकावट महसूस कर रहे हों। मिर्जा समझ गए कि असर कम हो रहा है सो वे उठ लिये।

मीडिया रिपोर्टरों ने उन्हें रोककर कुछ सवाल करने चाहे, पर बिना रुके चलते-चलते उन्होंने कहा, ''जो हुआ वह काफी होना चाहिए या कि नहीं? इस मुद्दे पर फिलहाल और कुछ कहने को बचा क्या है?''

इसके बाद एजेंसी से निकल वे अपनी राह पर बढ़ते चले गए।

यहीं से प्रोफेसर का साथ छोड़ा जाना फिलहाल ठीक है, इसलिए आगे के पृष्ठ सीलबंद हैं। वैसे इनमें उनके किए जा रहे तजुर्बों का विवरण है। तजुर्बे करते रहना उनकी समझ से इसलिए भी जरूरी है कि समय बीतते फॉर्मूले का असर कम-ज्यादा या बिलकुल ही खत्म तो नहीं होता। ऐसा कुछ हुआ नहीं, यह भी कि असर पंद्रह मिनट के आसपास ही रहा। असर कुछ देर तक बना रहे, इसकी कुछ तरकीबें कामयाब साबित हुईं। जैसे, गले में अर्क-बसी फूलमाला और हाथ में अर्क-बसे फूल सूँघते रहने की हिदायत।

गौर करने की बात है कि सभी सच टेरते रहते हैं जहाँ तक वह खुद से ताल्लुक न रखता हो। अपने बारे में सच सामने आया तो उसे पचा पाना टेढ़ी खीर साबित होता है जो कि स्वाभाविक है। काफी पसोपेश से गुजरते मिर्जा ने अपनी बेगम पर आजमाइश की और सच जाना। असर क्या हुआ यह वही जानते हैं, दूसरे को हरगिज नहीं बताएँगे, जब तक कि उनका अपना फॉर्मूला खुद उन पर ही न आजमाया जा सके। अगर ऐसा मुमकिन हो सके तभी उनका सच सामने आ सकता है। दूसरों के लिए वह दिलचस्प भी होगा, इसमें कोई शक नहीं। खैर।

इत्मीनान रखें कि आगे कभी हर तफसील आपके सामने होगी। मगर अभी आपको सोची-समझी राय देनी है कि प्रोफेसर मिर्जा की करामाती खोज का लाभ 'सुमति' को कैसे मिल सकता है। यह भी कि कैसे और किस हद तक उसका सही उपयोग संभव होगा।

□

रामलगन त्रिपाठी

रामलगन त्रिपाठी रहे सरकारी अफसरों की पाँत में, मगर पिछली; वह ऐसे कि राजपत्रित तो थे, पर दूसरी श्रेणी के। देखा जाए तो अठारह साल की नौकरी कुछ माने रखती है, मगर रामलगन के लिए इसका कोई महत्त्व नहीं। सच तो यह कि साल-एक से अपने को बेचैनी से घिरा पाते हैं कि सरकारी नौकरी और वह भी राजपत्रित, मगर आम जिंदगी में उनकी औकात है क्या? रोजमर्रा की जिंदगी में धक्के खाने और जलालत झेलने के लिए आम आदमी की तरह ही विवश होना पड़ता है। कदम-कदम पर त्रासदी जैसे पीछा ही नहीं छोड़ती, जिसके उदाहरण कम नहीं।

बिजली का बिल देखकर तिलमिला उठना लाजिमी, क्योंकि तमाम किफायतों के बावजूद बिल बना तीन हजार से ऊपर। ठीक कराने के लिए बिजली दफ्तर खुद गए और होते-करते बड़े ऑफिसर तक भी पहुँचे, पर हुआ कुछ नहीं। कहा गया कि पूरी रकम जमा तो करानी ही होगी। इसके बाद अगर कोई गलती पाई गई तो उस पर उचित काररवाई की जा सकती है। यही नियम है। जाते-जाते जख्म पर नमक छिड़कते यह भी कहा गया कि बहैसियत सरकारी ऑफिसर आपको पता होगा ही कि नियम तोड़े नहीं जाते, उनका पालन करना ही पड़ता है। खैर।

बड़े साहेब की कचहरी से निकलते ही बिल-क्लर्क साथ हो लिया; साथ चलते-चलते फुसफुसाकर बोला, ''बात प्रॉपर चैनेल से जाने पर बनती है। बिल ठीक हो सकता है। गारंटी है कि दो-ढाई से ऊपर की माँग कभी आएगी ही नहीं। और सेवा?''

सुना तो रुके और पूछा, ''होगा कैसे? नियम कानून!!''

''हैं। रहेंगे। चिंता छोड़िए। मतलब आम खाने से रखिए, गुठली गिनने से नहीं। बोलिए?''

''बोलना तो आप ही को है।''

''ठीक है। आठ सौ का खर्च। पाँच सौ ऑफिसवालों के, तो तीन सौ लाइनमैन के। असल काम तो वही करेगा।''

असल कामवाला भी दूर न था। इशारा पा पहुँच गया। बिल के साथ रकम इधर से उधर हुई, फिर घरवापसी।

कहना न होगा कि समस्या हल हुई। कोई शिकायत की गुंजायश आगे भी न हुई।

घर के आसपास जाने कब से सड़ता कूड़े का अंबार लग रहा था, जिसे उठाने और साफ करने कोई अरसे से देखने में नहीं आया। इधर-उधर हर तरफ आवाज उठाई, मगर सब बेअसर। फिर चालू किया लिखित रिपोर्टों का सिलसिला नीचे से ऊपर तक हर जगह, मगर फिर वही ढाक के तीन पात। कुछ नहीं हुआ, अलबत्ता कूड़े का अंबार और बड़ा हो गया। ले-देकर सेनेटरी इंस्पेक्टर से सीधा संपर्क करना ही पड़ा। साफगोई पसंद, सो दो टूक बात कि सफाई कर्मचारी करेंगे, मगर उन्हें साधने के लिए रकम लगेगी। सुनते ही रामलगन ने अपने राजपत्रित सरकारी अफसर और ऊपर तक पहुँच होने इत्यादि की सूचना देनी आवश्यक समझी, सो दी। सुनकर इंस्पेक्टर हँसा। जाते-जाते कहता गया, ''जहाँ-जहाँ तक पहुँच है उनमें से कोई सफाई करने आने से रहा। तिरपाठी साहेब, सरकार काम करती नहीं, करवाती है। अफसरी अपनी जगह, काम तो तभी होगा जब करनेवाला राजी-खुशी करे। वैसे आप अफसर समझदार हैं...''

अफसरी तैश में आकर निरीक्षक, निदेशक, पार्षद सबसे मिले और लिखित आवेदन किया, शिकायत की। जो मिला उसने कहा, ''एक्शन होगा, उचित काररवाई की जाएगी'' या ''काम हुआ समझें''। ज्यादा तजुर्बेकारों ने यह भी कहा, ''सेनीटरी इंस्पेक्टर से बात कर लें तो ठीक रहेगा।'' लाख अनचाहते वही करना पड़ा, क्योंकि और सबकुछ करने का कोई असर न दिखा। मिलने पर इंस्पेक्टर ने दिखाए उनके कई शिकायत-पत्र, जो उसके पास काररवाई के लिए प्रेषित किए गए थे। साथ ही पहली बार का कहा फिर दोहराया और काम हो गया। अब यह जानना जरूरी नहीं कि कैसे हुआ।

लड़की के स्कूल-दाखिले के लिए सिलसिलेवार मोरचा लेते बात पहुँच गई एडमिशन टेस्ट तक, जिसमें पास होकर भर्ती होनेवालों की लिस्ट में नाम दूसरे नंबर पर। आश्वस्त होने के लिए पोजीशन साफ और दुरुस्त नाम। इसके बाद थी प्रिंसिपल महोदया के दरबार में पेशी। इजलास सजा, क्वीन विक्टोरिया जैसा पोज बनाए बैठीं, जिनके हाथ था फाइनल फैसला। कागज पलटते, चश्मे से कनखी हिलाते देखा और बोल फूटा, ''तो फिर?''

''आपका आदेश।''

''देखा जाएगा। वैसे म्यूजिक की अहमियत के बारे में क्या राय है?''

''अहमियत! मैंने खुद संगीत का अभ्यास किया है।''

''यहाँ आपकी या मेरी संगीत-साधना की बात नहीं है। बच्चों की बात है। व्यवस्था

होनी चाहिए कि नहीं?''

''क्यों नहीं। नामी स्कूल है। मनचाही व्यवस्था हो सकती है।''

''नो-नो। जरूरी साधन चाहिए, जो नहीं हैं। जुटाना है हमें और आपको एकजुट होकर। हाथ बटाना होगा। आखिर संगीत की अपनी अहमियत है।''

''मैंने बचपन से ही— ''

''फिर वही—आपके बचपन का इस वक्त समस्या से कोई वास्ता नहीं। म्यूजिक का कमरा बनवाना है।''

''जरूर बनवाएँ, रुकावट क्या है?''

''धन की। खैर, एक स्कीम है ईंट-खरीदी। कीमत तय है। आपके नाम कितनी ईंटें लिखूँ?''

''कीमत क्या है? दो-चार ले लूँगा।''

''मजाक का टाइम नहीं। कमरा दो-तीन ईंटों से बनता है? कीमत १० रुपए प्रति ईंट। पाँच सौ ईंटें आपके नाम। फिर बचे छह पंखे। वे भी लगाने ही होंगे।''

मजबूरी लड़की का दाखिला। साम्राज्ञी सुलोचना पंडित ने दंड घोषित करते कहा, ''छह एडमीशन होने हैं। बताइए?''

''क्या बताएँ?'' बमुश्किल एक अदद पंखे और पचास ईंटों पर सौदा पटा। रकम चेक से नहीं बल्कि नकद और कोई रसीद नहीं। यही नहीं, आए दिन कदम-कदम पर ऐसा कुछ होता ही चला गया, जिसके आगे अपने को बेबस पाते। आखिर कहीं तो दर्द होगा और यह भी कि ऐसा किया जाता या होता सिर्फ इसलिए कि उन्हें कोई घास नहीं डालता, क्योंकि औकात आखिर है भी क्या! बेबसी भी क्या कि हर घड़ी दर्द के पैबंद लगे जाते हैं। दफ्तर में नए तैनाती पर आए डायरेक्टर के नौनिहाल के जन्मदिन का वाकया।

बड़े-छोटे सभी अफसरों को बाकायदा निमंत्रण-पत्र द्वारा बुलाया गया, जिसमें साफ हिदायत थी कि कोई उपहार न लाया जाए, मगर बाद की कैफियत से यही समझना होगा कि दरअसल यह सांकेतिक आदेश था कि 'उपहार' लाना भूलें नहीं। यहाँ रामलगन त्रिपाठी ऊँची अफसरी बात को समझने में गच्चा खा गए। हर समझदार अधिकारी एक से बढ़कर एक बढ़िया न सही, पर महँगे तोहफे के साथ आया, लेकिन त्रिपाठीजी आदेश की गुप्त भाषा न समझते खाली हाथ बधाई देने हाजिर हुए। हाथ खाली देख मिलाने को बढ़ाया गया अपना हाथ फौरन पीछे और जो भी स्वागत हुआ सिर्फ सिर हिलाकर। एक तरह से नाराजगी का इजहार जो आगे भी देखने में आया, क्योंकि उन्हें कोई तवज्जो न मिली। खैर, जैसे-तैसे पार्टी निपटी और त्रिपाठीजी घर वापस हुए।

जन्मदिनवाली भूल ने आगे चलकर और गुल खिलाए। उन्हें साफ समझ में आया कि उस दिन के बाद से 'साहेब' बात-बेबात में नाराज होने लगे हैं। इसी बीच मिनिस्ट्री के ऑर्डर के तहत ऑफिस से एक ऑफिसर, तीन क्लर्कों और एक चपरासी को दूसरे शहर की पोस्टिंग पर भेजना था। जाहिर है कि साहेब की नजर में रामलगन ही वे ऑफिसर थे जिनका चुनाव करते देर न की। मगर उनके बच्चों की पढ़ाई, खासकर लड़की की, जिसका बमुश्किल अभी हाल में दाखिला कराया था और भी कई समस्याएँ थीं, जिन्हें नए शहर जाकर जल्दी सुलझा पाने की दूर-दूर तक उम्मीद नहीं थी। साहेब से मिले, कठिनाइयाँ पेश कीं, मगर वे थे कि हिटलरी अंदाज में फैसले पर कायम। फिर उनका यह तर्क कि "इंडिपेंडेंट चार्ज है, जिसे एक तरह से ब्लेसिंग समझना चाहिए।" साथ ही एक भोंडी सी हँसी, जैसे याद दिलाते हों कि देखा बेसमझी का नतीजा! आड़े से कुरसी पर तिरछे होते, दोनों हाथ मेज पर जमाए साहेब का आखिरी एलान था, "सरकारी नौकरी क्या चाहती है? काम। ड्यूटी फर्स्ट। पर्सनल या पारिवारिक प्राब्लम को इसमें कोई जगह नहीं। यू मे नाऊ गो।"

एसोसिएशन से भी कोई मदद न मिली तो नाउम्मीदी से घिरे त्रिपाठी को सलाह दी गई कि राजनैतिक दबाव से कुछ होने की उम्मीद की जा सकती है। अब तलाश करनी थी एक राजनैतिक योद्धा की, जो संकटमोचक बनकर उनके पक्ष में आ सके। पहचान है टोपी, धोती, कुरतावाला कोई, पर यहाँ भी बात आती है सौ नकल से एक असल की पहचान। तलाश में सहयोगी बनकर एक जानकार सहकर्मी आगे आए, जिन्होंने स्थानीय समर्थ राजनेता श्री भीम सिंह से, जिनके वे सहपाठी रहे थे, मिलवाने का वादा किया। तुरत-फुरत टाइम लिया गया। आम जनता-सेवक से जनादेश द्वारा बने विधायक के रूबरू होने का रामलगन त्रिपाठी के लिए यह पहला अवसर था। सहकर्मी मित्र ने उन्हें आश्वस्त किया कि उनका केस टेलीफोन पर विधायक भीम सिंह को समझा दिया गया है। सो कुछ इत्मीनान से मिलना हुआ।

पहली नजर में नेताजी भीम न सही पर भीमकाय अवश्य दिखे। सोचने में यह भी आया कि शरीर ढकता चमकदार रेशमी कुरता भला कित्ते मीटर में बना होगा। अलंकारों में सिवा हाथ के मोबाइल के सब स्वर्ण-निर्मित। स्वभाव से बेतरह विनोदप्रिय हैं, बात-बेबात ठठाकर हँसना इसकी ताईद करता रहा। मगर मुँह जब भरा हो पान से तो हँसी के साथ पीक की छुटपुट बौछार लाजिम है, सो थी। त्रिपाठीजी कुछ बचे रहे, क्योंकि आगे थे सहकर्मी संगी-नेताजी के भूतकालीन सहपाठी। खैर।

नेताजी ने धोती को पैजामे पर वरीयता दी थी। उसे सँभालना किसी के लिए आसान नहीं, पर यहाँ बात 'किसी' की नहीं, विराट व्यक्तित्ववाले की हो रही है। ऐसा कि साफ तौर पर दोमंजिला और दोनों मंजिलों यानी ऊपरी और नीचेवाली में जैसे होड़ लगी हो कि

उनमें कौन अधिक लंबाई-चौड़ाई घेरेगी। बहरहाल ऐसे नेताजी से रामलगन वाकिफ न थे, क्योंकि राजनैतिक अखाड़ियों में उनकी पैठ न के बराबर थी। रही होती तभी न जानते भीम सिंह की धोती का राज, जो कि धोतीजामा था—देखने में धोती, मगर कमर से बँधी पैजामे जैसी नाड़े से।

रामलगन साथ के सहकर्मी का इशारा पा नेताजी के सामने आए, मगर असल बात आने के पहले इंतजार, क्योंकि वे मोबाइल पर किसी दूरस्थ व्यक्ति के संपर्क में थे। दुतरफा बातों का इकतरफा हिस्सा सुना जा सकता था।

"आराम! मुझे? दूसरों के दुःख-दर्द बँटाने का संकल्प लेने के बाद आराम कहाँ मेरे भाई। हा-हा-हा-हा-हा। क्या कहा? लोकनायक? नहीं। वे और होंगे, अपन हैं लोकसेवक। हा-हा। आप जैसे सरकारी अफसर नहीं दस से पाँच वाले। अच्छा तो काम-मुझसे? हुक्म करें। क्या··· रकम? अरे, आ जाएगी। कोई अड़चन? समझ लो हो गया। सोलह आने। मेरी मजबूरी समझा करें—'बाल केंद्र' की जरूरतें पूरी करनी ही हैं। करूँगा। तभी तो उधर से आया और सीधे कहीं और रवाना···हा-हा-हा···नमस्कार नहीं, कहो जय हिंद।"

यह सब सुनते और वाकई इत्ते बड़े राजनैतिक नेता की ओर निहारते रहने से त्रिपाठी के मन में आशा पनपी कि तभी उनकी ओर ध्यान केंद्रित किया भीम सिंह ने, लगा जैसे जायजा ले रहे हों। पीकदान में थूक, पानी से कुल्ला कर, दो नए पान मुँह में डाल दोनों हाथ मलते सोचने की मुद्रा में चले गए कुछ क्षणों के लिए। अब दाएँ-बाएँ नजर करते त्रिपाठी की ओर झुककर बोले, "घबराइए नहीं, आपके काम में ही लगा हूँ। बात आगे, बहुत आगे पहुँचानी पड़ी तब जाकर फतेह हुई। अरे, ऑर्डर तैयार। बस रह गई है 'तामीली'। खुश? और सेवा?"

त्रिपाठी की तो जैसे बोलती बंद। राजनैतिक प्रेशर सुना था, पर अब साक्षात् देखने में आ रहा था। इस पर अपनी प्रतिक्रिया की सोच शुरू करते कि विधायक की हाहाकारी हँसी फिर फूटकर बिखर गई, जिसके असर से यकीनी तौर पर, जो भी वहाँ मौजूद थे, बचे न होंगे। त्रिपाठी में इतनी तो समझदारी थी कि 'बाकी रही तामीली' का असल मतलब जानना ही होगा जो आगे आनेवाला है। देखते रहे राजनैतिक पेशबंदी, और चारा भी क्या था।

इस बार बोलना शुरू किया तो जैसे किसी जनसमुदाय से मुखातिब हों, "सर झुका, आँखें बंद, हाथ जोड़कर ही रहने का नियम है। सबका सेवक हूँ। लेकिन ध्यान रहे, लुच्चे-लफाड़ों से समझना भी खूब आता है। त्रिपाठी, जो रहा आपका डायरेक्टर—क्या नाम बताया—मलहोत्रा—हाँऽऽ··· एक नंबर का टुच्चा-बंसीलाल!"

सहकर्मी ने झुकते सही नाम धीरे से बताया तो बात जारी रखते कहते गए—

“हाँ-हाँ··· एम.एम. ··· पता है, पर असली बात पर आता हूँ—हा-हा-हा, एक टँगड़ी मारी कि बेटेजी को नानी याद आ गई। हाथ जोड़े और एम.एम. बतौर नाम मिमियाये। क्या?”

सभी आगे के कहे के इंतजार में तो नेताजी पीकदान सँभालते और उसमें पीक जमा करते हुए बोले, “ऑर्डर खारिज। क्या समझे त्रिपाठी? जाइए। काम सँभालिए। बाकी छोड़िए··· मैं हूँ न। हा-हा—”

रामलगन ने कम तो सहकर्मी ने बढ़ा-चढ़ाकर उनकी प्रशस्ति में बहुत कुछ कहा।

नेताजी ने विचार-मुद्रा में लीन हो इन शब्दों को प्रस्फुटित किया, “राजनीति का कीड़ा भले हूँ, पर औरों से बिलकुल अलग। किसी को अपनाया तो सौ फीसदी—सदा के लिए। उसूलन हर जरूरतमंद की भरपूर सेवा की। किसी से पूछ देखें, कहेगा कि भीमू भाई के पास गया, निराश नहीं हुआ। वैसे मैं क्या हूँ? कुछ नहीं। जो करता है वह है ऊपरवाला, बाकी मैं तो निमित्त हूँ।”

मोबाइल बोला जो यकीनन ऊपरवाला न था, “दयालजी! जय हिंद। बोलिए··· हाँ-हाँ, इंतजाम है, नहीं है तो कर लेंगे। माँग-जाँचकर··· कैसे भी··· आखिर गौशाला में क्या गायें भूखी मरेंगी! अरे, कभी नहीं। जय भारत।”

“तो क्या कह रहा था—कीड़ा राजनीति का हूँ। हाँ, इसी के गली-गलियारों में खेलकर बड़ा हुआ। कदम-कदम पर अड़चनें, अपनी नहीं दूसरों की। देखिए, गौशाला बनवाई जिसमें गौ को आसरा मिले। आपके सामने खबर आई पाँच हजार चारे के बकाए की पूर्ति, नहीं तो सप्लाई बंद। मरें भूख से गउएँ, उनकी बला से। उन्हें चाहिए बकाया, अभी। मेरे जीने पर धिक्कार।”

“तो त्रिपाठी, तबादला रुक गया। डायरेक्टर को प्रेशर दिया तो चित। भागा-भागा आता होगा। और सेवा? हा-हा-हा।”

त्रिपाठी क्या कहते सिवा इसके कि “बड़ी मेहरबानी है।”

“मेहरबानी सब ऊपरवाले की। मैं निमित्त। गौशाला उनकी—मैं-मैं··· माँग-जाँच से··· याद आया पूर्ति करनी है न···चलिए शुभ काम आपसे ही शुरू हो। कितना लिखूँ?”

जो रामलगन धरती से कहीं ऊँचा विचर रहे थे, उन्होंने अपने को अचानक धरती पर आ गिरा पाया। हजारों से शुरुआत कर किसी तरह सौ पर बोली बंद हुई। अब यह गौ-वंश के प्रति श्रद्धावश या विवश होकर देना तबादला रुकवाने का मुआवजा था। समझवाले के लिए समझ पाना मुश्किल न होगा। सिलसिलेवार जीवन में आती वैसे तो आम समझ ली गई है, मगर रामलगन की तकलीफ व परेशानी का बोध इस बात से कहीं ज्यादा कि वे राजपत्रित, भले ही द्वितीय श्रेणी और घटिया मोहकमे (गोबर गैस संयत्र विभाग) से जुड़े होने के नाते कुछ तो खास तवज्जो के हकदार हैं, पर कुछ नहीं। कहने

को आजाद, मगर सचमुच आजाद हैं राजनेता (सरकारी तंत्र) या फिर उनके साए में पनपते ऊँची श्रेणी के पार्षद (अफसर)। दूसरे शब्दों में जिसकी लाठी उसकी भैंस। यानी लाठी सरकारी और भैंस आम आदमी, मय रामलगन सरीखे छुटभैये अफसरान के। उन जैसों को दोतरफा मार। लाठीभांजकों का कुछ समझने से इनकार, नहीं तो आम आदमी क्योंकर डाले घास। मोटी खालवालों पर कोई असर नहीं, मगर रामलगन सरीखे दिनोदिन होते दुबले और ठिलते बेबसी के कगार तक। यहीं कहीं त्रिपाठी के अहम पर उबाल आया और हाथ पसारकर (जैसा टी.वी. पर होता है) कहा, "बस।"

रामलगन परिस्थितियों से घिरे क्या एक तरह से उनमें डूबते-उतराते रहे और मुमकिन था कि ऐसा करते रहना आदत में बदल जाता, लेकिन उससे पहले ही उन्होंने फैसला किया कि हालात से छुटकारा पाना होगा, यद्यपि छुटकारा कैसे पाया जाए इसका कोई कारगर तरीका दूर-दूर तक नजर न आया; ताहम संकल्प पर अडिग रहते तलाश जारी रखी।

खिलाफी मोरचा था आदमी के जामे में ऐसे-ऐसे जंतुओं से, जो जादुई तिलस्माती फिल्मों में दिखाए-देखे जाते हैं। दुष्ट प्रवृत्ति, घिनौनी ढीठ हरकतों में मुबतिला, जिनसे पार पाने के लिए सुपरमैन सरीखा होना जरूरी और यह रामलगन के बस से बाहर की बात थी। खेलों की भूमिका निभाते कभी कोई वास्तव में काम की बात कह जाता है। मसलन अमरीश का वह डायलॉग, "सवाल यह नहीं कि हम जिंदा रहेंगे या मर जाएँगे। सवाल यह है कि हमने जीते जी कुछ किया या नहीं। अगर 'हाँ' तो मौत के बाद भी जिंदगी का सिलसिला बदस्तूर चलता रहेगा।"

किसी तलाश में लगे के आगे हतोत्साहवाले मौके आते ही हैं, खासकर जब आम से बिलकुल हटकर ढूँढ़ निकालने की बात हो। इन मौकों पर यूँ तो आगे बढ़ने या लगे रहने में ऐसे फिल्मी दृश्य या कोई डायलॉग भी अकसर न सही तो कभी निश्चय पर काबिज रहने में सहायक हो सकते हैं। यही रामलगन के साथ हुआ। प्रेरित भी कम नहीं, पर अगला कदम उठाना तो दूर, समझ ही नहीं आ रहा था। उधेड़बुन में अचानक याद आई बचपन के एक सहपाठी मित्र परमेश्वरी पांडे की। वह छठी क्लास की पढ़ाई बीच में ही छोड़ बस्ता समेट स्कूल को सदा के लिए नमस्कार कर अपने गाँव वापस चले गए थे। दो-एक वर्ष पहले उनसे भेंट हुई तो अपने बारे में विस्तार से बताया था। यही कि काली की भक्ति उन्हें तंत्र की ओर ले गई और इष्टदेवी की कृपा हुई। बस, तंत्र-मंत्र मुट्ठी में और उनके साथ कुछ सिद्धियाँ थीं जिनमें एक थी ज्योतिष की और इसके बाद ख्याति दूर-दूर तक फैली। रामलगन को जिस सहारे की तलाश थी, वह परमेश्वरी पांडे में मिलने की संभावना लगी। उतावले जाने कब से थे ही, देर करने की वजह नजर न आई तो बस बिना कोई सूचना दिए बैग सँभाल पांडे के गाँव रवाना होने में देर न लगाई।

डलमऊ जिला रायबरेली की एक तहसील है। तहसील का दर्जा मिला, पर उसका कोई खास असर दिखा नहीं। कुछेक पक्के मकान, दूकानें बनीं और बनती रहीं। पर तहसील-कचहरी, पुलिस-चौकी, चुंगी-दफ्तर और ऐसे ही कई दूसरे सरकारी प्रतिष्ठानों में कोई विशेष फेरबदल हुए नहीं, इसलिए समय की मार से खस्ता हाल होना ही था। इन सबसे रामलगन को कुछ लेना-देना नहीं था, सो पूछताछ कर गंतव्य की ओर बढ़े। पांडे का मकान बस्ती से हटकर गंगा-घाट के अनकरीब था। मकान औसतन दूसरों से अधिक बड़ा, कुछ हिस्सा पक्की गुम्मा ईंटों से बना तो बाकी का पुरानी लखौरी ईंटों का बना हुआ था। घर के आगे फूस का छप्पर चौकोर चबूतरे को ढके हुए, जिसके बीचोबीच एक अग्निकुंड, साथ लगा तख्त, पूजावेदी अधिकतर लाल वस्त्र से ढकी, वैसे भी सजावट में लाल रंग की ही प्रचुरता दिखी। जाहिर है पांडेजी के बैठने का स्थान।

रामलगन बिना किसी अड़चन के पहुँचे तो, पर घर के भीतर-बाहर कोई चल-खुर न मिली। यहाँ पहुँचने के लिए लगभग मील भर के पैदल सफर से थकावट के साथ पसीना भी जोर बाँधे था, इसलिए हाल खस्ता। सोचते-बिचारते बैग रख तखत के एक कोने में बैठे। बिजली का पंखा था, इधर-उधर देख बटन की तलाश की, मगर कुछ हुआ नहीं। शायद बिजली न थी। पास ही हाथ का पंखा भी था। उसी को उठा रूमाल से पसीना सुखा पंखा झलने लगे। कुछ अरसे बाद दरवाजा खुला और कोई निकलकर पास आया जानने के लिए कि क्या वही रामलगन त्रिपाठी हैं। हामीकारी पर उसने आदर से अभिवादन किया और बताया कि पांडेजी गंगा-किनारे के अपने आश्रम में किसी अनुष्ठान में पिछले दो दिनों से व्यस्त हैं और अवाती अगले दिन ही संभव है। यह भी बताया कि उनके आदेश पर ठहरने की सुविधा की जा चुकी है। त्रिपाठी उस व्यक्ति के साथ जाने की ऊहापोह में थे कि तभी पांडेजी आते दिखे।

यद्यपि भेंट करीब चार वर्ष बाद हो रही थी, किंतु पास आने पर उन्हें पांडेजी में कोई खास परिवर्तन न दिखा, सिवा इसके कि इस समय उनका पहिरावन लाल वस्त्रों में था। लंबे घुँघराले केश। बड़ी सी चौड़ी चोटी। माथे पर रक्तचंदन का लंबा टीका। धोती, कुरता, अँगोछा सभी लाल। मिले अपने जोरदार ठहाके के साथ और गले से लगा स्वागत करते। इस बार ले जाकर चौकी पर बैठाया और नौकर से नाश्ता फौरन लाने को कहा। फिर जैसे याद आया, 'कड़क चाय' की हिदायत करने के बाद त्रिपाठी से मुखातिब हुए, "मित्र, तुम्हारे आने की बात मुझे पहले से मालूम थी, तभी आया। वैसे आना तो कल था।"

"खबर थी, पर कैसे? मैंने तो कोई सूचना नहीं दी थी?"

जवाब में सिर्फ ठहाका। फिर पीठ पर हाथ रखते बोले, "जल्दी काहे की, पता हो जाएगा। फिलहाल इतना जानो कि तुम्हारी पसंद की मेवा-मखाने की खीर, गट्टे की सब्जी, बेसन की भरुआ कचौड़ी, हींग-बसाया ज्यादा राईवाला लौकी का रायता—सब

तैयार कराए हैं और फिर रहने की व्यवस्था मन-भाई। यह सब इसलिए कि दोस्त आ रहा है।'' फिर उनकी उल्लसित हँसी।

रामलगन वास्तव में हैरान, सिर्फ यही कह पाए, ''भाई पांडे, मगर कैसे?''

''जानने के लिए टाइम बहुत हैं। जानोगे। अभी तो स्नान, भोजन और आराम। उसके बाद कोई और बात।''

पांडे की खैनीवाली आदत, जो स्कूल में शुरू हुई थी, अब भी बदस्तूर जारी थी। सो भोजन के बाद उसी को मुँह में दाबे सोचने की मुद्रा में थे जिसे अपनी ओर से भंग करना रामलगन ने उचित न समझा। इसलिए चुप रहते इंतजार करते रहे। लगा यही कि पांडे शायद तय नहीं कर पा रहे हैं कि किस हद तक 'रहस्य' में वह दोस्त को भागीदार बनाएँ या बना सकते हैं। देर न होगी क्योंकि ज्यादा देर तक पांडे का चुप रहना भी मुमकिन न था। वही हुआ। वे बोले, ''सोच रहा हूँ कि स्कूल के बाद काफी समय बीते हमारी भेंट हो रही है। न? तुम पढ़ाई करते सरकारी अफसर बने और मैं उसे छोड़-छाड़ घर वापस लौट आया। बहुत भटकना पड़ा, पर भाग्य से गुरु-दर्शन हुए और उन्हीं की कृपा से दीक्षा, फिर शिक्षा, जो संभव था सभी दिया उन्होंने। साथ ही राह दिखाई, जिस पर मुझे खुद को चलना था। उन्हें निराश भी नहीं किया। तंत्र की ओर मेरा विशेष झुकाव रहा, और है। इसका कुछ-कुछ आभास तुम्हें है, पर वर्षों की साधना करते कहाँ तक पैठ हो सकी, यह तुम्हारी कल्पना से परे है। कोई बात नहीं, अभी तो बस यही जान लो कि जिसे कहते हैं आशातीत सफलता, वह मुझे मिली है मित्र।'' कुछ देर चुप रहे, फिर बोले तो धीरे-धीरे, ''बताया था कि मेरी पत्नी का कुछ वर्ष पहले स्वर्गवास हो गया। तांत्रिक प्रयोगों और अनुष्ठानों में स्त्री-शक्ति का योग अधिकतर नितांत आवश्यक है। विस्तार में न जा केवल यही जानो कि हाल का अनुष्ठान विशेषतया मेरे अपने लिए था।'' फिर चुप्पी। बात को पूरी करने के लिए बोलना ही था सो बोले, ''दो दिन पहले का अनुष्ठान विशेष था। यह मैंने तांत्रिक प्रयोगों में साथ देने के लिए एक सहायिका-प्रेतनी के लिए किया था। उसी अनुष्ठान को बीच में रोककर मुझे यहाँ आना पड़ा। लेकिन उसे एक तरह से समाप्त नहीं, स्थगित किया है।''

फिलहाल पांडे ने जब फिर खामोशी इख्तियार की तो रामलगन को बोलना पड़ा, ''पांडेजी, इस तरह से बार-बार चुप हो जाना शायद ठीक नहीं। यदि उचित समझें तो पूरी बात बताएँ।''

''मित्र, बीच-बीच में चुप रहने से यह अर्थ न लगाएँ कि प्रसंग की नाटकीयता बढ़ाने की कोशिश है। देखो, तंत्र का क्षेत्र बहुत विस्तृत है, उसे समझने में वर्षों लग जाते हैं। सिर्फ यह तय करने के लिए बीच में रुकना पड़ा कि बताया गया किस हद तक तुम समझ सकोगे। आगे जो मैं बताऊँ, उसे फिलहाल मान लो। प्रश्न होंगे, पर बाद में।''

''सिर्फ इस तरह कि मेरी मोटी बुद्धि में समा सकें।''

जैसे बात अनसुनी की हो, पांडेजी ने फिर से बोलना आरंभ किया, ''जो अनुष्ठान मैं कर रहा हूँ उसे सफलता से संचालित करने पर वांछित प्राप्त होता है। ऐसा ही हुआ। बता चुका हूँ कि किसलिए यह किया गया। ऐसी प्राप्ति भी इसके अपने नियमों के अनुकूल ही हो सकती है। साधक ने एक सहायिका प्रेतनी की कामना की थी। इनका यानी उपलब्ध इन श्रेणीवालों का समझाने के लिए सुलभ करते पूर्व निश्‍चित क्यू होता है। उसमें जो अनुष्ठान सिद्धि के समय सबसे आगे हो उसे ही लिया जा सकता है। छुट्टा प्रेतनी तो प्रेत भी हो सकता है या फिर इन दोनों से अलग दो या उससे ज्यादा के गुट भी हो सकते हैं जिन्हें तोड़ा नहीं जा सकता यानी अलग नहीं किया जा सकता। छुट्टे में प्रेत-प्रेतनी या फिर कोई गुट क्यू में जो आता है वही प्राप्य है। यदि स्वीकार नहीं तो दूसरा अनुष्ठान, पर उसमें भी मनोवांछित ही हो, इसकी गारंटी नहीं।''

''संक्षेप में बताएँ कि धर्म-संकट कैसा?''

''ऐसा कि क्यू में आगे इस समय गुट क्या त्रिकुट है।''

''मतलब?

''दो प्रेत और एक प्रेतनी। प्रेतनी की मुझे जरूरत थी, मगर साथ हैं दो प्रेत, जो मुझे नहीं चाहिए।''

''दुबारा कोशिश कर सकते हैं।''

''जो उपलब्ध है उसे एक वर्ष, एक महीना, एक सप्ताह और एक दिन तक लेकर रखना अनिवार्य है। इस समय के गुजर जाने के बाद ही दूसरा ऐसा अनुष्ठान किया जा सकता है।''

''यह साल-महीने आदि का मीटर कब से चालू होता है?''

''आज रात बारह बजे से, जब पूर्णाहुति होगी।''

''फिर आपने क्या सोचा?''

''सोचा क्या, सोच रहा हूँ। मेरी श्रेणी का उपासक अपनी शक्ति का उपयोग करते, एक अन्य नियम के अंतर्गत, जो मिले उसकी जिम्मेदारी अपने किसी निकट संबंधी मित्र को दे सकता है। देने के बाद नियत समय-सीमा तक उसके नियंत्रण में रहने का प्रावधान है।''

सोचने की बारी अब थी रामलगन की अपनी। सोच में ऐसी डुबकी लगी कि उन्हें इस बात का पता न हुआ कि कब पांडे ने अपनी आँखें बंद कर उनके माथे पर अपनी एक उँगुली रखी। कुछ ही क्षणों बाद आँखें खोल हँसते हुए बोले, ''मित्र रामलगन, आपके यहाँ आने के मकसद का पता चल गया और यह भी कि अपनी परेशानी व उलझनें कैसे सुलझा लें, इसका ठीक पता अभी आपको भी नहीं है। सच तो यह कि अभी हाल मुझे

भी पता नहीं। मैं इतना ही समझ पाया हूँ कि आगे जो भी आप करना चाहें उसमें इस तिकड़ी से निश्चित सहायता मिल सकती है।''

''सलाह नकारूँगा नहीं। कुछ समय से बराबर जीने से ऊबते रहने के बाद आपकी ओर का रुख किया। सच कहते हैं, मुझे आगे के कार्यक्रम का अगर पता है तो यही कि कुछ करना जरूर है, नहीं तो मन कभी शांत न रह पाएगा।''

''बिन बताए मैंने तुम्हारे मन को टटोलकर जानने लायक सब जान लिया है।''

''जानने को है ही क्या? भले सरकारी नौकरी है, मगर खास नहीं। जिंदगी चारों ओर से ऐसों से घिरी है जो एलान करते हैं समाज-सेवा का, दीनबंधु और तरह-तरह की संस्थाओं के प्रतिपालक होने का, पर हैं दरअसल बाजीगर। उनके बिछाए जाल से बचे रहना नामुमकिन। इनसे दो-दो हाथ करने की ख्वाहिश, मगर कैसे। पता नहीं, फिर कैसे आपको बताऊँ?''

''आपको कुछ भी बताने की जरूरत नहीं। मैंने कहा कि प्रेत-त्रिमूर्ति अपरिमित संभावनाओं को कार्यरूप देने में समर्थ है, जिनका उपयोग आप इच्छानुसार कर सकेंगे। चाहते भी यही हैं। केवल एक नियम ध्यान में रखना होगा—साधक इनका या उनकी शक्तियों का उपयोग व्यक्तिगत स्वार्थ के लिए नहीं कर सकता!''

''अनाड़ी समझते हुए मुझे बताइए कि इनका उपयोग कैसे किया जा सकेगा, क्या कर सकते हैं ये, मेरे बस में कैसे रहेंगे, इनका परिचय क्या है—मुझे कुछ भी तो पता नहीं।''

''आज रात शक्ति-अनुष्ठान में इन्हें आपकी सुपुर्दगी मिलेगी। एक ताबीज होगा, जिस पर तीन घुंडियाँ होंगी—बीच में एक और दो बाएँ-दाएँ। बीचवाली प्रेतनी और दाएँ-बाएँ प्रेतों के आह्वान के लिए। उँगली के इशारे से वे सामने प्रकट होंगे, लेकिन केवल आप ही उन्हें देख पाएँगे और उनसे बात कर सकेंगे। उन्हें बताएँ कि क्या करना-कराना है। वे दोनों के लिए सक्षम हैं।''

''क्या कर सकते हैं?''

''याद रहे कि वे अलौकिक शक्तिवाले हैं। हमारे और आप से कहीं ज्यादा सोचने-समझनेवाले। इन्हें तो बस इशारा चाहिए। यही कि 'बड़बोले को सबक सिखाना है' आगे क्या करना है वे खुद करेंगे। जब आप किसी से बात कर रहे होंगे तो परोक्ष रूप से वे आपके पास रहते स्थिति का जायजा लेते रहेंगे। ऐसे में क्या करना है उसका प्लान भी बन चुका होगा। प्रतीक्षा होगी सिर्फ आदेश की।''

''इनका कुछ परिचय?''

''दोनों प्रेतों में बड़े एक ईमानदार स्पष्टवक्ता प्रादेशिक सरकार के मंत्री थे, जिनकी विरोधियों ने हत्या करा दी थी। दूसरे कुछ जूनियर, सरकार में सेक्रेटरी के पद पर थे, माने

हुए प्रशासक, कैसे भी प्रलोभन से अछूते रहते, ऐसे-ऐसे काम किए कि आम लोगों के प्रिय; पर जो पदासीन मंत्री तथा अन्य शासकीय अफसर निजी स्वार्थ-सिद्धि को वरीयता देते, उनकी आँख का काँटा। बात और बढ़ी जब वे ऐसों की काली करतूतों का पर्दाफाश करने में अग्रणी हुए। संक्षेप में यह कि उनकी भी हत्या करा दी गई। रही प्रेतनी, तो वह बंबई की ब्यूटी-क्वीन और सिनेमा-स्टार थी—बाहर से सुंदर, पर मन से नहीं। दूसरे के दोष ही देखना, राग-द्वेष-कुचक्रों से घिरी। अंत हुआ एक्सीडेंट में, पर सुना गया कि इसके पीछे कोई साजिश थी। इन सभी को पूर्व-निश्चित जीवनकाल से पहले अकाल मृत्यु होने से बाकी बचा समय प्रेत-योनि में रहकर बिताना है। समय अभी काफी है।''

''नियंत्रण कैसे होगा?''

''मोटे तौर पर यही समझो कि इस ताबीज से, दूसरे शब्दों में ताबीजवाले से ये तीनों आदेशित होंगे। जो आपके मन में है वह मुझसे छुपा नहीं, इसलिए त्रिमूर्ति की कुछ और जान लें। दोनों प्रेत मानव-जीवन में समाज के विषम व्याधि बने ऐसे तत्त्वों से, जो आश्वस्त हैं कि कोई कभी भी उनको चुनौती नहीं दे सकता, अपने जीवनकाल में भरसक जूझे। मनुष्य योनि में रहते अधिक कुछ न कर पाए, पर उसे भूले नहीं। यदि उसी लड़ाई को आगे बढ़ाने का अवसर मिलता है तो यह उन्हें संतोष देगा। इस तरह आपको मनोवांछित योगदान मिलना निश्चित है।''

''खान-पान, रहने आदि की क्या सुविधा अपेक्षित होगी?''

''खाने-पीने के लिए मुँह, जीभ, दाँत चाहिए हमारे जैसे, जो इनके नहीं हैं। ये सूँघकर ही तृप्त होते हैं। किसी रेस्तराँ में ले जाने पर या आपकी अपनी रसोई के आसपास से यह काम पूरा हो जाएगा। रहने की बात इन्हीं पर छोड़ें। एक प्रश्न आपके मन में होगा कि ये स्वयं क्यों पहल नहीं करते, सिर्फ आदेश पर ही क्यों करते हैं? वह इस तरह कि इन्हें स्वयं कुछ करने का नियम नहीं है। तंत्र के यथाविधि अनुष्ठान के साधक के आदेश पर ही ये अपनी शक्तियों का प्रयोग कर सकते हैं। अब बताइए अपना फैसला?''

''आप जानते हैं कि फैसला क्या है?''

''ठीक है, तो फिर आज आधी रात आप साथ रहेंगे। अनुष्ठान में विधिवत तीनों पारलौकिक गण आपके साथ होंगे।''

जैसा बताया, उस रात गंगा-किनारे के आश्रम में चल रहे अनुष्ठान की पूर्णाहुति के बाद रामलगन के गले में ताबीज झूल रहा था। इसके बाद ही पहली बार प्रेत और प्रेतनी का त्रिकुट देखने में आया। मंत्री रहे प्रेत की घनी भवें, झबरी बड़ी मूँछें देखते मन में नाम उभरा 'निर्भय'। मन की बात जैसे उक्त प्रेत तक अनायास पहुँच ली और उसका मुसकराकर अनुमोदन भी मिला। दूसरा सेक्रेटरीवाला, बालों को बीच से विभक्त करती माँग, आँखों पर बिना फ्रेम का चश्मा होने का आभास, माथे पर प्रश्नवाचक आती तो कभी जाती

सलवटें देखते मन में आया नाम था 'बंकिम'। तुरंत मिला अनुमोदन। लंबी केशराशि, घनी घुमावदार पर नुकीली भवें और बाँकी चितवन की आँखों के नीचे ऊपर को उठती नासिका, चिबुक और नाक के नीचे चित्रंकित-से अधर। इन सबका मिला-जुला प्रभाव या खिंचाव कि अंतर में आमंत्रण की गूँज जैसे हलके से झनझना उठी और उसकी अनुगूँज करते उभरा 'अंतरा'। दूसरे ही क्षण लंबी बरौनियाँवाली पलकें स्वीकारोक्ति में ऊपर-नीचे हुईं तो साथ ही ताईद करते बाँकवाले होंठ।

अब तक कार्य विधिवत संपन्न हो चुका था, इसलिए अँगोछे से चेहरे-माथे का पसीना सुखाते पांडेजी त्रिपाठी से मुखातिब हुए, ''एक साल 'एक महीना' एक सप्ताह और एक दिन की अवधि तक ये तीनों अभिन्न मित्रवत आपका हर तरह से साथ देंगे। आपके मतानुसार निर्भय, बंकिम व अंतरा चौबीसों घंटे बराबर साथ रहेंगे। इनमें से किसी एक को, दो को, या तीनों को एक साथ आप बुला सकेंगे। ताबीज के उपयोग के बारे में जानकारी आपको है। एक बात दोहराना चाहूँगा कि यह त्रिकुट यानी तीनों इस योनिवालों की अग्रिम श्रेणी से हैं। निदेशक के मन की बात समझने की क्षमता हर एक को है। किसी स्थिति में जो आप चाहते हैं उसके अनुरूप क्या करना उचित होगा, यह इन पर बेखटके छोड़ सकते हैं। विशेष आदेश स्वर देकर आवश्यक नहीं, क्योंकि किसी भी वक्त जो आपके मन में है वह परोक्ष रूप से इन पर प्रकट है। निश्चिंत रहें!''

अधिक मेहमाननवाजी नकारते रामलगन वापसी के लिए बेचैन थे, सो अधिक देर नहीं करना चाहते थे। आखिरकार अपने मित्र पांडे की सहायता से उनकी औकात अब पहले जैसी न रही थी। अब वे अकेले नहीं थे, उनके साथ त्रिकुट था। दूसरे दिन सबेरे की गाड़ी पकड़ उनकी वापसी हुई।

परमेश्वरी पांडे की मेहमाननवाजी और उनसे मिली सहायता किस हद तक उनके आगे के (अभी तक अनबने) कार्यक्रम में कारगर होगी, इसे आँक पाना संभव न था, पर उपयोगिता निश्चित लगी। इसीलिए डलमऊ से लौट रामलगन सचमुच मगन थे। व्यक्तित्त्व में आश्चर्यजनक परिवर्तन, विवशता की जगह आत्म-विश्वास, विरक्ति के स्थान पर प्रफुल्लित मन-अंतर। आसपास वाले भले न देख पाए हों यह बदलाव, क्योंकि उन पर तो हावी थी गैसनिकले गोबर के भंडारण और विक्रय में संलग्न रहे निम्न श्रेणी के अधिकारी की छवि ही। वैसे अपने में कोई बदलाव आने की संभावना भी न थी और जरूरत भी नहीं। लेकिन यह तथ्य भी कि मनोदशा में एक अजब उठा-पटक काबिज थी। एक बार फिर अमरीश पुरी (खलनायक) का एक डायलॉग, ''चारों तरफ नजर डालो। जो कुछ हो रहा है उसका भी कोई कारण है या उस कारण का भी कोई कारण है। फिर पाओगे कि हमारा सिस्टम पूरी तरह खोखला है, जिसे एक क्रांति लाकर बदल देना चाहिए।''

रामलगन डायलॉग के सुझाव पर सोचते रहे कि गोबर-गैस निकालने पर बच रहे

गोबर के भंडारण में लगे रहते क्रांति संभव कैसे की जा सकती है। भला कैसे?

त्रिकुट का साथ रामलगन को संतोष के साथ मजबूती का अहसास दिलाता था, क्योंकि इस पर मोहर लगी घर-वापसी के दौरान एक छोटी घटना से, जो इस प्रकार थी—यात्रा की शुरुआत हुई डलमऊ से लखनऊ तक जानेवाली पैसेंजर से। एक तरह से लोकल ट्रेन। भीड़ ऐसी कि किसी डिब्बे में घुस पाना टेढ़ी खीर। जिस डिब्बे में वे अंदर जाने की कोशिश में थे, उसके दरवाजे को छेंके खड़े थे नाक-भौं चढ़ाए एक महापुरुष, जो लगातार कहे जा रहे थे, ''जगह नहीं है। आगे बढ़ो, दिखाई नहीं देता!'' वगैरह। वैसे पूरी गाड़ी खचाखच भरी थी, पर इस डिब्बे में बरायनाम गुंजायश देखते कुछेक अंदर आने की कोशिश में थे, मगर सामने था अंग्रेजी चोले में यह अड़ियल हिंदुस्तानी, जो बाहर से अंदर आते और आ चुके दोनों के लिए मुसीबत बना हुआ था।

गार्ड ने सीटी बजाई और ट्रेन की रवानगी का एलान करता स्टेशन का टनटना बजा कि जाने कैसे दरवाजा अंदर झूल गया। बस छोटा बैग बगल में दबाए रामलगन भीतर हुए कि उधर गाड़ी छूटी। डिब्बे के अंदर बैठे-खड़े सभी किसी हद तक सहमे हुए। वजह वही तेज-तर्रार आदमी, जो कभी हिंदी तो कभी अंग्रेजी में लगातार बके जा रहा था, ''रेल को बस या बैलगाड़ी समझ लिया है। अरे, इसके कायदे-कानून हैं। सामान रखने को जगह नहीं, बैठने को सीट नहीं, फिर भी धँसे आते हैं। डैम यू··· पुलिस।'' इत्यादि।

जहाँ तक उनका खुद का ताल्लुक था, एक सीट पर सामान, दूसरी पर बैठे और उसके आगेवाली पर बूटमंडित पाँव पसारे (जिस पर एक स्त्री दबी-सिकुड़ी बैठी थी)। रामलगन गुंजायश होते हुए भी बैठ सकने से महरूम बैग बगल में दबाए खड़े थे। 'उद्दंड' का रिकॉर्ड बराबर चालू। नसीहतों, घुड़कियों से साथवालों को नवाजता। यूँ तो आम, पर बीच-बीच में किसी खास को चुन उस पर सीधी चोट, ''अरे ओ नीली कमीज, पैर समेट के। रेलगाड़ी है, घर का चौबारा नहीं···ए मिस्टर, बीड़ी जलाने की सोचना भी नहीं। चेन खींच गाड़ी से नीचे दिखोगे, हाँ।''

रामलगन औरों जैसे ही सब देखने-सुनने और परेशानी झेलने को लाचार। चारों ओर के बैठे-खड़े लोग आपस में एक-दूसरे की आँखों में देख-टटोल फिर-फिर कर दबंग से मुखातिब होते रहे। एकाएक याद करते रामलगन ने ताबीज पर उँगलियाँ चलाईं और दिखा त्रिकुट। बंकिम पास की ऊपरवाली बर्थ पर पैर नीचे लटकाए बैठे। आँख मिली तो सर ऊपर-नीचे कर हामी भरी। निर्भय और अंतरा भी पास ही। तीनों ने समझ लेने का सर हिलाकर इशारा किया। बस, दृश्य परिवर्तन होते देर न लगी। 'दबंग' की सीट की सीध में ऊपरी बर्थ से एक बड़ी गठरी सरकी, डगमगाईं और आ गिरी उसके सर पर और वह उसे लिए-दिए फर्श पर। उसका चश्मा छिटककर कुछ दूर जा गिरा। इन सबके साथ चीख जैसी पुकार, ''मेरा चश्मा!!''

तलाश में लगे एक के पैर के नीचे आते चश्मे की एक कमानी चूर हो गई। उठाकर देते-लेते वह फिर चीखा, "जानकर तोड़ा है चश्मा। स्टेशन आते छोड़ूँगा नहीं। पुलिस-गिरफ्तारी…" वगैरह। तभी कुछ और हो गया। एक कमानी का चश्मा हाथ से पकड़े सीट पर बड़बड़ाते उसके दूसरी ओर फैलाए पैर वहाँ बैठी स्त्री के अंग में यहाँ-वहाँ लगे कि बस जैसे बम फूटा। उसने सीधी खड़ी होकर उनके मुँह पर एक जन्नाटेदार चाँटा रसीद किया यह कहते, "दाढ़ीजार-बदमास-टाँग फैलाई तो चुप रही, पर अबकी बदन उकेरा! सत्यानासी…नासपीटा!!"

इसके बाद तो आवाजें उठीं, "लफंगा कहीं का…औरत से बदतमीजी… मारो साले को…" आदि। दबंग की हालत जैसे भरे गुब्बारे से एकाएक हवा निकल गई हो। देखते-ही-देखते सीट का सामान फर्श पर। पैर दुबारा फैलाने की कोशिश नहीं। लेक्चर क्या, यूँ समझें कि बोलती बंद। रामलगन को भी बैठ जाने की जगह मिली।

बैठे तो मन की करने से रोक न पाते मित्रों को संकेत गए और दिखी अंतरा जो चाँटेवाली की बगल में मुसकराती बैठी थी। इस घटना से उनका मन न भरा और नए मित्रों से एक बार फिर संपर्क किया तो वे दिखे। चाँटेवाली की बगल में अंतरा व निर्भय नीचे वाली सीट पर दबंग के साथ और बंकिम ऊपरी बर्थ पर यथावत पैर लटकाए हुए, ठीक जहाँ से गठरी नीचे गिरी थी। सबके भाव एक जैसे अनुमोदन करते कि जो हुआ और देखने में आया, दुरुस्त था।

रामलगन के चेहरे पर मुसकान उभरी और कुछ देर तक रही। मन आश्वस्त कि अब वह अकेले नहीं, साथ 'वो जो हैं'। यह भी कि 'औकात' में भी कुछ-न-कुछ इजाफा हुआ, ऐसा समझ में आया।

घर पहुँचने पर बदली स्थिति का लेखा-जोखा करते कुछ नाम याद आए जो पिछले दिनों उनकी बेचैनी-बेहाली के बाइस रहे थे। एकाएक बदल गई परिस्थिति में जबकि उनको विशेष मदद उपलब्ध थी, अब तक जिनसे दबते चले आए थे उनसे आँख मिलाना आगे मुश्किल न रहा था। उधेड़-बुन चल ही रही थी कि इसी बीच टेलीफोन उठाना पड़ा, जो कुछ देर से बजे चला जा रहा था। नेताजी भीम सिंह बोल रहे थे, "रामलगनजी, जय भारत। कैसे हैं? हा-हा-हा।"

"दया है नेताजी।"

"नेता नहीं, सेवक। सेवक हूँ… भीमू भाई। वह बंसी है न—"

"जी, बड़े साहेब?"

"साहेब नहीं, चोट्टा। जाल में फँसा था। मिमियाते आया। निकाला। आपका तबादला चुटकी मारते रुका। है ना?"

"बड़ा जोर है भीमूजी। लेकिन मलहोत्रा—"

"नाम न लो उसका, पल्ले दरजे का अहसान-फरामोश। कहा कि गोबर-गैस का बचा फुक्का मेटीरियल दे दे पूरे प्रदेश का, तो पट्ट से बोला कि उसके रूल हैं। रूल को भीमू ठींगे पर रखता है। समझे?"

"इसके कोटेशन चाहिए।"

"चूल्हे में डालिए कोटेशन को। बात है समाज-सेवा व गो-संवर्धन की, त्रिपाठी। उसके लिए चाहिए, भीमू के प्राइवेट खाते में नहीं। रूल, सूल, कोटेशन कैसे?"

"राज्यभर के गोबर-गैस के बचे मेटीरियल का वितरण-बिक्री मेरे चार्ज में है।"

"भई वाह! हा-हा-हा। तो लिखो मेरे नाम।"

"सो कैसे! बात लाखों की है।"

"होगी-है। नासमझ नहीं हूँ। देखो, ले-दे कर उधर से इधर करो। समझे? तो समझूँ काम हो गया?"

"भाईजी, आपकी एक नहीं, बहुतेरी गौशालाएँ हैं। फुक्का की नहीं, असली गोबर के हजारहा आर.टी.एम.—पूरा चारा मिलता नहीं तो कहाँ का गोबर।"

"चारे के इंतजाम का यह भी एक जरिया है? कुछ ले-देके...हा-हा... । समझे?"

"साहेब से बात..."

"की। वही बोला कि त्रिपाठी से कहो। और तुम खेल... मुझसे? करो ले-देके, नहीं तो महँगा पड़ेगा...समझे?"

"यही भीमू भाई, कि रूल इज रूल।"

इस पर नेताजी बमक पड़े...चीखे, "रूल और तुम जाओ चूल्हे-भाड़ में।" इसके बाद दूसरे फोन पर, "आप हैं मंत्रीजी! नहीं-नहीं, अरे चूल्हे-भाड़ में आपको नहीं...हें-हें-हें!"

लाइन कट गई तो रामलगन हँसे फिर ठठाकर। खुश थे। अब दूसरा समाचार, लिखित निमंत्रण-पत्र। साहब के इक्यावनवें जन्मदिन के उपलक्ष्य में आयोजित समारोह में सम्मिलित होने का अनुरोध। स्थान शहर बाहर पुराना किला-मुगलिया। 'भेंट' का निषेध। मगर कोई बचकर निकल न पाए, इसलिए घर की बनी खाद्य सामग्री (एक अदद) लाने की छूट। कहीं यह भी संकेत था कि अतिथि-संख्या लगभग पचास होगी।

हुई न पक्की घेराबंदी? खैर।

जाहिर है विचार-गोष्ठी में अगले ही क्षण त्रिकुट शामिल था। तीनों में पहले निर्भय ही बोले, "दोहराने की जरूरत नहीं, लेकिन सिर्फ इस समय एक बार फिर कि हमें पूरी जानकारी है, यहाँ तक कि पैठ आपके सोच तक में है। आपके विरोधियों और मित्रों के संबंध जो जानने-योग्य हैं, हमसे छुपे नहीं। इसलिए स्थिति के अनुकूल काररवाई के बारे में निश्चिंत रहें, होगी... आप देखते भर रहें।"

इसके बाद बंकिम ने बात बढ़ाई, "कार्यक्रम सुनिश्चित है। 'घर के खाने' में बेसन या तिल के लड्डू ज्यादा नहीं करीब दो किलो काफी होंगे। इन्हें अपेक्षाकृत बड़े डिब्बों में पैक कराएँ। नीचे अखबारी कागज और ऊपर एक या दो परत लड्डुओं की सजाकर रखें। बस, आपका काम खत्म और शामिल हों अतिथियों में।"

अंतरा जैसे उत्साह से भरी मुसकराते हुए कहे को सुन रही थी, बोलने से अपने को रोक न पाई, "रामलगनजी, मौका तलाशना न पड़ा, आप से आप मिला और क्या खूब। एक साथ आपके काम की बहुतेरी मछलियाँ जैसे जाल की तलाश में आप से आप आ जुटेंगी। सोचते होंगे कि फिर होगा क्या? नायाब तमाशा, जो आसानी से देखने में आता नहीं। सुनी है प्रेत-लीला?"

जवाब में रामलगन नहीं, निर्भय ठहाकेदार हँसी के साथ बोल उठे, "सुनी जरूर होगी, पर देखी नहीं। अब देखिए एकदम 'रिएलिटी शो'। जब दूसरों का बुरा हाल होगा तो सिर्फ आप आनंदित होकर देखते हुए एकमात्र दर्शक होंगे। मजे की एक और बात कि आप लीला के साथ हमें भी देखेंगे पर दूसरे सिर्फ वही देखेंगे जो हम दिखाएँगे।"

अंतरा ने बात पूरी करते हुए कहा, "प्रेत लीला बेहतरीन रिएलिटी से भी कहीं ज्यादा ऊँचाइयाँ छूती।"

पार्टीवाली तारीख को शाम ढलते ही मेहमानों ने शहर-बाहर मुगलिया किले का रुख किया। सिर्फ खाने-पीने के सामान (घर के बने) के साथ एक-से-एक नायाब तोहफों को लिये-दिए। रामलगन भी पीछे न रहे, भाड़े के स्कूटर पर दो बड़े-बड़े पंचरंगी डिब्बे, जिन पर चौड़ी केसरिया रंग की रिबन बँधी थी, हाथों में उठाए दरवाजे पर उतरे। स्वागत करते सामने थे साहब, दूसरे कुछ पिछलग्गुओं के साथ। रामलगन से ज्यादा डिब्बों से प्रभावित होते थपथपाने को हाथ उठाए। गनीमत है डिब्बों पर नहीं, भले ही निशाना चूका और सामने आई रामलगन की पीठ। स्वागतीय उद्घोषनुमा आवाज निकालते अंदर जाने का संकेत किया। डिब्बों को यथास्थान जमा करके रामलगन अब तक आ चुकों की भीड़ का हिस्सा बने।

धीरे-धीरे भीड़ बढ़ती गई। भीम सिंह, इस-तिस विभागों के डायरेक्टर। प्रिंसिपल पंडिता भी दिखीं और दूसरे भी। सभी के चेहरों पर नकली मुसकान और हाथों में गरम होता ठंडा। कुछ ही समय बाद रात हुई और अँधेरा होते ही चारों तरफ करीने से लगाए गए लाल, नीले व हरे बिजली के सैकड़ों बल्ब अँधेरे पर बूटे जैसे सज गए। वातावरण का क्या कहना और उसमें चार चाँद लगाता नाच-गाना। इसराज, सारंगी, तबला, ढोलक और जाने कौन-कौन तरंग। तिस पर घुँघरुओं की तटकार समा बाँधने में पूरी तरह भागीदारी निबाह रही थी। इन सबके बीच वंशीलाल मल्होत्रा के क्या कहने! दूल्हा बने मेहमानों के बीच कहीं रुककर बात करते तो कभी तपाक से किसी को संबोधित कर गले मिल आगे

बढ़ते हुए। कभी मुसकान तो कहीं खिलखिल, कहीं ठठाकर हँसना। इत्यादि।

लोग-बाग अपनी औकातवालों के साथ छोटे गुटों में बँटे आपसी बातचीत में संलिप्त। इनसे अलग था वी.आई.पी. ग्रुप—अन्यों से दूरी बनाए आपसी गुफ्तगू करने में मशगूल। फर्क यह भी कि बैरे उन खास मेहमानों की खातिर में बेतरह लगे हुए। उनके 'पेय' भी अलग और साथ में पेश की गई मुँह लगाने की चीजें भी अलग। यही समझा जाए कि पूरा माहौल गरमाया हुआ, जिसे कहते हैं बमबम।

रात और गहराई। बैरे ट्रे में गिलास लिये पहले जैसे नखराते हुए नहीं, द्रुत लय में इधर-से-उधर जाने-आने लगे। खाली ले भरा दे वापस, सिर्फ मिनटों में दूसरी ओर पहुँचने के लिए। इसी वक्त बंसीलाल दिखे जो हाथ में गिलास थामे चहकते हुए मंत्रीजी की ओर बढ़ रहे थे और तभी एक जोरदार आवाज आई, "लाहौल विला कूवत" ऐसी कि जो बोली नहीं फुफकारी गई हो। आपसी बातचीत में जो जहाँ था, कर रहा था, चल या डोल रहा था, एक झटके में जहाँ-का-तहाँ थम गया। मुँह तक ले जाया गया गिलास-निवाला, भरा घूँट—सबने जगह छोड़ी। घूँट कपड़ों पर, निवाला गले में और हाथ के गिलास जमीन पर जा गिरे। बंसीलाल के हाथों में थमा गिलास मंत्रीजी और उनके बगलगीर के लिबास बिगाड़ चुका था, मगर वह इससे नावाकिफ बेहद डरे हुए मुँह-खुले देखने में आए। मगर यह तो शुरुआत थी। फिर सबने सुना अबकी साफ, "जुर्रत कैसे हुई आज यहाँ आने की।" शाहाना मगर बेतरह नाराज आवाज। इसके साथ तमाम रंगीन बिजली के लट्टू ऐसे हिलने लगे जैसे तेज हवा के झोंके में पीपल के पत्ते। सभी की डर से बुरी हालत। नजरें एक साथ आवाज के आगाज की तरफ उठीं तो देखा—हलकी रोशनी में मुगलिया लिबास में एक शाहाना ऊँचे कद का इनसान। बेहतरीन जरी की पोशाक, मोतियों की झालरवाला ऊँचा कलगी-लगा साफा, मालावाला तो थी ही, पर कमर से झूल रही थी लंबी शमशीर, जिसकी मूठ पर हाथ, हाथ की हर उँगली में जड़ाऊ अँगूठियाँ। गुस्से से आँखें चमकती हुईं, जैसे बरछियों की नोक। लगता शमशीर किसी भी वक्त खिंचनेवाली है। मगर नहीं, उसी अंदाज में कहा, "बेगम!" साथ ही खड़ी, कद-काठी मेल खाती तो नजरें भी गुस्से से तमतमाई हुई। दोनों की नजर मौजूदा भीड़ की ओर, जैसे खास गुनहगार की तलाश में।

रंगीन माहौल पलक मारते सनसनीखेज हो चुका था। सबके डर का वह आलम कि लगता इस शाहाना शख्सियत के पूरे जिस्म से लपटें बिखर रही हों, "आज आपकी यौमे-पैदायश पर हमारे ऐशगाह में कदम रखने की जुर्रत किस बदतमीज ने की है? बोले! सामने आए।"

सभी सकते में। उनमें से कुछ बंसीलाल के इधर-उधर से हटे जैसे उघाड़कर शाह के आगे पेश करने की कोशिश। हो भी गए दूसरों से अलग-थलग और लगा भी कि

असल मुजरिम वही हैं।

"तो तुम हो?"

मल्होत्रा बोले क्या मिमियाए, "हुजूर, गलती की मुआफी।"

"गुस्ताखी क्यों?

"सालगिरह है मेरी।"

"हूँ। क्या चीज हो तुम?"

"डायरेक्टर।"

"ये क्या होता है? क्या करते हो?"

"मेरे नीचे पाँच हजार आदमी काम करते हैं।"

"अच्छा। मनसबदार। पाँचहजारी।"

बेगम ने उनके कान में कुछ कहा। सुनकर सोचने की मुद्रा। फिर लंबी साँस ले उसे निकालते हुए कहा, "यौमे-पैदायश है बेगम की। उन्होंने तुम्हें बख्शा।"

कहने के साथ सभी को राहत मिली, हालाँकि डर ने साथ न छोड़ा। इंतजार में थे कि आपस में बात करते आगे क्या फैसला सुनाते हैं। ज्यादा इंतजार न करना पड़ा। एलान हुआ, "हम देखना चाहेंगे कि तुम लोग क्या कर रहे हो।" कहते हुए दोनों भीड़ की तरफ बढ़े। दूरी बनाए बंसीलाल और कुछेक उनके साथ। घर से लाई चीजों के पास पहुँचते पूछा, "यह क्या है?"

"मेहमान कुछ खास खाने की चीजें बतौर तोहफा लाए हैं।"

"हम देखना चाहेंगे।"

एक-एक कर कुछ डिब्बे खोले गए। एक को देखकर बोले, "यह क्या है?"

"तंदूरी मुर्ग।"

"लाहौल, समूचा जला डाला। कौन लाया?"

भीम सिंह को ठेलकर आगे किया गया।

"खाना-खराबी। बोटी करके सही तौर से पकाना नहीं मालूम? समूचा आग में डाला, जला दिया?"

"हुजूर।"

"बस। तुम जरूर भड़भूजे हो।"

"नहीं हुजूर, समाज-सेवक।"

"क्या कहा?"

"इनसानों का खिदमतगार, हुजूर।" सुनकर वही खनखनाती दिलहिलाऊ हँसी। ऐसी कि रंगीन बत्तियाँ और रोशनी के लिए लगाए गए बिजली के लट्टू तक जलने-बुझने लगे। सालगिरह के लिए जुटी भीड़ का एक-एक मेहमान थर्रा उठा। मंत्री-

विधायक-नेता-मंडली पर आतंक का असर कुछ ज्यादा ही नजर आया। जैसे एकाएक शुरू हुई हँसी, वैसे ही बंद और खामोश हँसी में बेगम अपने अंदाज में साथ दे रही थीं। उन्हें मुखातिब करते हुए कहा गया, "बेगम, देख रही हैं इस इनसानों के खिदमतगार को। जिस्म भैंसे को शरमिंदा करता बेहिसाब फूला हुआ, जैसे खाली तेल का कुप्पा। सुनो और गौर करो कि जो कुछ कर रहे हो, उस पर लगाम रहे। अपने जिस्म की खिदमत पहले ताकि मामूली इनसान दिखो, फिर सोचो इनसानों की खिदमत की। बस। सामान में और क्या है?"

कई अदद खोले, दिखाए, परखे गए और उसके बाद रामलगन के डिब्बे। खुलते ही बागबाग हो उठे, "अब वाकई कुछ देखने में आया। बेगम, हैं न वही खुद आपका ईजाद! भुने तिलों को चाशनी में लबरेज कर बनाया गया बेमिसाल तोहफा। क्या तो खुशबू कि फौरन से पेश्तर दिलोदिमाग पर काबू पा ले। इसे कौन लाया है?"

त्रिपाठी को सामने किया गया तो चिहुँक उठते हुए कहा, "मरहबा! हुई न कुछ बात। बेगम, आपने देखा, अमर सिंह राठौड़? देखते ही पहचान लिया।"

बीच में मल्होत्रा ने बोलने की कोशिश करते कहा, "हुजूर, यह है रामलगन…"

"खामोश नामुराद मनसबदार। यह वही है जिसने महल के खंभे को तलवार से चाख कर दिया था और घोड़ा कुदाकर किले की बाहरी दीवार पार की थी। वही अमर सिंह राठौड़। क्यों बेगम?"

"बेशक वही जवाँमर्द, आका।"

"फिर भी!" ताली बजाई और सन्नाटा चीरता मय-जिरह बख्तर और झूलती जंजीरों से झनझनाता एक नया कद्दावर। लंबी बरछी और तलवार से लैस।

"रुस्तमे-हिंद अब्दुल गफूर, हमने तुम्हें याद किया। जरा गौर से देखो और बताओ कौन है यह।"

उसने सामने खड़े रामलगन को देखकर फौरन कहा, "अमर सिंह राठौड़।"

"शाबाश! अय नाचीज मनसबदार, देखा! कभी गलती नहीं करते हम। अच्छा तो अमर सिंह।"

दूसरे लोगों से परे हटकर रामलगन ही बराबर देख रहे थे निर्भय, अंतरा और बंकिम की लीला। स्थिति समझते कुछ बोलना-कहना ठीक न लगा सो चुप ही रहे।

"अमर, तुम्हारी जवाँमर्दी व बेपनाह हिम्मत के हम हमेशा से कायल रहे। अब तक उसमें फेरबदल की गुंजाइश न दिखी। तुमसे मिलकर हम और बेगम बेइंतहा खुश हैं…" फिर मल्होत्रा से मुखातिब होते हुए, "हाँ, तो यह बताओ तुम्हारे घर से क्या लुक्मा-ए-तोहफा आया?"

"मैं-मैं यानी… हुजूर।"

''समझे। कुछ नहीं।''

''सारा इंतजाम मेरा है।''

''बस, हमें मालूम है कि जो हो रहा है उसमें तुमने कतई कुछ नहीं किया।''

''जी-जी…?''

''खामोश। मनसबदार की नीयत अलग होती है। टुच्ची। भले ही खुद दो टके का हो, मगर हर काम, खर्चा दूसरों के मत्थे। तुम उनसे अलग नहीं। बेगम, इसने किसी को तोहफा न लाने की ताकीद की होगी, असल में याद दिलाने कि लाना भूलें नहीं। बेगैरत!''

बेगम ने मल्होत्रा पर गौर किया और कहा, ''आका, सालगिरह का जल्सा, मगर मनसबदार की पोशाक देखें जैसे तानपूरे के दो गिलाफ जोड़कर पहन लिये हैं। करीने के कपड़ों से नावाकिफ। क्यों?''

मल्होत्रा चुप रहे।

''वक्त बहुत जाया हुआ। अमर सिंह राठौड़, तुम उस भैंसे पर जो पता नहीं किस खिदमत में मुब्तिला है और उस जैसों पर नजर रखो ताकि वे काम को सही अंजाम दें। खासकर मनसबदार पर। अब्दुल गफूर बीच में मिलते रहेंगे। हर खबर हम तक पहुँचेगी। याद रहे—हम गुनहगार को बख्शते नहीं। खुदा हाफिज।''

पहले जैसी सरसराहट के साथ वे तीनों जैसे हवा में घुल-मिलकर काफूर हो गए। इसके तुरंत बाद यही समझा जाए कि भगदड़ मच गई। जो जैसा था, जिधर मुँह उधर ही भागता देखने में आया। देखते-ही-देखते किले में हमेशा की तरह रहनेवाली खामोशी। गुलजार महफिल मिनटों में उजड़ गई। लोगबाग लापता, बाहर खड़ी मोटर-टेंपो आदि के ड्राइवर कब के कूच कर गए थे। उनकी सवारियों में से बहुतेरे ड्राइवर बने और लदे-फंदे शहर की ओर चल पड़े। बंसीलाल अपनी गाड़ी स्टार्ट करने में लगे थे कि पास वाली खिड़की में खटका हुआ। देखा तो पाया अब्दुल गफूर को बरछी सँभालते।

''मनसबदार, अमर सिंह तुम्हारी तलाश में हैं। उन्हें अपनी इस नाकिस गाड़ी में लेकर जाओ।''

बंसीलाल घबड़ाकर वापस हुए। वहाँ सिर्फ रामलगन ही बचे थे जो इस वक्त एक कुरसी पर आराम फरमा रहे थे। हाथ बाँधे उनसे चलने की दावत देते बंसीलाल सोच रहे थे अब्दुल गफूर के बारे में और उससे भी ज्यादा उसके हाथ में थमे नेजे के बारे में। यह भी कि जाने कब कहाँ से नमूदार हो जाए। डर इस तरह काबिज कि हाथ हर तरफ आदाब में हिलते-हिलाते। खैर, रामलगन को गाड़ी में सवार करा उनके घर गए और उन्हें वहाँ छोड़कर जाने से पहले वजनदार सलाम करना न भूले।

सालगिरह निबटने के बाद से रामलगन की जिंदगी में ऐसा मोड़ आया, जिसके बारे में उन्होंने सोचा भी न था। बड़े- छोटे अफसर, नेता, विधायक, सांसद से लेकर डायरेक्टर

तक सभी बड़बोली हस्तियाँ उनके साथ बाइज्जत पेश आने की होड़ में लगी दिखीं। अब दफ्तर पहुँचते तो अमूमन बंसीलाल मल्होत्रा कम-से-कम एक बार पेशे-खिदमत होना न भूलते। इत्यादि। इसके लिए रामलगन को किसी खंभे या उस जैसी किसी और चीज को चाख न करना पड़ा, ना ही किसी ऊँची या नीची दीवार को फलांगना जरूरी हुआ। असल तो यह कि कोई भी सालगिरह की रात भूल न पाया और सब इसी कोशिश में लगे रहे कि रूस्तमे-हिंद के नेजे या शमशीर का शिकार न बनना पड़े। रहे रामलगन, तो वे अपने तीनों मित्रों के हर तरह से कायल थे। बस।

नोट : आगे के पृष्ठ समय को दृष्टि में रखते हुए बंद किए गए हैं, यद्यपि अनेक प्रसंग रोचक हैं। मसलन, बिजली विभागीय उठापटक खूब जाहिर है। जानना चाहेंगे, इसलिए वह संक्षेप में इस प्रकार है।

रामलगन के पड़ोस में उनके सहपाठी रहे मित्र (स्व.) कामताप्रसाद का परिवार रहता है, जिसमें दो बच्चे और उनकी विधवा हैं। कामताप्रसाद स्कूल मास्टर थे और वर्षेक हुए उनका निधन हो गया था। परिवार की हालत मजबूत नहीं, पर काम चलता है। उन्हीं दिनों बिजली का बिल मिला, जिसमें रकम अनाप-शनाप बढ़ी हुई थी, निस्संदेह विभागीय गलती से। जैसा अकसर होता है, उसे ठीक कराने की कोशिश नाकाम साबित हुई इस पुराने राग के साथ कि "पहले जमा बाद में जमा-खर्च।" थोड़े में यह रकम जमा न की जा सकी और कनेक्शन काटने में न हुई तनिक देर। ठीक इसी तरह कुछ और आम आदमी की श्रेणी में आते लोगों की बत्ती आनन-फानन गुल करा दी गई। बात रामलगन तक पहुँची। बिजली की इस बीमारी को वे खुद भी झेलने की लाचारी उठा चुके थे, इसलिए कुछ करने का विचार आया। इस बार वे पहले जैसे लाचार नहीं थे, उनकी पीठ पर संतोषप्रद मदद थी। उन्होंने अपनी मित्र तिकड़ी के आगे समस्या रखी तो चट विचार और तुरंत काररवाई। दूसरे और करिश्मों के साथ आगे आए किसी के शरीर में प्रवेश पा उससे मनचाहा काम करा पाना भी एक उपलब्धि थी। उसी का प्रयोग करते निर्भय पहुँचे विभागीय अध्यक्ष के पास और उन्हें काबू में किया। बंकिम कनेक्शन काट या जोड़ के इंचार्ज इंजीनियर के शरीर में, तो अंतरा बिजली विभाग की प्रवक्ता किन्हीं रूपकुमारी के गुट को अगुवाने में सफल हुई। बस फिर क्या था, मुहिम चालू।

अध्यक्ष ने ऑर्डर किया कि हर नामी-गिरामी चाहे वह मंत्री, सेक्रेटरी, नेता, विधायक, सांसद कोई भी हो, अगर उस पर बकाया है और अरसे से उसने भुगतान नहीं किया है, तो उनके कनेक्शन तुरंत काटे जाएँ। इंजीनियर (बंकिम) ने हुक्म की पाबंदी में जरा भी देर न लगने दी। खुद आगे रहते काटा-कूटी को अंजाम दिया। फिर क्या था? चारों तरफ हड़कंप।

प्रवक्ता ने प्रेस-कॉन्फ्रेंस के माध्यम से और इलेक्ट्रॉनिक मीडिया के लिए कैमरे

पर पूरी सूचना कि किसकी बकाया राशि कितने समय से बाकी है, बोलकर जारी कर दी और उसके साथ विवरण की लिखित कॉपियाँ भी बाँटीं। एक बात पर सबका ध्यान देने का विशेष आग्रह कि खुद डायरेक्टर का नाम भी बकाया देनदारों में सूचीबद्ध है और उनका आदेश है कि सबसे पहले उनका अपना कनेक्शन काटा जाए। इस तथ्य के प्रकाश में आने पर आम आदमी की श्रेणी में आनेवाले गद्गद हुए और अध्यक्ष की जहाँ-तहाँ जयजयकार भी हुई। जो हो, इस कांड के बाद जो हुआ उससे प्रसंग की रोचकता और बढ़ी।

तमाशे में मोड़ तब आया जब निर्भय, अंतरा और बंकिम अफसरों की काया से निकलकर वापस हुए। ऊपर और उससे भी ऊपर के बड़े अफसरों, सांसदों, विधायकों इत्यादि ने गदर मचा दिया। सभी बौखलाए हुए, गुस्से में उफनते, 'गुनहगारों' को तुरंत सस्पेंड करने या फिर उनका तबादला करने की रट लगाए। निशाने पर के अफसरान ऐसा घबड़ाए कि उलटे-सीधे एक्शन ले बैठे। कनेक्शन-काटू इंजीनियर ने तमाम लाइनमैन सस्पेंड कर दिए। डाइरेक्टर ने इंजीनियर और विभागीय प्रवक्ता को सस्पेंड कर दिया, लेकिन शिकायतों का ताँता थमा नहीं। बात ही ऐसी कि आम लोगों के सामने बिजलीवाली उनकी गुनहगारी का पर्दाफाश कर दिया गया था। ऐसी स्थिति में सही को गलत या गलत को सही करने की कवायद चली। आखिरकार गलत बिलों की पड़ताल कर सही बकाया जमा करने की समय-सीमा बढ़ाई गई।

आगे का विवरण खासा मजेदार है। मेरी अपनी पसंद का, पर अभी नहीं, आगे कभी। एक बात यह कि घटनाक्रम के चलते रामलगन के सताए गए पड़ोसियों की बिजली-लाइन चालू हो गई।

नोट : आगे के पृष्ठ सील हैं। इसी के नहीं, अन्य दस्तावेजों के साथ भी ऐसी दखलंदाजी हुई है तो आखिर क्यों? प्रश्न स्वाभाविक है, इसलिए उत्तर भी जरूरी। पहले तो यह कि अनावृत पृष्ठों से मिली जानकारी और व्यक्ति-विशेष का प्रामाणिक विवरण आपके लिए उसकी उपयोगिता पर राय कायम करने के लिए पर्याप्त है। दूसरी बात यह कि सील किए विवरणात्मक पृष्ठों का आगे उचित उपयोग होगा। उन्हें इसी समय प्रकाश में लाकर उनका दुबारा उपयोग करना, आप सहमत होंगे, अर्थहीन होगा।

□

बनवारी

आगे का रास्ता बराए—नाम कम—चली पगडंडी और पहाड़ी शाम का तेजी से बढ़ता धुंधलका। ऐसे में कदम जमाकर आगे बढ़ना मुश्किल, पर दूसरा कोई विकल्प नहीं। सोचने में आया कि भटक गया। लेकिन आखिर बहुत खोजबीन के बाद इस यात्रा का निश्चय किया था। फिलहाल एक ओर दुर्गम पहाड़ तो दूसरी ओर गहरा खड्ड, जिसके नीचे गंगा की शोर करती धारा। लगता जैसे अनगिनत मृदंगों पर निरंतर थापों से बनी दिल दहलाती विलक्षण लय। दिल क्या, पूरा शरीर कँपकँपाती।

ऐन–सुबह यात्रा की शुरुआत हुई थी। चलते–चलते जाने कब दिन शाम में पलटा और रात बस घिरने को। वापस लौटने का मन किया, लेकिन उतार पर पैर फिसला तो कुछ–का–कुछ होते देर न लगेगी, इसलिए आगे बढ़ना ही जारी रहा। रास्ता शैतान की आँत जैसा बढ़ता, मानो कभी खत्म न होगा, तो रात का अँधियारा उससे होड़ लेता तेजी से गहराता। क्षण–क्षण घबराहट बढ़ती रही। थकावट और भूख–प्यास से हाल बुरा हो रहा था। बेदम हुए बनवारी रुके और रास्ता ठीक से दिखे, इसलिए हथेलियों से आँखों को मला। इसके बाद देखा कि पगडंडी वहीं खत्म और आगे ऊँचा पहाड़। एकाएक घुटनों ने जवाब दे दिया और वे सँभलते हुए वहीं बैठ गए।

मार्ग–दिशा में कोई भूल नहीं, इस बात से अच्छी तरह आश्वस्त होकर ही गंतव्य तक पहुँचने की तैयारी की थी। रास्ता दुर्गम है, इसकी भी जानकारी थी। आश्रम–गुफा पहुँचना कठिन तो है, पर असंभव नहीं, यह उसे पता था। बात सिर्फ यह थी कि इस स्थिति में क्या करे जो अब सामने थी। जिधर देखो बस अँधेरा–ही–अँधेरा और गंगा का निरंतर उठता शोर। तभी सुनने में आया या सुनने का एहसास हुआ, ''बनवारी, बधाई! मनचाही जगह पहुँच गए। बाहर तक का रास्ता खत्म। अंदर आने के लिए दाहिनी ओर मुड़कर आगे बढ़ो।''

बनवारी अवाक्। सुने की सोचते तो जिधर जाने को बताया, उधर सिर्फ ऊँचा पहाड़। जानने की कोशिश भी की, पर कोई दूसरा नजर न आया। लगा तो ऐसा था कि कोई पास खड़ा बोल रहा हो। इसी ऊहापोह के बीच फिर सुनाई पड़ा, ''पहाड़-पत्थरों की परवाह किए बगैर बढ़ते रहो। कोई बाधा न होगी।''

मगर बनवारी की समझ से बाहर, यद्यपि अनदेखे के आग्रहपूर्ण निमंत्रण पर विश्वास होता था। आँखें बंद करके वही किया, जैसा बताया गया था। आगे बढ़ते कोई रुकावट नहीं हुई। कुछ देर चलता गया। अब तक आती गंगा-प्रवाह की आवाज धीरे-धीरे कम होती गई, यहाँ तक कि बंद हो गई। ठंड से भी छुटकारा हुआ। रुका। आँखें खुलीं तो खुली ही रह गईं। सुगंध-भरा वातावरण, मन को स्थिर करता और अपूर्व प्रसन्नता का अनुभव कराता प्रकाश। सुगंध अनदिखते फूलों की कोर में रची-बसी और नई दूब व मिट्टी की सोंधी बास मिली। ऊपर देखने पर दिखा मखमली चादर-ढका बेल-बूटों कढ़ा-बुना, रत्नों जैसे अनगिनत तारों का बिखरा अंबार। सबका मिला-जुला प्रभाव पूरे शरीर-मन को अनायास सम्मोहित करता हुआ। इसके साथ आश्वस्त करता आभास कि वह नितांत अकेला नहीं, चारों ओर मित्र-भाव के संकेत।

बनवारी खड़ा सोचता हुआ कि आगे क्या। आसपास हर ओर सुव्यवस्था। गुफा, कुटी या आश्रम जो भी सही, था बेमिसाल। सामने तरतीब से बिछे आसन साग्रह अपनी ओर निमंत्रित करते हुए। अनिश्चय को दूर करते उसने फिर सुना, ''कैसी सोच? थके-माँदे को आराम चाहिए। मनचाहा आसन ग्रहण करो। सामने पात्रों में जल है तुम्हारे हाथ-मुँह धोने के लिए। गरम है।''

बनवारी ने वैसा ही किया। फिर अदृश्य का स्वर स्पंदित हुआ, ''स्थान तक पहुँचना बहुतों का होता है, पर प्रवेश बिरले पाते हैं। वह यहाँ के कुछ खास नियमों पर निर्भर है। एक दशक पहले एक स्त्री को प्रवेश मिला था, उसके बाद अब तुम्हारी बारी। पर पहले भोजन। भूखे तो हो। क्या खाने की इच्छा है?''

प्रश्न से बनवारी चकरा गए। भूख से बिलबिलाते हुए भी जरूर सोचने में आया—परांठे, परवल, आलू की सब्जी, मूँग का हलवा, हरी मिर्च, नींबू का मीठा अचार। खैर। अभी तो जो मिले वही भला।

फिर सुनाई दिया, ''सामने के आसन पर परोसा गया है। जाकर देखिए, संतोष होता है क्या?''

बनवारी ने देरी न करते आसन पर बैठ विचित्र आवरण से ढके पात्र उघाड़े तो देखते ही रह गए। सामने वह सभी था जिसकी सोच रहे थे। खाते यही अनुभव हुआ जैसे पास की रसोई से परोसकर आया हो। गरमा-गरम।

भरपेट खा, मुँह धोकर बड़े आसन की ओर मुड़कर बढ़े। लगा जैसे नशा चढ़ा हो।

थकावट और फिर भोजन के बाद ऐसा होना स्वाभाविक है। जाकर गावतकिया की टेक लिये बैठे तो सामने नजर गई उस मूर्ति पर, जो मुख्य रूप से ध्यान आकर्षित करती थी। बोलता शिल्प, किसी भी जगह से यही लगता कि देखनेवाले से मुखातिब। हर तरह से मनोहारी, इसलिए घूम-फिरकर नजर अनायास उसी से जा उलझती थी। मूर्ति पुरुष की है या स्त्री की, यह तय कर पाना मुश्किल लगा। कभी एक की तो कभी दूसरे की होने का भ्रम रहा। आखिरकार बनवारी की समझ में आया कि मूर्ति स्त्री की है। बैठे से अधलेटे हुए, फिर पैर फैलाने और लेटने में ज्यादा समय न लगा। अधमुँदी आँखें अभी भी मूर्ति पर ही केंद्रित थीं। सोच में था सूर्योदय से हाल तक का घटनाक्रम-सफर की परेशानी, जिसका नाटकीय अंत। मनचाहा भोजन। आराम की व्यवस्था। पलकें भारी होती गईं और जल्दी ही गहरी नींद में सो गए। लेकिन बीच में नींद टूटी, क्योंकि कोई आवाज देकर जगा रहा था। सचेत होते पाया कि जगानेवाली है ऐन सामने। दिव्य रूप! मूर्ति नहीं, जीती-जागती, साक्षात्। देखते ही पूर्ण चेतना आई तो लगा कि वह अपरिचिता नहीं। जहाँ मूर्ति थी, उस ओर देखा तो अब वह वहाँ नहीं थी। तो क्या वही सजीव हो इस वक्त सामने थी? स्मित हास्यमिश्रित भंगिमा से उसे संबोधित करता हवा में उठा हाथ। उठने के लिए कोहनियों पर आते निश्चित हुआ कि सामने स्वप्न नहीं, सत्य था। वह सत्य थी। सुंदर परिधान, जैसा पहले कभी देखा न था! गले में माला, कान व हाथ में उचित आभूषण। पहचान संभव न सही, पर निस्संदेह बहुत आकर्षक और उचित थे। सबसे परे नेत्र-चितवन! 'अमिय हलाहल मदभरे' उक्ति को पूरी तरह सजीव करते।

विचित्र अनुभूति को शब्दों में व्यक्त करने में समय भले अधिक लगता जान पड़ा, पर वास्तव में कुछ ही पलों में घटित हुआ। कानों में एक बार फिर शब्द आए, पर अदृश्य नहीं। इस वक्त बोलनेवाली सामने थी, "नित्य अनुभव से हटकर देखे-सुने पर शंकाएँ उठना स्वाभाविक है—एक नहीं, अनेक। सभी का एक साथ समाधान पाने की चेष्टा का अर्थ समय नष्ट करना होगा। समाधान होगा, किंतु उचित समय पर। यहाँ पहुँचकर प्रवेश की अनुमति को ही उपलब्धि समझें। लेकिन नियम अनिवार्य हैं, पालन न होने पर वापसी निश्चित है।"

उठकर सीधे बैठ गए बनवारी ने बीच में कुछ बोलना ठीक न समझा।

"शक्ति-पुंज में शक्ति का अविरल प्रवाह है, समझने के लिए ऊर्जा या बिजली-उत्पादन केंद्र, जिसका मनचाहा उपयोग उपादानों से संभव है। कुछ उसी जैसा। अंतर यही कि यहाँ की ऊर्जा अपरिमित और विविधतापूर्ण है। कुछ भी जिसकी कल्पना करो, वह यहाँ संभव है, पर नियमों से पूर्णतया नियंत्रित। छोटी सी बात कि परस्पर संपर्क-संवाद अनावश्यक है। एक ने जो सोचा, दूसरे ने तत्काल जाना। वैसे ही उत्तर भी बिन बोले। लेकिन इस शक्ति को अर्जित करना पड़ता है।" यहाँ रुकते वह मुसकराई।

बनवारी चुप होकर सुन रहे थे।

"जो प्रश्न आपके मन में उभर रहे हैं, मुझसे छुपे नहीं। अभी इतना ही जान लें कि प्रवेश करते ही आगंतुक को कुछ शक्तियाँ अनायास मिल जाती हैं। मूर्ति स्त्री की लगी तो वही सामने है। मूर्त-अमूर्त इच्छा-मात्र से रूप ले, यह शक्ति आपने पा ली है। ब्योरा कुछ समय में ही समझ लेंगे।"

बनवारी चकराए हुए कभी आसपास तो ज्यादातर उसी की तरफ देखते-सोचते-विचारते रहे, पर संवाद में भागीदारी की जरूरत न जान पड़ी। आगे क्या होना है, इसकी प्रतीक्षा ही इस समय उनकी भूमिका थी।

"समय की यहाँ कोई सीमा नहीं, एक तरह से असीमित है वह। अभी तो आगत का अनुभव करते प्रश्नों पर विराम लगाएँ। उनकी बारी आती रहेगी—विश्वास करें।" इतना कहते वह उठी और साथ आने का संकेत करते चल पड़ी। बनवारी साथ हो लिये।

भीतर का मंद प्रकाश पीछे छोड़कर गुफाद्वार से निकलते आगे जाकर वह रुकी तो सामने था दूधिया चाँदनी-नहाया दृश्य। पर्वतश्रेणियों के बीच फैली वादी, जैसे किसी कुशल चितेरे की जादुई कूची से उकेरा भव्य चित्र सामने आ गया हो। एक यह भी भान होता कि वह एक विशाल रंगमंच है। पास ही कहीं पार्श्वसंगीत का आभास कराते झरनों की किलकिल करती ध्वनि पूरे वातावरण को रोमांचित करती। सब कुछ लयबद्ध लग रहा था, जैसे किसी भी क्षण नाटकीय संरचना सामने आनेवाली है। बनवारी ने पास खड़ी नवपरिचिता की ओर गरदन मोड़ते देखा तो वह बोली, "हाँ, रंगमंच इसे कह सकते हैं, मगर साधारण से अलग। जो भी कहीं पर घटित हो रहा है, उसे यहाँ सामने लाया जा सकता है। इच्छा करें और वह होगा यहीं आपके आगे। कहे को समझने और उस पर यकीन करने में परेशानी उचित है, क्योंकि अब तक जो अनुभव किया गया, उससे यह कुछ दूर हटकर है। जैसा बताया था, यहाँ पहुँचनेवाले को कुछ शक्तियाँ नमूने के तौर पर मिलती हैं। एक और बात फिर दोहरानी है—आपके जो अनुभव सुबह-शाम-रात में सीमाबद्ध होते हैं, वैसा यहाँ नहीं है। इच्छा पर जो कुछ देखना चाहें, सामने होगा—जैसे किसी चलचित्र में देखते हैं, पर यहाँ कुछ परिवर्तन के साथ। याद करें कि जो देख रहे हैं वह वही है जो कहीं सचमुच घटित हो रहा है। चित्रपट की तरह नहीं, यह है जो वाकई है। सुविधा है उसमें खुद सम्मिलित होने की और संवाद की भी।"

बनवारी की ओर देखते हुए उसने बोलना बंद किया, पर लगा कि शुरू करने का संकेत भी दिया गया। निश्चित रूप से यह स्वप्न न था, क्योंकि बगल ही में खड़ी थी नवपरिचिता। यह भी समझ में आ गया था कि उसके खयालों की दुनिया में अब दूसरे की साझेदारी थी, जैसे इसका प्रमाण देते कि उसकी दुविधा में भी वह पूर्णतया शामिल है। वह ऐसे बोली जैसे उसके सोच की मात्र प्रतिध्वनि हो, "हाँ, कोई भी नेता, विधायक,

अफसर, दंडेश्वर एवं वैद्यराज जो हर मर्ज का गारंटी के साथ इलाज करने की बराबर घोषणा करते रहते हैं, हर दुकानदार, और हाँ, हाल का आकर्षण राधिका···" कहते-कहते वह रुकी और खिलखिलाकर हँसी, जिसकी कोर से उभरते कुछ और शब्द, "खयालों पर बंदिश कैसी? आते-जाते बराबर रहेंगे—किसी क्रम से भी नहीं। मगर हाँ, इन सब पर सिर्फ आपका नहीं, मेरा भी बराबर का हक रहेगा। परेशानी का बाइस। चलिए इसे लाचारी समझकर आगे बढ़ें, क्योंकि यकीन भी तो हो कि जो मैंने कहा, उस पर भरोसा किया जा सकता है।"

"तो पहले नेताजी विधायक से दो-दो बातें कर ली जाएँ।"

"ठीक सोचा-तो ऐसा ही हो—"

सामने कुछ हलचल के बाद दृश्य उभरकर आया बिलकुल फिल्मों जैसा। समस्त इलाके के एक मकान के आगे लोहे का बंद फाटक। संतरी मय-बंदूक, पास कोई दूसरा हाथ में खैनी मसलता ड्यूटीवाले संतरी से मुखातिब, "ए हो बद्दरी, चा-पानी किया?"

"चा-पानी? अरे घंटा हो लिया पानी को जिस-तिस को बोले।"

"तो फिर?"

"फिर का। सब भीतर जाए के बिला जात हैं। निकरतै नाहीं।"

"चौदह घंटा डूटी बाद छुट्टी पावा। खिचड़ी वहै बासी खए के निकरेन है। ल्यो खैनी दबावौ।"

संतरी खैनी लेकर मुँह में डाल बंदूक पर हाथ फेरते कहता है, "गुल्ले खाँ, फायरिंग कब कियो रहा तुम?"

"दुई साल में लाइन की पिराटीस पर। मुला कुल जमा चार फायर किया रहा। चार।"

"ई बंदूक जो हमका मिली है हमरी याद मा कबौं चलाई न गई है।" हँसता हुआ, "एक बार कारतूस भरा दिया कि बस। जैस का तैस है···वक्त-जरूरत पर चलै ना चलै। हत्तेरे की।"

पास में छह-सात आदमी-औरतें खड़े बतिया रहे हैं। एक फाटक के पास आता है। संतरी उसे गुरेरकर देखते कहता है, "फाटक पर हाथ लगाया?"

"संतरीजी, हम दूर गाँव से आए हैं।"

"तौ?"

"नेताजी के गाँव से हैं।"

"तौ?"

"तौ का, उनसे मिलना है। फरियाद करनी है।"

"अरे तुम का, हर कोई चला आता है फरियाद ले के।"

"उन्हीं के गाँव के हैं।"

''ठीक है। पर मिलना ऐसे नहीं, सिकत्तर से टाइम लेना पड़ता है। फिर जब उई कहें तो जाके—''

''सिकत्तर कहाँ हैं संतरी साहेब?''

''पता नहीं। इहाँ नहीं हैं। बस।''

एक मोटर आकर रुकती है। एक सज्जन उतरते हैं। संतरी गाँववालों को एक ओर ठेलता हुआ फाटक खोल मोटरवाले को सैल्यूट करता है।

''कैसे हो बद्री?''

''सर। फस्टक्लास।''

''नेताजी हैं न?''

''यस सर।''

आगंतुक संतरी के हाथ में एक नोट थमाकर मोटर में बैठ फाटक के अंदर जाता है। गेट बंद किया जाता है।

दृश्य बदलता है। अंदर का बैठका। नेताजी सोफे पर पसरे हुए। पास में चाय की ट्रे और दूसरे सामान। सेठजी अंदर आ नेताजी के घुटनों को हाथ लगाते हैं।

''बाँके सेठजी! बिना इत्तिला? वैसे हमारे दरवाजे आपके लिए हर वक्त खुले हैं।'' खाँसता है।

''नेताजी, तबियत नासाज दिखती है।''

''तबियत का क्या! देखिए न, एक मिनट को फुरसत से बैठना नहीं होता।''

''सेहत का खयाल तो···।''

''उसे भगवान् भरोसे छोड़ा है। अपना काम बस सेवा। खैर। अरे हाँ, पुन्नाजी ने टाइम लिया है। आते ही होंगे। हाँ तो बोलिए!''

''पुन्ना सेठ को बुलाया है, मगर वादा था मुझसे!''

''सो तो दुरुस्त है, मगर उनका कहना है कि कॉन्ट्रेक्ट उन्हें चाहिए। किसी भी कीमत पर।''

''रुद्रपुरवाला?''

''हाँ-हाँ, वही।''

''फिर मेरा क्या बनेगा श्रीमान्?''

''धर्मसंकट में डाल वादा करा लिया। मगर अब बात दूसरी है—'किसी भी कीमत पर'! क्या समझे?''

''किसी भी कीमत को मारिए गोली। कॉन्ट्रेक्ट उसका, जिसका वजन हो। समझ रहे हैं न आप?''

''सो तो है, मगर पुन्ना मोटे आसामी हैं।''

''एक क्या हजार हैं। ऊँचाई का पता चलता है जब ऊँट पहाड़-तले होता है।''

''कैसा पहाड़?''

अटैची खोलकर आगे बढ़ाते, ''हाथ कंगन को आरसी क्या! गिन लें, पूरे दस हैं। फिलहाल।'''

''सो तो है, मगर पुन्ना पंद्रह की बात करते हैं।''

''बात ही तो करते हैं? मगर मैं करके दिखा रहा हूँ। एक बात और, इसे सिर्फ बयाना समझें।''

''समझ रहा हूँ। उसूल का पक्का। आपकी बात भी रखनी है।''

उठकर खड़े हो चलते-चलते, ''पन्ना आता होगा?''

''फिर क्या, आए।''

''फिर यही कि मैं उसकी सूरत नहीं देखना चाहता। नमस्कार।''

चला जाता है।

नेताजी नोटों पर हाथ फिरा अटैची बंद कर सहेजते हैं और रेडियो पर भजन चालू करते हैं जो है—मो सम कौन कुटिल खल कामी।

बनवारी ध्यान से नेता-लीला देख रहे थे कि कान में आवाज आई, ''जब चाहें सीन में खुद इंट्री ले सकते हैं।''

यही बनवारी खुद सोच रहे थे तो बिना देर किए वही किया। दूसरे ही क्षण वे थे नेताजी के ऐन सामने। पहले तो नेताजी यकायक सकपकाए, फिर सँभलते हुए नाक-भौं समेट ऊँची आवाज में पूछा, ''कौन हो तुम? यहाँ कैसे घुस गए?''

''यह सब तो बाद की बातें हैं महाशयजी! पहले तो यह कि मेहमान का स्वागत नहीं करेंगे?''

''दिमाग सही है?''

''मेरा तो है, रहा आपका अपना सो आप जानें।''

''बकवास कर रहे हो तुम।''

''शुरुआत होनी है। फिर पहले ही नाराजगी कैसी?''

''काम में खलल डालना महँगा पड़ेगा।''

''कोई बात नहीं, महँगाई चौतरफा है।''

''पुन्नालाल ने भेजा है तुम्हें?''

''पुन्ना? इस नाम का कोई आदमी है?''

''आम आदमी नहीं, कदीमी सेठ है। और तुम?''

''नाचीज, जिसे आप आम आदमी कहते हैं।''

''अब खैर नहीं तुम्हारी। रुक जाओ।''

पास की घंटी बजाता है और साथ ही जोरदार पुकार, ''सिक्यूरिटी''।

दो सिपाही आते हैं।

''यह कैसे अंदर आया? तुरंत निकालो इसे।''

दोनों की बनवारी को दबोचने की कोशिश, मगर लगा यही कि हवा को हथिया रहे हों। दोनों परेशान, नेताजी हैरान। फिर जोरदार पुकार, ''पकड़ो···मारो।''

संतरी बंदूक सँभालता आता है।

''हमलावर··· आतंकी। शूट···शूट करो।''

संतरी बंदूक हथियाए शूट करने की कोशिश में, पर फायर होता नहीं तो बंदूक को लाठी की तरह भाँजते मारने की भी हर कोशिश बेअसर। बड़बड़ाता है, ''सन् सत्तावन की बंदूक-कारतूस और शूट करने का ऑर्डर आतंकी आतंकवादी को! सब जगह रपोट की, मगर कोई असर नहीं। भाड़ में जाए सब। हमें जान प्यारी है, हम चले बाहर की ड्यूटी पर।''

चला जाता है।

बनवारी सामने की कुरसी पर बैठकर नेताजी से मुखातिब, ''नेताजी, सबको बाहर भेजो और मुझसे दो-दो बात करो, यही ठीक होगा।''

वैसा ही करते नेताजी हाथ जोड़ कातर स्वर में बोले, ''हे आम आदमी, क्या तुम भूत हो?''

''नहीं।''

''देवी-देवता?''

''पागल हो? भला देवी-देवता मेरे जैसे होते हैं?''

''फिर क्या हो?''

''बताया तो है। आम आदमी।''

''मुझे डर लग रहा है। आप मेरा क्या करेंगे?''

''क्या करेंगे, यह बाद में तय होगा, अभी तो गौर करें मेरे कहे पर।''

''आज्ञा कीजिए।''

''फाटक पर आए लोगों से मिलें। उनकी शिकायतों को फौरन दूर कराएँ। क्या करते हैं आप?''

''सेवा।''

''उसे त्यागें और आगे से सिर्फ काम करें। ठीक?''

''ठीक। और कुछ?''

''यह अटैचियों में मिली नोटों की गड्डियाँ सरकारी खजाने में जमा कराएँ। आगे से जो भी काम हो, ईमानदारी से करें। ठीक?''

''ठीक।''

''एक बात और समझ लें। आपकी 'सेवा' कारवाइयों की पूरी फिल्म मय-डायलॉगों के रिकॉर्ड कर ली गई है। गवाहियाँ इकट्ठा हैं। उन्हें स्पीकर, आय अधिकारी और दूसरे सही ठिकानों पर पहुँचाने का मुकम्मल इंतजाम किया गया है। यह आप पर है कि आगे क्या कारवाई हो, अगर...''

''अगर?''

''अगर जैसा मैंने कहा, तुरंत से पेश्तर आपने करना न शुरू कर दिया। समझे?''

''समझ गया। ऐसा ही होगा।''

''नहीं होगा तो हवालात होगी, जलालत होगी, कहीं के न रहेंगे। भूलें नहीं, मैं दूर से सब देखता-समझता रहूँगा। जब कभी जरूरत हुई तो पहुँचूँगा—भूत की तरह। मेरा आना निश्चित तौर पर आपके हक में बड़ी मुसीबत का बाइस होगा। तो फिर चलूँ?''

''जाने की मैं कैसे कहूँ।''

''रुकने को कहना नहीं चाहते। वैसे तय तो मुझे ही करना है। याद आया, फाटक पर तैनात संतरियों को वक्त पर खाना और पीने को पानी मिलना चाहिए। समझे? और एक बात, उसकी बंदूक के लिए नए कारतूसों का तुरंत प्रबंध कराएँ। अब चलता हूँ। जल्दी ही फिर आने को मजबूर तो न करेंगे? राय यही कि ना ही करें, नहीं तो परेशानी होगी... आपको।''

दृश्य समाप्त।

बनवारी को संतोष का अनुभव हुआ। नवपरिचिता की प्रतिक्रिया जानने के लिए उत्सुकता से देखा, मगर कुछ जानने में असमर्थ रहे। आखिर बोली वही, ''बताया था कि आपके प्रश्नों के उत्तर मिलते रहेंगे। इस वक्त भी तुम्हारे मन में प्रश्न हैं। पहला तो यह कि मैं कौन हूँ और दूसरा यह कि मुझे कैसे संबोधित करें। 'माँ' भी सोचने में आया, पर जँचा नहीं, क्योंकि जिस रूप में सामने हूँ, 'माँ' जैसी नहीं दिखती। अच्छा तो उमा कह सकते हैं। वैसे उसमें भी मा है। लेकिन इसके बाद 'आप' की जगह आगे से 'तुम' होगा।

''एक प्रश्न तुम्हारे मन में काफी समय से बराबर आता-जाता रहा है कि कैसे भी करके यहाँ तक पहुँचा तो, पर प्रवेश कैसे और क्यों मिला। इसको ऐसे समझें कि तुम निश्छल हो। यहाँ की किसी भी शक्ति का अपने निजी स्वार्थ के लिए प्रयोग करना तुम्हारे सोच में नहीं है। व्यक्ति के इस गुण को निश्चित वरीयता मिलती है। सोच रहे हो कि ऐसी अंदरूनी बातों-विचारधाराओं को जान लेना कैसे संभव है। इसके लिए विश्वास रहे कि 'शक्तिपुंज' अपरिमित शक्तियों का आगार है। यह भी कि तुम्हारे बारे में कुछ भी अनजान मेरे लिए नहीं रहा है। कुछ भी। जैसे जलेबी दही के साथ खाना; दाल-चावल में गुड़ मिलाकर खाना; पड़ोसिन राधिका पर नजर या विशेष अनुराग केवल दया-भाव से नहीं

कि अधिक उमरवाला छल से उसे ब्याह लाया; टी.वी. सीरियल देखना पसंद करते हैं, पर उससे शिकायतें भी ढेर सारी! खैर, यह सिर्फ इसलिए कि कहे पर विश्वास हो जाए।

"लो, फिर उसी सोच में वापसी कि माँ कहना ठीक रहेगा। नहीं जी, 'माँ' से सीमा संकुचित होती है जो बनवारी के लिए स्वभावतः अनुकूल नहीं। उमा ही कहो।"

"उमाजी, फिर भी शंकाओं का अंत नहीं।"

"और न होगा। ऐसी स्थिति में स्वाभाविक है। उत्तर सही समय पर हर शंका के मिलेंगे। अभी इतना और जान लो कि यहाँ रहते सोचने, मनचाहा करने पर रोक तो नहीं, पर उसका निरंतर लेखा-जोखा होता रहता है। अंततः उसी पर निर्भर होगा कुछ देर और रहना, कुछ पाना या आकस्मिक बिदाई।"

बनवारी करें भी तो क्या? आकलन में साधारण। बड़ा पद पाने, कोई बड़ा काम करने या दौलत-शोहरत पाने की बात कभी सोची तक नहीं। चालू ढर्रे पर जिंदगी। बिना बसी के कप में चाय पीते। बढ़िया टी-सेट विचारों ही में आया, जैसे सादा खाना खाते रोगनजोश की कभी इच्छा जाग उठना। ऐसा ही दूसरी बातों में। फिर भी तय माना जाए कि कुछ भी महत्त्वपूर्ण कही जानेवाली बात नहीं।

उनकी चुप्पी तोड़ते उमा ने कहा, "यहीं तो तुम साधारण नहीं, अति साधारण हो, जिनकी संख्या बहुत कम है। यही अति साधारण होना तुम्हें दूसरों से अलग करता है। इच्छाएँ-अपेक्षाएँ अति साधारण। कुछ मिले या न मिले, इसकी जरा परवाह नहीं। किसी भी सीमा में बँधे रहने से परहेज। कुछ पा लेने की ललक से बचे रहना हर किसी के लिए आसान नहीं, पर तुम्हारे लिए है।"

बनवारी को लग रहा था कि वह किसी विलक्षण एक्सरे मशीन के सामने है, जिससे कुछ भी छुपा रहने की गुंजाइश नहीं। जो हो, कोशिश बहुतेरी कर देखी, पर उठती शंकाओं तथा विचारों की रेल-पेल से अपने को मुक्त न रख पाए। सहारे के लिए उमा की ओर गरदन मोड़ी तो वह वहाँ या आसपास कहीं दिखी नहीं। सहसा विलुप्त सी हो गई समझ में आया। कुछ अता-पता न मिलते आश्चर्य भी नहीं, क्योंकि शक्तिपुंज में दो दिन बिता चुकने के बाद वह तीसरा जो था।

स्नान की पूरी व्यवस्था। साबुन-तेल आदि सब बदस्तूर और मन-मुआफिक। सिर्फ तौलिया खादी का दिखा, जबकि उसकी पसंद थी खटाऊवाले रोएँदार की। नहाने के बाद तौलिया लेने को हाथ बढ़ाया तो मिला मनचाहा रोएँदार। इस बार अचंभित नहीं बल्कि मुसकराए, क्योंकि अब वे किसी कदर अनुभवप्राप्त थे।

यहाँ हर चीज नियत जगह पर साफ-सुथरी-व्यवस्थित ही देखने में आई। अनावश्यक एक तिनका न दिखा और ना ही कितने ही बिछे आसनों पर एक भी सिलवट। सफाई करने या तरतीब देनेवाला कभी देखने में नहीं आया, पर मन जानना तो चाहता था कि

आखिर कौन करता है यह सब?

करीने से तह किए कपड़ों को पहनकर देखना चाहा भर था कि सामने था आदमकद आईना। अक्स उन्हीं का, पर बहुत कुछ बदला हुआ। निखरे चेहरे पर अंदर की स्फूर्ति से झलकता उत्साह व आत्मविश्वास, जो यहाँ पहुँचने से पहले नहीं था। आश्चर्यचकित होना ही था।

आईने से हट उस आसन की ओर रुख किया जहाँ भोजन परोसा गया था।

तंदूरी मुर्ग, हैदराबादी बिरियानी, परांठे, दही, अचार, हरी मिर्च और साथ ही इच्छित कोल्ड बियर। सब सामने सजा हुआ। बीयर यकीनन चिल्ड, जैसे फ्रीजर से सीधे लाई गई हो। हाथ बढ़ाते गिलास सोच में आया नहीं कि बोतल के पास दिखा मय-ओपनर के।

पेट ही नहीं, मन भी तृप्त हो गया। हाथ-मुँह धो विश्राम करना ही था। इसके पहले गावतकिया की कमी लगी थी जो अब न थी। सामने थे दो रेशमी झालरदार सुंदर गावतकिए। सहारा लेकर लेटने के कुछ ही देर बाद नींद ने धर दबोचा और गहरी नींद में सो गए।

एकाएक नींद टूटी, शायद जगाए जाने पर, क्योंकि सामने थी उमा। इस वक्त पहरावन और साथ ही अंदाज भी अलग। साड़ी की जगह जीन्स के ऊपर सफेद रेशमी टॉप। कानों के कुंडल भी बदले हुए, रत्नजड़ित टॉप्स अत्यधिक चमकदार। भाव पहले जैसा ही चपल, हास्यमिश्रित चितवन। ऐसा लगा जैसे कोई सिने-तारिका सामने हो। मनोभावों को काबू पाने की भरसक कोशिश की, जो शायद काफी न थी, क्योंकि वह हँसी।

''हँसी क्यों? यही न, क्योंकि सोच को मन के किसी भी कोने में छुपा रखना तुम्हारे बस का नहीं। कुछ बातें तो साफ हैं—यह कि चाहते क्या हैं; यहाँ आने के विशेष प्रयोजन का भी अता-पता नहीं। सच, आश्चर्यजनक स्थिति है। फिर भी इच्छाओं का ताँता लगा हुआ जो स्वाभाविक है, पर उनका किसी हद तक सीमाबद्ध होना अपेक्षित है। जैसे इस वक्त आप टी.वी. पर प्रसारित सीरियल्स की सोच रहे हैं। उनसे लगी शिकायतें, गिले-शिकवे और यह भी कि इस वीराने में रहते मुझे उनके बारे में क्या पता होगा। एक बार फिर समझ लें कि 'शक्तिपुंज' की शक्तियाँ अपरिमित हैं। यहाँ रहते जो कुछ कहीं भी हो रहा है, पहुँच के बाहर नहीं। आश्वस्त करने के लिए बताएँ किस सीरियल की बात करें—स्वर्ग, भाग्य विधाता, बालिका वधू, जयश्रीकृष्णा, बंदिनी या···चलिए पूरी लिस्ट दोहराते समय की खराबी ही होगी।''

उमा का कहा ठीक था। इस वक्त वाकई उनके लेखकों, डायरेक्टरों, पार्श्व संगीत और ध्वनि-प्रभाव आदि के बारे में शिकायतें थीं। सुननेवालों तक पहुँच नामुमकिन रहीं, मगर अब?

"ऐसा नहीं है बनवारी, इस सोच के बारे में कुछ कहना-सुनना नहीं। इनमें से कोई, सब या एक-एक करके आगे आ सकते हैं, फिर देर क्यों?"

बनवारी ने देर न की।

यकबयक परदा सा हटा और दृश्य सामने। एक बड़ी सी मेज, जिस पर बेतरतीब बिखरे हुए टेप, कैसेट तथा सी.डी. आदि को खँगालता चश्माधारी मुनहना मानुस। देखने में ऐसा जैसे किसी बच्चे को जादुई करिश्मे से प्रौढ़ता मिली हो। प्रोजेक्शन-स्क्रीन पर उसका पसंदीदा सीरियल चल रहा था—शायद उसी पर काम हो रहा था या होने को था। दृश्य हीरो-हीरोइन के बीच संवाद पर ध्वनि-प्रभाव मिश्रण।

सीन में दाखिले की सुविधा होने से बनवारी की इंट्री हुई। पास पहुँच बात चलाई भी, मगर वह विकट ध्वनि-प्रभाव के चलते बेकार साबित हुई। मानुस अपनी धुन में लगा हुआ। इस पर बनवारी चीखा, तब जाकर मशीन बंद करते, चश्मा सँभालते वह चिड़चिड़ाते हुए बोला, "चौपट कर दिया कंसेनट्रेशन!"

"यह हो क्या रहा है जनाब?"

"ध्वनि-प्रभाव मिश्रण।"

"क्यों?"

"संवाद में जान डालने के लिए।"

"कैसे?"

"टेकनिकल बात है। समझोगे नहीं।"

"ध्वनि-मिश्रण नहीं, जो भी है उसे झोंक रहे हो मिस्टर।"

"अनाड़ी आदमी, इसी से ड्रामा उभरता है।"

"नहीं, पूरी तरह चौपट होता है।"

"क्या बोलते हो मैन? चौपट कैसे?"

"अंधाधुंध ध्वनि-प्रभाव ड्रामा उभारता नहीं, उसे चौपट करता है।"

"होश में तो हो? ध्वनि-प्रभाव अपने में एक विशिष्ट कला है। तुम जैसे ऐरे-गैरों की समझ से बाहर। फूट लो फौरन।"

"आप जैसे कलाकार को अरसे से सिर्फ पीठ-पीछे गालियाँ देता रहा, पर आज वह सामने है। शुरू करूँ?"

"प्रोडक्शन में हमारा अलग बजट होता है, मालूम है?"

"होता रहे, मगर पहले आपकी तारीफ?"

"कंचु बटुक, अपने फील्ड का अभिताभ। सुना होगा मेरा नाम।"

"नहीं। सुना-जाना नहीं और न जानना चाहता हूँ।"

"लगते तो आदमी हो, पर समझ? छछूंदरी। एकदम अजूबा।"

''कंचु-राजस्थानी के आगे तखल्लुस 'अजूबा' जँचेगा। जानेंगे नहीं रूबरू?''

''नहीं।''

''मुझे जानना है। जीभर के लानत-मलामत पेश करनी है।

''इसके लिए डायरेक्टर के पास जाओ। मेरे कॉन्ट्रेक्ट में साफ लिखा है—'काम में पूरी छूट।'

''सत्यानाश करने की?''

''ओः नो मैन! चार चाँद लगाने की। ईमान से, यही करता हूँ और आगे भी यही करूँगा।''

''चाँद की गिनती कुछ कम करें।''

''कम-ज्यादा आम आदमी की समझ से बाहर है।''

''मगर उसे अधिकार है स्पेशलिस्टजी।

''ऐसे अधिकार घर जा तह लगाकर सहेजें। मेरे वक्त की खराबी क्यों?''

''ताकि आपको समझा सकूँ।''

''कह दिया कि मुझे अपने काम में पूरी छूट है और रहेगी।''

यह कहते फिर मशीन चालू। झाँझ-ताशों-दमामों से मिलाकर बनाया गया ध्वनि-प्रभाव सैलाब जैसा फट पड़ा। कंचु बटुक दोनों हाथ हवा में हिलाते गद्‌गद। जैसे कोई बच्चा पटाखे की लड़ी में आग लगाकर किलकारियाँ मारता देखने में आता है। हीरो-हीरोइन के होंठ हिलते दिखे, पर जैसे बेआवाज। बोलें क्या? गाली दें तो कैसे? सबकुछ छोड़ कानों में उँगली दिए सीन से लोप हो खड़े थे एक बार फिर उमा की बगल में।

गुफा के बाहर और अंदर में अंतर था। बाहर रंगमंचीय अनुभव तो अंदर अदृश्य पर अनूठे रंगकर्मी द्वारा बनाया गया ऐसा सेट, जो बदलता रहे इच्छित व्यक्ति के अपने वातावरण के अनुसार ताकि पूर्णतया सजीवता का अनुभव हो सके। बनवारी आगे क्या हो इसी सोच-विचार में थे कि तभी उन्हें उबारते हुए उमा ने कहा, ''मिलनेवालों के चुनाव के बारे में मैं क्या सोचती हूँ, ऐसे सोच से निकलिए और मुझे एक उत्सुक समदर्शक मानकर चलिए। हाँ तो किसे आना है—लेखक को, डायरेक्टर को, हीरोइन को?''

दृश्य बदला।

मेकअप रूम। पसंदीदा सीरियल की नायिका सजी-धजी आईने के सामने रोने की विभिन्न मुद्राएँ बनाती हुई।

बनवारी सीन में शामिल कुरसी के पीछे। नायिका अपने साथ आईने में उनका अक्स देख चिहुँकती है।

बनवारी ने नरम अंदाज में पूछा, ''ये हो क्या रहा है?''

''प्रैक्टिस!'' कहते गरदन घुमा घूरकर देखते बोली, ''हो कौन? कोई असिस्टेंट

डायरेक्टर? कोई सही, बिना परमीशन अंदर आए कैसे?''

''यूँ ही। कैसे? बताने से ज्यादा समझाने में समय लगेगा सो उसे रहने दें। कुछ सवाल हैं।''

''हूँऽऽ, मीडिया-रिपोर्टर!'' गंभीर होते, ''अगले सीन में तीन बार रोना है। पहला हीरो के एक्सीडेंट की खबर पाकर, दूसरा टेलीफोन से उसकी मौत की न्यूज और तीसरी बार जब उसकी डेड बॉडी कंधे पर उठाए विलेन सामने आता है। पब्लिक मुझ जैसी चहेती हाईक्लास एक्ट्रेस से रोने में भी कुछ अलग उम्मीद करती है—तीनों बार एक जैसा रोना? ओह नो! अरे, नोट-सोट रिकॉर्डिंग वगैरह कुछ नहीं?'' कुरसी छोड़ सीधे खड़ी होते, ''हो कौन तुम?''

''फैन-दर्शक कह सकती हैं।''

''मेरे मेकअप रूम में? आए कैसे? सिक्यूरिटी!!'' घंटी भी बजाती है।

''जाने दें, सिक्यूरिटी की छोड़िए। शांत हो जाइए।''

''शांत, और मैं? मामूली हस्ती हूँ?''

''मामूली ही होतीं तो मैं क्यों आता।''

''डिस्टर्ब किया बड़े अहम शॉट से पहले। एक सीन में तीन बार अलग-अलग ढंग से रोना किसी और के बस का नहीं है?''

''जाने दें। पहले मेरे सवाल।''

''नो टाइम। बिलकुल नहीं।''

''टाइम कम इधर भी है, लेकिन फिर भी···''

''क्या पूछना है?''

''खुशशक्ल किरदार के लिए पूरी तरह फिट। तो फिर बिला-वजह रोती या रोनी शक्ल में क्यों दिखती हैं?''

''इमोशनल प्रोजेक्शन। हाईक्लास एक्टिंग, और क्या! हर किसी की समझ से बाहर है। चाहिए थिएटर की ग्राउंडिंग।''

''तो हर कोई मेरे जैसा क्यों देखे?''

''मैंने कहा कि देखो मेरा सीरियल?''

''ढाई साल से चला जा रहा है। देखने की बुरी आदत समझें।''

''अजीब आदमी-आदमी ही हो?''

''पता नहीं कि क्यों देखता चला गया बोरियत की हद तक। दूसरी बात··· ।''

''और है?

''मरीं-पुनर्जन्म हुआ बीस साल बाद। पहले जन्म के बाप, माँ, चाचा, ताऊ पर समय की मार नहीं। सब जस के तस?''

"मुझसे नहीं, स्क्रिप्ट राइटर से पूछो।" मगन होते हुए, "फैन। सीक्रेट। एक और सीन है मरने का? एक नहीं, चार अलग-अलग ढंग से। दर्शकों की साँसें रुकने-थमने को होंगी।"

"यह कहिए कि फिर मरेंगी!"

"बात को समझो। है कोई दूजी माई की लाडो जो चार तरह से—खैर जाने दो तुम।" (घंटी बज उठती है) "··· मुझे शॉट देना है।" कहते ये गई वे गई और उसी के साथ बनवारी की एक और मुलाकात भी यकबयक समाप्त हो गई।

अगला दृश्य-परिवर्तन बिना किसी बातचीत के हुआ। किसी होटल का कमरा चलताऊ ऑफिस में तब्दील। कमरे के बीच मेज, जिस पर पैर पसारे, कुरसी की पीठ के ऊपर तक बाल बिखराए, गरदन से चश्मा लटकाए, शून्य में घूरते एक सज्जन। चेहरा, जिस पर कानों के नीचे उतरतीं कलमें; फ्रेंच-कट दाढ़ी; उसके ठीक दाएँ-बाएँ से नीचे गोता लगाती मूँछें। पहले कभी का पता नहीं, पर अभी हाल में इनमें से किसी पर तेल का छींटा भी पड़ा हो, ऐसा बिलकुल नहीं लगा। मुँह में दाँतों-तले दबा पाइप। पता नहीं सुलगता या यूँ ही बुझा हुआ।

मेज पर प्याले सरीखे होल्ड में मुट्ठी भर कलम-पेंसिल। आगे राइटिंग पैड। सीन में जुंबिश हुई जब चश्मा आँखों पर चढ़ाया गया, सोते से जगते या फिर पिनक से उबरते। गुत्थी सुलझी जब एक हाथ उठकर अधखाली गिलास की ओर बढ़ा और उठाकर मुँह से लगाया। खाली कर वापस मेज पर रखा। तश्तरी के पिश्ते-बादाम भी मुँह में पहुँचे। उन्हें चबाते जैसे सोच में डूबे पैड आगे सरकाकर कलम उठाने को हाथ बढ़ा ही था कि अब खुली आँखों के सामने थे बनवारी, जो सभी हरकतों के चश्मदीद थे। सज्जन की भँवें तनीं, चेहरे पर उभरी नाराजगी, आवाज में तल्खी और निशाने पर बनवारी—

"हो कौन चीज, जो इस तरह टपक लिये?"

"आपके सालहों-साल से नश्र होते आए सीरियल का बेतरह बोर हो गया दर्शक।"

"हरदिलपसंद टी.आर.पी. की बुलंदियाँ छूता मेरा सीरियल और बोरियत? हैरत है। सच?"

"सच के सिवा कुछ नहीं।"

"यहाँ पहुँच कैसे हुई? पाँच-सितारा होटल का कमरा, बाहर 'डू नॉट डिस्टर्ब' की तख्ती—फिर कैसे?"

"कैसे की छोड़िए।"

"छोड़ा। तो बताएँ इस गैर-माकूल 'मुलाकात' का मकसद?"

"स्क्रिप्टराइटर यानी कि आप से और बाद में इसके डायरेक्टर से दो-दो बात करने कि इसे शैतान की आँत जैसा क्यों बढ़ाया जा रहा है। मिलना कब से चाहा, पर

मुमकिन न हो सका। यों कहें कि नामुमकिन। मगर अब नहीं।''

''तफसील छोड़ मकसद पर आएँ। मेरा वक्त बेशकीमती है।''

''मेरा भी। खैर। पहले तो यह बताएँ कि क्या आप खुद अपना यह दिलउबाऊ सीरियल देखते हैं?''

''फुरसत कहाँ है भाई मेरे। बस एक ही काम-मुसलसल लिखना, लिखना और लिखते चले जाना।''

''अपना न सही, दूसरे का?''

''नाम न लें।''

''ताज्जुब है कि फिर कैसे उनका कुछ आपके सीरियल में घुसपैठ करता है।''

''मतलब नकल?''

''और क्या समझा जाए? किरदार मिलते-जुलते—एक अदद बहन-बहनोई, दादा-दादी, चाचा-चाची वगैरह।''

''घर के माहौल में ऐसा तो होगा ही?''

''मगर दादी, बहिन या बहनोई अपने काम या फसादों को एक जैसा अंजाम देते हुए?''

''माना तो आप भी मानिए कि जिंदगी फसादों पर टिकी न रह आगे बढ़ती रहती है। सीरियल की यही तो असल ताकत है। फिर मलाल कैसा—शिकायत क्यों?''

''बहन-बहनोई हर सीरियल में घरजँवाई। हीरोइन रोने में लगी तो हीरो इस-तिस नजदीकी रिश्तेदार के फरेबों से पिटता अकसर अस्पताल में; भले टूटी हो टाँग या हाथ, पर पट्टी हमेशा सर पर, जिसके आगे सजा बड़ा सा खूनी निशान जो किसी अस्पताल के मरीज की पट्टी पर कभी नहीं होता। गरज यह कि हर चीज का हद से गुजर जाना दुःखी करता है··· कुछ ज्यादा ही। इन सबका सिलसिला जाने कब तक चलता जाएगा।''

''दोस्त, तुम्हारे खयालात की कद्र करता हूँ। अगली ही कड़ी से किरदारों की जमात में इनकलाब आया देखोगे।''

''क्या?''

''दूसरे किसी नाकिस सीरियल से एकदम अलग। दुगने···''

''यानी दादा-दादी, चाची-चाचा सब एक-एक की जगह दो-दो?''

स्क्रिप्टराइटर हँसता है। फिर गिलास के बच रहे को खाली करते, भर-मूठ पिश्ते मुँह में झोंकते-चबाते, कलम नहीं पूरे कलमदान को पास घसीटते हुए कहता है, ''इनकलाब आया का मतलब नामुराद बेकार सीरियलों को तितर-बितर हुआ समझो। मेरा कोहेनूर की तरह आब बिखेरेगा। और होगा टी.आर.पी. के सबसे ऊँचे पायदान पर। जय हे···जय जय जय जय हे।''

''इनकलाब होगा बिना टाइम बरबाद किए माकूल और ढंग की कहानी को आगे बढ़ाना।''

''कुछ तो करना है, चमत्कार सही।''

''सीरियल की तरह ही आपकी कोई बात समझ नहीं आती।''

अनसुना करते, आँखें बंद किए अपनी ही धुन में, ''पियानो। दर्द भरा गीत गाता हीरो। एक हूक सी उठी और धाँय से गिरा।''

''मार दिया?''

''अभी नहीं। कट...हीरोइन रोती-बिलखती।''

''तो क्या इसे मारेंगे?''

आँखें खोल बनवारी से नजर मिलाते, ''पिछले सीन में चाचा जहर तैयार करते दिखा था। जहर तैयार है, तो किसी को मरना होगा न?''

''दोनों को मारेंगे?''

''सीरियल आगे बढ़ाना है। पचास का कॉन्ट्रेक्ट बकाया है। मगर यहाँ कहानी मोड़ लेती है। पूछो कैसे?''

''पूछा।''

''चाचा गलती से खुद जहर पीता है। मरा। हा-हा।''

''बौखलाहट की एक हद होती है मि. स्क्रिप्टराइटर।''

''राइटर के दिमाग की थाह पाना आसान नहीं।''

''दर्शक को बेअकल न समझें। बेकार की मारा-मारी।''

''खुशकिस्मत दर्शक...आगे जो होगा उसे पहले जान रहे हो। दुबारा मरना है, तभी न आएगा मोड़... चमत्कार!'' वे हँसे, बुदबुदाए, आँखें मिचमिचाईं, फिर फुसफुसाए— ''पगला जाएँगे दर्शक। इश-इश करेंगे। समझे?''

''क्या समझें? हो भी कुछ समझने को?''

''सीन। गौर करें। हीरो मरा, आंटी की चीख बिलबिलाई हुई, हीरोइन कलपती... म्यूजिक... अप। इफैक्ट गरज-तड़प। खामोशी।''

''सब खत्म। द एंड?''

''खत्म नहीं, शुरुआत। हीरो की आत्मा इस बार हीरोइन के डॉगी में जा अटकी। बेजार हीरोइन की गोद में उछलकर पहुँचा डॉगी। आँख में आँख, गाल सूँघता कि आवाज...''

''किसकी?''

'डॉगी के अंदर जा बसे हीरो कि रोओ नहीं, मैं हूँ न। हीरोइन बात काटकर...''

''भूँकने लगती है?''

''दर्शक, तुम्हें कला की कद्र नहीं...''

''सीरियल-लेखक क्या, तुम्हें किलर कहना ठीक होगा।''

''मगर है न अलग चीज! क्या समझे?''

''सरासर दीवानगी। नींद में यही सपने आते होंगे?''

''सपने? नो। आइडिया। चमत्कार।''

''कुछ बचा है क्या?''

''तहलका। आगे सुनो, सच्ची... मजा आ जाएगा...'' हँसे जैसे साइकिल में पंचर हुआ हो।

बनवारी ने इधर-उधर देखा और पास का जग उठा उसके सर पर उँडेल दिया।

सीन में आगे कुछ बचा न था। खत्म हुआ। दूसरे ही क्षण बनवारी हँसी से दोहरी होती उमा के सामने थे, चूँकि अचानक मनचाहे से मिल सकने की सुविधा के कारण ही ऐसों से भेंट संभव हो सकी। टी.वी. पर देखते आए सीरियलों के बारे में शिकायतें थीं तो सुझाव भी। कोशिश की, तो जाना कि ऐसों की अपनी अलग दुनिया है और वहाँ अपने जैसों की पैठ नहीं। ले-देकर यही कि हाथ कुछ न आया, केवल उमा के सामने शर्मिंदगी। क्या सोचती होंगी वे कि कैसा है यह आदमी? तभी उमा को कहते सुना, ''प्रतिक्रिया यही कि अस्वाभाविक कुछ न था। सोच, विचार, क्षणिक इच्छाएँ—सब मन में पानी के बुलबुले जैसे बनते-बिगड़ते रहते हैं। हर एक में। अकसर इन सबके पीछे कुछ पाने की प्रबल इच्छा होती है। वह तुममें नहीं है, जो तुम्हें औरों से अलग श्रेणी में जगह देती हैं। फिर भी यहाँ आने का अभिप्राय? इसका कोई उत्तर नहीं मिल सका।''

''उत्तर हो भी क्या सकता है! यहाँ आने से लगा घटनाक्रम भी खास नहीं। अलमोड़ा के पास बसे गाँव की चाय की दुकान पर बैठे साधुओं की टोली की बातें सुनने में आईं। उन्हीं से इस जगह की जानकारी मिली। तब से शक्तिस्थल या पुँज की ओर कुछ अधिक ही उत्सुकता बढ़ी। यथासंभव विस्तृत जानकारी जुटाई और पूरी तरह आश्वस्त होने पर चल पड़ा। कारण एकमात्र यही 'उत्सुकता'। बस।''

बनवारी की मानसिकता किसी साधारण बच्चे से मेल खाती थी, जिसकी इच्छाएँ व चाहतें बदलती रहती हैं। जो सामने है उसी में रमा, मगर तभी तक जब तक और कुछ न आ जाए। यही थी उमा के सामने उत्तर न सूझने की परेशानी।

बनवारी पास ही सोच-विचार में डूबा बैठा था और उमा चहलकदमी करती आसपास। उसने ही काम-काज से उबारते हुए कहा, ''उत्तर मुझे मिल गया, तुम्हें परेशानी में पड़े रहने की जरूरत नहीं। यहाँ आने का विशेष प्रयोजन नहीं, अभी उसे जाने दो। तो फिर इस वक्त हैं कहाँ। बहुत पीछे पहुँच गए। पुरानी यादों और उनसे जुड़ों तक। एक बार फिर संपर्क के बारे में मुझे कुछ कहना है, मगर बाद में। अभी तो तुम्हें जो खुली छूट मिली है, उसका उपयोग करो।''

सोच की दिशा या क्रम निश्चित नहीं, इसे चरितार्थ करते इस समय बीते दिनों की एक याद ने करवट ली, जो बंबई से जुड़ी थी। कंपनी के काम से एक अरसा हुआ पहली बार बंबई (अब मुंबई) जाने का मौका मिला था। वहाँ की रंगीनियों के बारे में बहुत कुछ सुनने में आया था। सुने की ताईद करती थीं वहाँ से आई फिल्में, जो सुने को सुनहरी परतों से सजाती थीं। पहुँचने पर एक शाम पेरिजियन कैफे जाने का मौका मिला, जो मैरीन ड्राइव पर स्थित दशकों से जाना-माना रहा और अपनी अलग पहचान रखता आया था। समुद्र की ओर रुखवाली मेज पर बैठ वहाँ की ख्यातिप्राप्त कटलेट और विशिष्ट चाय की चुस्कियाँ लेते वातावरण से एक-दिल होने के प्रयास में था। वैसे अकेला, पर मन रोमांस की संभावनाओं से पुलकता। एक ऐसी जगह, जो अन्य हस्तियों में फिल्मी दुनिया के सितारों को भी आकर्षित करती थी। अपनी किस्मत कि कभी भी उनमें से कोई पासवाली मेज पर आ बैठे या फिर आपके आते ही उठकर जाता दिखे। दिक्कत पेश आई कि उन्हीं दिनों किसी कॉन्फ्रेंस में भाग लेने आया सियासी अखाड़ा अमूमन इसी रेस्तराँ को निशाना बनाए था। ऐसे में जब भी वहाँ बनवारी पहुँचे तो हीरो-हीरोइन की जगह दिखे सफेदपोश लाल, पीली, नीली टोपियों से लैस। लेकिन उस शाम दिखी वह, जो वर्षों बाद तक याद में रची-बसी रही।

खुशगवार असरीली चितवन। लिबास चंद, पर बेहतरीन जेवर। लंबी बरौनियों-वाली बड़ी-बड़ी सुरमई आँखों में कुछ खासियत, जो उसकी ओर बार-बार देखने को मजबूर करती थी। आ बैठी थी ऐन सामने की मेज पर। इधर-उधर देखने का अजब अंदाज कि जिस पर निगाह टिकी तो जैसे अनुभवी मछुवारे का फेंका काँटा जो शिकार को फँसने पर मजबूर करे और मन करते खींच लिया जाए। यहाँ कुछ फर्क यह कि बिंधने के बाद खींचा न जाए, वैसे ही अपनी जगह पर तड़पता रहने दिया जाए। कुछ ऐसा ही हाल बनवारी का। सोच में आया कि क्या अजब उसी के पास बगलवाली कुरसी पर सजे होते। दूसरा खयाल, आँख से जरा सा इशारा कि खुली दावत है बाजू में आ बैठने की। ऐसा कुछ नहीं हुआ। सीन कुछ देर बिना किसी ऐक्शन चलता रहा और खत्म हुआ। वह उठकर चली गई।

वैसे यह एक अति साधारण घटना थी, जैसी आम होती रहती है, मगर बनवारी उसे भुला न सके। दिन बीते, पर वह वाकया और वह सूरत उनके सामने आती रही। एक अलग ही जगह बनी हुई। इस वक्त उनके सोच में सबसे ऊपर, तिस पर दो-चार होने की सुविधा, इसलिए चुनाव में देरी भी न हुई।

देखने में सामने आई एक बेतरतीब बस्ती। कितने ही छोटे बसेरों को जैसे एकजुट किया गया हो। आदमियों, औरतों और बच्चों से जैसे उफनते हुए घरों की शक्ल पाए बसेरे। आम तौर पर जिन्हें झुग्गियाँ कहते हैं। एक जो सामने थी, उसके दरवाजे के आगे

का परदा हटा और दिखी वह जिसे पेरिजियन कैफे में सालों पहले देखा था··· जिसका नाम बैरे को टिप देकर जाना था—आबिदा। मगर अब तसवीर बेतरह बदली हुई, रंग उड़े हुए—बदरंग। एड़ी से चोटी तक। चेहरे पर पाउडर-रूज की परत से जख्म सा उभरा लिपस्टिक। साड़ी-सलवार को मिला-जुलाकर बनाया गया लिबास। हाथ में सुलगती सिगरेट। तसवीर को मुकम्मल करती अस्तुरा-फिरी भवों-तले फाहसाना नजर।

दरवाजे से बाहर आते इधर-उधर देखा, जैसे किसी के आने की भनक पाई हो। तब तक बनवारी पास पहुँच गए थे। देखने से साफ लगा कि जो देखा उसे पचा पाना नामुमकिन, मगर यह भी कि जो था उनकी अपनी मरजी से। चेहरे पर झिझक और असमंजस देखते 'ग्राहक' को अनाड़ी समझ आबिदा ने हाव-भाव का सहारा लिया। पेटेंट व्यावसायिक नुस्खे। मगर बनवारी पर असर उलटा ही पड़ा। लाख अनचाहते भूमिका निर्वाह करनी ही थी। सीन आगे बढ़ाना था। आबिदा को खीज-भरी हैरत कि उसका किया बिलकुल बेअसर। पलटकर अंदर जाने लगी तो उसे रोकते हुए बनवारी ने कहा, "जरा देर रुकें, मैं कुछ जानना चाहता हूँ।"

रुककर उसकी तरफ शक से देखते हुए पूछा, "कौन हैं आप? पहचाना नहीं।"

"बताने से भी शायद पहचानेंगी नहीं।"

"कभी मिले हैं?"

"बरसों पहले। एक बार।"

कहने-सुनने का सिलसिला चल निकला। तफसील की जरूरत न समझते खुलासा इस तरह है।

यू.पी. के बहराइच जिले के एक समृद्ध परिवार की आबिदा फिल्मी चकाचौंध में फँसकर किसी 'खास' के साथ घर से भाग बंबई पहुँची। पास अच्छी तादाद में नकदी व गहने थे, जो 'खास' ने पहले ही हिफाजत से रखने की कहकर हथिया लिये। हर रोज इस नए डायरेक्टर तो उस बड़े प्रोड्यूसर से मिलवाने के बहाने उनके पास पहुँचाई जाती रही। हर कोई उसकी मनमोहक कैमरा-छवि और आकर्षक व्यक्तित्व के कसीदे पढ़ता तो उसके साथ 'और पास' आने की पेशकश। 'खास' जो बाद में कोरे दलाल निकले, उसे फिल्मी दुनिया के दस्तूर समझाते, उसी पर चलने की सलाह देते और इसे कामयाबी की मानी हुई सीढ़ी करार देते गुरुमंत्र पर चलने को मजबूर किए। किया वही सब, पर कुछ भी काम नहीं आया।

भटकना था ही, सो भटक गई। इसके बाद कॉलगर्ल से बारगर्ल कैसे बनी, पता नहीं, पर यह सब हुआ जरूर। इन जगहों के भी अपने नियम-कानून हैं। सब कुछ टिका ग्राहकों की नजर पर है। ऊँचाइयों तक पहुँचने में भले देर लगे, पर नीचे आने में कुछ भी नहीं। साँप-सीढ़ी के खेल सरीखा। नीचे जाने का रास्ता कोठे से होकर है। इसके बाद वह

रोई। फिर फूट-फूटकर और अप्रतिभ बनवारी खड़े देखते रहे। दृश्य विलीन हुआ।

उमा पास आ खड़ी हुई। बनवारी की अस्थिरता उससे छिपी न थी। इसलिए जब बोली तो उससे मुखातिब न हो अपने सामने देखते, जैसे खुद अपने से बात कर रही हो।

''कुछ यादों को कीमती धरोहर की तरह रखा जाना ठीक रहता है। समय से परिवर्तन का जुड़ा रहना स्वाभाविक, पर परिवर्तित रूप या स्थिति क्या होगी, कहना मुश्किल है। प्रिय या अप्रिय कुछ भी। अकसर उन्हें फिर से जिया जाना संभव नहीं होता। इसे स्वीकारना होगा। विशेष शक्ति से बीते का पुन: अवलोकन कटु अनुभव हो सकता है। किसी सुखद याद का दु:खद अंत।'' इसके बाद मुड़ते हुए बनवारी से कहा, ''देखो, यहाँ प्रवेश को एक बड़ी उपलब्धि मानो। शक्तियों के आंशिक उपयोग की अनुमति है। हाँ, जो भी किया जाता है, एक तरह से पूरी गतिविधि के आकलन से बचना संभव नहीं। उसी पर निर्धारित होती है यहाँ बने रहने की अवधि। मेरी सलाह यही कि मन की सुनते काम करते रहो। सोच-विचार 'शक्तिपुंज' पर केंद्रित न करो। यहाँ की शक्तियाँ असीमित भले हों, पर तुम्हारे पास समय नहीं। इसलिए यहाँ रहते जितना बन पड़े, उसका अनुभव करो, क्योंकि शक्तिपुंज को अंशत: भी समझने के लिए काफी समय चाहिए, जो तुम्हारे हिस्से में सीमित है।

''जानना चाहते थे कि अब तक जो किया, उसका आकलन क्या है या उसके बारे में मैं क्या सोचती हूँ? आश्वस्त हो जाओ, अब तक किए पर मेरा सोच कुछ खास नहीं। जिन परिस्थितियों में रहे और अड़चन-कठिनाइयाँ झेलनी पड़ीं। उनसे छुटकारा पाने या पार पाने के लिए कोशिश की, तो विभागीय अधिकारी मददगार न होकर आड़े आते मिले। बहुधा उपेक्षित होते, प्रतिकार सामर्थ्य से बाहर लगा। और तो और, स्तरीय अधिकारी तक पहुँचा भी न जा सका। अब नहीं। पहुँच सकते हैं—सवाल-जवाब भी। सुझाव तुम्हारे मन-जैसा और अभी हाल के प्रकरण के कारण भी, जिसने तुम्हें विचलित कर दिया।

''एक तथ्य फिर से समझने का है। मनचाहा सामने होगा। आप खुद उसके करीब, मगर वह पकड़ से बाहर। फिल्म-प्रोजेक्टर से दिखाए छायाचित्र के समान, जिसे छुआ जाना संभव नहीं। छूने-पकड़ने की तुम्हारी क्षमता यथावत रहेगी। तो फिर देर कैसी, आने दो—''

उमा की बात सुनते उनके सोच में उभरे उन्हीं के इलाके के धरती-धमक दादा बमदा पहलवान। आम हो या खास, कोई भी मसला... बिजली-पानी या फिर पुलिस-म्यूनिसिपेलिटी या अन्य सरकारी-गैरसरकारी संस्थान—हर जगह पैठ या यूँ कहा जाए कि बमदा की तूती बोलती थी। अपने से कम, पर पास के अजीज दोस्त, नाते-रिश्तेदार हर किसी का वास्ता पहलवान से पड़ा या पड़ता ही रहता था। मुश्किल था तो उस तक पहुँच पाना। काम सँभालते थे बिचौलिए, जो खुद भी कम मुसीबत न ढाते थे। तो इस

तरह बमदा ही सोच में उतराए।

पहले देखने में आया बमदा के घर के सामने का चबूतरा, जिस पर एक ओर रखी गई आरामकुरसी पर बमदा ऐंठते हुए आराम फरमा रहे थे। सामने उनके चहेते गुर्गे एक अधेड़ की मरम्मत में मुब्तिला। बमदा मूँछों पर ताव देते बीच-बीच में कुरसी से उकसते बोल उछालते, ''स्साला, मना किया था, पर गया पुलिस का पास। मार स्साले को।''

अधेड़ देखने में ऑफिसी बाबू। कराहता, गुनाह बार-बार कबूलता, फिर भी कोई सुनवाई नहीं।

''हजार रुपिया जमा कराने को बोला था। किया? नाहीं।''

''बमदाजी, पाँच सौ का जुगाड़ किया। लाया हूँ सरकार।''

बमदा झपट लेता है। गिनते हुए बमक पड़ते, ''सिरफ पाँच सौ रुपल्ली? अरे भटिया, इस परथन से कैसे बनेगा काम?''

''लाचारी में हूँ हजूरजी।''

''मालगोदाम में क्लर्की की 'चौकस कमाई', फिर भी जुगाड़ किया? थू भाटिया।''

''आपका ही सहारा है पहलवान।''

''सहारा फोकट में नहीं मिलता, उसकी कीमत अदा करनी होती है नामुराद! पूरी रकम जमा, फिर बात आगे।''

''रकम जल्दी भरपाई होगी, सरजी।''

इस पर बमदा हँसा—पहले धीरे, फिर प्रचंड हा-हा-हा··· हाहाकार मचाते, ''भड़भूँजे की दुकान समझी है?''

''रहम करें बमदाजी।''

''कोई इसे बाहर करे।''

कई गुर्गे उसकी ओर लपकते हैं कि तभी बमदा की नजर उसके ठीक पीछे खड़े बनवारी पर पड़ती है। बस फिर क्या, कुरसी छोड़ खड़े होते बमके, जैसे घूँसा मारा हो—''अबे, तू कौन है चपरकनाती?''

''वो क्या होता है। ठीक से देखो, आदमी हूँ।''

''जवाब दे, घुसा कैसे?''

''बात हो, पर तमीज से।''

इस पर बमदा गुस्से से बिफरते अपनी तरफ से गरजे, पर गरज जैसे एकदम से बाहर आने के बजाय हलक में ही अटकी फड़फड़ाती रह गई। जो सुनने में आया वह था, ''त-त-तमीज! कहा तूने? जानता है! सामने हैं बमदाऽ पहेलवाऽऽन।

''बोलते हो जैसे पागल कुत्ता। तुम आदमी हो या बमदा?''

''क्या! क्या बोला?''

''सुना नहीं तो फिर से सुनो। आदमी के जामे में निहायत घटिया इनसान।''

''घटिया! इनसानी जामाऽऽऽ। खून पीता हूँ अभी तेरा।''

''तो पहले बताया होता कि खटमल हो।''

''मारो-मारो स्साले को। जान से मार डालो अभी-के-अभी।''

कई गुर्गे लपकते हैं। वार पर वार, मगर हवा को गिरफ्त में लेने की नाकामयाब कोशिश। सभी भौंचक। बमदा खुद उसकी ओर एक मुगदर लिये लपके। मगर हर कोशिश बेतरह नाकामयाब, तो साथ ही देखने में बेमिसाल कॉमेडी। चैन मिले तो कैसे, क्योंकि बनवारी खुद उनके पास जाकर उन्हें सलाह देते दिखे, ''इतना भी पता नहीं कि मूँछ कैसी रखी जाए? मैं बताता हूँ।''

उसकी मूँछों को दोनों ओर से नीचे करते कहते हैं, ''तुम जैसे चूहे की मूँछ ऊपर को ठीक नहीं लगतीं। हाँ, अब बोलो, चाहो तो तुम्हारी अपनी चाह 'खून पीने' की चीयर्स से शुरू हो?''

देखने में आ चुका था कि हमले की हर कोशिश बेकार। गुर्गे तो अलग, खुद पहलवान पस्त। सभी हैरान व परेशान, खीझे और साथ ही खासे डरे हुए। बमदा ही बोले, ''क्या हो तुम?''

''समझ चूहे की। बताया तो था आदमी। अब तुम मुझे भूत, बैताल या ऐसा ही कुछ और समझो तो मुझे कोई परेशानी नहीं।''

''चाहते क्या हो? बताओ और दफा हो।''

''वाह! अपनी खुशी से आए तो जाएँगे भी अपनी खुशी से। पहले खून पीने-पिलाने की बात तो पूरी हो ले। तो शुरू हो कार्यक्रम।''

बनवारी की ओर घूरते बमदा के चेहरे पर घबड़ाहट के साथ डर साफ देखने में आया। अबकी दबी जबान फिर पूछा, ''क्या चाहते हो?''

''सिर्फ दो-चार बातें।''

''बातें कैसी?''

''एक अरसे से उत्पात मचा रखा है, बंद करो। इन शोहदों-चमचों की फौरन रुखसती। भाटिया से माफी माँगो और रुपए वापस करो। आगे से ऐसी उगाही बंद।''

''काम-धंधा बंद तो फिर मेरा क्या होगा?''

''सिर्फ धंधा बंद, काम नहीं। बाप-दादे की परचून की दुकान और अपनी ईजाद मलाई के लड्डू, यह कम काम है?''

''और कुछ?''

''हाँ है। सताना छोड़ सही माने में लोगों की मदद करनी होगी।''

पास खड़े सबसे तगड़े शागिर्द को एक करारा झापड़ रसीद करते बनवारी फिर

बमदा से मुखातिब होते हुए बोले, ''न हुआ तो बुरा होना तय है। फिलहाल हाथ से शुरुआत, अगली बार पैरों की छुट्टी। फिर काम रहेगा भीख माँगने का। मंजूर है?''

कहते हुए बनवारी पास रखा मुगदर उठा चुके थे कि बमदा ने आर्तनाद किया, ''रुक जाओ। जो कहा, वही होगा भइयाजी।''

''भइयाजी नहीं, आदमी। पूछो, न हुआ तो?''

भयभीत बमदा सिर्फ ताकते रहे।

''मैं बताए देता हूँ, ठीक से सुनो! सब पर नजर होगी। जरूरत पर दमदार तमाचा— फिर उसका मुँह अपनी ओर करते, ''यही बताने कि 'मैं हूँ न'।''

सीन समाप्त हुआ।

जिनसे मिलने व बात करने का सवाल ही न था, उनके बारे में इस समय नहीं। परेशानी यह कि जो करते, उसके बाद भी मन को शांति प्राय: नहीं मिलती। इसी मनोदशा से ग्रसित रहते सहायता के लिए पास बैठी उमा पर दृष्टि केंद्रित की। इस वक्त उनका ध्यान विज्ञापन से जुड़े लोगों पर था, जो वैसे तो हर कहीं, पर विशेषतया टी.वी. पर छाए हैं। झूठ को सच बताते सरासर झूठे आश्वासनों-प्रलोभनों की जी-तोड़ पुष्टि करते, सिर्फ इसलिए कि कैसे भी ग्राहक के उत्पादनों की बिक्री बढ़े। आम जनता को भरमाने के लिए नित नए नुस्खे की पैंतरेबाजी। लक्ष्य यही कि उपभोक्ता कैसे भी झूठ को पचा, धोखे का शिकार बन, जेब खाली करे। जनता दोषियों की कतार में सबसे आगे। मगर उमा क्या सोचेंगी?

जवाब तुरंत मिला, ''कुछ नहीं! मिली सुविधा का उपयोग करने की पूरी आजादी है बनवारी। कोई सोच-विचार नहीं और न आपत्ति, तो फिर देर कैसी?'' कहने के साथ ही सीन सामने था।

एक ऑफिस।

आधुनिक संसाधनों से भरपूर। हर तरफ तसवीरें, लैपटॉप, कंप्यूटर, अनेकानेक ग्राफ। बड़ी मेज के साथ की कुरसी के सहारे अधखड़ा अफसरनुमा आदमी, जिसके बड़े होने की पहचान यह कि सर प्राय: सपाट। बाल थे, पर कहीं-कहीं, 'मध्य प्रदेश' भारी-भरकम पैंट में समाया, मगर गेलिस की मदद से। मेज पर फैले नक्शों, चार्टों और अन्य कागजों पर गौर करते पेंसिल से कुरेदते-छेड़ते सोचने की मुद्रा में। बनवारी को पास पहुँचते देर न लगी। उन्हें पास खड़ा देख जाहिरा तौर पर हैरान होते सवाल किया, ''अंदर कैसे?''

''बैठने को कहने से पहले सवालिया अंदाज?''

''फालतू बात नहीं, पूछे का जवाब दो।''

''मिलेगा, पर पहले आपकी तारीफ?''

''कंपनी का क्रिएटिव चीफ।''

''काम क्या करते हैं?''

''उत्पादनों की बिक्री के लिए विज्ञापन तैयार करना।''

''अभी क्या कर रहे हैं?''

''सामने देखो—चार्ट, प्लान, स्टोरी-बोर्ड। 'गंभीर तेल' घने बालों के लिए और शरीर की चरबी घटाने के लिए लासानी इलाज 'कुड़कुड़घुमा' अग्निपेय। गारंटी के साथ दो सप्ताह में काम पूरा।''

''या काम तमाम! खैर। इनकी विश्वसनीयता?''

''सालों से जनता की सेवा करते जाने कितनों का भला हुआ। ऐसे में कितनों की तसवीरें और राय की रिकॉर्डिंग यह रही मेज पर, इधर।''

''विज्ञापन कब से?''

''शुरुआत से। यह भी मेरे अपने ग्राहक हैं। खास।''

''यानी शुरुआत से भरोसेमंद?''

अफसर हँसता है। फिर चुरुट की राख ऐशट्रे में गिराते, ''पहले नहीं। मेरे क्लाइंट बने, तभी जादुई भरोसेमंद होने की मुहर लगी। मेरा काम···तजुर्बा···आर्ट।''

''भरोसे में कितना दम है?''

''भरोसा उत्पाद में नहीं, हमारे विज्ञापन में है। नामुमकिन को मुमकिन बनाना ही हमारा काम है। मैं इसका विशेषज्ञ हूँ।''

''कहने की जरूरत नहीं, वह तो यूँ ही जाहिर है।''

''कैसे?''

''ऐसे कि खुद का सर 'चंदामामा', चरबी-लदा पेट-इधर-उधर हर तरफ से भागता-निकलता। फायदा खुद उठाया होता!''

''यहाँ फायदा खुद उठाने की बात नहीं, ग्राहक को फायदा मिले यह जरूरी है। विशेषज्ञ हैं—गारंटी के साथ उत्पादन में विश्वास कराना और फिर लगातार बढ़ाते रहना।''

''बताई खूबियाँ सरासर झूठ हों तो भी?''

''सच और झूठ की बात नहीं। खूबी और दम है तो हर झूठ को सच में बदलते देर नहीं लगती। हम प्रचारक हैं।''

''सच के या झूठ के?

''फिर वही! बात को समझो। इसे छोड़ो ग्राहक पर। पूरे दाम खरचे तो फिर उसके मनचाहे का झंडा बुलंद होगा। गारंटी के साथ। बताया न, हम विशेषज्ञ हैं।''

''सही-गलत की छानबीन करने की कोई जरूरत नहीं?''

''यूँ समझो कि बारात किसी की—दूल्हा चोर, दुल्हन पेशेवर ठगिनी और बाराती अलीबाबा के चालीस चोर। ढोलवाले को इससे क्या लेना-देना। खरे दाम दिए गए तो

बस उसी का ढोल बजेगा पूरे दमखम से। सो ऐसा ही हमें समझो और भगवान् के लिए पीछा छोड़ो, तो अपने काम पर लगूँ।''

पीछा छोड़ा या यूँ ही छूट गया। बहरहाल वापसी इस बार सीधी न हुई। वहीं से उसका रुख बदला और वह पहुँच गए फिल्माए जाते किसी सीरियल की लोकेशन-शूटिंग पर। भीड़ कम नहीं, पर बंदोबस्त चाक-चौबंद। देखते ही पहचाने जाते डायरेक्टर, जो चुस्ती और मुस्तैदी के साथ काम में जुटे हुए थे। सीन का दौर आँसू बहाऊ रोने-रुलाने वाला समझ में आया, क्योंकि एक नहीं कई मेकअपवाले हाथ में ग्लीसरीन पेन सँभाले मौजूदा पात्रों की आँखों में खुले दिल से बूँदें डाल क्या कहिए उँडेल रहे थे। हीरोइन पर तवज्जो ज्यादा ताकि क्लोजअप शॉट में आँख से ढरकते आँसू औरों से बड़े और असरदार दिखें। तभी आई बाधा। कैमरा चलते-चलते अड़ गया। उसे फिर से आगे बढ़ाने के लिए समय लगना था, तो ऐसा सुन डायरेक्टर का मिनमिना उठना भी लाजिम था। गुस्सा अपने ढंग से जाहिर भी किया, मगर हासिल तो इंतजार ही था और समझदारी इसमें कि इंतजार के वक्त का इस्तेमाल किया जाए।

कुछ मीडिया-रिपोर्टर मौजूद थे, उन पर गौर करते सबके बैठ जाने का आदेश जारी हुआ। जिसे जो जगह मिली, हथियाई, सिवा बनवारी के। कुछ अलग एक खाली कुरसी दिखी तो उसी पर जाकर जम गए। लाउडस्पीकर पर बताया गया था कि बीच में कुछ समय है, उसे पत्रकारों से बात करने के लिए रख लिया गया है। डायरेक्टर मुड़कर बनवारी के पास पहुँचे तो एकाएक नाक-भौं चढ़ उठी और सवाल किया, ''इस कुरसी पर आप?''

''जी, कोई परेशानी?''

''मेरी है।''

''मेरी है! यह तो यहाँ की और चीजों पर भी लागू होता है। तो?''

''कुरसी डायरेक्टर की यानी मेरी है।''

''रही होगी। पर अभी नहीं। दूसरी तलाश लें।''

''कैसे रिपोर्टर हैं, बात समझें।''

''समझता हूँ। इत्मीनान रखें, रिपोर्टर नहीं हूँ।''

इस बीच एक दूसरी कुरसी लाई गई, जिस पर डायरेक्टर साहेब तशरीफफर्मा हुए। आए पत्रकार तब तक नोटबुक व कलम सँभाल चुके थे।

सवाल हुआ, ''यह हो क्या रहा है?''

''सीरियल 'पके अधपके' की शूटिंग।''

''सो तो ठीक, पर अभी हाल की बताएँ।''

''कीमती वक्त की खराबी। वैसे सीन रोमांचक, पर ट्रैजिक है।''

''तफसील से बताएँगे?''

"हीरोइन के सामने धमाकेदार चुनौती हुई कि उधर वह लपका और कूदा।"

"हवा में?"

"नहीं, कुएँ में।"

"हीरो?"

"नहीं।"

"विलेन?"

"नहीं-नहीं। उसका बेतरह घबड़ा उठा ताऊ।"

"चलिए कूदा, तो आगे?"

हैरानी, गमी का आलम। सब रोते-कलपते, जार-जार आँसू बहाते। क्लोज अप में हरएक के आँसू कि गजब बरपा। इश इश।

"फिर डूब-मरा बापू?"

"मरे कैसे। यहीं तो है कहानी में जबरदस्त मोड़।"

"मोड़ कैसा?"

"ताऊ सबका पसंदीदा इनसान, तो साथ ही अच्छा तैराक-गोताखोर।"

"मोड़ यही कि बचा।"

"नहीं, ऊपर आया तो उसके हाथ में थी—"

"कोई लाश?"

"नो-नो। कैमरा और बातचीत का रिकॉर्डेड कैसेट।"

"ठीक से समझाइए, किसकी कैसेट?"

"विलेन यानी हीरोइन के मामा और घरजमाई फूफा का उसे मौत के घाट उतारने का प्लॉट और प्लान।"

"साफ कहिए कि धर लिये गए।"

"नहीं जनाब, मोड़ यह नहीं, आगे आने को है।"

एकाएक खबर मिली कि अड़ियल कैमरा चल पड़ा। डायरेक्टर कूदकर जा पहुँचे क्लैपर ब्वॉय के पास। असिस्टेंट डायरेक्टर का तड़पता कमांड 'कैमरा, लाइट-साउंड…' एक के बाद एक 'रेडी' सुना गया। उसके बाद 'एक्शन।' फिल्माना चालू।

सीन ट्रैजिक। छलककर ढुलकते आँसू मिड-शॉट से क्लोज-अप में। मेकअपमैन कभी यहाँ तो कभी किसी और के पास ग्लीसरीन गन से धारें छलकाते-बहाते दिखे। उधर मीडिया-रिपोर्टर चाय-ठंडा पी-पीकर बेजार। रोने पर रोना देखते बोर होकर बिखरते और उसके बाद सरपट भागते देखने में आए।

इन सबसे बेखबर डायरेक्टर ट्रैजिक सीन में बेतरह उभार लाने पर बराबर जुटे हुए थे। कैमरा कभी कार्डबोर्ड से बनाई कुँए की ऊपरी जगत पर तो कभी उसके ऊपर सर

उठाए 'ताऊ' पर, जो हवा में उठाए—थामे था कैमरा और कैसेट। इत्यादि।

शूटिंग देर बाद रुकी। सभी डायरेक्टर से 'पैकअप' ऑर्डर के इंतजार में थे जो इस वक्त उलझे थे बनवारी से, "प्रायः हर सीरियल के ज्यादातर पात्र सीन-सीचुएशन ट्रैजिक, हँसी-खुशी या फिर मंजीरा बजाते कान्हाजी के आगे बस जार-जार आँसू बहाने की मजबूरी झेलते। जरूरी है क्या?"

"दर्शकों को रास आता है।"

"ग्लीसरीन का भाव बहुत बढ़ गया है।"

"महँगाई का आलम है सो बढ़े। देखिए, मेरे पास टाइम नहीं है।"

"न मेरे पास, मगर दो-एक सवाल और हैं। सच तो यह है कि मैं भी तंग आ चुका हूँ।"

"सो आते रहें, पर पहले सवाल खत्म कर मेरी जान बख्शें।"

"आपके बनाए कार्यक्रम मेरे पसंदीदा हैं। आपकी कद्र करता हूँ।"

"शुक्रिया। यहाँ आप अकेले नहीं, और भी हैं।"

"सच कहिए, अपनी कृतियों के प्रसारण से आप संतुष्ट हैं?"

"यह सवाल क्यूँ?"

"इसलिए कि दर्शक को लगता है उसका मनपसंद कार्यक्रम उस तक इस तरह पहुँचता है जैसे आम जनता को नलों से रुक-रुककर मिलता बूँद-बूँद पानी।"

"और कुछ?"

"क्यों नहीं, खरखराती-चुहचुहाती भोंडी सीटियाँ और उनका मजाक उड़ाती आवाजें।"

"किसकी बात कर रहे हैं?"

"सिरफिरों के साउंड-एफेक्ट और पार्श्व-संगीत सबसे बड़े सिरदर्द। विज्ञापनों की रेलमपेल कि देखनेवाले त्राहि-त्राहि करते रह जाएँ।"

"साउंड-एफेक्ट और पार्श्व-संगीत पर जोर है, मगर विज्ञापन पर? गालिब की मदद लेते यही कह सकता हूँ—इश्क और विज्ञापन पर जोर नहीं मेरा।"

"तो किया क्या जाए?"

"यही सवाल आप से किया जाए तो?"

"साउंड-एफेक्ट ऐसे न हों कि संवाद को ले डूबें। रहे विज्ञापन, तो वह सिर्फ कार्यक्रम के शुरू होने से पहले और फिर खत्म होने पर।"

"तो विज्ञापन देखेगा कोई?"

"आप समझते हैं कि सभी दर्शक बराबर देखते हैं?"

"जाने दें। आपका सुझाव लागू न हो सके तो?"

"तो क्या, प्रोग्राम-कार्यक्रम को कीजिए चूल्हे के हवाले और होने दें केवल विज्ञापन··· रियलिटी का मुसलसल चलता महा-शो।"

इस पर डायरेक्टर जोर से हँसे, फिर बोले, "आपके सुझाव पर नहीं, अपने-आप पर हँसा। आप जैसी परेशानी मुझे भी है। सुनवाई कहीं नहीं।"

कहते हुए उठकर खड़े होते ऑर्डर गूँजा, "पैकअप", जिसके इंतजार में सेट पर मौजूद सभी थे।

वापसी पर उमा अपनी जगह पर बैठी दिखी। यह जानने में न आया कि वह उसके किए से हैरान, परेशान या फिर बोरियत की शिकार है। उमा ने उन पर सहज मुसकराते नजर डाली और कहा, "इनमें कुछ नहीं, है तो सिर्फ उत्सुक कौतूहल। निश्छल-निष्कपट होना 'शक्तिपुंज' में प्रवेश की पहली शर्त। बिना इसके कुछ वैसा ही, जैसे कंप्यूटर-राज के द्वार सही कोड पाने पर ही खुलते हैं। खैर। अब आगे कहीं? इस बीच दूसरों के साथ बुजुर्गों की मजलिस, जिसके बारे में अपने यहाँवालों से सुना, पर जा न सके, क्योंकि उनमें से एक बनने में उम्र आड़े आती है। इस अवसर को काम में लेने पर तो कोई रोक नहीं, फिर देर क्यों···"

क्लब या किसी होटल के लाउंज में दस-पंद्रह मोतबिर उम्रदराज लोग आपसी गुफ्तगू में मुब्तिला। इस वक्त एक दमदार मोतबिर का कहा सुनने को मजबूर दिखते दूसरे सदस्य। लगता यही कि सब इंतजार में कि कैसे उसका बोलना बंद हो और दूसरे चहकें।

"मैं बोलने पहुँचा कि बिजली गई और माइक फट्ट।"

"वापस हो लिये?"

"सच कहता हूँ—कमिश्नर ने पुकारकर कहा, 'सर्वहारा! माइक छोड़ो। जरूरत क्या, वैसे ही शेर बब्बर-सा दहाड़ते हैं'।"

"तो बस दहाड़े?"

"नहीं, दो टूक रख दी सारी बात सिर्फ कुछ मिनटों में। अंग्रेजी में।"

"बल्ले-बल्ले। मगर अंग्रेजी में दो टूक होता है? फिर क्या हुआ?"

"सब हैरान, दाँतों-तले उँगली। इश! इश! ताली-पे-ताली। कितने माँगने लगे कार्ड।"

"तो फिर?"

"दिए, पर कम पड़ गए।"

बीच-बीच में चश्मा लगाए, पेट बढ़ाए, मूँछ-दाढ़ी रखाए या दोनों मुड़ाए 'सीनियर' सिटीजन सवाल उछालते रहे, लेकिन सर्वहारा रुकने का नाम न लेते बोले जा रहे थे, "फिर क्या था, चाय आई। दो-दो बिस्किट—एक मीठा, दूजा नमकीन। मैंने अपना

प्याला धीरे से खिसकाया।''

''कमिश्नर की तरफ?''

''ओः नो। उनका टी-सेट पहले आया था। सरपंच माधव की तरफ, जिन्हें साथ लाया, पर चाय मिली नहीं।''

''आप रह गए?''

''कमिश्नर ने डाँट लगाई तो सिटी मजिस्ट्रेट खुद लाया। सच कहता हूँ।'' प्रोफेसर वेणु सोच में डूबे थे। एकाएक कुनमुनाए, फिर भुनभुनाते हुए बुदबुदाए, ''बब्बर शेर। मगर...'' पास बैठे बुजुर्ग ने गलती सुधारते कहा, ''मगर नहीं, शेर... बब्बर।'' तभी गटोरी ने सीधा सवाल किया, ''हमें भी बताएँ कि बोले क्या?''

''साफ कह दिया कि एडमिनिस्ट्रेशन चौपट है। आखिर जिम्मेदारी मिली तो निभानी पड़ेगी, गौर कर देखें।''

''क्या देखें?''

''देखने-करने को बहुत कुछ है। पेड़ लगाए सो तो ठीक, पर पानी देना है, देखभाल करनी है यानी एडमिनिस्ट्रेशन। इस पर कमिश्नर साहेब उछल पड़े और ऐलानिया कहा—ये हुई न बात, यू आर ग्रेट। तुरंत नोट कराया—एडमिनिस्ट्रेशन।''

''नोट किया? आपने खुद देखा?''

''कमिश्नर ने कहा तो नोट जरूर किया होगा। एक बात पूछूँ?''

''सारी बातें पूछकर ही करते आए हैं। पूछिए।''

''मिलता हूँ कमिश्नर, डिप्टी कमिश्नर, एस.डी.ओ. और जाने किस-किस से; अपने लिए नहीं, ऑन यूअर बिहाफ। किसलिए?''

मुलतानी अपने में खोए मूँछों से खेल रहे थे। कुनमुनाए, जैसे नींद से जागे हों और सवाल किया, ''किसलिए?''

''प्रॉब्लम! उनसे छुटकारे को। आपके।''

यहाँ बड़ी देर से गुमसुम रहे बुजुर्ग ने बोलना शुरू किया, ''चुप रहता हूँ, मगर हर बात गहराई में पैठकर परखने की गहन क्षमता, यानी नाप, तौल, तराजू सब चुस्त-दुरुस्त। जब बोला, नॉलेज बढ़ाने को। जो बोला हमेशा ठीक, गलत नहीं। पहले रिसर्च, फिर इत्मीनान होने पर ही कुछ कहें, जैसे कि मैंने जो कहा, सौ फीसद सच।''

सभी ध्यान से सुनने में लगे हुए, पर कोई पाराशर उखड़ गए, ''असल बात पर आइए न!''

''अभी बताया गया कि प्रॉब्लम नोट कराए गए हैं। होता क्या है? बुलावा। एक को नहीं, सबको। आगे भी कहना है, पर अभी नहीं। उस पर अनुसंधान चल रहा है। 'फिलहाल पूरी जानकारी नहीं हो सकी, इसलिए बाकी फिर। अभी वाणी को विश्राम

देना ही उचित है।''

सभी कम-ज्यादा ध्यान देते दिखे। बनवारी भी उनमें से एक थे। परेशानी भी कि कोई पूछताछ न कर बैठे और ऐसा हुआ भी। बगल में बैठे दीर्घकाय बुजुर्ग ने पूछ ही लिया—''आपको पहले कभी देखा नहीं। परिचय?''

''मैं सदस्य नहीं, पिताजी को लेने आया हूँ।''

''कौन?''

कुछ दूर पर ऊँघते बैठे की ओर इशारा किया।

''अच्छा, सक्सेना के सुपुत्र!''

बनवारी ने कुछ जवाब न दिया। ज्यादा देर चुप भी न रहे। पूछ ही लिया, ''अंकल, आप लोगों में से ज्यादातर खामोश कैसे?''

''तो करें क्या?''

''शोशे, चुटकी, चुटकुले! आखिर सभी मोतबिर मेंबर हैं?''

''बोलना आसान नहीं है बेटेजी?

''सो कैसे?''

''हमारे बीच कुछ को बीमारी घेरे है। खतरनाक स्वाइन-फ्लू जैसी।''

''बीमारी? स्लाइन-फ्लू जैसी?''

''हाँ, असरीली। मुँह खुला और बोलना शुरू किया तो बंद होने का सवाल नहीं।''

''उनके खिलाफ आवाज उठाइए।''

''इलाज कबूल, मगर उसके लिए भी जरूरी है बोलने का रुकना यानी बंद होना।''

''बोलते क्या हैं?''

शायद पास ही बैठे गुप्ताजी दोनों की बातें सुन रहे थे। वे एकाएक शामिल हो बोले, ''कई हैं जो बातें, वारदातें, चुटकुले, संस्मरण बार-बार कहते थकने का नाम नहीं लेते। एक मोतबिर हैं, जो अपने नौकरियाँ करने और छोड़ते चले जाने के हेड से लेकर टेल तक के एनेकडोट सिलसिलेवार बताए चले जाते हैं। जाहिर है कि हर बार नया मुमकिन नहीं, सौ पुराने घान उतरते चले जाते हैं। इसलिए हकीकत (फिल्म का जिक्र नहीं) यही—इंतजार।''

''मगर कब तक, अंकल?''

''शायद अनंत काल तक''। बीमारी कम होती नजर नहीं आती।''

''अंकल, आपमें से ज्यादातर ऊँचे ओहदों से रिटायर हुए! खाने-पीने-रहने की कोई परेशानी नहीं! यहाँ आ बैठने की आरामदेह सुविधा! फिर भी कुछेक के चेहरे पर मायूसी क्यों देखने में आती है?''

''सवाल का सीधा जवाब न देकर एक कहानी के जरिए वजह समझने में आसानी

होगी। कहानी मेरी नहीं किसी और की, इस तरह है :

"दो कुत्ते थे। एक गाँव का, दूसरा शहराती। गाँव का कुत्ता एक नदी के किनारे बसे गाँव में रहता था और रोज गाँववालों के घरों पर जा पहुँचता खाने की तलाश में। कहीं रोटी का टुकड़ा पा जाता तो कहीं सोटी की मार झेलनी पड़ती। इन सबके बाद ले-देकर वापसी होती नदी किनारे, जिसके नीचे-ऊपर भाग-भाग कर खूब भूँकता। सामने से गुजरती नावों पर बैठे लोगों, नदी के उस पारवाले कुत्तों, गाय, डांगर सभी पर जी भरकर भूँक लेने के बाद उसे आनंद और संतोष दोनों भरपूर मिलते थे। ऐसे में आना हुआ उसके पुराने दोस्त शहराती कुत्ते का। दोनों काफी देर तक भूँक-भूँककर प्यार से बतियाते रहे। एक दूसरे के हाल-चाल जानते रहे।

"शहराती अपने को ज्यादा देर रोक न पाया और गाँववाले से पूछ बैठा कि वह इतना दुबला कैसे है। आम तौर पर गाँव का रहना-सहना तंदुरुस्ती कायम करता है, तो फिर उसकी ऐसी हालत क्यों कि हवा का जरा तेज झोंका उसे उड़ा ले जाए। गाँववाला न न करते रह गया, पर साफ तौर पर जवाब न दे पाया। बातों-बातों में पेट ने पूजा का सवाल किया तो गाँववाला शहराती दोस्त को गाँववालों के घरों की तरफ ले गया। हाल वही—कहीं रोटी तो कहीं सोटी मिली। आखिरकार किनारे वापसी हुई। पेड़-तले सुस्ताने लगे।

"शहराती ने कहा कि यहाँ खाने का इंतजाम ठीक नहीं और यही है उसकी तंदुरुस्ती खराब होने की वजह। उसने समझाते हुए साथ चलने की राय दी। यह भी बताया कि चलकर खुद देखे—शहरी होटलों के सामने गोश्त और हड्डियों के अंबार, तो आम घरों के सामने एक से बढ़कर एक मजेदार खाने का जमावड़ा। जी भरकर खाने के बाद भी घटे नहीं, बढ़ता ही रहे। खाना भरपेट, इफरात के साथ।"

"बहुत देर सोच-विचार करने के बाद गाँववाला शहराती का साथ पकड़ शहर पहुँच गया। दो-एक महीने में ही उसकी काया पलट गई। मोटा-ताजा तो हुआ ही, उसके साथ ऊपरी चमड़ी और उस पर के बालों में चमक भी आ गई। ऐसा देख शहराती ने पूछा, "भरोसा हुआ मेरी बात का! देखा यहाँ का मजा-करिश्मा! खुश है न?" गाँववाले ने जवाब दिया, "ऊपर से सब ठीक-ठाक है, पर अंदर की बात? सिर्फ मुझे पता है। अपनी अंदरूनी तकलीफ सह नहीं पाता। मुझे वापस जाना ही पड़ेगा।"

"शहराती हैरत से घिरा उसकी तरफ देखता रहा। आखिरकार उसे पूछना ही पड़ा, "अच्छे-से-अच्छा भरपेट खाना, ऐशो-आराम की जिंदगी! क्या नहीं है यहाँ दोस्त? सब कुछ पाया कि नहीं?"

"तुम्हारा कहा सौ फीसद दुरुस्त है।"

"फिर भी गाँव-वापसी की जिद?"

"क्या करूँ दोस्त? मन दु:खी है।"

"कोई कमी रह गई तो बता?"

"सच्ची बात कहूँ?"

"बता न?"

"तेरे यहाँ सब कुछ है। खूब है। किसी बात की कमी नहीं। पर...?"

"पर क्या?"

"भूँकना नहीं हो पाता।"

"शहराती कुत्ता उसे देखता रहा।"

"गाँव के कुत्ते ने प्यार से भुक-भुक करते दोस्त से विदा ली और तुरंत गाँव वापस चला गया।

"तो यह रही कहानी और आपकी बात का जवाब। आपने जैसा कहा, सबकुछ मिलता है, मगर 'भूँकना' नहीं। एक तरह से यहाँ आ जुटने की यह भी एक वजह है। रही मायूसी, तो कुछ बाजी मार लेते हैं और कुछ रहते हैं इंतजार में। इसलिए मायूस दिखें भले, पर हैं नहीं बर्खुरदार। सक्सेना तो लगता है सचमुच सो गए, उन्हें जगाकर ले जाना होगा।"

बनवारी कुछ देर बैठे रहे दूसरों के साथ एक-जैसे सोच में डूबे। कुछ पूछताछ बाकी थी कि सदर की आवाज सुनने में आई, "सच कहता हूँ।" डि. कमिश्नर उठा, झप्पी मारी और बोला, "यू आर ग्रेट।"

"शेर बब्बर!!" यह मीटिंगवालों में से किसी ने कहा।

सुबह का नाश्ता समाप्त कर बनवारी तुष्ट-संतुष्ट थे और आगे पसरे दिन भर में क्या होगा, इसके ब्योरे का इंतजार था, जिसे उमा ही तय करती थी। प्राय: इस समय वह साथ होती थी, मगर आज नहीं। एक बात सोच में आई कि भोजन हो या नाश्ता, वह रही तो साथ, पर उसे स्वयं कुछ खाते-पीते हुए देखा न था। इस समय तो प्रतीक्षा ही थी। तभी वह कुछ दूर पर उसी की तरफ आती दिखी और बनवारी आश्वस्त हुआ। इस समय उसे देखते याद आई जब वह पहली बार सामने आई या कहा जाए अवतरित हुई थी—वही परिधान, वही वेश-भूषा, यहाँ तक कि वैसा ही चेहरे पर भाव। स्मित हास्य-मैत्रीपूर्ण। आकर सामने रुकते कुछ ही क्षणों बाद उसने कहा, "बनवारी, समय समाप्त हुआ। कुछ ही देर में तुम्हें अपनी दुनिया में वापस होना है। यहाँ रहते तुमसे शक्तिपुंज के किसी नियम का उल्लंघन नहीं हुआ। यहाँ रहते किसी शक्ति को पाने की ओर तुम्हारी रुचि न दिखी, कामना भी नहीं, जो निश्चित ही तुम्हें अलग श्रेणी में सूचीबद्ध करता है। इसे सराहनीय माना गया और तुम्हारे व्यक्तिगत जमा-खाते में जगह मिली। जाने से पहले एक रहस्य से परिचित कराना आवश्यक है। यहाँ ऐसा कुछ वास्तव में नहीं है जिसे तुम

देखते-अनुभव करते हो। वह सब तुम्हारी इच्छा और कल्पना से साकार होता है, हालाँकि परोक्ष में 'शक्तिपुंज' की शक्ति का खेल है। देखोगे यहाँ का वास्तविक सत्य या रूप?''

कहने के साथ वहाँ की एक-एक चीज जो क्षणों पहले थी, अब कहीं कुछ नहीं। थी तो एक विशाल प्राकृतिक गुफा, औसत से अधिक लंबी, चौड़ी, विस्तारवाली।

''सच तो यह कि एक तरह से मैं भी नहीं और न मेरा परिधान आदि। सभी हैं, जैसा तुम देखना चाहते हो। 'शक्तिपुंज' की अपरिमित शक्ति का महज एक नमूना। सोचने पर पाओगे कि यहाँ आकर सोचने मात्र से वही सब मिला, जिसकी कल्पना की। सबके पीछे तुम्हारा अपना हाथ, मगर उसके भी पीछे 'शक्तिपुंज' का ही विलक्षण योगदान है।'' कहते-कहते सब पूर्ववत होते देर न लगी।

''यहाँ से प्रस्थान करते उपहारस्वरूप एक अनोखी शक्ति के लिए तुम अधिकृत हो—पक्षी, चौपाए या किसी भी जानवर की बोली-बात समझने और उसी की वाणी में उससे बात करने की क्षमता। दूसरी यह कि आवश्यकता आ पड़े तो इच्छा करते मेरे साथ तुरंत संपर्क। यथासंभव मदद की अपेक्षा कर सकते हो, वह मैं परोक्ष में करूँ या स्वयं उपस्थित होकर।

''रास्ते के लिए अन्य उपयोगी वस्तुओं के साथ-साथ खाने-पीने की व्यवस्था है।

''समय हो गया प्रस्थान का। आँखें बंद कर दिशा की चिंता न करो और नाक की सीध में चल पड़ो। जब आँखें खुलेंगी तो अपने-आपको वापस लौटने के मार्ग पर पाओगे। अच्छा तो कल्याण हो।''

बनवारी ने आदेशानुसार आँखें बंद कर आगे बढ़ना शुरू किया। कुछ ही देर चलने पर पूर्वपरिचित गंगा के तीव्र प्रवाह की आवाज कानों में फिर से गुँजरित होने लगी, तो अनायास आँखें खुलीं और फिर से अपने को उसी पगडंडी पर पाया, जिसके सहारे दो सप्ताह पूर्व यहाँ तक पहुँचे थे।

लौटते बनवारी ने अपने में बहुत सारे बदलाव अनुभव किए। मन में स्थिरता, आत्मविश्वास, अदम्य उत्साह, कुछ कर उठाने में सक्षमता इत्यादि। संक्षेप में यही कि मनोदशा पहले से बिलकुल बदली हुई, यहाँ तक कि चाल भी। तभी तो उस विकट ढालवाली पगडंडी पर भी सधे कदम तेजी से उतरते जा रहे थे।

आते समय जिस यात्रा में लगभग पाँच से ज्यादा घंटे चलना पड़ा था, लौटने में मुश्किल से आधे से भी कम समय लगा। वह पहाड़ी गाँव नजदीक, जहाँ से यात्रा का आरंभ हुआ था। गाँव के बाहर चरागाह में दस-बारह घोड़े-घोड़ियाँ घास चरते कुलाँचें भरते दिखे। अच्छा मौसम। घनी घास। सभी जानवर मस्ती करते बड़े भले लग रहे थे, सो बनवारी कुछ देर वहीं विश्राम के लिए रुके और उन्हें देखने लगे। झुंड में घोड़े कम घोड़ियाँ अधिक थीं, जिनमें कुछ नई निकलती हुईं, अपनी चपलता में भागदौड़ करती, कुलाँचें

भरती औरों के मुकाबले कुछ अधिक प्रभावित कर रही थीं। बनवारी को एक घोड़ा दल से अलग एकाकी देखने में आया। अपेक्षाकृत मोटा-ताजा, दूसरों से कुछ दूरी बनाए घास में कभी-कभार मुँह मारता, पर वास्तव में चर रहा हो, ऐसा न था। उत्सुकता निवारण करने को मन किया तो बनवारी उसके पास गए। नजदीक होने पर देखा कि घोड़े की आँखों से आँसुओं की धार गिर रही है। गझीली पूँछ डोलती तो अवश्य, मगर उसमें तेजी-चुस्ती जरा भी नहीं, जिसे कहते हैं मरी-मरी।

पीठ थपथपाई और गौर करने पर यही दिखा कि आँसुओं का जैसे बाँध डबाडब हो रहा है। साँस धौंकनी सी। धौंसना भी हुआ, मगर कमजोर लाचारी का बोध कराता। धौंसते अपनी बोली में कुछ बोला, जो बनवारी ने साफ समझा। कह रहा था, ''पीठ थपथपाई तो मुझे रोना आया कि इस आदमी में दया-भाव है, मगर क्या फायदा! मेरे दर्द को समझेगा कैसे।'' तभी बनवारी ने उसी की तरह धौंसते और उसकी ही बोली में उसे पुचकारते-समझाते हुए कहा, ''समझूँगा मित्रा, पूरी बात तो बताओ।''

बातों के दौरान कई सुडौल नई निकलती, किलोलती घोड़ियाँ एक-एक कर पास आ सूँघा-साँधी करतीं और उलटे पाँव हिनहिनाती हुई झुंड में जा मिलतीं। धौंसना, हिनहिनाना सब घोड़ों की पारस्परिक बातचीत के अहम हिस्से होते हैं। घोड़ियों का वापसी पर इस तरह हिनहिनाना कहता था—'मरदुआ, लीचड़ है नासपीटा'।

बनवारी उजलत में थे सो फिर घोड़े से बात साफ करने को कहा। इस पर वह बोला, ''दयाल बटोही, मैं बताता हूँ। पहले जनम में मैं बड़ा आदमी था। धन, दौलत, ऐशो-आराम सब कुछ था मेरे पास भरपूर। सरकार में प्रभावी मंत्री था⋯जननेता। मनचाही खुशियाँ इच्छा करते मेरे ऊपर निछावर होती थीं। शौक पीना-पिलाना। गानवती-नर्तकी-अभिनेत्री-कवयित्री हर कोई मेरा एक इशारा पाते निछावर होने को लालायित⋯और तभी एक हवाई-दुर्घटना में मैं मारा गया। दूसरा जनम पाया इस योनि में। देख रहे हो कैसे यह सुंदर गठीली नई निकलती घोड़ियाँ आस-पास रहते बेचैन करती और अधिक पास आने पर ठिठोली करती मेरा मजाक बनाती हैं। अरे बटोही! मेरा दर्द क्या समझोगे! तुम समझते हो कि मैं घोड़ा हूँ। अरे नहीं-नहीं, मैं खच्चर हूँ⋯ सच्च।'' कहते हुए वह जोर-जोर से रोते जमीन में गिरकर लोटने-पोटने लगा।

बनवारी भारी मन आगे बढ़े। उन्हें घर छोड़े डेढ़ महीने से ऊपर हो चुका था, पर वापसी का सफर जल्दी तय करने की बात मन में नहीं थी। कारण यह कि स्वभाव से कौतूहलप्रिय थे और अपनी पाई शक्ति को नए खिलौने की तरह मानते रमे हुए। रास्ता सीधा रेलगाड़ी का नहीं था। अधिकतर पैदल तो इस तरह जगह-जगह रुकते-ठहरते। ऐसे ही गुजरना हुआ जहाँ किसी सरकारी अफसर के घर पर छापा पड़ा था। उनके पास अकूत संपत्ति की पक्की खबर मिली थी, जो वाजिब कमाई से कहीं ज्यादा थी। बनवारी

भी और तमाशबीनों के साथ रुककर देखने लगे।

तमाम कोशिशें बेकार जाती दिखीं, क्योंकि खास कुछ मिला नहीं। इन सबके बीच एक कुत्ता लगातार भूँके जा रहा था, रुकने का नाम नहीं। छापामार टीम के एक परेशान अफसर से मालूम हुआ कि खबर पक्की है, पर क्या करें, हमारी तमाम कोशिशें नाकाम साबित हो रही हैं, तिस पर यह कुत्ता भौंक-भौंककर हमारी परेशानी और बढ़ा रहा है। बनवारी कुछ देर से कुत्ते के भूँकने से मुखातिब थे, उन्होंने अफसर से उसे शांत करने की इजाजत माँगी। मिलने पर वह कुत्ते के पास गए। सुनने में जो आया वह था 'खुर्र-खुर्र, हिड-हिड, च-च-च जैसा, मगर कुछ ही देर बाद कुत्ता शांत हो गया। बनवारी उसका सर सहलाते मुँह के पास कान लगाए कूँ-कूँ सुनते रहे। उन्हें पता चला कि अफसर और उसके घरवालों से कुत्ता बेहद नाराज है, क्योंकि उसे खाना कम देते हैं और मारपीट ज्यादा करते हैं। राज की बात कब से भूँक-भूँककर कहता रहा कि माल-मत्ता नहानी और पूजा की कोठरी की दीवारों में छुपाया गया है।

बनवारी ने पास के बिस्कुट का डिब्बा अब शांत कुत्ते के आगे डाला, उसकी पीठ थपथपाई और वापस उसी अफसर के पास जा कुत्ते से मिली जानकारी उसे दी। फिर क्या था, काररवाई तेजी से आगे बढ़ी और कारगर साबित हुई। दीवारों के पीछे से नगदी और माल बरामद हुए। फिर याद आई उस आदमी की, जिसने जानकारी दी थी यानी बनवारी की, जो मिल न सके। मिलते कैसे, वे तो कबके वहाँ से निकल गए थे। आखिर घर पहुँचना था। समय से पहुँचे भी।

नोट : घर पहुँचने के बाद की घटनाओं को विस्तार देते पृष्ठ सील किए गए हैं। जो जानकारी अभी तक मिली, वह पर्याप्त समझी जाए। शब्दों को बार-बार दोहराते रहना बेमतलब है। सिर्फ यही कि बनवारी की उपयोगिता पर राय दें। ध्यान रहे वह आड़े समय उमा की सहायता ले सकते हैं। उमा ने आते आश्वासन दिया था।

□

विलास ठाकुर

पूरे इलाके में विलास ठाकुर ने अपनी अलग पहचान बनाई थी। गाँव बिसवाँ, जिसे कस्बा कहना ठीक होगा और उसके आसपास की आबादी अधिकतर किसानों और छोटे व्यापारियों की थी। जर-जमीन से लगे झगड़ों और दूसरे झमेलों से जूझतों के एकमात्र सहारा थे विलास ठाकुर। यही उनका धंधा बन गया था। धंधे में महारत भी थी। मशहूर था कि काम कैसा भी टेढ़ा या उलझा हुआ क्यों न हो, एक बार विलास ने हाँ भरी तो यकीनन पूरा हुआ। कैसे भी स्याह को सफेद या इसकी उलट करने का हर दाँव-पेच उनके पास था। कुछ विरासत में मिला, पर उसे पैना करने में कोई कसर न की और यही उनका जलवा था। खूबियों में कुछ तो बेमिसाल, जैसे कोई कैसा भी दस्तावेज या वसीयत हो, उसमें मनचाहे फेर-बदल को अंजाम देना उनके बाएँ हाथ का काम था, वह भी ऐसे कि असल-नकल में रंचमात्र का फर्क पाना एक तरह से नामुमकिन। असल बयनामे को फर्जी साबित करने के नायाब हथकंडों की उनके पास कमी न थी। यह सब था, पर उसकी भरपूर कीमत अदा करनी जरूरी थी।

जन्मे खानदानी नाई के घर में, पर चमत्कारी बुद्धि से समय जाते बिलसुआ से बिलास और अंततः विलास ठाकुर बने और पूरी जवार पर छा जाने में देर न हुई। जो इसे पचा न पाए, उनके बीच जब-तब खुसर-फुसर लाजिमी थी, पर पीठ-पीछे दबे-मुँदे, इस डर से कि बात विलास ठाकुर तक पहुँची तो लेने के देने पड़ते देर न होगी। ऐसे जुर्म की माफी उनके पास उसूलन न थी। ठाकुर के कोप की भेंट-चढ़ों की मिसालों की कमी नहीं, जिन्हें कैसी-कैसी परेशानियाँ न झेलनी पड़ीं मजबूरन।

बिसवाँ औसतन काफी बड़ा गाँव है जहाँ उनका पुश्तैनी घर के अलावा उसी से मिला एक और घर भी है, जिसे खुद उन्होंने बनवाया। रिहायश उसी में है। बस्ती में कभी-कभार ही निकलना होता, पर ऐसे अवसर पर हलचल कुछ बढ़ी देखने में जरूर

आती। कोई चाय-शरबत का इसरार करता, तो दूसरा सिगरेट-पान-गुटखा की पेशकश। एक तरह से एक-दूसरे की होड़ में लगा हुआ। मकसद यही कि नजरे-इनायत रहे, क्योंकि जाने कब किस वक्त उनकी मदद लेना जरूरी हो।

विलास ठाकुर के दो रूप थे। एक जो जाहिरा सबके सामने तो दूसरा अंतरंग। उनकी व्यक्तिगत जिंदगी के बारे में जानकारी कम, अटकलें ही ज्यादा थीं। देखने में आता धर्मपरायण साधू-संत जैसा चोला व बोली-बानी। इस भूमिका का उसी तरह पूरा निर्वाह करते, जैसे कि खसरा-खतौनी की अदला-बदली या पैमायश में हेराफेरी चुटकियों में करने का अंदाज, बशर्ते 'चुटकी' की भरपाई की गई हो। वैसे यह हर-हमेशा किया जाता था। नित्य-कर्म में पूजा, अर्चना, पाठ पर जोर और वह भी ऐसा कि कोई कर्मकांडी पुरोहित भी लोहा मान जाए। उनका यही रूप इलाके में धाक जमाए रखने में कारगर था। पर देखा जाए तो इसका निर्वाह आसान न था।

सूर्योदय से घड़ी भर दिन चढ़े तक राम-गुहार करने के बाद ही दूध-शरबत उनके गले के नीचे जाता था। इस बीच बरोठे में आनेवालों का जमाव होता रहता। ऐसों में वही जिन्हें काम कराना होता—वाजिब कम, पर ज्यादातर गैरवाजिब। खैर। समय पर विलास ठाकुर उनके बीच प्रकट होते। रामनामी कंधे पर, गले में झूलती सोने-मूँगे की माला, माथे पर लंबा तिलक, पैरों में खड़ाऊँ धारण किए। ले-देकर चमत्कारी व्यक्तित्व। सरसरी नजर सब पर, किसी एक पर जा टिकती तो वह उनके आगे पेश होता। दबी जबान पेशकश। ठाकुर सुनने के बाद एक संख्या दस, बीस, पचास या उसके ऊपर जजमान की जेब आँकते उच्चरित करते। आँकड़ा सुनते ही सामनेवाला आश्वस्त होता कि काम बना।

संख्या का इशारा मेहनताने का, जिसकी अदायगी भी नियमबद्ध। आधी तुरंत, बाकी काम होने पर। ठाकुर धन को हाथ नहीं लगाते, ऐसा प्रचलित है। सुविधा के लिए बरोठे के एक कोने में अपेक्षाकृत बड़े आकार की एक सुमरनी लटकी दिखती है, उसी में नियत राशि जमा होती है। आमदनी का दूसरा जरिया लेन-देन व उधारी। ठाकुर के अनुसार, आमद का बड़ा हिस्सा ऊपरवालों को जाता और बचा लगता धर्माद खाते। अधिकांश विधवा-वनिता आश्रमों या बाल-कल्याण, गौशाला आदि के लिए खर्च किया जाता था। इस पर बहुतों को शंकाएँ थीं सो रहें, इसका कुछ प्रभाव विलास ठाकुर पर पड़ा हो, इसका पता नहीं।

क्रम यथावत चल रहा था कि व्यक्तिक्रम हुआ ठाकुर की नौकरानी रधिया के साथ घर में एक स्त्री के आने से। पता यही चला कि वह हाल ही विधवा हुई है। यह भी कि वह रधिया की ही अपनी संतान है और उसके पास ससुराल से भागकर आई है। विधवा होकर माँ के पास आना भी स्वाभाविक था। तो फिर बिंदिया ही होगी। पूजा से

मन हटा और सुनने में रमा, सिनेमा की रील जैसा। फर्क यही कि स्वर के साथ तसवीर नहीं, जिसे देखने को बेचैन। पूजा छोड़ उठ खड़े हुए। रसोई की तरफ नजर डाली, जहाँ रधिया कुछ कर रही थी। सोचते हुए उसे पुकारकर बुलाया और दूरवाली दुकान से कपूर व अगरबत्ती लाने को कहा। उसके जाने के बाद अंदर से कुंडी लगाई, फिर बीचवाली दीवार के पास गए, जिसके दूसरी तरफ था उनका पुश्तैनी मकान। इधर-उधर नजर मारी, फिर चौकी घसीट दीवार के कोने तक ले गए और उसके ऊपर रखा स्टूल, जो कुछ अधिक ही ऊँचा था। धीरे, बहुत धीरे से सँभलकर उस पर चढ़े और दूसरी तरफ निगाह मारी। बिंदिया ही थी, जो आँगन में बालटी भरे पानी में नहाने जा रही थी। धोती जैसे-तैसे लिपटी थी। दो-तीन लुटिया शरीर पर पड़ी, तो साड़ी का काफी भाग शरीर से अलग हो जाना ही था। ठीक आँखों के सामने। तभी बाहर किवाड़े पर कुंडी खड़की। बिंदिया ने उधर देखते कहा, "छिन भर रुकी जाव, नहा रहेन है।" यह कहते फिर बदन पर पानी डाला, पर जल्दी में। बड़बड़ाते हुए उठी और खड़ी हो गई। ऐसा करते पूरी धोती नीचे गिरी और सामने थी वस्त्राविहीन बिंदिया। ठाकुर की आँखें उसी तरफ एकटक जमी, माथे पर चुहचुहा आया पसीना।

विलास ठाकुर सारी बातें सुनते-समझते तो क्या, बराबर टकटकी लगाए देखते रहे और विचलित होने से बचे न रहे। संक्षेप में यही कि बिंदिया में बात ही कुछ और लगी। शायद थी भी।

रधिया ठाकुर की विश्वासपात्रा सेविका थी। उसके रहने की व्यवस्था उनके पुश्तैनी मकान के एक भाग में थी। धर्मप्राण-साधू प्रकृतिवाला व्यक्तित्व और उसमें लोगों की आस्था बनाए रखने के लिए मन पर काबू रखना जरूरी था। इस अटक से निपटारे के लिए ऊपरी तौर पर शांत निराकार बने रहे, पर मन का क्या करें। दरअसल मन को काबू में रखना उनकी प्रकृति में था ही नहीं। ऐसे खेल खेलने के एक नहीं, अनेक अवसर आए और वे एक अच्छे खिलाड़ी साबित हुए। इसे उनकी कमजोरी कहना भी गलत न होगा। इसके जाननेवाले ज्यादा न सही, पर कम भी न थे, पर उन्होंने इसकी अनदेखी करना ही उचित समझा। विपरीत आचरण का मतलब था—आ बैल मुझे मार और वो भी किसी साधारण बैल का नहीं, साक्षात् विलास ठाकुर का सामना। इसलिए संकटमोचन मंत्र—सबसे भली चुप्पी। बिंदिया को माँ के साथ रहने की विलास ठाकुर ने आज्ञा दे दी।

दूसरे ही दिन जब विलास पूजारत थे तो बगल के मकान से स्त्री-स्वर सुनने में आया। रधिया तो यहीं सामने थी। अब भी सामने सिनेमा की रील, पर तसवीर नहीं, सब कुछ जीता-जागता। इस बीच पंजों पर चलती, अलगनी पर से सूखी धोती लेने-उतारने के लिए वह उचकी तो सर ऊपर हुआ। ठाकुर को लगा जैसे आँखें चार हुईं। यह एहसास भी कि बढ़ाया हाथ उन्हें छू न ले। हकबकाकर स्टूल से चौकी पर उतरते पैर

इरछे-तिरछे पड़ने से उतरना क्या, भहराकर नीचे आ रहे। सर दीवार से जा टकराने से चुटियाए, सो अलग। बैठे-बैठे किसी तरह घिसटते हुए आसन तक पहुँचे और गंगाजली मुँह से लगा एक साँस में लगभग खाली ही कर दी, पर असर खास नहीं। साँसें अभी तलक धौंकनी सी चलती हुईं। दूसरी तरफ से बिंदिया की अनखाई आवाज सुनाई दी, ''को आए दरवज्जा पीट रहा है? नहाब मुसकिल करे है। मालिक से कहै पड़ी तौ पता चली। हाँ नहीं तो।''

ठाकुर ने ध्यान-मुद्रा लगाने की बहुतेरी कोशिश की, पर आँख बंद करते ही सामने आती रही अभी हाल में देखी वही तसवीर। जैसे-तैसे पूजा समेट नियमानुसार बाहर बरोठे की ओर चल दिए।

लोग अपेक्षाकृत कम थे, पर जो थे वे उन्हें देखकर हैरान जरूर हुए। बिना सँवारे केश, माथा सूना, रामनामी नदारत, खड़ाऊँविहीन नंगे पाँव। पहले कभी यह रूप उनका दिखा न था। उचटे-मन कुछेक से बात की, फिर बिना कुछ कहे-सुने एकाएक वापस हो गए। लोग-बाग अटकलें लगाते दबी जबान बतियाते रस्ते लगे। ज्यादातर का यही सोच था कि हो-न-हो कोई बुरी खबर मिली या फिर किसी अफसर-कारिंदे की अवाती होगी। खैर।

विलास ठाकुर ने रिहायशी घर बड़े चाव से बनवाया था। वैसे भी उनके पुश्तैनी मकान से वह लगभग दोगुना बड़ा था। पर कभी-कभी अकेलापन जैसे काटता हुआ, जैसा कि उस वक्त। घरवाली को गुजरे कई साल हो गए थे। संतानों में लड़की की शादी दस-एक साल पहले हुई थी और इस बीच उसका सिर्फ एक बार ही पीहर आना हो सका था। वह भी माँ के न रहने पर। लड़का जीजा-जीजी के पास बंबई गया तो वापस लौटा ही नहीं। किसी कपड़ा मिल में काम से लगा था। इस तरह घर में सिर्फ बूढ़ी नौकरानी रधिया ही थी। वही सारा काम-धंधा सँभालती—साफ-सफाई से रसोई तक, सब।

बाहर से बरोठा पार करके अंदर आते था बैठका। उसमें एक तरफ था तखत गद्दी—मसनदवाला। पास ही थी अलमारी, जिसमें आगे की तरफ दवाइयों की अनेक बोतलें सजी हुईं, तो उसके ऊपरी हिस्से पर रामायण, महाभारत, गीता के अलावा दूसरी धार्मिक पुस्तकें। खिड़की जो भीतर आँगन की ओर खुलती थी, उससे दिखता पूजा का आसन, आगे पूजा में काम आते बरतन। प्राय: बिखरे हुए। मोटे तौर पर व्यवस्था का अभाव, क्योंकि वह विलास ठाकुर के बस में नहीं और रधिया के लिए असंभव। यूँ समझा जाए कि लाचारी।

पूजा की कोठरी पार करते दहलीज और आँगन, जिसके एक ओर थी रसोई। यहाँ भी बरतन कुछ सहेजे, पर अधिकतर बिखरे हुए। ऐसे में रहते अकेलेपन का माहौल बनना लाजिम है सो था। और ठाकुर की मौजूदा परिस्थिति में अपेक्षाकृत कुछ और

ज्यादा। इसलिए बाहर से अंदर आए तो एक अजब बेचैनी महसूस करते किसी बच्चे जैसे, जिसे खिलौना दिखा जरूर, पर दूर जा पड़ा हो। पर विलास ना ही बच्चे थे और बात किसी खिलौने की नहीं बल्कि बड़े लोगों के बीच के ऐसे खेल की थी, जिसके कायदे-कानून-जरूरतें अलग होती हैं। यह खिलाड़ी पर है कि उसे आगे कैसे बढ़ाया जाए। ऊहापोह में घिरे विलास ठाकुर कि तभी दरवाजे पर आहट से रधिया की अवाती लगी। उस समय किसी से बात करने को मन नकारता था, इसीलिए दीवार के दूसरे छोर की तरफ जा लिये, जिसके दूसरी ओर रधिया रहती थी। नजदीकी होने से दूसरा एहसास बिंदिया का सलोना चेहरा तो साथ ही सबकुछ जिसे कुछ ही देर पहले देखा था। दीवार के उस पार ही तो है वह। क्या करती होगी? सोच में उभरा।

रधिया ने कभी जिक्र किया था अपनी चचेरी बहन के बारे में, जो बिंदिया पर जान छिड़कती थी। उसकी अपनी गोद सूनी ही रही, तो हर वक्त बिंदिया को गोदी में उठाए रखती। आखिरकार आरजू-मिन्नत करते उसने बिंदिया को गोद ले ही लिया। बड़े प्यार-दुलार से पाल-पोसकर बड़ी किया और समय आने पर बड़ी धूमधाम से शादी की। ब्याह के बाद ही बस-दुर्घटना में उसके पति की मृत्यु हो गई।

भीतर से बाहर आँगन में झाड़ू निकालते रधिया ठाकुर के पास पहुँची तो हाथ रोक उनसे बतियाने लगी, ''जाने कइस बुखार पकड़िस है कि पूर देही जइसे अकड़ी जात है।'' उसे यह कहते सुन ठाकुर चौंक पड़े, पर जवाब देना ही था, ''जाते समय दवाई लेती जाना, भूलना मत। ठीक हो जाओगी।''

रधिया ठाकुर की बात अनसुनी करती बोले चली गई, ''सोचित है बिटिया आई है सो वहिका कही कि दुई-चार दिन वहै टहल संभार लेवै। ठीक रही न मालिक?''

''बिंदिया की बात करती हो?''

हँसने की कोशिश करते वह बोली, ''हाँ, वहै बिंदिया जहिका 'मुनियाँ' कहि के पुकारित रहै। ओहकेर मौसी नाम धरिस 'बिंदेसरी।' वहै होइगा बिंदिया अब। हे राम।''

''ससुराल से भागके आई है?''

''भागके? मालिक, वहिके ससुरालवाले मनई नाहीं, राच्छस हैं राच्छस। जो वहिके पास रहै, लूट-खसोट के निकार बाहर किहिन। भागके नाहीं, भगाय दिहिन तौ आई है करमजली। अउर कौन ठौर रहा उहिके पास।'' कहते हुए रधिया रो पड़ी।

विलास ने उसे दिलासा देते बहुत-कुछ समझाया, न्याय-कानून का हवाला दिया कि जोर-जुलुम का काट भी होता है, इसलिए जो आगे करना है सब किया जाएगा, उसे रत्ती भर फिकर करने की जरूरत नहीं। इत्यादि।

''सो तो है मालिक! आप तो साच्छात भगवान् हौ। अरे भगवान् के हियाँ देर भले होय, पर अँधेर नाहीं। सबका देखि हैं।'' और भी बहुत कुछ बोलते चली गई।

लेकिन विलास के आगे बिछी थी शतरंज और मोहरें ऐसे कि ठीक चाल से जीत की ओर ले जाते हुए। एक सोच यह भी कि लोग क्या कहेंगे, तो साथ ही जवाब कि घर की पुरानी नौकरानी की इकलौती संतान! मुसीबत की मारी, उसे उनके सिवा दूसरा कौन दे सहारा। आश्वस्त हुए तो खयालों का सिलसिला आगे बढ़ा। कपड़ों से अटे पड़े संदूक, हर तरह के दीगर सामान से भरी कितनी ही पिटारियाँ, रुपए-पैसे, गहने-बरतन—क्या नहीं था उनके पास। इसके साथ विश्वास कि हर किसी को उनकी जरूरत है, उन्हें किसी की नहीं। फिर क्यों जिस-तिस की परवाह करें। जो चाहें कर सकते हैं। बिना कोई परवाह किए। रधिया की बोली कानों में फिर से उभरी, जैसे पाँसों की रगड़ फेंकने से पहले इस यकीन से कि फेंकते ही पौ-बारह।

सोच-विचार में डूबे रहते वे बीच में कुछ बोले न थे, इसलिए उसका अपना अर्थ लगाते रधिया कह रही थी, "हमहूँ ककसू कहि दीन कि बिटिया काम संभार लेई। अरे बड़े घर की टहल, भला नवा मनई कइसन संभारी। मौसी केरे पियार-दुलार मा पली, घर का काम कबौ कीन्हिस नाहीं। जाए देव, हमै जैसे-तैसे संभारब।"

ठाकुर को लगा जैसे बिसात ही सामने से खैंची जा रही है। हड़बड़ी में आवाज में कड़क का पुट देते बोल पड़े, "नहीं रधिया, जान है तो जहान है। पहले तू बिलकुल ठीक हो जा, तब आगे की सोचना। बिंदिया को मोटा-मोटी काम बता दे, बस सँभाल लेगी। बाकी समझाने को मैं हूँ न। आखिर यहाँ रहना है तो कुछ करना तो पड़ेगा ही।"

"सो तो समझौ ससुराल हर-हमेस का छूट गए। दुई रोटी के जुगाड़ करै बरे हाथ-पाँव तो चलावै पड़ी। हमरे बरे तौ आप भगवानै हौ मालिक।" बोलते-बतियाते-खाँसते बीच-बीच में कराहते वह रसोई की ओर बढ़ ली।

विलास का दिल बल्लियों उछल रहा था। जाकर सोने के कमरे में लगे आईने के आगे जा खड़े हुए। उम्र पैंतालीस से ऊपर, पर पचास से कम। हाथ, पैर, देह अभी तक चिकनी, झुर्री का नामो-निशान नहीं। रही बालों की सुफेदी, सो तो बपौती से पाई थी। इस वक्त उसे देखते-परखते अचानक भूरीबाई की याद कौंधी। पिछले साल पूरब से एक नौटंकी कंपनी आई थी। उसकी खास अदाकारा थी भूरीबाई। गजब की नचनियाँ। नक्कारे की चोट पर उसके लटके-झटके तमाशबीनों के दिलों पर बिजली का सा करंट मारते, ऐसी चोट करती कि रातों की नींद हराम हो जाती। फिर गौनई जो कलेजा चीर भीतर जा उतरे। उसके नखरीले ठुमके और नजरों से बिखेरी अदाएँ कुछ ऐसी खासियत लिये कि हर तमाशबीन को यही समझ आए कि निशाने पर सिर्फ वही। दीवानों की कमी न थी, पर दिलफेंक विलास ठाकुर पर असर कुछ खास पड़ा और वह बने लोटन कबूतर के पट्टीदार। हर जाँ निसार। इन सबके साथ जब जेब भी भारी हो तो जुगत भिड़ाने में कौन अटक या देर। नोटों के साए में नौटंकी के मालिक से खुसर-फुसर हुई

नहीं कि मैदान जीता-जिताया होना ही था। इस तरह हो गया तुरत-फुरत इंतजाम। मुलाकात नक्की हुई।

तय किए गए दिन और वक्त से कुछ पहले ही विलास ठाकुर गजरे व तेल-फुलेल-बसे सजे भूरीबाई की हाजरी में मौजूद हुए। उस वक्त शो के तुरंत बाद नाच-गाने से थकी-माँदी भूरीबाई सोफे पर अधलेटी आराम फरमा रही थी। ठाकुर खेमे में दाखिल हुए किसी नए दूल्हे के अंदाज में।

चूँकि भूरी की उनींदी आँखें बंद थीं, इसलिए कुछ इंतजार के बाद विलास ठाकुर ने उसे अपनी ओर मुखातिब करने के लिए धीरे से खाँसने की जरूरत को नजर में रखते उसे अंजाम दिया, मगर हलके से। नतीजतन भूरी ने आँखें खोलीं और उनकी ओर देखा। इसके बाद पूरा मंजर ही बदल गया, वजह हँसी का जोरदार ठहाका, जैसे रात के सन्नाटे में आतिशी अनार फूटा हो। इसके बाद हँसी का दूसरा दौर, फिर ठहाका, जैसे अनार के बाद दूसरा बम फूटा। साड़ी का पल्लू मुँह पर डाल हँसी कि रुके नहीं, सो उसी से रचे-बसे बोल भी फूटे, ''भूरी सत्यानाशी, तू तो हो ली। तुझसे आँखें चार करने को बच रहे हैं चाचा-ताऊ ही नहीं बाबा···वा-वा!''

विलास ठाकुर पस्त-हिम्मत सक्ते में आए जैसे-के-तैसे ठगे से खड़े रह गए। इसके बाद जिसे कहते हैं सर पे पैर रखकर भागना सो भागे तो भागते ही चले गए। भागते चले गए जब तक कि बिसवाँ पहुँच अपने घर के अंदर जा तखत पर औंधे न गिर गए। तभी दम-में-दम आया।

भूरी ने जो कहा और जैसे कहा, जस-का-तस अकसर सामने आता रहा जैसे कि इस वक्त, जिससे झुँझलाहट लाजिमी है। खैर। पर इस बार फैसला कर लिया कि सुफैदी को जाना होगा—अलविदा। साथ ही पहरावा भी। सब शुरुआत एकदम नए सिरे से। इस बदलाव का पहला कदम। रिहर्सल।

रामनामी छोड़ रेशमी चादर और पंछा अलग कर बुर्राक धोती रेशमी पाड़ की बाँधी। कमर-पीठी सीधी करते कमरे में ही दो-चार बार चहलकदमी की और फर्क महसूस हुआ जब इन सबके बाद आईने के सामने एक बार फिर आ खड़े हुए। ले-देकर शख्सियत के बदलाव में कमबख्त सुफेदी, जिससे निपटारे की मुहिम के बारे में फैसला किया जा चुका था। इन अहम फैसलों को सीलबंद करना भी जरूरी था सो अलमारी के करीब जा सामने की दवाइयों-गंगाजल आदि के पीछे हाथ डाल खास बोतल निकाली। एक खासी जानदार खुराक गिलास में उँडेली और बिना पानी वगैरह की छेड़छाड़ के सीधे गले से नीचे उतार ली। इसके बाद रसोई की ओर बढ़े। लगा जैसे पैरों में स्प्रिंग की लचक आ गई हो। बगल में थीं दो साड़ियाँ। रधिया के पास जाकर उसे बताया, ''शहर जाना है कल, कचहरी का काम है। दवा खाने के साथ तुम्हें आराम

की भी जरूरत है। जरूरी है, समझीं। बिंदिया को काम की बता देना और करने को कहना। वापस आने पर बाकी सब कुछ मैं सँभाल लूँगा। फिकर मत करो, सब ठीक हो जाएगा।''

''बाइस पार किहिस है, पर अबै तक है नादान। तहि पर हियाँ बड़े लोगन का काम-धंधा।''

''नाहक परेशान होती हो। कहा न कि मैं देख लूँगा। हाँ, कपड़े-लत्ते लाई है? पूरे?''

''कहा न मालिक, जो तन पर हैं वहिके सिवा कुछ नहीं।''

''चलो, उसका पूरा इंतजाम देख लूँगा। अभी तो ये दो साड़ियाँ उसे दो। ब्लाउज शहर से लेता आऊँगा।''

इसके बाद भी कहने को तो बहुत था, पर संदेश भेजकर नहीं। इसलिए रधिया से फिर-फिर दुहराते रह गए, ''काम समझ लेगी।'' या ''तबियत पहले—उसी को देखो।''

साड़ियाँ लिये रधिया चली गई।

उसके जाने के बाद कुछ देर ठाकुर बैठे सोचते रहे, कुछ बीते दिनों की यादें, खासकर उन तमाम जनों की, जो उनकी कभी न कम पड़ती या बुझने का नाम न लेती प्यास बुझाती रहीं। इनमें से कोई दंद-फंद से बेबस किए जाने पर तो अधिकतर लालच दिखाकर या फिर राजी-खुशी। ऐसी भी यादें जो सुखद न थीं, जैसे रामकली-रधिया की ही कोई दूरदराज के रिश्ते से भतीजी। ठाकुर की नजर पड़ी। पास··· फिर बहुत पास आते देर न लगी। बात ने तूल पकड़ा जब पता लगा कि वह पेट से है। ठाकुर ने पल्ला झाड़ने के बहुतेरे यत्न किए, यहाँ तक कि बच्चा गिराने की हर कोशिश। ऐसे में तुरुप चाल चलते किसी और पर तोहमत लगाई ही नहीं, अच्छी तरह से फिट भी कर दी। काफी बावेला उठना था सो उठा, पर इस बीच रामकली वहाँ से ऐसी गई कि उसका अता-पता न मिला। खैर, इस वक्त तो खयालों में सबसे ऊपर थी बिंदिया। सोच रहे थे—साड़ियाँ पाकर कैसा लगा होगा? खुश होगी? अपनी माँ से क्या बातें करती होगी?

रहा न गया तो बीचवाली दीवार के पास कान लगाकर जा खड़े हुए, पर बात कुछ बनती नजर न आई। दो-एक शब्द ही सुनने में आए। एक बार सोचा कि क्यों न पहले की तरह ऊपर चढ़कर झाँका जाए, पर हिम्मत न जुटी। एक कारण यह भी कि गिरने से कमर और दीवार से सर टकरा जाने से पड़ा गुलमटा अभी तक दर्दीला था। दूसरे, रधिया की किसी भी समय वापसी। इस बीच शायद दोनों दीवार के पास आ गई थीं क्योंकि बातचीत समझ में आने लगी।

''छिनौ सोचिन-बिचारिन नाहीं। दुई धोती पकड़ा दीन्हिन। कहिन दे दो जाके, बाकी बाद में देखा जाएगा। सुन्यो? सच्ची देवता सरूप हैं।''

"अरे अम्मा, अब बस भी करौ। धानी हरी तौ ठीक, पर ई लाल! सबै यहै पहिरे देखात हैं।"

"अरे बिटिया, अस्मान से धरती पर उतर। हाँ नाहीं तौ। अच्छा चली, टहल पड़ी है।" कहते खाँसते चली होगी, ऐसा लगते ही विलास लपककर पूजा के आसन पर जा विराजमान हुए और जल्दी-जल्दी हनुमान चालीसा पढ़ने लगे। रधिया आई और रसोई में कुछ धरा-उठाई करने लगी।

ऐन सबेरे विलास ठाकुर शहर रवाना हो गए। दूसरे दिन वापसी हुई, तो क्या तामझाम! चोला ही बदला हुआ! ठाठ ही निराले! सुफैदी दफा। काले बाल करीने से कटे। रेशम मिले डोरिया का बढ़िया कुरता, नीचे पाड़दार धोती, पाँव में चमक मारते पंप-शू और हाथों में दो झोले सामान से अटे। लिये-दिए घर पहुँचे तो सीधे अपनी कोठरी में। झोले एक ओर धरे, पहले चारपाई पर बैठे और फिर मसनद पर अधलेटे हुए—ऐसे कि रसोई दिख सके। बरतन खड़के, साथ ही धानी साड़ी चमकी, तो फिर क्या! मन की कली खिल गई। सीधे हो गए और खड़े हो झोलों से सामान निकाल अलमारी व आलों में करीने से लगाया। कितने ही आइटम थे। नहाने के साबुन, लगाने को कई तरह की क्रीम-वैसलीन, दाँत ब्रश, पेस्ट, केश-तेल की कई शीशियाँ, कुछ खास दवाएँ और बीड़ी-बंडल की जगह सिगरेट के पाकिट। और भी बहुतेरी चीजें थीं।

रसोई में बरतनों का बीच-बीच में खड़कना ठाकुर को आरकेस्ट्रा के बाजे से कुछ कम न लग रहा था। दबी नजर रसोई की ओर जाती तो धानी साड़ी की झलक पाते अपूर्व संतोष का अनुभव करते रहे। तभी किसी के उनकी तरफ आने की आहट मिली, तो लपककर बिस्तर पर मसनद के सहारे जा बैठे। साथ लाया अखबार सामने, जैसे उसी में खोए हों। अखबार से नजर उठाकर सामने देखा, तो पानी का गिलास लिये खड़ी थी बिंदिया। गिलास लेकर पूछा, "कब आईं काम पर?"

"आपके जाए बाद। माई लय आई रहेन।"

"काम समझा दिया?"

"थोड़-बहुत समुझा है, बाकी आप ते जान लवें।" कहते सर पर पल्ला सँभालते निगाह ठाकुर से मिली।

वे बोले, कुछ कहा-सुना, जो समझा पाए या नहीं—खुद उनको भी इसका पता न हो सका। कहने को क्या कुछ न था, पर कहते भी क्या, क्योंकि सब कुछ जैसे अंदर से उठा और गले में फँस गया। खँखारकर उसे साफ करने की कोशिश करते उन्हें लगा जैसे वह मुसकराई। जो सुनने में आया वह था, "अउर कुछ चाही मालिक?"

कुछ भर्राई आवाज में विलास ने कहा, "चा बना लोगी?"

"काहे नाहीं। अबै लाइत है।" कहते हुए चलती-चलती रुककर मुड़ी और पूछा,

"अउर कुछ चाही?"

एक बार फिर पूरे शरीर पर चींटियों के रेंगने जैसा अहसास करते यही कहा, "वो सब फिर बताएँगे।"

मुड़कर जाने के पहले दम-भर को नजरें उलझी रहीं। लगा जैसे उनके अंतर की व्यथा-कथा उस पर प्रकट है। तभी न उसके चेहरे पर उनकी समझ से मुसकराहट पलक झपकते खेल गई दिखी। महसूस हुआ वह तसल्लीबख्श हो सके, इसके पहले वह जा चुकी थी। माथे पर पसीने की बूँदें अँगोछे से पोंछ हाथ के पंखे से हवा करते नजर सामने के आईने पर गई। सब संतोषजनक। पानी का खाली गिलास पास की चौकी पर रख इधर-उधर नजर डाली। एक-एक चीज कायदे से रखी, पूरी तरह से सुव्यवस्थित। गरद का कहीं नाम नहीं। रधिया के यह सब करने का सवाल नहीं उठता, तो फिर उसी ने किया होगा। सोचने-विचारने को बहुत कुछ था, पर जो भी हो या न हो, मन संतोष से भरपूर था। निकट भविष्य की कल्पना सुखद निमंत्रण देती लगी। वे इंतजार करने में लगे, चाय का तो शायद कम, उसका कहीं ज्यादा जो चाय लेकर आएगी।

□

बिंदिया

मौसी ने गोद लिया और नाम दिया बिंदेश्वरी, जो आगे चलते सिकुड़कर हुआ बिंदिया। पुकारने में सुविधा के लिए अकसर ऐसा होता ही आया है। फिलहाल उसकी अवाती ससुराल से भागकर माँ के पास आने से होती है। जब मौसी चल बसी हो, तो माँ के पास आना स्वाभाविक मान लेने में वैसे तो साधारण घटना, स्वीकारने में आया ससुराल छोड़ भागकर आना। बस एक नया शिगूफा आम लोगों को मिला और तरह-तरह से की बातें। चर्चे छिड़ते ही, सो छिड़े। वैसे भी जब सयानी सुंदर लड़की की बात हो। वैसे बिंदिया को साधारण लड़की समझ लेने की जल्दबाजी अधिकतर लोगों ने की, विलास ठाकुर भी उन्हीं में एक थे।

शक्लो-सूरत से आकर्षक थी ही, पर किसी पारखी को उसकी आँखों और चितवन को समझ पाना आसान न था, खासकर जब उसे दूसरी तरफ से कोई मदद न मिल रही हो। यहाँ मदद तो दूर, बिंदिया ने उसे बेहद मुश्किल बना दिया था। अगर ऐसा न होता तो कोई देख पाता कि उसकी चितवन कितने ही तरह की थी। इनमें से खास तौर पर वह, जो मेल खाती थी किसी हिंसक शेर, चीते, या सर्पिणी से, जो आगे आए शिकार को विवश तो करती है, पर उस हद तक कि पूरी तरह सम्मोहित हो आनेवाले आक्रमण के लिए समर्पित। लेकिन यह सब आँखों में किन्हीं परदों के पीछे दबे-छुपे, परदे जो यदा-कदा ही उठते-गिरते रहते थे। अधिकतर तो जो दिखा, उसमें निरीहता, बेबसी और किसी हद तक समर्पित हो जाने का निमंत्रण देता भाव। ऐसे में पारखियों को मारें गोली, आम तौर पर उनका पूरा अभाव है। जो होते हैं उनकी बात करें तो वह खुश कि दिल लगाने का न सही, बहलाने का मसाला तो यकीनन है ही। ऐसा समझनेवालों की बहुतायत होना लाजिम है, सो थी। हमारे विलास ठाकुर में खास मिकदार से ज्यादा ही। फिलहाल देखना यह है कि उनका और बिंदिया का प्रसंग कैसे आगे बढ़ा।

बिंदिया आई तो उसके साथ ही विलास की दैनिकी में उबाल आया। वेशभूषा में खासा बदलाव, बाहर समय देने में कटौती करते घर के अंदर रहते या तो अध्ययन, सचमुच या फिर उसका नाट्य रूपांतर, लेकिन इन सबके पीछे सिर्फ एक ही कोशिश कि बिंदिया से निकटता बढ़े। इसमें सफलता कम ही मिलती दिखी, क्योंकि दूसरी तरफ से सहायता न मिल पाई।

बात बढ़े भी कैसे, जब हर कोशिश में अगले तरफ से 'हाँ' या 'ना' या फिर शब्दहीन सर हिले-डुले। ठाकुर के हर दाँव-पेच ला-असर होते रहे और मामला ठंडा ही रहा। इससे बेजारी बढ़नी थी, सो बढ़ी।

रात का खाना निबटते देर हुई तो रात गहराने पर जाने की सूचना देने बिंदिया ठाकुर के पास गई। वे अध्ययन में संलग्न थे—महाभारत का द्रोपदी के चीरहरण का प्रसंग सामने था। मनोदशा दुर्योधन, दु:शासन की। दृश्य के चरम की प्रतीक्षा, उत्कंठा से मेल खाते हुए तभी नजरें ऊपर उठाईं तो सामने द्रोपदी की जगह लिये दिखी बिंदिया, तो हड़बड़ी में पूछा, "तुम्हारा खाना...खाया?"

सर 'हाँ' में हिला।

"वैसे पूरा काम-धंधा ठीक से सँभाल लिया है। काफी खटनेवाला है। देखो, यह सब है, पर अपना पूरा खयाल रखो। जो चाहिए बिना-हिचक बताओ। समझ आई?"

हामी में फिर सर डुला।

अंदर-ही-अंदर ठाकुर खीझे, दुर्योधन से कम नहीं। महाभारत जोर से बंद कर दी। किसी भी क्षण मुड़कर 'ये गई वो गई' हो सकती है, लेकिन मन चाहता रहा कि कुछ देर और रुके...कुछ और न सही, तो बतियाए ही। वह मुड़ी तो पूछ बैठे, "पान बना सकोगी?"

वैसे जाने को मुड़ चुकी थी। वापस उनकी ओर नीची निगाह, शायद मुसकराते। धीरे से सुनाई दिया, "हाँ।"

जाते-जाते रुकना, मुड़ना, मुसकराते हुए 'हाँ' कहना! बस, ठाकुर निढ़ाल।

"भीतर चौकी पर सामान धरा है।"

अबकी उनके पास शब्दों का नितांत अभाव।

बिना कुछ कहे-सुने वह चल दी। एक बार खुद जा उसे सामान दिखाने-समझाने की सोची। पर चीरहरण की सभा के द्रोण भीष्म इत्यादि की तरह ही बैठे रह गए, नि:शब्द। असमंजस में घिरे बैठे विलास के सामने थी तश्तरी में बीड़ा सजाए द्रोपदी नहीं, बिंदिया। खैर।

मन मारकर बीड़ा उठा मुँह में डालते हुए रुककर पूछा, "अपने लिए?"

आँचल से हाथ पोंछते चेहरा निर्भाव, सर हिला। जवाब साफ, "ना"। अबकी मुड़ी तो फिर चली ही गई।

पान चबाते ठाकुर अपनी बेवक्ती बुजदिली को कोसते-धिक्कारते रहे। क्या करते सिवा गुस्सा उतारने के, वे भी खुली महाभारत कुछ ज्यादा ही जोर से बंद करके टहलने लगे। सोचने में यह भी आया कि दो जून का कायदे का खाना एक अरसे बाद, बढ़िया नाश्ता-पानी, बहुत सुधरी हुई घर की व्यवस्था! यह सब कुछ भी गलत-सलत कहने-करने से सपना होते देर न लगेगी। पर मन का क्या करें, जो बस मानता ही नहीं। बिस्तर पर लेट गए। वैसे रहे करवटें बदलते, आँखों में नींद दूर-दूर तक नहीं। देर रात गए कहीं आँख लग पाई। देर से सोए तो जागे भी दिन-चढ़े। रसोई की छुट-पुट आवाजों से यही अनुभव हुआ, जैसे बिंदिया ने खुद आकर जगाया हो। पूरा दिन सामने है, क्या कुछ न हो जाए। बिस्तर छोड़ा तो मन में अतीव उल्लास लिये हुए। जैसे-तैसे स्नान-पूजा से निबट नए ढब से सज-धज पहुँचे आईने के सामने। गरदन-कंधे उचकाते, आड़े-तिरछे होकर आश्वस्त होने की कोशिश कि सब चुस्त-दुरुस्त है न? ऐसे में दरवाजे पर आहट हुई और साथ ही सुनाई दी बिंदिया की आवाज, ''नास्ता कई लीन जाए।''

चौंक उठे विलास और हड़बड़ी में 'शांताकारम भुजगशयनम' का पाठ भुनभुनाते स्वर में गुंजरित करते हुए बाहर आए। हड़बड़ी इसलिए कि बिंदिया की आवाज अचानक सुनी। साथ ही कौंधा यह विचार कि शीशे के आगे जो कर रहे थे, कहीं वह देख न रही हो। नरवसाए विलास पाठ गुनगुनाते आँगन पार कर रसोई के सामने के तखत की ओर बढ़े। वहीं खाने का प्रबंध था। सामने था मलाई-उतराता दूध का कटोरा, फिर आया घी से तर सूजी का हलवा, जिस पर इफरात से पिश्ते-बादाम की कतरनें अँटी हुईं। यह देखते सोचने में यह भी आया कि कोई संकेत न हो कि 'बुढ़ियाए' को जरूरत है अतिरिक्त गिजा की। हाथ बढ़ाते नजर उठी कि ऐन सामने हाथ का पंखा डुलाती बिंदिया। इस बीच मुँह में कौर गया और चबाना शुरू ही किया था कि बिंदिया फिर बोली, ''साइत ठीक बना नाहीं?''

निगलने के बीच कुछ जवाब देने की हड़बड़ी में ठसका उठा। उसे भरसक दबाते कहा, ''नहीं तो। बहुत अच्छा बनाया है। कहाँ सीखा?''

''मौसी सब सिखाइन रहै।''

''इतना सारा··· सब मुझे परोस दिया। अपने लिए तो बचाया है?''

''हाँ मालिक।''

दरअसल आठ-दस दिन से गुमसुम रही को एकाएक इस तरह बात करते देख विलास अचरज में आ गए थे। मन में गलगल कि क्या अच्छी सी बात कहें, लेकिन समझ में ऐसी कोई बात न आई और आ गए उसी पुराने ढर्रे पर, ''कोई चीज की कमी हो, तो शरमा-शरमी चुप न रहो। तुरंत···''

''हाँ मालिक।''

''कुछ चाहिए···अभी?''

''ना मालिक।''

''खैर। जैसा कहा वैसा ही करो।''

''हाँ मालिक।''

हाथ धोकर बाहर जाते दिल-जँवई हुई। कुरता, धोती, कोल्हापुरी चप्पल, तिस पर सुफैदी की जगह काली जुल्फें! देखनेवाले देखते ही रह गए। इसे भाँपते उन्होंने सफाई पेश की—कलेक्टर साहेब के साथ पिछली मुलाकात में साहेब को उनके बूढ़े होने का अहसास हुआ। शायद इसीलिए उन्होंने समय से पहले पेंशनवाली स्कीम की तरफ इशारा भी किया। ऐसे में जरूरी काररवाई करनी ही थी। इत्यादि। लोगों के साथ बरताव जस-का-तस बल्कि कुछ अधिक ही उत्साह के साथ। वैसे काम के सिलसिले में पहले सा ही कम बोलना। काम से काम, फिर तुरंत घर-वापसी। जब से बिंदिया ने घर सँभाला, तब से घर से बाहर रहना उन्हें कम रास आता। लोग चले जाते तो बाहर की सुमरनी अंदर खाली करके उसे उसकी नियत जगह पर वापस रखना रोज का नियम था।

उस दिन भीतर लाते सुमरनी को इस हाथ से उस हाथ में इस तरह उछाल रहे थे जैसे क्रिकेट का गेंदबाज गेंद फेंकने के पहले करता है, यह सोचते कि कैसे सामनेवाले खिलाड़ी को चकमा दिया जाए। ऐसा ही कुछ मिलता हुआ सोच ठाकुर का भी रहा होगा। जमा गिनकर सहेजना उन्हीं का अपना काम था, पर इस वक्त बिंदिया को आवाज देकर पास बुलाया और उसे सौंपते हुए कहा, ''गिनकर मुझे बताना, फिर भीतरवाले कमरे में आले में रख देना। हाथ खाली हो तो आना, कुछ दिखाना है।''

बिंदिया के जाने के बाद कमरे में गए और बिस्तर पर पड़ा पैकेट उठाया। किसी आसामी के मारफत शहर से आज ही मिला था। पैकेट खोला। देखकर संतुष्ट हुए और फिर से जैसे-का-तैसा लपेटकर वहीं रख दिया।

चौकी पर रखी धार्मिक पुस्तकों की अनदेखी करते तकिए के नीचे से एक किताब निकाली, जो हाल की शहर-यात्रा में एक गुप्त प्रकाशन से पूरे पचास रुपए में खरीदी थी। उसमें रमते देर न लगी। बाँचते कम, तसवीरों को बारीकी से जरूर देखते सिहाते रहे। अभी तक बिंदिया न आई तो किताब यथास्थान रखकर फिर मसनद से टिक गए, आने के लिए फिर हाँक लगाई। वह आई और सकुचाती हुई एक ओर खड़ी हो गई। ठाकुर ने मुसकराते हुए सामने से पैकेट उठा उसे खोला और चमचमाता ट्रांजिस्टर निकाल उसकी ओर बढ़ाते हुए पूछा, ''बताओ यह क्या है?''

वह कुछ न बोली।

इस पर खुद बात आगे बढ़ाई, ''रेडियो, जिसे ट्रांजिस्टर कहते हैं। बैटरी से चलता है। इस बटन को दबाओ तो चालू और यह दूसरा है बंद करने के लिए। पास की घुंडी

घुमाने से प्रोग्राम बदलता है।'' बताते-समझाते स्विच दबाया तो एकाएक कमरा रफी के किसी प्रेम-गीत से गूँज उठा। एक-आध मिनट चलाने के बाद रोककर पूछा, ''कैसा लगा तुम्हें?''

''रेडियो ठीक है।''

''और गाना?''

शरमाते हुए चुप्पी तोड़ते धीरे बोली, ''वहौ। बड़े मनइन केर खिलौना आए।''

''अरे नहीं, तुम्हारे लिए है। काम करते बस गाना-बजाना, नाटक, खबरें सुनती रहो। लो सँभालो।''

फिर जैसे अभी-अभी याद आया, ''अरे हाँ, नहाना-धोना कैसे होता है?''

''अँगना माँ। जानत तो हैं।'' कहते लगा कि आँखों में हँसी, जो छुपी न रही। ठाकुर हकबकाए कि कहीं उस रोज देखा तो नहीं था! बात का रुख पलटाते बोले, ''उस घर का सब पता है। यहाँ नहानी है, पर काम में नहीं आती। मैं तो कुएँ के पासवाली चौकी पर स्नान करता हूँ। ऐसा करो, नहानी तुम काम में ले सकती हो। ठीक है न?''

हामी भरकर जाने को मुड़ी, तो बिस्तर पर पड़ा ट्रांजिस्टर उठा ले जाने को कहा। आज्ञा-पालन करते वह चली गई। घर की काम में न आती नहानी का भी राज है। रोचक भी कम नहीं।

करीब डेढ़-दो साल पहले विलास ठाकुर की दूर-दराज के नाते से साली रन्नो का बिसवाँ के स्कूल में बतौर टीचर तबादला हुआ। फिर क्या, उन्होंने साली साहिबा को हाथों-हाथ लिया। खुशशक्ल स्वभाव की चुलबुली, विनोदप्रिय। जीजा दिलोजान से निछावर हो गए। हर दलील नकार हक जताते साथ रहने की पेशकश की। रन्नो को आखिरकार हामी भरनी पड़ी। तभी ठाकुर ने नहानी में बाहर से अंदर देखने के लिए एक 'झरोखे' का निर्माण किया। प्रयोग कामयाब होते देर न लगी और यह भी कि पूरी सफलता से उसका उपयोग हुआ। नैनसुख तो मिला, पर बात यहीं तक सीमित न रह आगे बढ़ी सो बढ़ती चली गई।

बिसवाँ में दबी-छुपी चर्चा फैली और होते-करते रन्नो के पतिदेव तक जा पहुँची। वे आनन-फानन आ धमके। ठाकुर के लिए जैसे दाल-भात में मूसरचंद। पूरी तौर पर रस में भंग। सिफारिश के साथ भर-मूठ सेवा-शुल्क के बल पर तुरंत तबादला करा पतिदेव रन्नो को लेकर ये गए वो गए। ठाकुर के सपने चूर और वह झरोखा नाबाद हुआ। खैर।

बात पुरानी आई-गई हुई। अब थी बिंदिया, जिसमें बात ही कुछ और। ठाकुर पर उसका जादू पूरी तरह से हावी। भोजन के बाद बिंदिया के जाते ही ठाकुर सक्रिय हुए। जाँच-सँभालकर नहानी में साबुन-तेल की शीशी, पैर धोने का झाँवा आदि रखा। एक अँगोछा भी, पर बड़ा नहीं। खिड़की के काँचों को साफ किया, ताकि अंदर उजाले में

कमी न आए। चोर-झरोखे का बारीकी से परीक्षण करने के बाद ही तसल्ली हुई। देर से नींद आई, पर सोने के बाद भी सपने उसी के आते रहे।

अलगनी पर गुलाबी धोती बाहर जाते देख ली, फिर भी तोते की तरह नहाने की बात दोहराते गए। वैसे नहाने के लिए धोती लाई गई थी। उस दिन काम कुछ ज्यादा खिंचा तो समय लगना ही था। फुरसत निकाल अंदर आए। अलगनी पर साड़ी नहीं थी। फिर भी दबे-पाँव नहानी के दरवाजे से कान लगा टोह ली। फिर झरोखे पर जा पहुँचने में देर न की। जैसे बाइसकोप में तमाशा देखने के लिए किया जाता है, और देखने लगे।

कंधे पर धोती अभी तक थी, इसलिए ज्यादा बदन ढका-मुँदा, सिवाय हाथों के, जो बगलों तक खुले हुए थे। पैरों की घिसाई चल रही थी। काम में तेजी आई तो धोती सरकी और एक छाती सामने हुई। अबकी उसने धोती को खींचकर फिर कंधे पर डाल लिया। यानी ठाकुर को मायूसी। जल्दी ही सीन पलटा। शरीर उघाड़ पानी उलीच साबुन की बट्टी इधर-उधर घुमाने लगी। आगे, पीछे, नीचे, ऊपर—हर तरफ। ठाकुर दम साधे देखते रहे। ढेर सा पानी उँडेलकर साबुन बहाया, फिर उठकर सीधी खड़ी हो गई। इस बार धोती नीचे ही पड़ी रही। हाथ में अँगोछा लिया और अंग के हर हिस्से पर एक नहीं कई-कई बार घुमाया। ऐसे में कुछ भी अनदेखा न रहा। सूखी धोती उतार ऊपर डाली, पर कुछ ऐसा पोज कि ठाकुर कसमसा उठे। इसका मतलब कि नहानी से बाहर आने का समय पास।

तेज कदमों बाहर हो गए। लाँघते-फलाँगते-हाँफते पहुँचने से हँफनी चढ़ आई। तिस पर मानसिक उथल-पुथल, जिसे उन्होंने खुद न्योता था। इन सबको शांत करते और संयत होते देर लगनी ही थी। कुछ देर बाद अंदर आए। उन्हें आते देख बिंदिया, जो बाल सुखा रही थी, सर पर आँचल लेते रसोई के अंदर चली गई।

खाना परोसते करीने से धोती-ढके अंग ठाकुर की नजर में उघाड़े, जैसे कुछ देर पहले देखे थे। खाने पर नहीं, मन कहीं और। कौर तोड़ते, टूँगते देख बिंदिया ने पूछा, "तबियत तौ ठीक है?"

"कुछ नहीं, यूँही सर कुछ भारी लगता है।"

"तो फिर गुल-बनपसा केर काढ़ा बनाई?"

"नहीं! रहने दो, फिर देखेंगे। नहानी में साबुन, तेल सब है। लिया था?"

"हमरे बरे?"

"और किसके लिए? मेरा सो अलग है।"

"साबुन लीन। तेल लइ लेबे।"

"सब्जी अच्छी बनी है। रेडियो ठीक चल रहा है?"

"हाँ।"

"बादल गहराए हैं। बरसेंगे। कपड़े उतारना होगा। काम निपटाकर जरा उधर आना।"

"माई जल्दी आवै का कहिन रहै।"

"फिर वही 'माई कहिन रहै'। जाना, कुछ देर बाद सही। कैसी तबियत है···?"

"नरम-गरम चलत रहत है। वइ देखो आप केर काढ़ा।"

"ओफ-फो, काढ़ा छोड़ो। जरा जल्दी आना।" कहते चले गए, मुड़कर नहीं देखा। देखते तो वह बिला झिझक मुसकरा रही थी। खैर।

ऊपरवाले कमरे में ठाकुर आए तो सोच से घिरे, वह भी एक नहीं अनेक। अबकी बार क्या नहीं किया—बाल काले, पहराव में बदलाव, यहाँ तक कि बोल-चाल-व्यवहार सभी बदल डाले। कुछ भी न छोड़ा। वैसे देखा जाए तो वह तजुर्बेकार खिलाड़ी रहे। उन्होंने मछली की पकड़ के लिए नाली-गढ़ैय्या कुछ भी न छोड़े थे। साम, दाम, दंड, भेद सभी का भरपूर उपयोग किया। इन सबके साथ यह भी कि बिंदिया सरीखा शिकार पहले कभी नजर-तले न आया था। दाँव-पेंच से लगता तो यही कि अब फँसी तब फँसी। चालाक शिकारी की तरह चौकन्ने, जाल काँधे पर। जरूरत एक यही कि कब, कैसे, फेंका जाए कि फड़फड़ाता पंछी पूरी तरह से कब्जे में हो। यह सब तो ठीक, पर फिर संदेह-कारगर होंगे? ध्यान बँटाने के लिए एक बार फिर गुप्त प्रकाशन की कृति की शरण गही। पन्ने पर पन्ने उलटते गए। इबारत तो कब की हिब्ज हो चुकी थी, अब रही तसवीरें, जिन में कुछ बचा रखने में कंजूसी न रहने दी गई थी। बीस-एक मिनट तो कटे, पर असर, जैसे परचती आग पर घी की फुआर आ गिरी हो। बाहर से आहट मिलते ही किताब छुपा सो जाने का ढोंग करते दीवार की तरफ करवट ले सीधे क्या औंधे पड़ गए।

आने का, फिर बैठकर पान बनाने का आभास हुआ, क्योंकि सरौते से सुपारी काटने की आवाज आने लगी थी। कुछ देर बाद खामोशी। सर घुमाकर उधर देखा। बीड़ा हाथ में लिये इधर-उधर कुछ तलाशती दिखी, सो पूछा, "क्या चाहिए?"

"तस्तरी नाहीं देखात।"

"जाने दो, ऐसे ही दे दो।"

"नीचे होई। जाए के···"

"कहा ना कि दे दो ऐसे ही।"

पास आई और बीड़ा बढ़ाया तो पान लेते हुए बहके और अंगुलियाँ टटोलने लगे। हरकत से कोई एतराज न हुआ तो पकड़ ढीली न की और पूछा, "तुम्हारा कहाँ है?"

"हम का ना चाही।"

"पर हमें चाहिए। लाओ या फिर इसे वापस ले जाओ। सुना?"

संकोच दिखाते धीरे से जाकर एक और बीड़ा बनाया, पर खाने का कोई उपक्रम नहीं।

"इधर आना।"

कोहनी पर सर टिकाए मुसकराए और फिर बोले, "चालाकी नहीं, सीधे से खाओ···तभी मैं खाऊँगा···खाओ भी।"

उधर बिंदिया ने जरा गरदन दूसरी ओर मोड़ते पान खाया तो इधर विलास पान मुँह में डाल बिस्तर पर चित हो गए। चबाते हुए कहा, "बादल गहरा गए हैं।"

"तौ बरसै। कपड़ा समेट लीन है।"

"क्या मौसम बना है··· जिसे कहते हैं सीटियाँ मार रहा है।"

विलास मगन कि बस जाल फेंकने का समय आ ही गया। मगन इसलिए कि एकाएक ऐसा क्या हुआ, जिससे चुप्पी टूटी क्या बातों का सिलसिला बन गया। बिंदिया का कहा कानों में आया, "कहे रहैन कुछ बतावै का है?"

जैसे फेंकने के पहले जाल का ठाट हिलाया-डुलाया जाता है, कहा, "हाँ। मगर देखो, कुछ बातें आप समझ आती हैं, कहने की जरूरत नहीं। आई समझ में?"

"नाहीं। हम जैसे नासमझ बिन बताए भला कइसा का समझ लेई।"

"ओफ्फो।"

"मूड़े मा दरद उठा का? वई देखो भूलै गएन-काढ़ा। अबै जाके लाइत है।"

"भाड़ में जाए काढ़ा। पहले जो कहा, उसे समझो। इतनी सीधी-भोली न बनो।" कहते हुए कुछ नाराजी का पुट भी दिया।

विलास ठाकुर का यह कहना जैसे आतिशबाजी के अनार में पलीता। बिंदिया हँसी, ऐसी जैसे काफी समय से दबा रखी गई हो और इस वक्त बेसाख्ता फूट पड़ी। हँसते ही चली गई। ठाकुर ठगे से देखते रहे। ऐसे में आँखों के आगे क्या-क्या न कौंधा। सबसे ऊपर भूरीबाई। हाल की निरीह, छुई-मुई, दीन-हीन, लजाती बिंदिया पलक झपकते काफूर और किसी जादुई करामात से कुछ अलग अंदाज में ठठाकर हँसते बिलकुल बदली शक्ल में रूबरू। पान-रचे होंठ, हँसी से लाल डोरे-खिंची चमकती आँखें, चितवन सम्मोहन में जकड़ निरुपाय कर ललकारती-धुधकारती और चुनौती देती। ठाकुर के होश उड़े, जैसे भरे बाजार में उघाड़ दिए गए हों। यह नहीं कि अपनी तरह से एतराज में उन्होंने पुरजोर कोशिश नहीं की, पर लगा यही कि सारे-के-सारे बोल आपस में उलझ गले में ही फँस गए। बस यही कह पाए, "हँसी की वजह? तुक है कोई?"

"तुक है, वो ऐसे विलास, कि तुम दो कौड़ी के निहायत घटिया इनसान हो। तुम जैसों के लिए मेरे पास न कोई जगह है और न समय। फिर भी जरूरी हुआ क्योंकि कुछ खमियाजा वसूल होना है। रही हँसी सो इसलिए कि पिछले कुछ दिनों में क्या कुछ न देखने में आया—रहन-सहन, चालें-चेष्टाएँ, छल-कपट, प्रकट-अप्रकट में कहीं दूर तक मेल नहीं। दिखते जो हो, वह वास्तव में हो नहीं। बहुरूपिया, वह भी घटिया। तफसील

में बताना होगा? अलमारी के ऊपर रामायण, महाभारत जैसी पुस्तकें, भीतर बैद की दवाएँ, मगर उनके पीछे धरी असल अंग्रेजी अंगूरी की बोतलें। भई वाह! वैसे और भी बहुत कुछ है—तिलस्मी-नहानी, मेमिनों की नंगी तसवीरें, जिनको छिपाने की जगह··· खूब! भगवतगीता के पीछे। इन सबके साथ खुद को लड़कियाँ फँसाने में आलिम समझना, जिसकी निहायत बचकानी कोशिशें। काफी हैं न वजह हँसने की ठाकुर? खैर! सवालों की जरूरत नहीं, उनके जवाब वैसे ही पेश किए देती हूँ।

"मैं निपट गँवार-अनपढ़ बिंदिया नहीं, बिंदेश्वरी हूँ। बारहवीं पास किया तो मौसी ने ब्याह रचाया। किया बहुत सोच-समझ कर, निकला वह खोटा सिक्का। पहली रात नशे में धुत्त जब पास आया तो उससे कम, अपने आपसे घृणा ज्यादा हुई। ब्याह, पति-पत्नी संबंध आदि से विश्वास-आस्था उठ गई। वैसे शारीरिक भूख आम औरत के मुकाबले मेरी कहीं ज्यादा होने से ऊँच-नीच रिश्ते बने, सुखद की अपेक्षा दुःखद कहीं ज्यादा। इससे कम-से-कम इतना जरूर हुआ कि आदमी पहचानने का अनुभव हो गया। एक यह भी कि आदमी को औरत से क्या पाने की ललक रहती है। जिसे औरत की कमजोरी करार दिया जाता है, उसे वह वास्तव में शक्ति में परिवर्तित कर सकती है—एक अकाट्य अजेय अस्त्र में। मगर कैसे? वह हुआ रिदिमा साध्वी के अनुग्रह से। यहाँ यह तय कर पाना आसान नहीं कि बिंदिया को रिदिमा मिली या फिर रिदिमा ने उसे ढूँढ़ निकाला। जो हो, कहा-समझा यही गया कि बिंदिया साधू के साथ भाग गई, जबकि गई थी वह रिदिमा के साथ।

"दूर हिमालय में नेपाल के पास एक सुंदर दुर्गम पर्वतीय अंचल में स्थित है 'पूर्वा' नामक स्त्री-मठ। उसका सच क्या है, इस बारे में शायद ही कोई जानता हो, पहुँच पाना तो लगभग असंभव, क्योंकि वहाँ जाने के लिए केवल एक ही मार्ग है और वह भी इतना ढका-मुँदा व जटिल कि उसे खोज पाना और उस पर चल पाना विशेष जानकारी के न होते संभव नहीं। एक तरह से उसके अस्तित्व पर शंकाएँ अधिक थीं, किंवदंतियाँ भी कम नहीं, पर वास्तव में उसकी आँखों-देखी जानकारी किसी को नहीं थी। प्रचलित यही था कि कुछ जादूगरनियों ने उसे बसाया और वे ही वहाँ रहती हैं। यह भी कि वे मनचाहे रूप बदलकर विचरती हैं, अकसर रूपसियों जैसा, जो किसी अजनबी को मोहित कर उठा ले जाती भी सुनी गईं। आगे उनका क्या हश्र हुआ, इसका कोई अता-पता न मिला। यह भी कि 'किसी' को उठा लिये जाने के बारे में विश्वसनीय रूप से कभी कुछ नहीं बताया गया। वैसे पहाड़ से बहुतेरे भागकर जाते रहते हैं, खासकर रोजगार की तलाश में। उन्हीं के नाम जादूगरनियों के मत्थे मढ़े जाते रहे, जब तक कि भागे हुए स्वयं या फिर किसी और माध्यम से अपनी स्थिति की जानकारी न करा दें। अधिकतर कराते थे। वहीं से किसी और नाम की तलाश शुरू होती थी। खैर।"

रिदिमा को बिंदिया में ऐसा कुछ मिला जिसकी उसे तलाश थी। बिंदिया उससे बात करके और उसके सुझाव पर ही 'पूर्वा' तक पहुँच सकी।

बेतरह खतरनाक रास्ता व ठंड, बारिश, ओले, बर्फ की मार सब झेलते आखिरकार एक दिन दोनों ने 'पूर्वा' में पदार्पण किया। दूसरी तरफ खबर फैली, वही कि बिंदिया साधुओं के साथ भाग गई। वैसे यह न सोचा जाए कि कहीं की बात कहीं और कैसे बदल गई। ऐसा कुछ नहीं। दृश्य विलास के घर के ऊपर की मंजिलवाले कमरे का ही है। विलास चारपाई पर अब सीधे बैठे और बिंदिया जमीन पर नहीं बल्कि पलंग के दूसरी ओर उनसे रूबरू। बाकायदा पान चबाती। फर्क इतना ही कि भले मौसम वे 'सीटी' मार रहा हो, पर विलास अंदर-ही-अंदर घबड़ाहट महसूस कर रहे थे। वो नहीं, बिंदिया ही बोली, "विस्तार से आगे कभी, अभी तो यही समझ लो कि बिंदेश्वरी को मनोवांछित से भी हटके स्त्री-पुरुष संबंधों से जुड़े तंत्र-मंत्र, सम्मोहनी आदि सभी शक्तियाँ मिली हैं। उदाहरण के लिए ठाकुर, जब से तुमने मुझे देखा-जाना, तुम्हें लट्टू होते देर नहीं लगी। फिर चालू वही दकियानूसी चालें, मुझे, क्या कहते हैं, फँसाने के लिए। खैर। सोच देखिए, हफ्ते-दस दिन के बीच कभी एक बार भी मैंने तुमसे आँख नहीं मिलाई। इसकी वजह कि भोली-नादान समझते मुझे बस में करते तुम्हें क्या देर लगती है। देखा भी छत तक फलाँगते, जमीन पर भहराते, सर फुड़ाते, यही नहीं, नहानी के सूराख से नहाते वक्त उघाड़ी देह का बाइसकोप निहारते। सब चला, इसलिए कि चलने दिया। किसने? मैंने। मेरी तरफ से शुरुआत अब हुई जब तुम पान का बीड़ा लेने के बहाने मेरी उँगलियाँ मसलने-सहलाने में मुब्तिला थे। बस उस वक्त जब तुम समझे कि मछली फँसी, मेरी नजर जनाब की नजर से भरपूर उलझ गई। उसके बाद से, विलास ठाकुर, तुम हर तरह से मेरे सम्मोहन में हो। रामायण बाँचते हो तो याद करो कैसे मेघनाद ने हनुमान को नाग-फाँस में बाँधा था। कुछ-कुछ वैसी ही या उससे बदतर हालत में अब तुम हो। जो भी करोगे, अपनी नहीं बल्कि मेरी मरजी से।

"सोच देखो कितनी मासूम, नादान, बेबस या फिर तुम्हारी टुच्ची कारगुजारी से ऐसी बना दी गई औरतों पर तुम हावी होते रहे! विलास, जवानी साथ छोड़ गई, पर आदत नहीं छोड़ पाए, इधर-उधर मुँह मारने में कमी न की। बाल काले करने या दाढ़ी-मूँछ मुड़ाने से क्या जवानी की वापसी हुई है? अचरज तो होगा कि फँसता शिकार, दबा हुआ गाँवड़ी बोलता एकाएक शहराती में कैसे पैठ पा गया। एक बात तो है कि शहराती फूँ-फाँ से लबरेज भले हो, मगर अपनी गाँवड़ी के आगे बिना छौंकी-बघारी दाल बराबर है। वैसे तुम बासी दाल में तड़का नहीं, पुलाव के चक्कर में हो। सबर करो, मिलेगा, पर पहले पक तो ले। हाँ, कह रहे थे कि ऊपर आना, कुछ बताना है, तो शुरू होने दो न।

"ठाकुर, रामकली रिश्ते से बहन, वैसे मेरी नजदीकी सहेली थी, जिसे तुमने कहीं

की न रखा। अपनी जलालत का मटका तक उसी के सर फोड़ा। उसका हिसाब चुकता होना है। वैसे तुम जैसे आदमी के जामे में रेंगते कीड़े-मकोड़ों के लिए मेरे पास टाइम नहीं है, मगर फर्ज निबाहने की लाचारी। मेरी दूसरी जिगरी रन्नो, वही तुम्हारी दूर की साली, उसी से तुम्हारा पूरा बरनन सुना। खैर जाने दो, कुंद-जेहन तुम बताने से ज्यादा सामने देखकर बात जल्दी समझोगे। तो चलो—पास की मसनद सर पर रखो। उसके बाद पान बनाकर बीड़ा लाओ।

हजार न चाहते ठाकुर ने वही किया। मसनद सर पर लिये पान बनाने की जगह पहुँचे, पत्ता उठा चूना-कत्था लगाया, सुपारी काटी और फिर बीड़ा बिंदिया के पास लाकर उसकी ओर बढ़ाया तो वह हँसी—"देखा ठाकुर साहेब। सर पर मसनद सँभाले पान का पत्ता उठाया, उस पर बदस्तूर चूना-कत्था लगाया और फिर सुपारी काटी, पान में डाल बीड़ा बना उसे मेरे पास लाए। पर मजे की बात यह कि वहाँ पत्ता, चूना-कत्था कुछ नहीं है। यह बीड़ा, जब कुछ है ही नहीं तो बीड़ा कैसा? क्षण भर को सम्मोहन से मुक्त हो जाओ, जिसमें आँखों-देखी हो जाए!" यह कहते उसने चुटकी बजाई और विलास ने खुद देखा। कहे की तसदीक हुई तो कहने को मुँह खोला ही था कि बिंदिया ने हाथ हिलाया, लगा जैसे उसे बरजने को। साथ ही कहा, "सम्मोहन बदस्तूर। क्षण भर की बात की थी न। सिर्फ समझाने के लिए। अभी और सुनना है। उस पर गौर करो, उसके बाद भाग-दो का कार्यक्रम होगा। समझे?"

बिंदिया चारपाई पर आड़ी हो पैर फैलाए बैठी थी। एक ओर सिमटा बैठा ठाकुर, उसकी जाँघ पर बिंदिया के पैर का अँगूठा कभी उसे सहलाता तो कभी जोर से गड़ाता हुआ और बिंदिया के बोलने का सिलसिला सब साथ-साथ। वैसे मन 'पूर्वा' जा पहुँचा था, इसीलिए ठाकुर से बतिया रही थी या अपने-आपसे, कहना मुश्किल था, "चर्चा यही फैली कि बिंदिया घरवालों के मुँह पर कालिख पोत किसी साधू के साथ भाग गई जो उसे कहीं दूर ले जाकर उसका गला दाब देगा और इसे तय समझा गया। लेकिन हुआ कुछ और ही।" वह बोलती चली गई, जिसका आशय कुछ इस प्रकार था—

यात्रा हर माने में दुर्गमनीय रास्ते और पगडंडी से, जिनमें थीं अधिकतर कटीली झाड़ियाँ, ऊबड़-खाबड़ व टूटी-फूटी चट्टानों के अवशेष और झरने—अधिकतर सूखे तो कुछ बहते हुए। अजब यही कि इनका रिदिमा पर कोई असर नहीं, जो सधे-पाँव बढ़ती चली जा रही थी और साथ नत्थी बिंदिया किसी तरह घिसटती हुई। फर्क इतना सा कि रिदिमा लगता इन सबकी आदी है, उसके लिए कुछ नया नहीं जबकि बिंदिया का बुरा हाल, होश उड़े हुए, किसी तरह फिसलती-सँभलती, बेतरह घबड़ाई हुई। सोचने में बार-बार आया कि किस कुसाइत में इस साध्वी के हत्थे चढ़ी, जो अगर खुद कहीं दम न तोड़ दे तो आगे कहीं जहाँ पहुँचने की बात थी वहाँ पहुँच बलि पर चढ़ाया जाना निश्चित है।

और भी बहुत कुछ, जिससे मन बहुत खराब हुआ और आँखें डबडबा आईं। ऐसी डराऊ आशंकाओं से घिरी वह बेतरह घबड़ाई स्थिति में थी कि तभी आगे बढ़ती रिदिमा एकाएक रुकी और मुड़कर बिंदिया की ओर मुसकराते हुए देखकर बोली, ''बहुत थक गई हो? बस पहुँचने में देर नहीं।'' उसने इसके साथ ही प्यार से बिंदिया की पीठ थपकाई और फिर आगे बढ़ने को मुड़ी।

यह क्षणिक अंतराल और रिदिमा की स्निग्ध मुसकान बिंदिया को वरदान से अधिक अभयदान लगा। किसी कदर आश्वस्त हुई और सुस्थिर होते आगे बढ़ी। यह भी आभास हुआ कि उसकी सोच सिर्फ उसकी नहीं बल्कि एक अन्य भी उसमें साझीदार है। 'दूर नहीं' की तसल्ली करीब डेढ़-एक घंटे की और यात्रा पूरी होते नजर आई, जहाँ पहुँचने पर एक अपेक्षाकृत बड़ा झरना था। झरने के एक ओर था आवाज करता जलप्रपात। रिदिमा के इशारे पर बिंदिया ने झरने के पास बैठ हाथ-मुँह धोया और अंजुरी से पानी पिया, फिर आगे के निर्देश का इंतजार करते अपनी जगह बैठी रही। एक अन्य प्रत्यक्ष अनुभव के साथ यह थी झरने के पानी की निश्चित विशेषता। हाथ-पाँव धो छींटे मारते ऐसा लगा कि सारी थकावट ही काफूर नहीं हुई बल्कि मन की ऊहापोह व उलझन भी जैसे शांत हो गई और उसकी जगह ली आश्वस्त होने के सहज अनुभव ने, जैसा गाढ़ी नींद सोए से जागने पर होता है। रिदिमा कुछ देर से खामोश थी, लगा किसी सोच या फिर ध्यान में है, मगर आँखें मुँदी नहीं, खुली थीं। बिंदिया ने उसकी ओर देखा।

सूर्य-किरणें झरने के पानी की फड़फड़ाती लहरियों पर से बिछल रिदिमा तक पहुँच उसे इंद्रधनुषी आभा से रंजित कर रही थीं, चमत्कार की तरह। जैसे मुखौटा हटा और सहज आया आँखों के आगे असाधारण रूपमती स्त्री-स्वरूप, जो स्नेह से उसी को देख रही थी।

''बिंदेश्वरी, बहुत परेशानी उठाई तुमने, पर गंतव्य तक पहुँच लीं। प्रपात को बाधा नहीं, एक प्रकार का परदा समझो। इसके दूसरी तरफ हैं पूर्वा। अनचाहों के लिए प्रपात अभेद्य दीवार है, जिसे पार करना मुमकिन नहीं। प्रवेश के लिए अनुमति आवश्यक है, जो माँगने से नहीं बल्कि अपने-आप मिलती है, उसको, जिसे इसके योग्य माना गया। चलो आगे बढ़ो मेरी पीठ-पीछे।''

सचमुच प्रपात पार करके दूसरी ओर जाते विशेष भीगे भी नहीं। बिंदिया साध्वी की एक तरह से पीठ अंकुआए आगे चलती गई, आँखें पूरी तरह से बंद किए, जब तक कि रिदिमा ने ठोड़ी से उसका मुँह ऊपर नहीं उठाया।

''आँखें बंद करने की पहले भी जरूरत न थी, अब तो बिलकुल नहीं। पूर्वा में स्वागत है तुम्हारा बिंदेश्वरी!''

चारों ओर नजर डालते जो कुछ जाना, वह यही कि अनुभव या कल्पना से परे।

जिधर देखा और जो दिखा, सब मनोहारी, मगर जैसे परतों से ढका—कभी दिखता तो कभी नहीं और देखे के दूसरे क्षण एक अलग ही दृश्य। रंग-बिरंगे फूलों और बेलों की बहुतायत दिखी, हर तरफ हर कोने से निकलकर लहराती-डोलती, कुछ इस तरह कि जैसे मूक आमंत्रण दे रही हो। कुछ और गौर करते चट्टानों-शिलाखंडों की भी कमी न थी, मगर प्राय: सभी के आकार-रूप ऐसे, मानो प्राकृतिक नहीं बल्कि मानवीय हाथों से बनाए गए हैं, किंतु मानवों की दूर-दूर तक कोई भनक नहीं। होंगे ही, पर तुरंत देखने में न आए।

जैसे उसके सोच में बनी रही हो, साध्वी ने धीरे से कहा, ''बिंदेश्वरी, हम दो अकेले नहीं, यहाँ और भी हैं, यथासमय सब जान सकोगी। अभी तो दम ले लो। जलपान तथा विश्राम अधिक आवश्यक है, आओ।'' कहकर बिंदिया को साथ लिए वह एक ओर बढ़ने लगी। दोनों कुछ समय तक चलती रहीं, पर कहीं कोई दरवाजा-खिड़की नहीं, परदो की शक्ल लिए परतों की तरह झूलती राह देती जान पड़ी। तभी लगा कि आवासीय सुविधावाला निर्दिष्ट स्थान आया। सामने सोने तथा आस-पास बैठने आदि की करीने से की गई व्यवस्था। सब कुछ सुनियंत्रित, हाथ-गढ़े जैसा, पर यह भी लगता कि हाथ-गढ़ा नहीं। रिदिमा के संकेत पर बिंदिया एक ऐसे ही आसन पर बैठी, जो देखने में शिलाखंड जैसा था, पर आश्चर्य कि बैठते अनुभव हुआ जैसे वह किसी नरम मखमली आवरण से ढका हो। मेज का आकार पाए दूसरे शिलाखंड पर विशेष पात्रों में भोज्य सामग्री थी। पास ही पीने के लिए पानी की व्यवस्था। रिदिमा का अनुकरण करते बिंदिया ने ग्रास तोड़ा। आगे परोसे में अब तक की परिचित भोजन-सामग्री से अलग था। कंद-मूल-फल या जो कुछ भी मूलाधार रहा हो, कई मानों में विशेष जरूर था। अत्यंत सुस्वादु और उसका हर ग्रास शरीर के साथ मन को तृप्त करता और मिलती तुरंत स्फूर्ति। यह निश्चय ही एक अलग अनुभव था। खाते हुए बिंदिया के मन में अनेक प्रश्न उठ रहे थे। ऐसे में रिदिमा का कहा सुनने में आया, ''यहाँ पहली बार आई हो, इसलिए अनुभव किए गए से अलग पाकर आश्चर्य स्वाभाविक है, प्रश्न उठना भी। देखो बिंदेश्वरी, पूर्वा का इतिहास वर्षों नहीं सदियों पुराना है। बीते समय में अनेक फेर-बदल-परिवर्तन होते रहे, मगर उनका आधार निरंतर वैज्ञानिक ही रहा है। वैज्ञानिक खोज, अन्वेषण को सदा से प्राथमिकता मिली है और आज तक इसमें कोई परिवर्तन नहीं हुआ है। इसका आधार अपनी प्राचीन प्रणाली पर रहा। निहित उद्देश्यों में से एक है ऊर्जा-शक्ति को साधकर उसका दैनिकी में नियंत्रित प्रयोग। बहुत कुछ संभव हुआ, जो तुम्हारे सामने है। समयांतर से 'पूर्वा' में परिवर्तन होते चले आए, जो बाहरी दुनिया के लिए जादू-मंत्र करार दिए गए हैं। खैर।

''काफी प्रयत्नों से तुम्हें चुनकर यहाँ आने को निमंत्रित किया गया और उसे स्वीकारते अब तुम 'पूर्वा' की सदस्या हो। कई मानों में विशेष, क्योंकि तुम्हें एक खास भूमिका

निर्वाह करनी है। इसके बारे में जो जानना है या जानना चाहोगी, उससे कहीं ज्यादा जानना-समझना है, जो अभी हाल संभव नहीं। फिर भी कुछ तो जानना आवश्यक है, इसलिए संक्षिप्त जानकारी।

''पूर्वा में बहुत कुछ आम अनुभव से हटकर है। गरमी-सरदी में वातावरण को नहीं, शरीर को उसके अनुरूप बना सकना संभव हुआ है, इसीलिए कपड़ों आदि की अदला-बदली की जरूरत यहाँ रहते नहीं है। पूर्वा के भीतरी भाग में रंगीन चलायमान परदों सा जो देखती हो, वह दरअसल वातावरण को नियंत्रित करने से हुआ है। जो देखती हो, वास्तव में दृष्टिभ्रम है, जो रोशनी की किरणों को एकजुट कर परदे या परदों जैसा दिखता है। इसके कई उपयोग हैं। एक तो वही देखा जा सकता है जो स्थिति के अनुकूल वांछित हो। दूसरा यह कि संभागों या एकांशों को एक-दूसरे से अलग रखता है तो साथ ही आपस में जोड़े हुए भी। फिर यही परदे जैसे क्षण-मात्र में लगभग अभेद्य दीवार में बदल जाते हैं। इनका नियंत्रण सीमित है, तीन वरिष्ठ साध्वियों तक। एक अन्य महत्त्वपूर्ण उपयोग है परस्पर संपर्क—एक तरह से यूँ समझो कि पूर्वा की पूरी संचार-व्यवस्था। यहाँ का प्रत्येक सदस्य एक-दूसरे से निरंतर संपर्क में है। संचालन के लिए कोई मशीनी या अन्य यांत्रिक सहायता नहीं, इसे मन से जोड़ा जा सकता है। इसके विवरण में अभी न जा इतना ही करो कि मान लो। उदाहरण के लिए, अब मिलो अन्य वरिष्ठ सदस्यों से।''

बिंदिया को यही लगा कि आसपास परदे यंत्रचालित से हटे या हटाए गए और सामने थीं रिदिमा के अलावा दो और स्त्रियाँ। तीनों समवयस्क, एक जैसा ओज, सौंदर्य, विनम्रता, साथ ही चेहरे पर स्नेहिल भाव। रिदिमा ने परिचय कराया, ''यह है प्रतिमा और उनके साथ प्राचीमा, समझो कि पूर्वा की आला-कमान। वैसे परिवार बहुत विस्तृत है, पर इस समय हम तीन से ही तुम्हारा मिलना होगा।'' कुछ ही समय साथ बीता, पर लगा कि जान-पहचान बहुत पुरानी चली आई है।

'पूर्वा' के रहस्यों में एक और बढ़ोतरी हुई जब बताया गया कि यहाँ की बहुतेरी चीजें जैसे—कुरसी, मेज, मोढ़े, सोफे, बेंचें आदि जड़ लकड़ी या धातुओं से गढ़कर नहीं बनाई जातीं बल्कि एक खास वैज्ञानिक विधि से साँचों में धरती से एक प्रकार से उगाकर बनाई जाती हैं और फिर उचित स्थान पर जरूरत के मुताबिक उनका स्थानांतरण किया जाता है। इनमें गद्दियाँ, गद्दे या ऐसे ही काम आनेवाले आवरण भी अनावश्यक होते हैं, क्योंकि जो जैसा चाहिए उसकी व्यवस्था तैयार करते समय ही पूरी कर ली जाती है प्राकृतिक रूप में। एक तरह से यहाँ की ऐसी चीजें जड़ पदार्थ से बनी हुई नहीं, किसी हद तक किसी पेड़-पौधे अथवा शिलाखंड जैसी ही हैं।

ऐसी ही बातें कुछ देर चलीं। सारी बतकही कुछ वैसी जैसी अरसे बाद मिली सहेलियों के बीच होती है। एक और विशेषता का पता हुआ। एक बार यदि किसी को 'पूर्वा' में

आने का न्योता मिला और वह आया तो आगे सदैव द्वार या मार्ग खुले रहेंगे, कोई बाधा न होगी, जैसे पहचान नोट कर ली गई हो। अवरोध होगा तभी, जब आने पर पाबंदी लगा दी गई हो।

साधारणतया ऐसी जानकारियों से बिंदिया को चमत्कृत या विशेषरूप से आश्चर्यचकित होना चाहिए था जैसा कि स्वाभाविक है, पर ऐसा कुछ नहीं हुआ। शायद इसलिए कि मन-ही-मन वह 'पूर्वा' को अपने अनुभव किए से अलग होना पहले ही स्वीकार कर चुकी थी। इसीलिए जो आप देखने या बताने से जानकारी हुई, उसे सहज रूप से लेने में कोई परेशानी न हुई। इस बीच उन तीनों की ओर टकटकी लगाए देखती जरूर रही, जिसके लिए वह अपने को रोक न पाई थी।

देखने में तीनों क्या, वह खुद भी समवयस्क थी, लेकिन वे तीनों साधारण से हटकर सुदर्शना, उनके बात करने का ढंग एक सा। लगता जैसे बोले गए शब्द कानों से गुजर सीधा अंतर तक पैठ बनाते। न बोलते भी स्मित हास्य की आवाज पेड़ से लगे हरे या सूखकर गिरे हवा के झकोरे झेलते-चुरमुराते वातावरण में एक विशेष आवाज बिखेरते पत्तों सरीखी। ऐसे सोच में थी कि रिदिमा से आँख मिली। वह बोली, "सब एक सी समवयस्क? पहले तो प्राकृतिक देन और दूसरे 'समय' में आगे या पीछे आने-जाने और कहीं भी इच्छित समय तक ठहरने की क्षमता का होना। हममें है।। वैसे उपयोग-प्रयोग कार्य विशेष की माँग पर निर्भर रहता है। जिस काम के लिए तुम्हें चुनकर यहाँ लाया गया, उसकी तैयारी के लिए सीमित समय ही बच रहा है, लगभग चार सप्ताह, जो कार्य-विस्तार को देखते ज्यादा नहीं। इसलिए उपयोग में काफी सावधानी करनी होगी। विस्तार में जाने से पहले तुम्हारा कुछ देर आराम करना जरूरी है, उसके बाद पूरी काररवाही से तुम्हें परिचित होना ही है।" कहते हुए तीनों उठ खड़ी हुईं। उसके बाद वे आप चलकर गईं या हिलते-डुलते परदें सरीखे प्रकाशपुंजों ने उन्हें समेटकर कहीं और पहुँचा दिया। उनके जाने के बाद बिंदिया को भी लगा कि वह बहुत थकी है और सोना नितांत आवश्यक है। बिस्तर सँभालते देर न की।

लेटते ही अनुभव हुआ कि बिस्तर साधारण नहीं, कुछ अलग खासियत रखता है। रिदिमा ने बताया था कि ये 'पूर्वा' की वैज्ञानिक खोज के आधार पर विशेष विधि से बनते हैं और हर शारीरिक सुविधा को ध्यान में रखते उनका निर्माण किया जाता है। समझने के लिए, टी.वी. पर विज्ञापन जिन सुखदाई मैट्रेसों का बखान करते नहीं थकते, वे आखिर हैं तो मशीनी। यहाँ मुकाबले पर प्रकृति के पूरे योग से बनी दैनिक उपयोग की बस्तुएँ। मशीनी उपकरणों से बनी कैसी भी 'गोद' हो, उसका मुकाबला सचमुच की 'गोद' से नहीं किया जा सकता। माँ अपनी गोद में बच्चे को इधर-उधर हर तरफ से सँभालती-दुलारती है कि उसे भरपूर तुष्टि मिल सके। क्या वैसा ही संतोष बच्चा कैसी भी बनाई गई

मशीनी 'गोद' से पा सकता है? खैर।

बिस्तर पर लेटते ही बिंदिया को लगा कि उसके थके व दुखते अंग, जैसे—पिंडलियाँ, कमर, पीठ, जंघाएँ-थपकियाँ देकर, सहलाए-दबाए जा रहे हों। इसके पहले कि इस तुरंत अनुभव के बारे में वह कुछ सोच-विचार करती, गाढ़ी नींद ने उसे अपनी गोद में समेट लिया और वह सो गई।

नींद टूटते लगा कि पलों बाद ही ऐसा हुआ, पर सामने रिदिमा को पुकारते देख विचार बदलना पड़ा। पता चला कि उसे सोते चार घंटे हो चुके थे। अगला कार्यक्रम उसी से संबंधित था। प्रतिमा और प्राचीमा भी आईं या कहा जाए कि अवतरित हुईं। चारों के साथ बैठने की व्यवस्था थी। यथास्थान बैठने के बाद रिदिमा ने काररवाही आरंभ की।

"बिंदेश्वरी, तुम्हारा कार्यक्रम नियत समय पर आरंभ हो, उसके पहले तुम्हें विशेष प्रशिक्षण दिया जाएगा। इसमें चार सप्ताह लगेंगे और समय का उचित उपयोग आवश्यक है। प्रतिमा—"

इंगित पा प्रतिमा ने बात आगे बढ़ाई, " 'पूर्वा' साधारण मठों से अलग है—यह पूजा-पाठ के लिए धर्मस्थल ही नहीं, सही मानों में कर्मस्थली है। इसका कार्यक्षेत्र व्यापक होकर जन-जीवन के कल्याण-परित्राण से जुड़ा है। जो घटित हो रहा है, उसकी संपूर्ण जानकारी की क्षमता हममें है। हाल ही में तय किया गया कि समाज के बढ़ते अनाचार का विरोध ही नहीं, उसका सक्रिय मुकाबला भी होना चाहिए। यह कार्यक्रम एक ऐसे ही अनाचार के विरुद्ध प्रयास है।" जिन पर न्याय-व्यवस्था की जिम्मेदारी है, वह निकम्मे साबित हुए हैं। उनकी तरफ से सक्रिय प्रयास तो दूर, इस दिशा में वे गंभीर ही नहीं दिखते। अत: एक ही उपाय है—'सबको एकजुट हो आगे आना होगा।' इति।

" 'पूर्वा' का आगामी प्रयास एक योजनाबद्ध कार्यक्रम है—परीक्षात्मक, पर सक्रिय प्रयास। प्रशिक्षण बाद में, आगे की काररवाई प्रतिमा की होगी, इसलिए वही इसके बारे में संक्षिप्त जानकारी दे।"

"चंद्रगुप्त मौर्य के राज्यकाल में चाणक्य ने शत्रुओं के दमन के लिए विष-कन्याओं की पंक्ति तैयार की, जिनके साथ यौन-संपर्क से मृत्यु निश्चित थी। हमारा कार्यक्रम उससे प्रेरित जरूर, पर अलग है। जो अपराधी हमारे लक्ष्य में हैं उनके लिए मृत्यु सही सजा नहीं। हमारी योजना उन्हें ऐसी स्थिति में छोड़ना है कि आगे खुद तो वे बाज आएँ ही, अपने जैसे दूसरों के लिए जीते-जागते, चलते-फिरते विज्ञापन बनें कि सावधान, अगला वार तुम्हीं पर होगा। हमारा अमोघ अस्त्र बनेगी 'तामसी'-स्त्री—सम्मोहन, कामशास्त्रा-विदुषी सर्वशक्ति-अभिशिक्त नारी का ऐसा रूप, जिसके आड़े आनेवाले का निरुपाय होना सुनिश्चित है। अब कार्यक्रम, जो तीन अंशों में बँटा है—

१. सम्मोहन—आंशिक या संपूर्ण, जिसके प्रभाव में आने पर सम्मोहित व्यक्ति या समूह

निदेशित कार्य करने के लिए विवश होगा।

२. यौन संबंधों का संपूर्ण विवेचनात्मक अंतरंग ज्ञान, जिसके फलस्वरूप शक्तिशाली शस्त्र जैसा उपयोग।

३. अपने शरीर का तापमान इच्छित स्तर पर करने की विधि और उसके संचालन की युक्ति।

''इनके अतिरिक्त भी बहुतेरे संबंधित विषयों का परिचय और उन्हें ब्योपरने का विधि-विधान है। इत्यादि। यह सब चार सप्ताह के कम समय में कैसे साध्य होगा? प्रश्न का उत्तर यही कि इसकी रूपरेखा ही नहीं, पूरी तैयारी कर ली गई है। दो भागों में। एक तो वह जिसमें प्रश्नोत्तर आवश्यक होते हैं जानकारी को आत्मसात करने के लिए और दूसरा संप्रेषित करके। सुनते आए हैं कि भगवान् विष्णु ने शंख मुँह पर छुआकर ध्रुव को वेद-उपनिषद् सभी का ज्ञान दिया था। यह कविकल्पना नहीं, इसका वैज्ञानिक आधार है। 'पूर्वा' के वैज्ञानिक इसे व्यावहारिक बनाने में सफल रहे। अब कितनी व कैसी भी सूचना संप्रेषित की जा सकती है, ठीक उसी तरह जैसे एक सी.डी. की विषय-सामग्री दूसरी ब्लैंक या खाली सी.डी. में पहुँचाना। आशय यह कि प्रशिक्षण के बाद 'तामसी' हर तरह से सक्षम व समर्थ होगी।''

अब तक चुप रही रिदिमा ने चर्चा का समापन करते हुए कहा, ''आश्वस्त हो जाने के बाद कि प्रशिक्षण संपन्न हुआ, अन्य शक्तियाँ संप्रेषित होंगी, जैसे आह्वान कर हम तीनों में से किसी को सहायता के लिए बुलाना, जो सूक्ष्म शरीर में तुरंत पहुँचेगी। 'पूर्वा' से बराबर संपर्क मशीनी नहीं, मन द्वारा संचालित। अभिषिक्त हो हमारी प्रथम 'तामसी' 'बिंदेश्वरी' अपने कार्यक्षेत्रा में प्रवेश करेगी। उसकी सफलता पर अनेक 'तामसी' तैयार करने की पूरी योजना है।'' कहना न होगा कि ऐसा ही हुआ और बिंदिया के रूप में प्रथम 'तामसी' की उत्पत्ति हुई।

वैसे पूरे प्रशिक्षण और अभिषिक्त करने आदि का विस्तार से न सही, सारांश देना था, पर पाठक इंतजार में होंगे कि विलास ठाकुर और बिंदिया के रोचक मोड़ पर पहुँचे प्रसंग का क्या हुआ। अब देखें कि यहाँ टी.वी. जैसी सुविधा तो है नहीं कि 'बस दो मिनट बाद', जो अकसर होता चार-पाँच का है। चलिए फुलस्टॉप लगा वापस आते हैं वहाँ, जहाँ बिस्तर के एक कोने में विलास ठाकुर उकड़े बैठे और उनकी तरफ देखती ठीक सामने बिंदिया-अधलेटी पैर फैलाए, मौसम बदस्तूर सीटियाँ मारता यानी पोजीशन ज्यों-की-त्यों। कुछ बदला तो यही कि विलास की मर्दानगी पाला छोड़ बिंदिया की ओर जा पहुँची। ''तो फिर रन्नो के जीजा, किस सोच में हो? कोई और दाँव-पेच? अरे बहुत कर ली ताका-झाँकी, उँगुली-छुवन, पकरन, 'पान अपनौ लगाव', खास बात वगैरह। अरे भाई, सीधे कहो क्या लेना-देना है। बोलो तो-धीरे-धीरे चैन से मजा लेने का मतलब यह

कतई नहीं कि अगला कार्यक्रम खूँटे से बँधा रह जाए। हाँ तो—

"नहानीवाली चाल खूब रही। इसकी जानकारी रन्नो से मिली थी और उसे भी पहले से पता था जैसे कि मुझे। तभी तो कैसे-कैसे पोज-नजारे पेश किए, वह भी रोशनी का खयाल रखते। सच कहो छक लिये थे न? चुप क्यों हो, बोलो न?"

"बोले तुम्हीं जा रही हो।"

"सो तो है और बताने को कम नहीं। सच्ची, इतना मन-भड़काऊ सिनेमा देखा तुमने विलास, कहते हैं न कि मुरगी जान से गई और खानेवाले ने हाथ बढ़ा छुआ तक नहीं। सुना यही था कि तुम अव्वल नंबर के शिकारी हो, मगर क्या? लिफाफे भर मेमियों की तसवीरों में रमे रहे और हाँ, छिपाने की जगह? भई वाह! खूब!! महाभारत के पीछे! धत् तेरी की ठाकुर, उन्हें निहारते क्या पाते हो? अरे देशी माल कम नहीं, कोई खोट भी नहीं उसमें… फिर?"

"बकवास बंद होगी कि नहीं?"

"बतकही में भूली जा रही थी।" कहते-बोलते बिंदिया पलंग छोड़ झटके से उठ खड़ी हुई, खड़ी होते साड़ी जमीन पर और सामने थी निर्वसन बिंदिया। कहीं कुछ ढका नहीं।

विलास की हालत उस ठगे से भूखे बच्चे जैसी जिसके आगे मिठाइयों भरा थाल उघाड़ दिया गया हो। आँखें बिंदिया के शरीर से जोंक जैसी चिमटीं, ललक तूफानी, पर आश्चर्य कि और किसी शारीरिक हरकत का नामो निशान नहीं। चाहत व बेकरारी बेतरह छाई तो जैसे बढ़ती ही चली गई, मगर आगे बढ़ कुछ कर सकने में नितांत असमर्थ। छटपटाते लगभग धिधियाते बोल फूटे—

"मुझे हो क्या गया?"

"हो नहीं गया, ऐसा किया गया है।"

"क्यों? कैसे? किसने किया?"

"जो सामने है। तुम्हें सजा मिलनी है। कैसे? अरे, सारी रामायण पहले ही सुनाई, फिर भी पूछने को कुछ बचा रह गया? बरसात रुकने का नाम नहीं लेती और मौसम सीटियाँ बजाने में लगा हुआ। ऐसे में भाषण का क्या काम! बड़े चर्चे सुन चुकी हूँ तुम्हारे और दंद-फंद, उपद्रव में तुम्हारी महारत के, तो फिर परोसा सामने हैं। मन माफिक है न? तसवीर नहीं, जीता-जागता, अँगड़ाइयाँ लेता। उसने अँगड़ाई ली, वह भी ऐसी कि हर अंग किसी साज के तार-तरबों की तरह खिंचा-सुंता, निमंत्रित करता कि उन्हें कोई छेड़ भर दे तो वह बज उठें। सब किया और इतना कि एक बार मुरदे में भी हरकत आ जाती, पर ठाकुर जैसे साँप-सूँघे से अविचल।

"गुप्त प्रकाशन लाऊँ कि महाभारत के पीछे से मेमियों की तसवीरें?"

यहाँ वह हँसी और फिर संयत स्वर में बोली, ''कुछ काम न आएगा। विष-कन्या नहीं जो सीधे से मृत्यु दे दे। 'तामसी' की मार से एक बार नहीं, कई-कई बार मारा-जिलाया जाता है, किश्तों में। पर समय की कमी है, सो किए की बाकी सजा से निबट लो।'' दृश्य कुछ ऐसा कि जैसे बलप्रयोग से पुरुष स्त्री से मनमानी करते देखे कम आर्तनाद स्त्री-स्वर नहीं, मरदाना था, क्योंकि दोनों में से एक ही था विलास ठाकुर। तब तक बरसात खत्म और मौसम की सीटियाँ भी बंद हो चुकी थीं।

बिंदिया अपने कपड़े उठाकर पहन रही थी, तो देखने में उसका चेहरा पूरी तरह से निर्विकार, जैसे कुछ असाधारण हुआ ही न हो। सुना गया है कि ऐसी घटना के बाद दोनों में स्त्री ही आँसू बहाती, भाग्य को दोषती बची रहती है, क्योंकि पुरुष कार्य संपन्न होते ही धोती सँभालता या पैंट के बटन लगाता घटनास्थल से फूट लेता है, पर यहाँ कुछ और देखने में आया। पुरुष यानी विलास ठाकुर लगभग अधमरे, टूटे से, चारपाई से गिरकर चटाई पर बिखरे पड़े थे। हाँ, थे खामोश, शायद इसलिए कि बोल फूटने की शक्ति उनमें बाकी न रह गई थी।

बिंदिया तैयार होकर जाने को थी कि रुकी और उसी निर्विकार भाव से बोली, ''कल सुबह दिन-चढ़े तक सबकुछ बदस्तूर हो जाएगा। इस दौरान याद करना उन तमाम बदनसीबों को जिन्हें तुमने कैसी-कैसी यंत्रणाएँ सहने पर मजबूर किया। यह भी कि तुम सस्ते छूटे, क्योंकि 'तामसी' के पूरे प्रहार के बाद कोई भी पुरुष किसी काबिल नहीं रहता। खैर, कल सुबह तुम्हें आगे का कार्यक्रम मिलेगा, जिसमें तुम मेरे साथ रहोगे।''

□

तामसी

विलास की हालत कुछ वैसी, जैसे अरसे से बीमारी झेल रहा हो, कमजोरी-ही कमजोरी। उस शाम क्या किया—खाया—पता नहीं और यह भी कि जैसे-तैसे चारपाई तक पहुँचे, पर नींद दूर-दूर तक नहीं। दोपहर बाद तक की एक-एक घटना रह-रहकर आँखों के सामने आ जाती और उसका प्रभाव जैसे भरपूर शक्ति से मारा गया चाबुक। इस सबके दौरान चमचमाती आँखें उसे आर-पार देखतीं, जिसके साथ बदलता रुख-कभी दुत्कारता-धिक्कारता तो कभी बेसाख्ता हँसी से खिला, मगर उसमें भी लानत भरपूर। ऐसे में नींद की गुंजायश कहाँ, मगर बुरे-से-बुरे माहौल में भी प्रकृति मददगार होती रही है। फलस्वरूप सुबह के अनकरीब आँख लग ही गई।

सुबह कब हुई, इसका तो उन्हें पता न लगा, पर जब नींद टूटी तो कानों में झाड़ू लगाने की आवाज आई। हड़बड़ाकर उठ बैठे और उधर देखते ही उन्हें एक अजीब डर ने आ घेरा और ऐसा घेरा कि बिस्तर छोड़ उठ भागने में देर न लगाई। लगभग दौड़ लगाते बरोठा पारकर सीधे बाहर जाकर ही दम लिया। कल के अनुभव के बाद से स्त्री भले कोई हो, पर उसमें कहीं लिपटी-दुबकी 'तामसी' होने की आशंका। जैसे उस वक्त रोज की तरह बिंदिया-तामसी नहीं, उसकी माँ रधिया थी।

नाश्ता कराते आगामी कार्यक्रम बताने से पहले फौरन से पेशतर काले किए बालों को फिर से सुफेद करने की हिदायत, भले ही इसके लिए हाइड्रोजन पैरोक्साइड इस्तेमाल करना पड़े। 'पूर्वा' के पिछली रात संपर्क से कुछ व्यक्तियों के नाम मिले हैं, जिनका 'तामसी' के साथ संपर्क देर से सही, पर अब अविलंबनीय है। इनमें अग्रिम पंक्ति में हैं—क्षेत्रीय विधायक जनमेजय उवासिया, सांसद भ्रमर और कोतवाली-प्रभारी हमदमप्रसाद। और दूसरे भी हैं, पर पहली पंक्तिवाले पहले, भले ही बनियाइन कोई भी पहनते हों, टी.वी. पर प्रचारित से अलग।

"विलास, तुम्हारी खासियत है हर तरह के दस्तावेज और कागजात की हूबहू प्रतिलिपि बनाना। सो जैसे भी हो, पहली भेंट विधायक उवासिया से। तुम चाचा, मैं भतीजी, हाल हुई बेवा, चाहिए पेट पालने के लिए अवसर—एक नौकरी। तो फिर फिट हो जाओ। इसका मतलब यह नहीं कि रोज की दैनिकी में बदलाव। उसे चलाओ और 'सुमरनी' भरी हुई आनी चाहिए, यह कहते नहीं कि 'गिनकर बताओ, फिर अंदर आले में रख दो'। आगे से लाओ, दो और भूल जाओ, जब तक मैं यहाँ हूँ। कहते यह रहे कि विधवा-सधवा कन्याआश्रम भेजते हो, पर है ऐसा नहीं। खैर, अब आगे से यही होगा। अब चलो और काम से लगो। फुरसत तो मिल ही गई नहानी, दीवार फलाँगने और बहाने ढूँढ़कर 'खास बात बताना है' वगैरह से। अब जब चाहो आवाज दो और बिंदिया सेवा के लिए हाजिर। कब दोगे आवाज विलास?"

वहाँ तो कहने भर से रोंगटे खड़े हो गए। आवाज देना तो दूर, पास रहने में भी अजब घबड़ाहट। तेज कदम बाहर की ओर बढ़े तो पीछे से आई बिंदिया जैसी पर वास्तव में 'तामसी' की हँसी। महज दो दिनों के बीच पूजा-पाठ बहुतेरा जो दिखाने को अकारण चलता था, उसमें कटौती, तो वैसी ही धर्मग्रंथों के पाठ या सामने कोई पोथी खुली रखने के स्वाँग में। कुछ वैसा जैसे बच्चे स्कूली किताबों के बीच कॉमिक या जासूसी कहानियाँ पढ़ते पकड़े जाने पर करते हैं। सच तो यह कि विलास ठाकुर बिंदिया से क्या, उसमें समाई 'तामसी' से निश्चित रूप से आतंकित थे सो उचित समझते हथियार डाल पूरी तरह समर्पित होने में ही भलाई देख हो लिये।

खाना उसी दक्षता से बनाया गया, खिलाया भी उसी ने, पर मालिक-कामवाली के रिश्ते-व्यवहार में परिवर्तन साफ था। पाले बदल गए थे। चूल्हे में रोटी सेंकते बिंदिया बोली, "यहाँ आने और रुकने का एक कारण तो समझ ही चुके, क्योंकि उसमें तुम्हारी प्रमुख भूमिका थी। इस क्षेत्र के कुछेक उपद्रवी तत्त्वों से हिसाब चुकाने का मेरा निश्चित प्रोग्राम है, यानी 'पूर्वा' द्वारा निदेशित। इनमें से अगली पंक्तिवालों में एक जन-समर्पित सेवक है यहाँ का विधायक-स्त्री उद्धारक, जिसने बालिका, वधू, सधवा, विधवा किसी को छोड़ा नहीं है। खुद भरपूर 'सेवा' करते रहे, पर मन के उदार होते 'सेवा' के लिए अपने मित्र-सांसद के पास भी कितनों को भेजते रहते हैं। धर्मप्राण हैं, इव सिंगागुर है, पावन हैं, सुविधा के लिए स्वयं को श्रीकृष्ण का प्रतिनिधि क्या अवतार घोषित कर चुके हैं और इसलिए उन्हीं के कथित चरण-चिह्नों पर चलते अनेक लीलाएँ, विशेषकर रास आदि रचने-रचाने में कोई कसर नहीं रखते। कुछ और भी हैं, जैसे पुलिस-महकमे को अपनी समझ से चार चाँद लगाते, पर वास्तव में इससे उलट, कभी भी किसी फिल्म के विलेन का पार्ट पूरी तरह निर्वाह करने में सक्षम; खासकर यदि कथानक स्त्री-त्रास, शोषण, बलात्कार इत्यादि से प्रेरित हों। सुन रहे हो?"

मुँह का कौर निगलते ठाकुर ने कहा, "हाँ, मगर मुझे बताने का मतलब?"

"क्यों नहीं, मतलब है। इन सभी से मुझे यानी 'तामसी' को मिलना है। तुम हो" हाल हुई बेवा भतीजी के साथ। उसे दो रोटी खा सकने की जीविका दिलाने के लिए। यह भी कहें कि इसके लिए वह कुछ भी कर सकती है।" यह कहकर वह हँसी और हँसते हुए ही कहा, "बात समझा करो विलास, तुम तो माने हुए गुरु रहे हो।

"हँसने की कोशिश न करना, आएगी भी नहीं, क्योंकि तुम्हारी अपनी एक छोटी सी मुलाकात तामसी से हो चुकी है। चलो, अब मतलब की बात पर आओ। मेरे पास यहाँ के लिए अधिक समय नहीं और आदेश के मुताबिक कई काम निपटाने हैं। इस बारे में पहले बताया, एक बार फिर जान लो कि 'पूर्वा' की व्यवस्था और उसका विस्तार असीम है। संचार, परस्पर-संपर्क मन से संचालित है। हर तरह की जानकारी सहज प्राप्य, चाहे किसी घटनाक्रम या फिर व्यक्ति-विशेष से संबंधित हो। देर होती है तो उसे फोकस में लाने की। गिनाए नामों की सभी जानकारी कर ली गई है। कुछ भी छिपा नहीं रहा है 'पूर्वा' से या मुझसे। बस, विधायक जनमेजय से मिलने के लिए पंचायत-प्रमुख का परिचय-पत्र तैयार करो, जो तुम्हारे लिए बाएँ हाथ का खेल है। ठीक?"

चाचा-भतीजी दूसरे दिन सुबह विधायकजी के घर-दफ्तर या दुकान पर, जो आपस में गडमड्ड हो लिये थे, पहुँचे। बाहरी बैठक अंदर खचाखच भरी, बाहर तक उमड़ी। एक तरह से अटी पड़ी। बीच-बीच में उवासिया अंदर से बाहर आते, कुछ से भेंटते तो किन्हीं से दुआ-सलाम। हाथों का काम अलग-शिकायती-सिफारिशी पत्र अनदेखते बटोरते और तुरंत साथ चलते अनुचर को देते, पर आँखें बराबर हर तरफ जायजा लेती हुईं। जमघट में दिखी बिंदिया-नकूची घूँघट (नाक के ऊपरी हिस्से तक) में दबी-सिमटी दिखी तो गषैर किया। गोरी सुडौल बाँहें व कलाई, ठोडी के नीचे तिल-पारखी की एक नजर ने सब देखा। कुछ रुकते साथवाले की ओर पलटकर देखा। वह भी बराबर उनकी नजर का अनुसरण करता रहा था। नेताजी का अनकहा समझने का वैसा ही प्रत्युत्तर दिया। वहीं से मुड़कर नेताजी एक बार फिर 'बँगले' के अंदर दाखिल और उधर साथवाला बिंदिया-विलास को इशारे से पास बुला आगे बढ़ा तो उसके पीछे लग गए चाचा-भतीजी।

घर पुराना पैतृक था, जिसे समय के साथ परिवर्तन के दौर से गुजरते तथाकथित बँगले का रूप दिया गया, मगर कमरे से सटे कमरे, गलियारे, बरामदे छोटी-मोटी भूलभुलैया-संरचना का भान कराते थे। उन्हीं में मुड़ते-मुड़ाते जहाँ जाकर थमे, उसे अपना ऑफिस बता अंदर जाने लगे ही थे कि अवरोध हुआ। सामने पहले के आए दो मुछाड़िए लंबे-तड़ंगे, अपने से ऊँची लाठियों के साथ जमे थे। कमरे के बीच मेज और उसके पीछे मालिकाना कुरसी। मेज से कतराते कुरसी तक पहुँचने की कोशिश में पहले

से आए मुछाड़ियों की लाठी में पैर कुछ ऐसा उलझा कि कुरसी तक पहुँचते दोनों हाथ हवा में उठ गए और इस तरह बैठे क्या उस पर ऐंडे-बैंडे जा गिरे। लाल-पीले होते मेज पर की घंटी बजाई, एक बार नहीं, ताबड़-तोड़ कई बार, पर चपरासी जैसा कोई आया नहीं। बेहद नाराज होते लट्ठमारों से मुखातिब हुए, ''लाठी लेकर आने का मतलब?''

दोनों में से एक उम्र-चढ़ा तो दूसरा जवान पट्ठा। उसी ने जवाब दिया, ''मतलब! जनमेजय बाबू से पूछो, इसी की बदौलत एलैक्सेन जीते हैं। कहाँ हैं?''

''क्या काम है?''

''तुमको काहे बतावैं?''

''क्यों नहीं? हम पी.ए. हैं।''

''जैसे कुरसी संभारी बाबू, पिये तौ जरूर हौ।'' हँसा पहले वह, फिर साथ वाला।

''हमें जनमेजय से मिलना है। बस।''

''मैंने कहा, काम तो बताएँ?''

''पराइवेट है। फिर इहाँ जनाना है। तनीं बाहर आवौ।''

दोनों बाहर हुए, पर दरवाजे के पास, जहाँ से बातचीत अंदर साफ सुनी जा रही थी।

''वो तीन कौड़ी के नंबरदार की विधवा बहू है। उसकी बाबत हम पर तोहमत लगाएँगे?''

''कैसी तोहमत?''

''अरे, वही जो औरत आदमी पर लगाती है। वैसे मरद हैं, सच हो तबौ झूठ। है कि नाहीं?''

''बात संगीन है।''

''अरे वाह, उवासिया के लिए रंगीन तो हमारे लिए 'संगीन'? लो कर लो बात।''

जैसे-तैसे ना-नुकुर के बाद दूसरे एकांत कमरे में जा बैठने और विधायकजी का इंतजार करने पर किसी तरह मना पाए। इस तरह मय-लाठियों के अपने कमरे से उन्हें बेदखल कराने में उन्हें सफलता मिली। अब अपनी कुरसी तक पहुँचने में कोई बाधा न आई। बात आगे बढ़ाने से पहले इस बार उन्होंने चश्मा धारण किया। बिंदिया की ओर कुछ अधिक ही गौर फरमाने और जाँच-परख से संतुष्ट होने के बाद बोले, ''मैंने सब देख-समझ लिया, काम हुआ समझो। क्या नाम बताया?''

''विलास ठाकुर।''

''तुम चुप रहो। जिसका काम, उसी का नाम। हाँ तो बोलो?''

बिंदिया ने नकूचा आगे-पीछे करते चेहरा कुछ ज्यादा दिखाते, मुसकराते, नजर उठाते कहा, ''रामदुलारी।''

पी.ए. खिले और उसकी ओर भरसक झुकते, हिकमत लड़ाते कि कुछ और दिख जाए, "बढ़िया नाम है दुलारी, मिलो भर विधायकजी से कि समझो हो गया काम। यह रूम-दफ्तर प्राइवेट है। मैं पी.ए.। समझने के लिए बात से ज्यादा चेहरा से जाना जाता है—दुलारी।"

बिंदिया ने नकूचा कुछ और ऊपर कर उनसे नजर मिलाई कि लगा जैसे दिल पर ही नहीं, दिमाग पर भी भर-मूठ हमला हुआ। पी.ए. सन्नाटे में उसकी ओर टकटकी बाँधे निहारते बैठे रह गए। शहद-लिपटाई बोली कानों में आई, "दुलारी नहीं, रामदुलारी। सुना कुरकुरेजी? अच्छा, मालिक से जाकर बताओ शिकार काबू में है, अब देर न करें। खास कमरा में पधारें। जाने के पहले मुझे वहाँ पहुँचाते जाएँ। वैसे इस 'बँगले' के कोने-कोने की जानकारी मुझे है। हाँ, ये मेज पर बिखरा कूड़े जैसा ढेर है तो शिकायतों, सिफारिशी-फरयादी कागजों का, इसे रद्दी न समझो, हजार-हजार के नोट हैं ये। देखो।"

देखा और वैसा ही पाया सो हामी में सर हिलाया। आँखें खुली की खुली।

"इनकी माला तैयार कराओ, विधायकजी को जरूरत होगी।"

फिर हुँकारी और करकरेजी काम से लगे और क्यों नहीं, कबके सम्मोहन से बिंदिया की गिरफ्त में आ चुके थे। कार्यक्रम तेजी से आगे बढ़ा। बिंदिया खास कमरे में पहुँची, उधर मोबाइल पर सूचना मिलते ही उवासियाजी भी उधर की ओर बढ़े, पर बीच में कुछ देर को बाथरूम में फ्रेश होने को भी रुके।

खबर मिल चुकी थी, शिकार फँसा-फँसाया, सबकुछ चाक-चौबंद, कसर बस पा लेने की। नाम हो भले ही पुरातनकालीन, पर थे जनमेजय इसी जमाने के, अपने इस निजी खेल के मँजे हुए खिलाड़ी और विशेष रूप से ख्यातिप्राप्त। तभी 'पूर्वा' द्वारा तामसी से भेंट करने के लिए चिह्नित।

कमरे में पैर रखते ही दिखा शिकार यानी बिंदिया, जो उस वक्त कमरे में एकांत समझ आँचल उतार सर पर जूड़ा सहेज रही थी। ऐसी मुद्रा में ऊपरी शरीर तन जाता है और इस प्रकार दिखती है देहयष्टि। उवासियाजी को भर नजर दिखा तो बस जैसे कानों में हवा के बेग से बजती जापानी घंटियाँ प्रवेश कर गईं। ऐसी अनुपम भेंट-चढ़ी सौगात की तो कल्पना भी न की थी। जैसे नशे में झूमते कमरे में आ कदम आगे बढ़ाए। 'खास कमरा' ऑफिस की आड़ लेते बेडरूम ज्यादा समझ आता था। दीवान कुछ अधिक बड़ा, मसनद, गाव-तकिए और बहुरंगा बेड कबर—सब मिलाकर बेडरूम जैसा ही तामझाम। जनमेजय कूदकर उस पर जा बिराजे, जैसे जोधा के साथ अकबर दीवान खास पर गद्दीनशीन होते देखे गए। फर्क यह कि बैठते ही मसनद का सहारा लेते अधलेटे हो लिये। इस तरह कुरसी के पास उनका सर, वही कुरसी जिस पर आदेश पा

'बिंदिया' अब बैठी थी।

लंबी साँस निकालते नेताजी ने थके स्वर में फरमाया, ''देश व सर्वजन-सेवा में पता नहीं लगता कब सुबह होती है और कब शाम। भले शरीर थककर चूर-चूर हो, मगर सेवा-महाब्रत की मर्यादा तो रखनी ही है। करूँगा बराबर, जब तक शरीर साथ देगा,'' इत्यादि। बीच में बोलना, दखल देना जरूरी न समझ बिंदिया खामोश रही। बोलते हुए वाणी का वाल्यूम कम हुआ (या किया गया)। वैसे भी निरंतर सेवा से ऐसा होना लाजिम है। बिंदिया को और पास होने का इशारा करते यह भी कहा, ''बात करते तुम्हारी तरफ देखने में गरदन दुखती है। ऐसा करो, दीवान पर तुम भी इस तरफ बैठो ताकि बात करने में सहूलियत हो।''

झिझकते हुए, पर आज्ञा-पालन हुआ तो नेताजी बम-बम। लगे कि आँखें बंद, पर वास्तव में अधखुली, बिंदिया के हर खुले अंग का लेखाजोखा करतीं, और मन-ही-मन गल-गल। माहिर अभिनेता को चुनौती देते उच्छ्वास निकालते डायलॉग मारा, ''तुम्हारी हर मुसीबत-जरूरत से निपटारा। समझ लो बोझ मैंने अपने सर ले लिया। मुझे हितू समझो दुलारी! मेरी तरफ देखो तो यकीन हो जाएगा।''

जवाब में जो भी हरकत देखने में आई, वह झिझकने, शरमा जाने की थी। तभी जाने कैसे विधायकजी का बाहु गिरा और बिंदिया की गोल कलाइयोंवाले हाथ को गिरफ्त में लेते अटपटे स्वर में उन्होंने कहा, ''दुलारी!''

''रामदुलारी।'' प्रतिध्वनित हुआ बिंदिया की तरफ से।

टेढ़े-मेढ़े होते कोशिश में कि घूँघट के पीछे का कुछ तो नजारा हो सके, लेकिन उस तरफ से कोई मदद न थी, इसलिए ऐसा हो न पाया। जो हुआ वह यही कि उन जैसे अनुभवी खिलाड़ी को हार माननी पड़ी। उदाहरण के लिए, जैसे भूखे कुत्ते के आगे असंभावित मुर्ग आ जाए, मगर ढका हुआ।

इतना जरूर हुआ कि बिंदिया की हलकी कोशिश को नकारते उसका हाथ पकड़ से छूटा नहीं। इससे कुछ भरोसा हुआ, मगर कार्यक्रम को आगे बढ़ाने के लिए बोलना भी था सो बोले, ''तुम्हारा आवेदन देखा। नौकरी चाहिए?''

''मेहरबानी हो जाए।''

''हो गई। कैसी?''

''गुजर-बसर हो, बस।''

''घरवाला?''

''एक्सीडंट में मर गया।''

''और कोई?''

''बूढ़ी।''

''रहना-सहना।''

''का बतावैं, इहाँ-उहाँ।''

''समझ लिया। इंतजाम हुआ समझो। झिझकना-शरमाना मुझसे? देखो यह घूँघट''

''बड़ेन के आगे खुला मुँह, साहेब?''

नेताजी मजे-मजे हँसे, फिर बोले, ''मेरी पसंद खुला चेहरा। आँखें बोले से कहीं ज्यादा कहती हैं। फिर क्या··· हटाओ।''

''हुकुम तो मानना पड़ेगा।'' कहते नकूचा सर्र से गायब और खुद नेताजी के सामने उकड़ें बैठी बिंदिया, अकबका गए उवासिया से आँख-मिलाई करती। रहे होंगे ऐसे खेलों के मँजे खिलाड़ी, पर इस वक्त लगे उसके उलट। पहली बार पलक झाँपते बाजी पलट गई। लगा कि सामने बैठी की आँखों से उछाल मारता 'सुनामी' सीधा दिलो-दिमाग क्या शरीर के कोने-कोने में काबिज हो लिया। बिला-शक कमान उनके हाथ से निकल सामने मुसकराए जा रही की मुट्ठी में थी। हाथ बढ़ा उन्हें पालतू कुत्ते जैसा थपकाते हुए उसने कहा, ''देखो जी भरकर, जो देखना चाहते थे। वैसे देखने-दिखाने के लिए और भी बहुत कुछ है। पूरी तौर से छक लोगे, मगर जरा दम ले लो, क्योंकि आगे का कार्यक्रम थकाऊ है।'' बोलते हुए आँचल खिसक नीचे गिरा और अनढका वक्ष था सामने, जिसे तुरंत ढकने का कोई प्रयास नहीं। ऐसे में दम लेने की जगह वह फूलता ही रहा, इस एहसास के साथ कि वह इस वक्त सिवा चुप रहने के और कुछ करना तो दूर, सोचने में भी निरुपाय है। स्थिति समझते वही फिर बोली, ''दुलारी, न रामदुलारी नहीं, तुम्हारे सामने 'तामसी' मौजूद है। परिचय होता रहेगा, अभी इतना ही कि 'जनसेवा' की आड़ में विशेष रुचि ली है स्त्री-मात्र को भोग की वस्तु मानने में। छल-कपट, दंद-फंद, लोभ-भय, ताड़ना के बल पर हर तरह से उसे अपमानित कर रौंदने में तुम्हारी निपुणता भले जगजाहिर न हुई, पर छिपी भी नहीं रह सकी। दूर-दूर तक पहुँची। मेरे साथ मुलाकात संयोग से नहीं, पूर्व-निश्चित कार्यक्रम का एक हिस्सा है।

''तुम ही नहीं, और भी हैं। उन्हें भी समय से, पर अतिशीघ्र अवसर मिलेगा। स्त्रियों पर बढ़ते अत्याचारों पर अंकुश लगाने के लिए यह नियोजित कार्यक्रम बना और उसे लागू करने के लिए अपरिमित शक्तियों से अभिषिक्त 'तामसी' की संरचना हुई। सूचीबद्ध आप जैसे महानुभावों को उपयुक्त दंड देने का आदेश है, जिसे लागू करने में 'तामसी' पूर्ण सक्षम हैं। दंड झेलने के बाद दंडित को पास-पड़ोस और आगे तक अपने जैसों को चेतावनी देनी होगी कि समय से सँभल जाएँ, नहीं तो विश्वास रहे कि जाने किस वेश में उन्हें 'तामसी' मिल जाए। अब आगे का कार्यक्रम। अनजाने कुछ योग इसमें दिया है, जो आवश्यक था।

''राजकीय ढाँचे के दो कद्दावरों को फोन करके आने को कहा है। वही तुम्हारे साथी, जो शिकार किसी का, पर मिल-जुलकर भोग। इनमें से एक को तो खास निमंत्रण, और क्यों नहीं! आखिर मंत्री बनवा देने का वादा भी तो किया है। वैसे मंत्रालय कौन होगा? कुछ नया सा अलग, मसलन 'स्त्री विमोचना'? एक बात समझने की है! मेरी आँखों में तुमने क्या देखा, पता नहीं, पर मेरा वशीकरण तुम्हारे ऊपर पूरी तौर पर हावी है। वशीकरण? वही त्राटक यानी हिप्नोटिज्म, पर हाँ, कुछ खास जिससे सामनेवाला पूरी तरह बेबस मेरी मुट्ठी में। जो कहेगा-करेगा, मेरे निर्देश पर। देर मत करो, तुम्हारा पी.ए.''' क्या नाम है उसका? हाँ, पुलिन करकरे! वैसे मुरमुरे बेहतर होता जो किसी की भूख मिटाता। खैर। ढोलकी, सिंदूर और नोटों की माला लेकर आने को कहो उससे।''

सामान आया। जनमेजय का गेटअप, मेकअप हुआ नए रूप में। ड्रेस कुछ कम की गई, जैसे पैजामा-कुरता आउट, सिर्फ घोटन्ना और बनियाइन, सर पर अँगोछा, माथे पर सिंदूर का खड़ा टीका। गले में ढोलकी और बस, तैयार।

''आगे का काम तुम्हें करना है। वैसे मैं दूर नहीं, पास ही रहूँगी। निर्देश मिलते रहेंगे सो देर का क्या काम, शुरू हो जाओ।''

उवासिया की ढोलकी बजाते और उनके पी.ए. की ताली बजाकर साथ देते इंट्री हुई तो बाहर जमा भीड़ का शोर-शराबा ऐसा रुका, जैसे टी.वी. में अकस्मात् बिजली चले जाने पर होता है। जो देखने में आया, था भी अजीबो-गरीब। लेकिन सिर्फ क्षणों तक। उसके बाद जैसे चारों ओर से उठती आवाजों का बाँध फूट लिया। राय, सलाह-मशविरा, टीका-टिप्पणी, कुछ करने और न करने की हिदायतें—क्या कुछ नहीं! इनके मिल-जुलकर उबाल पर आने में समय न लगा। यहाँ कहना होगा कि जय हो टी.वी. चैनलवालों की, कम-से-कम उनकी, जो वहाँ मौजूद थे।

टी.वी. चैनलों की भरमार और उनमें लगी होड़ कि कौन सबसे तेज। 'जहाँ खबर वहीं हम' के दावे के साथ। हर उस जगह मौजूद, जहाँ कुछ हो रहा है, होने की उम्मीद है। या फिर अचानक कुछ हो जाए, जैसा कि इस वक्त। वहाँ मौजूद चैनल टीम के लिए ऐसा ही हुआ, तो जैसे बिल्ली के भाग से छींका टूटा। आनन-फानन में टीम कर्तव्यरत। कैमरा व माइक्रोफोन यथास्थान फिट होते-न-होते एक तन्वंगी सुदर्शनी प्रसारण के लिए तत्पर हुई, जो अपने चैनल के दर्शकों के लिए था, पर यहाँ उसका उपयोग अनुचित न होगा—

''इस वक्त मैं प्रसिद्ध समाज-सुधारक, सर्वजन-सेवक, विधायक जनमेजय उवासिया के पैतृक निवास से यह सीधा प्रसारण आप तक कर रही हूँ।

''अपनी समस्याओं के निराकरण के लिए आम लोगों की भीड़ रोज की तरह आज भी उवासियाजी के यहाँ मौजूद थी। काफी समय उनके साथ बिताने के बाद वे

निवास में विश्राम के लिए गए। इस बीच आम जनता के अलावा क्षेत्र और शहर के अनेक लब्धप्रतिष्ठ व्यक्ति व नेता आदि भी आए। इन सबके बीच आप देख ही रहे हैं सारे तमाशे की झलकियाँ, जिन्हें हमारा कैमरा आपको बराबर दिखा रहा है। सामने हैं गले में ढोलकी डाले उवासियाजी, जो कुछ गा रहे हैं और साथ में हैं उनके पी.ए. करकरे। वही जो निरंतर ताली बजाने में निमग्न हैं।

"वातावरण अजब है, ऐसा कि पहले कभी देखने में नहीं आया। गले में माला लगती तो है कागजों की, पर करकरे का बार-बार कहना है कि वह हजार-हजार के नोटों की है। वहीं दर्शकों के बीच छीना-झपटी भी चल रही है। कुछेक पुकार-पुकारकर कह रहे हैं कि माला नोटों की नहीं, उनके दिए ज्ञापनों की है। दृश्य नाटकीय होता दिखता है। कुछ दर्शक हैरत में एक-दूसरे को देख रहे हैं, तो अन्य हँस रहे हैं, जोर-जोर से बतिया रहे हैं। कुछ माला खींचकर निकालने की कोशिश कर रहे हैं। ऐसे भी हैं जो जनमेजयजी से बात करते कुछ करने या न करने जैसी सलाहें दे रहे हैं। मैं कोशिश करती हूँ कि जनमेजयजी से सीधे बात हो सके, पर पहले एक छोटा सा विराम। कहीं जाइएगा नहीं, आगे बहुत कुछ देखने-सुनने को है। विश्वास करें।"

टी.वी. चैनलों पर 'विराम' के दौरान बहुत कुछ होता है। प्रमुख है दर्शकों के प्रति समर्पित विज्ञापन, उन्हें जानलेवा बीमारियों—कीटाणु और रोगाणुओं से बचाने के लिए स्वत: मान्यताप्रदानित एक-से-बढ़कर एक संसाधनों का। कुछ तो ऐसे कि सहज विश्वास करना मुश्किल। जैसे, महज कुछ मिनटों या घंटों में काले से गोरा बनाने की गारंटी, दाँतों से लेकर बालों तक की रक्षा के लिए अनेकानेक द्रव्य या फिर रक्षा-कवच मिट्टी-मोल कीमत पर (उनके लिए) और तो और, ए से जेड विटामिन निचोड़कर बनाए गए पेय—बालकों के लिए एकदम बेजोड़! जैसे, औसत खाते-पीते बच्चों से तिगुनी बढ़त के पेय, इत्यादि। विस्मित-प्रभावित होना या फिर जी खोलकर हँसना दर्शकों की मनोदशा। खैर।

दूसरा घटना-स्थल। इस बीच चैनलिया तंत्र के नियंत्रक एकजुट कि किसी भी तरह खबर की जड़ तक पहुँच लिया जाए। उदाहरणस्वरूप, जनमेजय के यहाँ वाली टीम की प्रवक्ता ने उन तक पहुँचने की कोशिश कई बार की, और एक बार तो लगा कि वह भीड़ के व्यूह में प्रवेश पाने को हैं, पर शरीर तो पार हुआ, सिवाय उस हाथ के, जिसमें माइक्रोफोन था। कोशिश बेकार, हाथ अंदर जा न सका। अलबत्ता रेले ने शरीर बाहर कर दिया। वापसी पर उनकी जगह ली दूसरे युवा कर्मचारी ने। वह लपका और ये गया वो गया। भीड़ को चीरता, लोगों को फलाँगता, कूदकर जनमेजय के ऐन सामने। तभी 'जल्द वापस आने' का टाइम हुआ और कैमरे में एक बार फिर थी वही स्त्री-प्रवक्ता—

"'टकटकी चैनल' एक बार फिर दर्शकों का स्वागत करता है। जैसा कि सूचित

किया, इस बेमिसाल दृश्य का घटनाक्रम छिन-छिन बदल रहा है। जनमेजयजी से की गई बात आप तक सीधे पहुँचाने का वादा पूरा होने को है। जन-समूह क्षण-क्षण बढ़ता जा रहा है, जिसे चीरकर जनमेजयजी तक पहुँचने में भले ही हमारे सहयोगी सबलजीत की कमीज फट गई है, पर वे वहाँ पहुँच चुके हैं और बातचीत सीधे आप तक पहुँचनेवाली है। सबल…''

''मैं 'टकटकी चैनल' से सबल। उवासियाजी, अचानक यह नाच-गाना-बजाना, ऊपर नाटकीय वेशभूषा मय-मोर पंख के, क्या यह सब किसी नई जनसेवा के अंतर्गत है?''

''स्त्री-सेवा के अंतर्गत।''

''कौन है वह स्त्री?''

''तामसी।''

''कभी सुनने में नहीं आया। जाना-पहचाना नहीं है यह नाम?''

''जाना नहीं, पर जानोगे जब वो चाहेगी।''

''पहली बार नाचते-गाते दिखे हैं। प्रेरणा कहाँ से पाई?''

''तामसी से।''

''फिर वही। खैर, स्वाँग रचाने का मकसद?''

''स्त्रियों को उनका हक दिलाना।''

''मगर एकाएक स्त्रियों के हक के लिए आप क्यों?''

''स्त्री-भक्त हूँ?''

''भक्त? पहली बार सुना।''

''अब बार-बार—हर बार सुनेंगे।''

''वैसे तो…''

''मैं प्रेम करता हूँ।''

''किससे?''

''समस्त स्त्री-जाति से। मतलब, स्त्री-जाति का भक्त हूँ।''

अब जनमेजय उवासिया ढोलकी से मुखातिब होते जोरदार हाथ चलाने लगे, वैसे ही करकरे की ताली और साथ ही 'हो-हो' इत्यादि।

गाना फिर से चालू, मगर धुन, लय व सुर ऐसे, जैसे इन सबकी बलि दी जा रही हो। तिस पर गायन यकीनन बलि के बकरे की अंतिम कराह से मेल खाता।

फिर रेला, जिसने सबल को मय-माइक भूमिसात कर दिया। किसी तरह उठ घेरे से निकलने की कोशिश में बदहवास से दिखे कि कैमरा एक बार फिर स्त्री-प्रवक्ता पर, ''हमारा दर्शकों से वादा, जहाँ खबर वहाँ सबसे पहले 'टकटकी'। देख ही रहे हैं कि

किस प्रकार हर परेशानी झेलते हम सेवारत हैं।

"उवासियाजी किसी तरह कपड़े पहनने को राजी नहीं, न गाना-बजाना बंद करने को। इसी खींच-तान के बीच आप सब देख-सुन रहे हैं कि चारों तरफ हलचल, कारों और दूसरी सवारियों की कतारें, जिनमें विधायकों, मंत्रियों व आला अफसरों की आमद हुई है। और अब एंबुलेंस भी आ गई दिखती है। उससे उतरकर कर्मचारी पुलिस की मदद से भीड़ हटा उवासिया और करकरे तक पहुँचने की कोशिश में हैं। पहुँचते ही उन्हें काबू कर एंबुलेंस में बैठा अस्पताल ले गए··· आपको हम पलपल की जानकारी देते रहने का वादा निभाएँगे। हमारी एक टीम अस्पताल की ओर रवाना हो चुकी है। यहाँ एक विराम। 'टकटकी' जल्दी-से-जल्दी फिर हाजिर होता है। कहीं जाइएगा नहीं।"

लेकिन इस आमंत्रण को नकारते हमें एक बार फिर बिंदिया की ओर लौटना है। वह तब तक सारे घटनाक्रम में शरीक थी जब तक कि एंबुलेंस वापस अस्पताल नहीं चली गई। उसे खुद भी दूसरे दिन की मुलाकात की तैयारी करनी थी। मुलाकाती थे कुख्यात स्त्री-प्रताड़क थाना-सदर श्री प्रसादरंजन।

सुबह के अखबार में जनमेजय उवासिया की ही रिपोर्ट विस्तार से मुखपृष्ठ पर सचित्र छपी थी। खास बिंदु बॉक्स में दिए गए थे।

- डॉक्टरों ने दिमाग खराब हो जाने की बात नकारी, मगर माना कि अचानक किसी अब तक अनजाने सदमे या डर से अस्थायी असंतुलन हावी है। असर कब तक रहेगा, इसका अभी पता नहीं लग सकता।
- किसी 'तामसी' का नाम अकसर लेते रहते हैं, वह भी डर या घबड़ाहट के साथ। किसी नर्स या स्त्री-डॉक्टर को देख सहम उठते हैं और उसे संबोधित करते कह उठते हैं—'तामसी'!
- बराबर की रट कि स्त्री-आरक्षण साठ प्रतिशत हो अन्यथा 'तामसी' आ जाएगी।
- 'तामसी' का रहस्य बदस्तूर कायम है, मगर उवासिया कहते जा रहे हैं कि 'आती होगी' या फिर 'आने से रोको' इत्यादि।

□

तफतीस

चाचा-भतीजी कोतवाली पहुँचे तो वहाँ वे ही नहीं और भी थे कई तरह की परेशानियों की शिकायत दर्ज कराने। मुंशीजी उन्हें देखते बैठे कान खुजलाने का काम कलम से लेते हुए। आगेवाला फरियादी इस कोशिश में कि किसी तरह उसकी रिपोर्ट लिखकर एफ.आई.आर. की कारवाई पूरी की जाए। एक बार फिर कोशिश करते हुए उसने कहा, ''दरोगाजी, यकीन मानिए, इस चोरी की कोशिश के पीछे बद्दा पहलवान उर्फ बदलू का हाथ था।''

''कैसे? कोई सबूत?''

''है। बदलू ने एक बार नहीं कई बार दुकान पर आकर धमकाया, गाली दी और कहा कि दुकान छोड़कर चले जाओ, नहीं तो बुरा होगा।''

''क्यों धमकाया?''

''साहेब, जोर-जबरदस्ती दुकान-मकान खाली कराने का काम पैसे लेकर करता है?''

''मगर चोरी?''

''धमकी दी थी कि सामान से भी हाथ धो बैठोगे?''

''लेकिन चोरी हुई तो नहीं?''

''मैं जाग गया, शोर मचाया, तो जो आए थे भाग गए।''

''चोरी की वारदात हुई नहीं। जब हो, तब आना। चलो आगे।''

अबकी बारी भतीजी की, ''मुसम्मात, तुम बोलो सीधी फरियाद, क्योंकि मेरे पास ढेरों काम हैं बहुत जरूरी। हाँ तो—''

''जनाब, मैं बताता हूँ। मेरी भतीजी...''

''चाचा, तुम चुप रहो। फरियादी यानी भतीजी, तुम बोलो। वारदात?''

"लूट की।"

"कैसी लूट?"

"इज्जत की।"

मुंशीजी की आँखों में चमक आई दिखी। वे जरा सँभलकर बैठे और उसकी ओर पैनी नजर डाली, मगर देखने में आड़े आ रहा था घूँघट। फिर भी पूछा, "नाम?"

"जानकी।"

"वारदात का बयान।"

इस वक्त तक कुरसी पर ऊँघते छोटे दरोगा लूट-इज्जत की सुनकर चौकन्ने हुए और उठकर मुंशी की ओर बढ़ आए। फरियादी पर नजर डाली, फिर सोचते हुए कहा, "ऐसी वारदात में बड़े साहेब खुद सुनवाई के बाद आगे की काररवाई की तफसील इंदराज कराने का हुक्म फरमाते हैं। मैं खुद करता, पर बड़े साहेब ऑफिस में मौजूद हैं, इसलिए... गरज यही कि तुम्हें उनके सामने पेश होना है। इधर से अंदरवाले ऑफिस में।"

विलास भी साथ मुड़े ही थे कि छोटे दरोगा ने रोकते हुए कहा, "तुम यहीं रुको। मामला पेचीदा, तो साथ ही पोशीदा भी है। इसलिए सिर्फ फरियादी।"

"मगर हुजूर, भतीजी अकेली कैसे?"

"अकेली क्यों, साथ में जनाना कांस्टेबल जो है। रूल इज रूल। यहाँ हर काम कानूनी हिदायतों के मद्देनजर ही अंजाम दिया जाता है। लिहाजा टाइम खराब न करो।"

विलास पीछे रह गए और बिंदिया घूँघट सँभालते जनाना कांस्टेबल के साथ सदर के आगे पेश होने गई।

दरवाजे पर दस्तक देते अंदर से खुरदरी आवाज में दाखिल होने की इजाजत मिली।

सदर कुरसी पर पूरे नहीं बैठे थे। महज धड़ कुरसी पर था, बाकी पैर सामनेवाली मेज पर पसरे थे। उन्होंने घूरकर बिंदिया की ओर देखा, जैसे वही मुलजिम हो। घूरना जारी, पर सवाल भी, "फरियादी हो?"

"जी।"

"नाम?

"जानकी।"

"पता मिला, मगर वारदात बोलकर बताओ।"

"कैसे बताएँ साहेब, लिखकर दे दिया है।"

"कागज सामने है। देखा। उसी की तस्दीक के लिए जबानी बयान जरूरी है।"

बिंदिया घूँघट में हिली-डुली, जैसे ऊहापोह में हो। उसे देखते साहेब फिर बोले,

पर नरमी से, "घूँघट हटाओ ताकि शक्ल सामने रहे और सच-झूठ की तस्दीक में मदद मिले। तो बोलो।"

'कइसे बतावें सरकार। सबेरे बाहर जाते सालिगराम उर्फ सल्लू पहिलवान, गुंडा, इज्जत पर हाथ डालने पर आमादा।"

"उसे पहले जाना-देखा?"

"जाना क्या, देखा जरूर। कई दिन से पछुआता रहा था।"

"रुको। पास आओ और बताओ लूट की बात तफसील से।"

बिंदिया पास जाकर बोली, "बात क्या बताएँ सरकार, उसने लपककर मेरा हाथ पकड़ लिया और अपनी तरफ खींचा।"

"रुको।"

फिर जनाना कांस्टेबल को हुकुम दिया ठंठा लाने को। वह गई।

"हाँ, तो हाथ कहाँ पकड़ा?"

बिंदिया के बताने पर न समझने का ढोंग करते खुद उसका हाथ पकड़ा और कहा, "ऐसे? फिर?"

"फिर क्या, पहुँचा धर लिया साहेब?"

"देखो, यह सब जानने से पता मिलता है यानी एक तरह से सबूत कि मुलजिम वही है जो बताया। बैंक या दुकान की लूट से तुम्हारा केस अलग है। मगर बड़ा तजुर्बा है मेरा। मुजरिम को घेरकर पकड़ा तो सात से दस साल चक्की पीसेगा। पास आ जाओ और ध्यान देकर सवालों का जवाब दो। चलो मैं आ जाता हूँ।" कहते कुरसी पास खिसकाई, ऐसी पोजीशन बनाते कि कुरसी की ऊँचाई का लाभ लेते मौकाए-वारदात के कुछ और हिस्से दिखें। दिखे तो लगा जैसे हँफनी आ गई हो। कुछ वैसी ही, जैसी पालतू कुत्ते के आगे मांस की रातिब आ जाने से होती है। पर यहाँ कुत्ता नहीं, न मुरदा गोश्त। सदर की आँखों के आगे था जीता-जागता नमूना, जिसके बाद उन जैसे तजुर्बेकार क्या-क्या न करने से चूकते नहीं। इन जैसों के कारनामे वक्त के साथ आम चर्चा का विषय बनते हैं और मौजूदा सदर में कुछ तो जरूर होगा जिससे 'पूर्वा' को मुखातिब होना पड़ा और अपनी 'तामसी' को उनसे भेंट करने का आदेश दिया। खैर।

हँफनी के साथ सदर को गले में कुछ फँसने का एहसास हुआ, जिसे खाँसकर साफ किया। मगर तफतीश बिना-रुकावट चलती रही। बिंदिया के बताए को खुद करते दोहराकर समझना जारी रहा, ताकि मुलजिम के किए को बारीकी से समझा जा सके।

"तो फिर हाथ पहुँचे तक गया या फिर इधर-उधर?"। तफतीश पल-पल गहराइयों में उतरती जा रही थी। वो बुदबुदाए, "चोरी-चमारी का नहीं, मामला है लूट का। छोड़ूँगा नहीं···" (गाली) "तो हाथ पकड़ा ऊपर की तरफ···" हाथ की पकड़ अब तक

सहलाने में तब्दील हो चुकी थी, "छोड़ूँगा नहीं···" (और भारी गाली) "देखो, मेरी आँखों में गौर से देखो।"

देखा, मगर सदर के चेहरे में देखने को था क्या! गोल चौखटा, उसमें मुँह ऐसा, जैसे काले तरबूज की फाँक निकालने पर दीखता है। उसी तरह पान-पीक-रचा लाल हुआ। उसमें से झाँकते तरबूज के बीज सरीखे काले दाँत। फर्क सिर्फ यही कि तरबूज पर मूँछ-बाल नहीं होते, जो वहाँ थे। मगर आँखें चार हुईं कि पलक भाँजते 'जानकी' की जगह ले ली 'तामसी' ने। उठकर खड़ी होते सामने की कुरसी पर जम ली। एक इशारे के साथ मेज के ऊपर फैले पैर जमीन पर। तफतीश इस तरह गहराते सदर की साँस फूलने लगी और अंदर उठते जमीन-आसमान तक बलबलाते हसीन कुलाँचे काफूर होते देर न लगी। नजरें मिलाने की फरमायश पूरी क्या हुई कि सदर की साँस, चलती गाड़ी के टायर में पंचर होने पर जैसा होता है, निकली तो बस निकल ही गई। फर्क यही कि देर से वापसी हुई और तब आँखों का काम चालू हुआ—ताकते रह जाने का।

मुँह ढाके दबी-सिमटी दुखियारी, 'इज्जत'-लुटाई फरियादी हर हुक्म की फौरन पाबंदी करती जैसे जादुई करामात से गायब और उसकी जगह ले ली किसी फितना ने। गजब की हसीन, फटी पड़ती खूबसूरती, मगर अंदाज बिलकुल अलग, अपना हुक्म फौरन बजा लाने को मजबूर करता। सदर ज्यादा देर कुरसी पर बैठे न रह सके और सकपकाए हुए सामने खड़े हो गए, जैसे कि वह कोई ऊँची अफसर हो। यह भी महसूस हुआ कि उनकी मूँछों का रुख नीचे की ओर है, पर क्या मजाल कि हाथ उठा सकें उन्हें सँभालने के लिए। किसी तरह की जुंबिश की लाचारी से बचा क्या, सिर्फ हुक्म की इंतजारी। फरियादी ने अब अपना परिचय देते कहा कि मिलिए, सामने है 'तामसी'।

परेशानी में घिरे रहते एहसास हुआ कि सामनेवाली जैसी औरत पहले कभी देखने में न आई थी। एक-एक नक्श जैसे समय को दरकिनार करते गढ़ा गया हो। चितवन, जैसे विष और अमृत से घुली-मिली यानी देखनेवाले को मारते और फिर जिलाते रहने का मुसलसल इंतजाम। कुछ ऐसे ही शरीर के अंग। जो दिखाई दे रहे थे, वे बेमिसाल और अनदिखते आम सोच से परे होने का निश्चित भरोसा। यह सब तो ठीक, मगर सदर रंजनप्रसाद की हालत कुछ उस घोड़े या बैल जैसी थी जिसे छोड़ा गया हो दानों से भरपूर चने-गेहूँ के लहलहाते खेत में, मगर मुँह पर थोबड़ा चढ़ाया हुआ। वह ऐसे कि आँखें व दिमाग तो चालू, मगर जिस्मानी और कोई हरकत नहीं। यह था 'तामसी' का प्रभाव या शक्ति का नमूना। खैर।

कुछ समय खामोशी रही और लगा कि बिंदिया उर्फ 'तामसी' किसी अन्य के संपर्क में है। एकाएक ध्यान भंग हुआ और बोली, "आदेश के चलते रंजनप्रसाद सस्ते छूटे। वैसे मैं तो···चौंकना नहीं, 'थर्ड डिगरी' की ठेकेदारी सिर्फ पुलिसिया नहीं है।

तुमने एक अरसे से ऊधम मचा रखा है। ओहदे का भरपूर लाभ उठाया है अत्याचार बरपा करने में, खासकर औरतों पर। पहले उन पर खुद की दरिंदगी और फिर उनकी तस्करी। साझीदारी में चलाई जाती हर दुकान और अड्डे की जानकारी मय-साझीदारों के अते-पते के मुझे है। दिलदार सेठ उर्फ पलकू भाई जिगरी, तो साथ ही खास साझीदार है न? उसे यहाँ बुला लिया है, पहुँचता ही होगा। तुम्हारे बड़े साहब डी.आई.जी. भी पहुँचने को हैं—तफतीश करने तुम्हारी कि यह सब कैसे हुआ। तो एक बार फिर जान लो। 'तामसी' की पहुँच से बाहर शायद ही कुछ हो या कोई बच सके उसकी नजर से। तुम रंजनप्रसाद हो मेरी गिरफ्त में। करोगे-कहोगे वही, जो मैं चाहूँ या निर्देशित करूँ।''

कहते हुए ऊपर से नीचे डाली उसकी निगाह से रंजन को एक बार फिर कँपकँपी आने लगी। यह भी कि झटककर उसे उघाड़ दिया गया हो। यह एहसास इतना गहरा कि दोनों हाथ अंग-विशेष को ढाकने के लिए आगे आए। हिकारती आवाज फिर कानों में आई, ''बहुत इतराते रहे मरदानगी पर? आदेश से छूटे हो रंजन, नहीं तो 'तामसी' की पकड़ से उसे हवा होते देर न लगती। पहला उपचार-दुआ करो कि कामयाब हो। अगर दूसरी मुलाकात जरूरी हुई तो सब समझ सकोगे। इसके लिए भी दुआ करो कि जरूरत न समझी जाए। समय कम है, कार्यक्रम आगे बढ़ने को है। तैयार हो जाओ।''

जो जैसा था, उसे बेहतर बनाने की जगह इसके उलट देखने में आया। कमीज पैंट से बाहर, बटन खुले, टोपी की जगह कुरसी पर पड़ा तौलिया सर पर साफे जैसा। जूते-मोजे निकलवा नंगे पैर। आदि। 'तैयारी' का दौर चल ही रहा था कि दफ्तर के हर कोने से भाग-दौड़ की आवाजें आईं, जैसे भूचाल आया हो। सदर के निजी प्राइवेट-रूम के कपाट फटाक से खोल अंदर दाखिल हुई स्त्री-कांस्टेबल, हाथों में डंडा लिये। आगे बढ़ते अत्यंत घबड़ाई आवाज में बस यही कहा—''बड़े साहब…औचक दौरा।'' कह पलटकर बाहर हुई। इसके बाद हेड-कांस्टेबल, छोटे दरोगा तथा कितने ही और आते-जाते रहे। घटना का कोई असर रंजनप्रसाद पर नहीं, वह निर्विकार व शांत। 'तामसी' का प्रभाव उन पर पूर्ण रूप से हावी था और आदेश की प्रतीक्षा कि आगे उन्हें क्या करना है। बाहर आए बड़े साहेब के इस्तकबाल के लिए आदेश मिलते ही रवानगी हुई।

विशेष धजा में हाथ में ठंडा लिये जब वह बड़े साहेब के सामने नमूदार हुए तो सब हैरान। चेहरों पर आए भाव एक-से-एक, जिन्हें लिखकर बयान करना आसान नहीं, पर नजारा था देखने लायक। जो देखा गया वह नामुमकिन, मगर था आँखों के ऐन सामने, इसलिए ले-देकर यही कि सब सक्ते में। सबसे ज्यादा शायद बड़े साहेब खुद। औचक दौरे पर आए, पर पहुँचकर लगा जैसे उन्हीं पर पलटवार करने की तैयारी है। घेरे हुए मातहत मौजूदा हालत में कहीं उन्हें कमजोर न समझें, इसलिए तेवर चढ़ा तल्ख आवाज में बुलंदी का पुट देते सवाल दागा, ''सीनियर ऑफिसर के सामने यह कैसी मौजूदगी?''

''मैं जवाब नहीं दे सकता।''

''तो कौन देगा?''

''तामसी।''

''तामसी? नशे में हो तुम?''

''था, पर अब नहीं हुजूर।'' कहते हुए सैल्यूट लगाया। साहेब और ज्यादा खीझे और बोले तो इस तरह जैसे गन एकाएक मशीनगन में बदल गई हो, ''सर से टोपी नदारत, उसकी जगह टावेल, कमीज पैंट से बाहर, बटन सारे खुले हुए, नंगे पाँव। कर क्या रहे थे पिछवाड़े के ऑफिस में? सो रहे थे?''

''तफतीश।''

''कैसी तफतीश? काहे की तफतीश?''

''लूट की, सर।''

''लूट? किसकी, काहे की?''

''इज्जत की।''

इस बार साहेब भी जैसे अकबका गए, लेकिन फौरन सँभलते हुए पूछा, ''एफ.आई.आर. दाखिल कराया?''

''होता रहेगा, पहले केस व मुलजिम का अता-पता करना होता है।

बात काटते झुँझलाते हुए साहेब बोले, ''कायदे-कानून, रूल दरकिनार कैसे किए गए? यहाँ की बेशुमार शिकायतें हैं।''

इस बीच कुछ दूर पर खड़ी 'तामसी' का अप्रकट आदेश मिला तो तनकर खड़े होते रंजनप्रसाद बोले, ''जब काम होंगे, मतलब कि बहुत सारे काम, तो यकीनन शिकायतें होंगी।''

''इसलिए नहीं कि आप—स्टेशन इनचार्ज—इज्जत-लूट की पोशीदा तहकीकात से चस्पा थे? फरयादी कौन है?''

''जानकी, मगर थी दरअसल तामसी।''

''पेश करो इस जानकी··· तामसी को। फौरन।'' इस बात को साहेब ने मेज पर हाथ मारते हुए कहा।

सवाल-जवाब के बीच रंजन के मातहतों ने उनके कपड़े और सर का तौलिया वगैरह लेने-बदलने की बहुतेरी कोशिश की, मगर उनकी एक न चली। उन्हें बलपूर्वक एक तरफ हटाते और साहब से मुखातिब रहते रंजनप्रसाद कुछ जोर से बोले, ''किसे पेश करूँ? तामसी को? कहीं उसने सुन लिया और आ गई तो लेने-के-देने पड़ जाएँगे साहेबजी।''

''देखो रंजन, यह ड्रामा खत्म करो। यू आर इन ट्रबल। समझे!''

अब तक थाने में भीड़ काफी बढ़ चुकी थी। उसी में एक तरफ दुबके खड़े थे दिलदार सेठ उर्फ पलकू भाई, जो रंजनप्रसाद को दिख गए। बस फिर क्या था, साहेब को छोड़ भागकर गले लगा बड़े आदर व प्यार से उनके सामने लाए, मगर खास अंदाज में। कभी हँसते तो कभी रोते पलकू भाई का सर व चेहरा सहलाते, मगर इस सबके साथ बोले चले गए, ‘‘तू मेरे लिए भाई, चाचा व ताऊ से भी बढ़कर है। बहुत दिन साथ रहा। लगातार बढ़ते हुए ठिकाने अब आठ हो गए हैं। तुम्हारे तिजारती दिमाग की बदौलत औरतों की तस्करी का धंधा फला-फूला। सैकड़ों-हजारों गरीबों को आसरा मिला और हमें हमारा अपना हिस्सा। दौलत मिली बेहिसाब दोनों को, है न बड़े भाई! मैं हालाँकि पुलिस-अफसर हूँ, फिर भी मुझे कम हिस्सा दिया, पर कम ही बहुत है। अरे भाई, मुझे पता ही नहीं कि क्या-कुछ है मेरे पास। पर अब बंदी··· आदेश है।’’

‘‘पागल हुए हो? किसका आदेश है?’’

‘‘तामसी का।’’

‘‘यह कौन बला है? कहाँ··?’’

‘‘यहीं आसपास। भला इसी में है कि चुप रहो··· किसी दम··· ।’’

दिलावर बिखर पड़े और साहेब की ओर रुखकर बोले, ‘‘साफ जाहिर होता है कि रंजनप्रसाद पागल हो गए हैं। साहेबजी, मैं हल्दी-सुपारीवाला··· मेरा औरतों की तस्करी से क्या लेना-देना? इसका इलाज जरूरी समझ आता है।’’

साहेब को लगा कि मौजूदा जमात के सामने उनकी जरूरत से ज्यादा किरकिरी हो चुकी। लिहाजा उसे सँभालने के लिए पुराना अफसराना नुस्खा पेश किया। गरजे, ‘‘गिरफ्तार करो। प्रसाद के बताए ठिकानों पर एक साथ छापे। उसके बाद आगे की कारवाई। आई वांट ऐक्शन। मुझे पक्के सबूत चाहिए।’’ सर का तौलिया सँभालते सदर एलान जैसा करते बोले, ‘‘उसकी फिक्र न करें, मिलेंगे। मैं और बिरादर पलकू सेठ सबसे अहम व जानदार सबूत हैं, और दूसरे पहुँच जाएँगे।’’

‘‘कहाँ से? कौन पहुँचाएगा?’’

‘‘तामसी।’’

गरज यही कि पुलिस-स्टेशन पर गदर मची हुई। अपनी अनोखी धजा में रंजनप्रसाद उछलते हुए कुछ कायदे की, तो ज्यादातर बेकायदा बातें-हरकतें करते दिखे। चाचा-भतीजी दर्शकों में शामिल खड़े थे। चेहरे पर नकूचा बरकरार, पर मुसकराहट दबी-ढकी न रह सकी थी।

लोग आ-जा रहे थे। बाहर पुलिसवालों की गाड़ियाँ आती रहीं, शायद बड़े साहेब के हुक्म पर, जिन्हें फौरन मौकों पर छापे के लिए पहुँचना था। रंजनप्रसाद बेहिचक ठिकानों की जानकारी देते दिखे। दिलदार उर्फ पलकू सेठ ने जाने कहाँ से झटक लिया

अँगोछा, हथकड़ी लगे हाथों से चेहरा ढकने के लिए।

मतलब यह कि यही सब होता रहा, जल्दी खत्म जिसके होने की उम्मीद भी नहीं थी। हाँ, अखबारी नुमाइंदे भी कम न थे।

पुलिस-स्टेशन के औचक निरीक्षण और स्टेशन-इनचार्ज के स्त्रियों की बड़े पैमाने पर की जा रही तस्करी में शामिल होने की खबर सुर्खियों में छपी। कुछ ने नशे में धुत्त पाए गए थाने के सदर और दैनिक कामकाज में पाई गई अनियमितताओं की घोर निंदा की। एक अन्य अखबार में संवाददाता ने उसी अफसर की निर्भीकता की जमकर सराहना की। एक खबरनवीस ने लिखा कि सदर ने अपने स्वार्थ को दरकिनार कर वर्षों से चले आए अनाचार का भंडाफोड़ किया, जबकि इस धंधे के वे साझीदार थे। प्रमुख थे दिलदार सेठ उर्फ पलकू भाई, लेकिन वही नहीं बल्कि अनेक और प्रतिष्ठित व्यक्तियों के नाम आने की संभावना बताई। गरज यह कि तबादले, लाइन-हाजिर किए जाने से लेकर मोअत्तली तक की तफसीलें भी छपीं। मुख्य बिंदु प्रकोष्ठों में छपे, जिनमें से कुछ थे—

- थाना-प्रभारी रंजनप्रसाद नशे में चूर पाए गए, जिन पर किसी 'तामसी' नाम की स्त्री का भय बुरी तरह छाया था। बार-बार उसी का नाम लेते, तो कभी पुकार करते देखे गए।
- 'तामसी' के निर्देश से थाना-सदर ने स्त्री-तस्करी के कई साल से चल रहे धंधे की बाबत बताया और साथ ही कारोबार के सभी ठिकानों को उजागर किया। प्रतिष्ठित व्यापारी व समाज-सेवक खासकर महिला प्रतिष्ठानों के परिचालक दिलदार सेठ उर्फ पलकू भाई मुख्य आरोपी बताए गए। इस धंधे से दूसरे कई जाने-माने लोगों के किसी-न-किसी रूप से जुड़े होने की संभावना है, जो शीघ्र ही जाहिर हो सकते हैं।
- अब तक के हाथों में पलकू भाई व रंजनप्रसाद की अनेक संपत्तियों के कागजात और करोड़ों के सोने-चाँदी के आभूषण मिले हैं।
- रंजनप्रसाद नकूचे घूँघटवाली 'तामसी' से आक्रांत दिखते हैं। बताते हैं कि वह अपरिमित शक्तिवाली है और जाने किस वेश में किसको मिल जाए—उन्हें, जो स्त्रियों पर अत्याचार, अनाचार व बलात्कार आदि को अपनी दैनिकी बनाए हुए हैं। यह भी कि अगर वह मिली, तो जिससे मिली उसकी खैर नहीं।

और भी है, पर यहाँ बस इतना ही, क्योंकि आगे के आधे से ज्यादा पृष्ठ सील किए हुए हैं और साथ है रामदयाल शुक्ल का नोट :

सील पृष्ठों में कुछ प्रकरण हैं जिनमें 'तामसी' का सामना ऐसों से होता है, जिनका शगल या फिर बीमारी कि स्त्री-मात्र उनके लिए खिलौना है। शील भंग करने की आपस में स्पर्धा। वे अपने-आपको क्षेत्र का सिद्धहस्त खिलाड़ी मान बैठते हैं। जैसे

और जो 'तामसी' के प्रभाव में आया, उसका बुरा होता है। एक ऐसे ही धुरंधर मुलाकात के बाद होशोहवास खो, घर-बार त्याग ऐसी जगह जा रमे, जहाँ आसपास क्या दूर-दूर तक भी नारी की छाया न हो।

संबंधित प्रकरण विस्तार के लिए आवश्यक होने पर भी सहज रूप में लिया जाना मुश्किल हो सकता है। इसलिए उसे उजागर करने से पहले विचार की आवश्यकता है। जो हो, फिलहाल तो इतना ही है कि 'तामसी' ऐसे सूरमाओं की काट के लिए निस्संदेह उपयुक्त हैं।

'पूर्वा', 'सुमति' के साथ गठबंधन के लिए उत्सुक है। आपको विचार करना है कि उपयोग कैसे हो। यहाँ स्मरण रहे कि 'पूर्वा' और भी अनेक 'तामसियों' की संरचना के लिए लगभग कटिबद्ध है।

□

जंग की पूर्व संध्या

'सुमति' की बैठक में सबके चेहरे पर उत्साह था। असाधारण शक्तिवाले सहयोगियों का आ मिलना सुखद संयोग होने के साथ नई आशा का संचार करनेवाला था। आला-कमान को उनकी विस्तृत जानकारी थी। शक्तियों की भी। प्रयोगों के जो विवरण उपलब्ध कराए गए, वे आश्वस्तकारी थे कि भविष्य में 'सुमति' का काम आगे बढ़ेगा। शक्तियों का स्वार्थ के लिए प्रयोग उचित न मानते 'सुमति' के काम में हाथ बँटाने का निश्चय किया गया था। कारण भी कम नहीं, अनेक।

आए-दिन तरह-तरह के घोटालों, बलात्कार, खून-खराबे, लूट-खसोट की घटनाएँ सुर्खियों में। अखबार, टी.वी. चैनल इन्हीं से अटे पड़े। तिस पर इनकी कारगरी के गुनहगार कानून व नियमों को ठेंगा दिखाते सरेआम घूमते-फिरते मुख्यत: शासकीय उदासीनता या प्रश्रय के फलस्वरूप।

'सुमति' सक्रिय प्रतिकार करती और चुनौती देती, पर संसाधन सीमित थे। फलत: नई ताकतों के आ मिलने से उत्साहित होना स्वाभाविक था।

विचार-विमर्श करके अग्रिम कार्यक्रम की रूपरेखा बनाई गई। बिछी बिसात पर गोटें सजीं, हर चाल सोची-विचारी, जिसमें सामनेवाले को मात दी जा सके। यह संभव होता भी नजर आया, क्योंकि अब साथ थे दमदार खिलाड़ी, जिनकी हर चाल अनूठी, कमाल की चोट करती और निश्चित जीत का भरोसा दिलाती।

गोष्ठी संपन्न सभापति के अभिभाषण से हुई, जिसमें संकल्प एक बार फिर दोहराया गया : किसी भी दुराचार को और उसके प्रणेता या उत्पीड़क को, चाहे वह किसी भी स्तर का हो—छोड़ा न जाए। समापन इस उद्धरण से हुआ, ''दुनिया जैसी भी है, चलती रहेगी। फिर भी हम उम्मीद क्यों न रखें।''

साथ में अपनी तरफ से जोड़ते, ''कैसे भी। जो बन पड़े।''

□

उपसंहार

साजो-सामान से चुस्त-दुरुस्त और असाधारण शक्तिवाले जुझारू साथियों के सहयोग से 'सुमति' परिवार पूरे उत्साह और विश्वास के साथ देरी न करते मुहिम छेड़ आगे बढ़ा। कामयाबियों का सिलसिला चला तो रुकने का नाम नहीं। अखबारी सुर्खियाँ जो हाल तक भरी रहती थीं भ्रष्टाचार, सनसनीखेज लूटमार, बलात्कार और डाकेजनी की खबरों से, उनमें बदलाव आने लगा। अब ऐसे कारनामों को अंजाम देनेवालों का पर्दाफाश होने और उनके प्रणेताओं की धर-पकड़ होने की खबरों में बढ़ोतरी हुई। इसके अलावा गुनहगारों के फरार होने या फिर भाग निकलने की जानकारी भी देखी गईं।

टी.वी. चैनलों को सकारात्मक चुनौती की भनक लगी, तो उनका रुख उधर हो लिया, जो बढ़ता ही चला गया। यह सब देखते 'सुमति' खुद अपना चैनल शुरू करने के सोच में लगी, तो कई मददगार आगे आए। समाज-सेवी स्वदेश-प्रेमी नहीं बल्कि वे जो कभी भी 'सुमति' के निशाने पर आ सकते थे। इसलिए सिर्फ डर से।

'सुमति' का इस दौर में संघर्ष का एक-एक प्रसंग खासकर असाधारण शक्तिवाला एक-एक प्रसंग और उसे अंजाम दिए जाने का विवरण विस्मित करता रोचकता से भरपूर रहा। एक से बढ़कर एक। पर अभी नहीं, कुछ इंतजार करना होगा 'किसी एक दिन' के अगले संस्करण का। जो भी हो, आएगा जरूर, भले कुछ देर से। वादा रहा।

□□□